LYNN H. BLACKBURN

Nacht der Wahrheit

Deutsch von Dorothee Dziewas

BRUNNEN
Verlag GmbH · Giessen

MIX
Papier aus verantwortungsvollen Quellen
FSC® C014496
www.fsc.org

Redaktion: Alexandra Eryiğit-Klos
Umschlagfoto: Adobe Stock
Umschlaggestaltung: Jonathan Maul
Satz: DTP Brunnen
Druck: GGP Media GmbH
Gedruckt in Deutschland
ISBN Buch 978-3-7655-3666-3
ISBN E-Book 978-3-7655-7664-5

www.brunnen-verlag.de

Für meine Schwester Jennifer – Hüterin jahrzehntealter Erinnerungen, Meisterin der Streiche, weltbeste Tante und begnadetste Geschichtenerzählerin in der Familie. Deinetwegen hat mein Leben vom ersten Tag an Spaß gemacht und ich danke Gott jeden Tag dafür, dass er dich als meine lebenslange Spielkameradin, Befürworterin und Freundin auserkoren hat.

1

Luke Powell fühlte ein Dröhnen im Kopf, während er seine Limousine auf dem leeren Parkplatz abstellte und in die Baumgruppe daneben starrte. Die Dunkelheit fing gerade an, in Richtung Morgendämmerung zu verblassen, und der Special Agent des amerikanischen Geheimdienstes konnte den Ausgangspunkt des Weges kaum noch erkennen. Früher war er ein Montagsmensch gewesen. Nichts war befriedigender, als die Woche in Angriff zu nehmen und ihr zu zeigen, wer das Sagen hatte, noch bevor die Sonne die Chance hatte, über den Horizont zu schauen.

Inzwischen liebte er den Montagmorgen nicht mehr und er joggte auch nicht gerne allein. Wo war Zane? Wenn er nicht in den nächsten drei Minuten erschien …

Scheinwerfer durchbohrten die frühmorgendliche Luft.

Endlich.

Luke stieg aus dem Wagen und ging davor auf und ab, bis Zane sich zu ihm gesellte. Secret-Service-Special-Agent Zane Thacker sagte nichts, sondern fiel mit Luke in Gleichschritt, als sie auf den Weg zugingen.

Bis vor elf Wochen waren sie noch ein Trio gewesen. Wenn nicht Personenschutz oder dringende Fälle es verhinderten, hatten Luke, Zane und Thad sich jeden Montagmorgen hier getroffen, um die fünf Kilometer um den See herumzulaufen.

Thad hatte damit begonnen und zuerst Zane und dann Luke dazu eingeladen, als sie ihre Jobs in Raleigh angetreten hatten. Hier war Thad am liebsten gejoggt und seit seinem Tod im Februar hatten Zane und Luke sich weiter jeden Montag hier getroffen. Es war, als würden sie auf das Andenken ihres Freundes und Mentors spucken, wenn sie nicht diese Runde drehten. Es war erbärmlich, aber im Moment war es alles, was ihnen blieb.

Sie konnten Thads Witwe Rose noch immer nicht erklären, warum ihre Zwillinge ihren achten Geburtstag am Wochenende mit den Freunden ihres Daddys gefeiert hatten und nicht mit ihrem Daddy selbst. Sie konnten Rose alles über den Sprengstoff sagen, der Thads Wagen in Stücke gerissen hatte. Sie konnten ihr sagen, dass eine Frau asiatischer Herkunft zwischen 29 und 35 Jahren mit ihm im Wagen gewesen war. Aber niemand konnte Rose sagen, wer diese Frau war oder warum Thad mit ihr zu Abend gegessen hatte – und das Schlimmste war, dass ihr niemand erklären konnte, wer die beiden getötet hatte.

Tolle Freunde waren sie.

„Warte mal, Kumpel." Zane blieb stehen und setzte den Fuß auf eine Bank, die in der Nähe stand. Sie hatten die erste Hälfte des Weges hinter sich und Luke blickte auf den See hinaus, während Zane seinen Schuh neu schnürte.

„Diese Party hätte mich beinahe umgebracht." Zane stellte den Fuß wieder auf den Boden und sie beschleunigten, um Seite an Seite weiterzulaufen. „Ich hatte keine Ahnung, dass Achtjährige so gemein sein können."

„Ich hätte mein ganzes Leben ohne diese Erfahrung verbringen können." Luke liebte Betsy und Bobby Baker, als wären sie sein Neffe und seine Nichte, aber ihr Kindergeburtstag war eine Qual gewesen. Den halben Nachmittag hatte Luke damit verbracht, mit Betsy Fangen zu spielen, die andere Hälfte hatte Bobby ihn beim Basketball geschlagen. Den Zwillingen hatte es Spaß gemacht. Aber Luke war in keiner Weise auf das

Chaos, den Lärmpegel und die Massen an Süßigkeiten vorbereitet gewesen.

„Die Zwillinge für sich sind klasse, aber ich finde, nächstes Jahr sollten wir Rose fragen, ob wir etwas Ruhigeres machen können", schlug Zane vor. „Anstatt zu einem Indoorspielplatz zu gehen, könnten wir sie ins Kino einladen oder etwas in der Art."

„Nächstes Jahr sind sie nicht hier." Luke hatte versucht, nicht emotional zu klingen, aber Zanes schnelles „Was?" verriet ihm, dass es ihm nicht gelungen war.

„Das hat sie mir gestern nach der Feier erzählt. Sie zieht im Juni nach Texas. Ihre Eltern haben eine große Ranch und sie machen ein kleines Haus auf dem Gelände fertig, in dem Rose und die Kinder wohnen können. Die Zwillinge bekommen ihre eigenen Pferde und sie werden jede Menge Cousins und Onkel und Tanten und Großeltern um sich herum haben ..."

Luke gab den Versuch auf, es wie eine tolle Idee klingen zu lassen.

„Aber was ist mit Thads Eltern?"

Thads Eltern lebten in Virginia, nur zwei Stunden entfernt. Der Umzug würde ein Schock für sie sein. Aber Luke hätte seine nächsten fünf Becher Kaffee darauf verwettet, dass Zane sie nur als Vorwand gebrauchte, um nicht zu sagen, was er eigentlich sagen wollte. *Und was ist mit uns?*

„Rose hat nicht viel über ihre Schwiegereltern gesagt, außer dass die beiden ihre Entscheidung mittragen, und sie hofft, dass wir es auch tun." Als bliebe ihnen etwas anderes übrig.

„Geht es dabei um die Frau im Auto?" Zane spuckte die Worte förmlich aus.

„Thad hat seine Frau und seine Kinder geliebt und er hatte kein Verhältnis." Luke wiederholte den Satz, der sein persönliches Mantra geworden war. „Es *gibt* eine Erklärung dafür."

Zane hob resigniert die Hände. „Mann, mich musst du

nicht überzeugen. Ich will nur wissen, ob wir Rose davon überzeugen müssen."

Luke sagte ein paar Hundert Meter lang gar nichts, während sie weiter um den See herumliefen. Der Aprilmorgen war kalt und klar und ein Hauch von etwas Blumigem lag in der Luft. Wie es aussah, würde es in North Carolina ein herrlicher Tag werden. Vielleicht würde er Betsy und Bobby fragen, ob sie am Nachmittag zum Angeln mitkommen wollten. Er hatte den beiden versprochen, dass er sie irgendwann mitnehmen würde. Damals hatte er gedacht, er hätte alle Zeit der Welt. Nicht gerade mal sechs Wochen.

Er konnte Rose keinen Vorwurf machen. Das würde er niemals tun. Aber es tat trotzdem weh. Hatte Zane recht? Mussten sie versuchen, Rose zu überzeugen? „Ich glaube nicht, dass es etwas mit der Frau im Auto zu tun hat. Jedenfalls nicht direkt. Ich kann mir nicht vorstellen, dass sie Thad der Untreue verdächtigt. Ich glaube eher, dass sie uns im Verdacht hat, ihr nicht die Wahrheit zu sagen."

„Wir wissen genauso wenig über die Wahrheit wie sie." Zane schlug nach einem Zweig. „Thad hat irgendwas im Schilde geführt. Ich glaube nicht eine Sekunde, dass es etwas Ungehöriges war, aber was auch immer er vorhatte, es hat ihn das Leben gekostet."

Die restliche Runde legten sie schweigend zurück. Was sollten sie noch sagen außer dem, was sie schon eine Million Mal durchgekaut hatten?

Als sie aus dem Wald traten und sich dem Parkplatz näherten, wurde Luke langsamer und Zane fiel ebenfalls in eine ruhige Gangart.

Sie waren nur noch 5 Meter von Zanes Wagen entfernt – dem schicksten und jüngsten Modell, das der Secret Service zu bieten hatte –, als ein Schuss die Luft zerriss und Zane zu Boden ging.

Luke ließ sich neben ihm fallen. Noch ein Schuss ertönte und vom Boden spritzte Dreck in Lukes Gesicht. Er lauschte angestrengt, ob er etwas hören konnte – irgendetwas –, woraus er auf den Standort des Schützen schließen konnte, aber seine Ohren pochten von dem Geräusch seines eigenen Herzschlags und sonst hörte er nichts.

„Zane?", zischte Luke.

Zane rührte sich neben ihm.

Erleichterung strömte durch Lukes Adern. „Hast du was abgekriegt?"

„Der Arm. Und du?"

„Mich hat er nicht getroffen. Kannst du dich bewegen?"

„Bleibt mir was anderes übrig?"

Die beiden Männer krochen zu Zanes Wagen, wo sie relativ sicher sein würden. Zwei weitere Schüsse landeten auf dem Weg vor ihnen und der markante Geruch von verbranntem Schießpulver stieg im Morgendunst auf. Nach einem dritten Schuss brannte Lukes Bein, als hätte jemand ihn mit einem Brandzeichen versehen.

Aber nach dem nächsten Schuss sank Zane auf die Brust und rührte sich nicht mehr. Luke gab jeden Versuch, am Boden zu bleiben, auf und packte seinen Kollegen. Dann schleifte er ihn hinter seinen Wagen und eine Blutspur markierte ihren Weg. Wieder ertönte ein Schuss und die Spitze von Zanes Laufschuh löste sich vor Lukes Augen in Luft auf.

Luke überzeugte sich davon, dass Zane von dem Fahrzeug ganz verdeckt wurde, bevor er seinen Freund vorsichtig auf den Boden legte. „Halte durch, Kumpel. Nicht aufgeben!"

Luke drehte sein Handgelenk, tippte auf seine Uhr, bis das Tastenfeld des Telefons erschien, und wählte den Notruf.

Zane murmelte etwas, das Luke nicht verstand. Während er darauf wartete, dass sein Anruf angenommen wurde, fühlte er in Zanes Taschen nach dem Autoschlüssel. Zane packte Lukes

Arm und zeigte mit dem Finger auf den Wagen, bevor sein Kopf wieder zu Boden sank.

Luke bückte sich, um zu sehen, was Zane ihm hatte zeigen wollen. Die Person in der Notrufzentrale sagte etwas zu ihm, aber Luke reagierte nicht.

Die Kabel, die von der Achse hingen, gehörten dort nicht hin. Und auch nicht der Block Sprengstoff, der daran befestigt war.

Zwei weitere Schüsse ertönten. Diesmal trafen sie Zanes Wagen.

„Wir müssen hier weg." Luke war nicht sicher, ob Zane noch bei Bewusstsein war, aber er hatte keine Zeit, sich darüber Gedanken zu machen. Wieder packte er seinen Freund unter den Armen und zog ihn weiter, diesmal von dem Fahrzeug fort.

Sein eigener Wagen war gut 30 Meter entfernt, aber neben einem Fahrzeug zu bleiben, das jeden Augenblick in die Luft fliegen konnte, war auch nicht sicherer, als diese Entfernung zu riskieren.

Etwa auf halbem Weg hörte Luke den Klang von Sirenen zwischen den Bäumen hindurchdringen.

Dann erbebte die Erde.

Und alles wurde schwarz.

2

Ein Montagmorgen war nichts für Feiglinge.

FBI Special Agent Faith Malone beäugte angewidert den Stapel Papierkram auf ihrem Schreibtisch, während sie die erste Cherry-Cola des Tages austrank.

Faith beurteilte ihre Tage nach der Anzahl der Flaschen Cherry-Cola, die sie geleert hatte. Normale Tage? Eine. Hektische Tage oder Tage, nachdem sie den Abend zuvor lange aus gewesen war? Zwei.

Tage, an denen der nackte Wahnsinn herrschte, erforderten drei Flaschen.

„Guten Morgen, Faith. Wie schön, dass du uns heute mit deiner Anwesenheit beehrst."

Faith stellte sich – nicht zum ersten Mal – vor, wie es wohl wäre, Special Agent Janice Estes mit ihrer leeren Colaflasche auf die Nase zu hauen. Stattdessen begnügte sie sich damit, sich auszumalen, wie ein kleiner Rinnsal Blut von Janice' Nase tropfte. „So wie jeden Tag und sonntags zweimal", antwortete Faith, ohne Blickkontakt mit ihrer Kollegin aufzunehmen.

„Ach ja? Ich dachte, du wärest letzte Woche zweimal weg gewesen." Der widerlich süße Südstaatenakzent verbarg ihren Tonfall, aber nicht das Gift in Janice' Worten.

Faith konzentrierte sich weiter auf ihre Arbeit. „Nee." Nicht letzte Woche. Die Woche davor war etwas anderes, aber das musste sie ja nicht erwähnen.

Janice war noch nicht fertig und Faith wartete auf den nächsten Seitenhieb. Sie wusste immer noch nicht, was Janice zu erreichen versuchte, aber Faith würde sich nicht auf einen verbalen Zweikampf einlassen.

„Malone!" Die dröhnende Stimme des Aufsicht führenden Senior Agents des Bezirks Dale Jefferson kam einer möglichen Antwort von Janice zuvor.

„Ja, Sir!" Faith überflog kurz ihren Schreibtisch und versuchte sich einzuprägen, wo sich jedes Blatt Papier und jeder Klebezettel befand. Ihr Blick fiel auf einen Zettelhalter mit der Aufschrift *„Faith over Fear"* – Glaube statt Angst –, den ihre Schwester ihr geschenkt hatte und der sie immer wieder schmerzlich daran erinnerte, wie schwach ihr eigener Glaube geworden war. Sie nahm ihr iPad und den dazugehörigen Stift und ging ins Büro ihres Vorgesetzten.

„Mach die Tür zu." Alles an Dale war ... merkwürdig. Seine Krawatte saß schief. Seine Haare waren zerzaust. Seine Augen wirkten ... Faith wusste nicht, was das für ein Blick war. Erschöpft? Kalte Angst durchzog ihre Glieder.

„In zwei Minuten gibt es eine Besprechung. Es ist publik und wir müssen reagieren."

„Sir? Was ist denn passiert?"

„Heute Morgen wurden drei separate Anschläge auf Agenten des Secret Service in Raleigh verübt."

Secret Service? Wer? Wie? Luke? *Bitte, Herr, nicht Luke.*

„Zwei Agenten wurden getötet. Zwei verwundet, einer schwerer als der andere. Die beiden Verletzten wurden zur Notaufnahme in die Klinik gebracht. Mehr weiß ich im Moment auch nicht. Die Angehörigen der Männer werden gerade benachrichtigt."

Faith versuchte, einen Laut aus ihrer Kehle zu quetschen, aber alles, was herauskam, war ein erstickter Atemzug. Sie räusperte sich und versuchte es noch einmal. „Wer?"

Dale hörte sie nicht. „Die restlichen Infos bekommst du in der Sitzung. Wir müssen los. Du leitest die Ermittlungen."

Moment mal. Wie bitte?

„Ich will wissen, wer das war. Diese Geheimdienstler gehen

mir oft auf die Nerven, aber sie sind alle top Kollegen und es ist eine Ehre, mit ihnen zusammenzuarbeiten. Ganz zu schweigen von der Tatsache, dass jemand, der den Secret Service auf dem Kieker hat, vielleicht als Nächstes das FBI aufs Korn nimmt.“ Dale nahm seinen Kaffee und eine Mappe von seinem Schreibtisch. „Gehen wir.“

Jefferson schritt zur Tür und stieß sie auf. Faith versuchte, die Füße in Bewegung zu setzen, aber ihre Glieder waren bleischwer vor Angst.

Ihr Chef blieb an der Tür stehen. „Kommst du?“

„Sir. Wer?“

Sein Adamsapfel hüpfte zweimal, bevor er sprach. „Jared Smith und …“ Er schüttelte den Kopf und fuhr dann fort: „Michael Weaver.“

Nicht Luke. Faith war nicht bewusst gewesen, wie verwirrend es war, zugleich riesige Erleichterung und tiefen Kummer zu empfinden. Dale Jefferson und Michael Weaver waren in ihren ersten Jahren in Illinois Partner gewesen. Die meisten FBI-Agenten verachteten ihre Pendants beim Secret Service, und das beruhte auf Gegenseitigkeit. Aber es war bekannt, dass Dale und Michael Freunde gewesen waren, und ihretwegen klappte die Zusammenarbeit der beiden Behörden gut. Meistens.

„Das tut mir sehr leid.“

Jeffersons Miene verhärtete sich. „Ich will wissen, was passiert ist. Finde heraus, wer ihn umgebracht hat.“

„Ja, Sir.“

Faith folgte ihrem Vorgesetzten zur Tür hinaus und den Gang hinunter zu dem vollen Besprechungsraum. Als sie eintraten, verstummten die Unterhaltungen. Faith blickte verstohlen in die Gesichter, die sich jetzt Dale Jefferson zugewandt hatten. Die Nachricht hatte sich bereits herumgesprochen und die typischen Montagmorgenwitze waren einer angespannten Stille gewichen.

Jefferson trat vor die versammelte Belegschaft. „Setzen.“

Sollte sie sich auch setzen? Oder erwartete Jefferson, dass sie sich neben ihn stellte? Einen Moment lang zögerte sie im Türrahmen, bevor sie auf einen Stuhl an der Wand sank.

Zwei Tote. Michael und Jared. Nicht Luke.

Zwei Verletzte. Wer?

Sie versuchte, sich auf Jeffersons Worte zu konzentrieren, aber ihr Blick wanderte immer wieder zu ihren Kolleginnen und Kollegen. Sie sah die Trauer und den Schock in ihren Mienen. Die verstohlen fortgewischten Tränen, von denen alle so taten, als hätten sie sie nicht bemerkt. Die geballten Fäuste. Die gemurmelten Kraftausdrücke.

„Wir wissen noch nicht viele Einzelheiten", sagte Jefferson. „Michael Weaver war im Fitnessstudio und ist beim Laufen in der Halle plötzlich umgefallen. Die ersten Anzeichen deuteten auf einen Herzinfarkt hin, aber ein Sanitäter vor Ort hat einen Einstich bemerkt. Jemand hat ihn mit einem Pfeil abgeschossen. Wir wissen noch nicht, womit der vergiftet war."

Jefferson zog ein Blatt Papier aus der Akte. „Jared Smiths Eigentumswohnung ist heute Morgen explodiert. Es gibt keine konkreten Hinweise auf ein Verbrechen außer der Tatsache, dass Jared ... tot ist." Er ließ seine Worte einen Moment wirken und fuhr dann fort: „Auf zwei andere Agenten, Zane Thacker und Luke Powell, wurde heute früh geschossen und ihre Wagen wurden in die Luft gejagt. Beide werden derzeit wegen ihrer Verletzungen behandelt, aber die Ärzte gehen davon aus, dass sie wieder ganz hergestellt werden."

Es rauschte in Faiths Ohren. Luke Powell? Geschossen? Behandelt wegen seiner Verletzungen? Was für Verletzungen waren das? Dass er „wieder ganz hergestellt" sein würde, bedeutete nicht, dass es ihm momentan nicht dreckig ging.

„Meine Damen und Herren, wir haben keine Ahnung, warum, aber unsere Brüder vom Secret Service sind heute Morgen angegriffen worden. Es ist die Aufgabe des FBI, bei Verbrechen gegen Mitglieder der Geheimdienste zu ermitteln, und ich habe Special Agent Malone beauftragt, diese Ermittlungen zu leiten. Ihr werdet uneingeschränkt mit ihr zusammenarbeiten. Eigentlich sollte es nicht nötig sein, das zu betonen, aber ich sage es trotzdem, falls jemand von euch nicht eins und eins zusammenzählen kann. Wenn jemand es auf unsere Kollegen vom Geheimdienst abgesehen hat, könnten wir die nächste Zielscheibe sein. Also finden wir heraus, wer das war. Warum sie es getan haben. Und sorgen wir um unserer Freunde willen für Gerechtigkeit. Wegtreten."

„Faith." Dale Jeffersons Worte waren keine Bitte, sondern ein Befehl.

„Ja, Sir."

„Was immer du brauchst – du bekommst es."

„Danke, Sir."

„Mein Rat? Fang bei Jareds Wohnung an. Dann nimmst du dir am besten das Fitnessstudio vor, in dem Michael getötet wurde. Dann die Stelle, an der auf Powell und Thacker geschossen wurde. Vielleicht ist bis dahin einer von den beiden wieder bei Bewusstsein."

Faith ärgerte der unnötige Rat. Sie wusste besser als jeder andere im Team, wie man Ermittlungen leitete, und das wusste ihr Boss auch. Traute er ihr den Fall jetzt zu oder nicht? Sie überlegte, ob sie ihn darauf ansprechen sollte, aber dann sah sie den Glanz in Jeffersons Augen. Er nahm diese Sache persönlich.

Sie nahm es auch persönlich. „Ja, Sir. Ich werde berichten."

Faith kehrte im Laufschritt zu ihrem Arbeitsplatz zurück. Dort füllte sie ihre Tasche mit iPad, Apple-Stift, Ersatzakku, Ladekabel und Diktiergerät.

„Da kann man ja wohl gratulieren." Janice klang alles andere als begeistert.

Was war eigentlich ihr Problem?

Faith antwortete nicht, während sie in der Seitenschublade ihres Schreibtischs wühlte. Wo war ihr –? Da. Ihre Finger schlossen sich um eine Dose mit Minzbonbons. Sie warf die Packung in ihre Tasche und überflog die anderen Dinge in der Schublade. Hatte sie alles, was sie für den Tag brauchte? Schwer zu sagen, wann sie das nächste Mal im Büro sein würde.

Janice lungerte immer noch herum, aber Faith hatte keine Zeit für die Probleme ihrer Kollegin. Sie nahm den Laptop von ihrem Schreibtisch, hob mit einem Finger den Schlüsselbund hoch und wandte sich der Tür zu. „Muss los." Sie warf die Worte über ihre Schulter zurück.

„Viel Glück", rief Janice ihr nach. Es klang freundlich. War es aber nicht.

Dreißig Sekunden, nachdem sie vom Parkplatz gefahren war, klingelte Faiths Telefon.

Dale Jefferson. Wahrscheinlich mit weiteren Ratschlägen, die sie nicht brauchte.

Sie nahm das Gespräch über die Freisprecheinrichtung ihres Wagens an. „Malone."

„Neue Anweisung." Er gab Faith keine Chance, zu reagieren oder Fragen zu stellen. „Fahr zum Büro des Secret Service. Sie haben Jareds Gebäude evakuiert." *Klick.*

Faith machte mit dem Wagen eine unerlaubte Kehrtwende und fuhr zum Büro des Geheimdienstes. Über Funk lauschte sie den Unterhaltungen der Polizei und nach allem, was sie hörte, handelte es sich um eine Bombendrohung. Normalerweise dauerte die Fahrt zum Büro eine Viertelstunde. Faith brauchte nur zehn Minuten und musste fast 500 Meter entfernt parken. Ihr Boss hielt mit seinem Wagen gleich hinter ihr.

Faith drehte sich zu Jeffersons Fahrzeug um und wartete, bis er ausgestiegen war. „Was ist los?"

„Das werden wir hoffentlich gleich rausfinden", erwiderte Jefferson.

„Wissen Sie, wie viele Personen sich normalerweise in dem Büro aufhalten?" Faith stellte die Frage vor allem, um ihren Vorgesetzten zum Reden zu bringen, und weniger aus Neugier.

„Zwischen acht und zehn Agenten und ein Büroleiter", antwortete Jefferson. „Thad Baker ist noch nicht ersetzt worden, also waren sie nur sieben Agenten. Das heißt, heute sind sie nur noch zu … fünft. Und zwei von denen sind im Krankenhaus."

Jefferson lief so schnell, dass Faith Mühe hatte, mit ihm Schritt zu halten. Drei dienstfähige Agenten und ein Büroleiter nur noch? Sie wollte keine voreiligen Schlüsse ziehen, aber wann war die Besetzung einer Dienststelle jemals so dezimiert gewesen? Woran hatten sie gearbeitet, dass ein solches Ausmaß an Gewalt auf sie einprasselte? Oder war der Täter jemand, der generell ein Problem mit dem Geheimdienst oder Bundesbehörden hatte?

Kurz darauf hatten sie das Absperrband der Polizei erreicht. Nachdem sie ihre Dienstausweise vorgezeigt hatten, durften sie aufs Gelände, wurden aber an einer zweiten Absperrung aufgehalten.

„Ich kann Sie nicht reinlassen", sagte der Beamte. „Alle müssen draußen bleiben. Die Spürhunde sind da drin."

„Dale!" Ein starker Jersey-Akzent drang durch die murmelnden Stimmen um sie herum.

„Jacob." Jefferson ergriff die ausgestreckte Hand des Mannes und zog ihn in eine Umarmung. „Ich kann nicht fassen, dass er tot ist."

Die beiden Männer lösten sich voneinander. „Mir geht es genauso, Bruder."

Jefferson zeigte in Faiths Richtung. „Du kennst Faith Malone?"

„Natürlich." Jacob wandte sich ihr zu und seine Augen waren von Tränen gerötet.

Wären die Umstände andere gewesen, hätte sie ihn damit aufgezogen, dass seine Golfmannschaft beim letzten überbehördlichen Turnier gegen Faith und ihre Kollegen verloren hatte. Aber so hatte sie keine Ahnung, was sie sagen sollte.

„Ich weiß, dass Sie viel mit Luke zusammenarbeiten. Haben sie euch erzählt, dass es ihm gut geht?"

Jacobs Versicherung, dass Luke nicht in Gefahr war, beruhigte ihre Sorge ein wenig. „Das ist fantastisch, Sir." Sollte sie ihm die Hand geben? Sie fingerte an ihrem iPad herum, während sie krampfhaft überlegte. „Herzliches Beileid wegen der Verluste heute, Sir."

„Danke, das ist nett."

„Faith leitet die Ermittlungen in diesem Fall", erklärte Jefferson.

Jacob musterte sie mit klugem Blick, bevor er antwortete. „Ich bin nicht sicher, wann Luke und Zane wieder im Dienst sein werden, aber bis dahin garantieren meine übrigen Agenten umfassende Kooperation."

„Danke –"

Faiths Antwort wurde abrupt von Lärm unterbrochen, der hinterm Gebäude ertönte. Dick gepolsterte Gestalten vom Bombenentschärfungskommando kamen heraus. Dale und Jacob eilten auf sie zu und Faith folgte den beiden.

Schließlich waren das ihre Ermittlungen.

„Was habt ihr gefunden?", rief Jacob aus 20 Metern Entfernung.

„Wir sind mit unserem Hund durch das Gebäude gegangen und er hat nicht angeschlagen." Die Frau in Schutzkleidung hob eine Hand. „Aber noch gibt es keine Freigabe. Die Abteilung Drogen und Waffen will noch mit ihren Hunden alles absuchen."

Dale und Jacob fingen an, darüber zu diskutieren, ob sie der Drogen- und Waffenbehörde ATF die Ermittlungen in Bezug auf die Bombe überlassen sollten. Faith blendete die Unterhaltung der beiden Männer aus. Normalerweise war sie dafür, die Ermittlungen in einer Hand zu behalten, und das FBI hatte durchaus kompetente Kräfte, wenn es um Sprengstoffe ging. Aber sie kannte ein paar Agenten bei der ATF von ihrer gemeinsamen Antiterrorismuseinheit, und die waren Topleute. Faith hätte nichts dagegen, wenn sie diesen Teil der Ermittlungen übernahmen.

Während Dale und Jacob die juristischen Komplikationen abwägten, überschlugen sich Faiths Gedanken. Es war nicht leicht, in das Büro einer Bundesbehörde zu gelangen. Nicht, dass der Standort ein Geheimnis wäre, aber man brauchte einen Dienstausweis, man musste einchecken und an den Wachleuten vorbei. Wie könnte jemand da eine Bombe ins Gebäude schmuggeln?

„Wann kann ich wieder rein?" Jacobs Tonfall ließ keinen Zweifel daran, dass Köpfe rollen würden, wenn die Antwort nicht „Sofort" lautete.

„Das weiß ich nicht, Sir." Die Sprengstoffexpertin wich zurück. Kluger Schachzug. „Da müssen Sie mit meiner Vorgesetzten reden. Sie ist im Einsatzwagen auf der anderen Seite des Gebäudes." Sie zeigte mit ihrem dicken Handschuh dorthin und entfernte sich dann in die entsprechende Richtung.

„Ich komme mit." Dale Jefferson legte eine Hand auf die Schulter seines Freundes. „Wir werden die Sache aufklären." Er wandte sich zu Faith um. „Ich schlage vor, du siehst dir die Tatorte an. Hier kannst du im Moment nichts tun. Ich melde mich."

Faith kochte, als sie sich einen Weg zurück zu ihrem Wagen bahnte. Nichts tun? Das gesamte Büro war abgesperrt und vielleicht immer noch im Visier eines Mörders und sie wurde vom Ort des Geschehens weggeschickt!

Sie setzte sich ans Steuer ihres Autos und gab Jared Smiths Adresse in das Navigationssystem ein.

Sie gab es ja nur ungern zu, aber Dale hatte recht. Das Durcheinander beim Secret Service würde zu einem Zuständigkeitsalbtraum führen, während alle darüber stritten, wer das Sagen hatte.

Die Antwort war: das FBI.

Nicht, weil das FBI immer zuständig war. Schließlich war dies kein Fernsehkrimi, bei dem das FBI immer einsprang und die Ermittlungen übernahm. Aber in dieser konkreten Situation gab es einen juristischen Präzedenzfall. Das FBI hatte nicht nur den Fall, sondern auch die Ressourcen in Sachen Ballistik und Forensik. Die ATF war eine willkommene Ergänzung zur Buchstabensuppe, aber sie würden Faith Bericht erstatten.

Was war daran so schwer zu verstehen?

Als sie am Straßenrand vor Jared Smiths Haus hielt, sah Faith die Jacken von sechs verschiedenen Behörden.

Vielleicht war die Sache doch nicht so eindeutig, wie sie gedacht hatte.

3

Faith hatte in ihrer beruflichen Laufbahn schon viel Tod und Zerstörung gesehen, aber der heutige Tag hatte eine Ladung geboten, die geballter war als alles, was sie bisher je erlebt hatte und wieder erleben wollte.

Die Wohnung von Jared Smith war nicht einfach nur ausgebrannt. Es sah aus, als hätte sich eine bösartige Hand durch die Wände gebohrt, jeden Holzbalken zu Staub zerdrückt und dann, um dem Ganzen noch die Krone aufzusetzen, ein Streichholz mitten hineingeworfen.

Mithilfe der Zahnarztunterlagen hatten sie die Leiche in Rekordzeit identifiziert, aber Jared war ein Geheimdienstagent gewesen und deshalb hatten sie leichten Zugriff auf seine Akte gehabt.

Anders war es an dem Ort, an dem Michael Weaver gestorben war. Dort war ein Stück abgesperrte Laufbahn in einer Sporthalle der einzige Hinweis dafür, dass sich irgendetwas Ungewöhnliches ereignet hatte. Die Spurensicherung hatte den Pfeil gefunden, aber bis jetzt war das ihr einziges Indiz. Die Videos von der Überwachungskamera des Sportstudios wurden bereits analysiert in der Hoffnung, dass die Aufnahmen Auskunft über den Schützen gaben. Dale Jefferson war dazugekommen, als sie den Tatort besichtigt hatte, und auch wenn er seine Gefühle weitgehend unter Kontrolle zu haben schien, beneidete sie die Kollegen von der Forensik nicht, die sie am Tatort mit ihm zurückgelassen hatte.

Um zwei Uhr war Faith bei ihrem Lieblingsschnellrestaurant vorgefahren. Das Hähnchen-Sandwich und die Cherry-Cola – die dritte bislang – hatten ihren verkrampften Magen etwas beruhigt. Aber jetzt, wo sie hinter dem Absperrband stand und die Stelle betrachtete, an der Luke und Zane in einen Hinterhalt geraten waren, bereute sie ihre Entscheidung, etwas zu essen.

Blut. Das Blut der beiden. Umhergespritzt und vergossen.

Luke Powell lag im Krankenhaus mit einer Schussverletzung, Abschürfungen und Platzwunden, die mit mehreren Stichen genäht werden mussten, und dem Agenten zufolge, der vor einer Stunde vor seinem Zimmer Wache gestanden hatte, war Luke ganz schlecht gelaunt.

Zane Thacker war nach einer Operation der zwei Schusswunden noch im Aufwachraum. Eine Kugel hatte seinen Arm getroffen und eine andere seine Seite durchbohrt, aber zum Glück waren keine wichtigen Organe in Mitleidenschaft gezogen worden. Eine weitere Kugel hatte seine Schuhspitze weggepustet, aber seinen Fuß verpasst. Die Ärzte sagten, er würde wieder ganz gesund werden.

Faith ließ den Blick über den Tatort schweifen. Rund um die Markierung für den Wanderweg wuchs kaum Gras, aber rechts und links des kleinen Schotterparkplatzes war die Vegetation dicht und überwuchert.

Special Agent Julie Sutton, eine junge Kollegin, die Faith nicht gut kannte, kam näher. „Special Agent Malone? Ich hatte Sie gar nicht hier erwartet. Ich dachte, Sie wären im Büro."

„Ich heiße Faith. Das Büro hat Zeit. Heute muss ich sehen, was hier passiert ist."

„Natürlich. Ich bin seit neun Uhr hier und zeige dir gerne den Tatort, wenn du willst."

„Danke."

Sutton zog einen Notizblock heraus und zeigte in Richtung Wanderweg. „Die Agenten Powell und Thacker haben sich morgens um Viertel vor fünf getroffen, um hier zu joggen."

„Im Dunkeln?" Waren die beiden verrückt? Faith ging zu dem Ausgangspunkt des Weges, dicht gefolgt von Agentin Sutton.

„Einer der Geheimdienstagenten, Agent Dixon, war vorhin hier und hat gesagt, dass die beiden jeden Montag hier laufen. Ich war skeptisch, deshalb bin ich selbst die Runde gejoggt, als ich hier ankam. Der Weg sieht wilder aus, als er ist. Nach etwa 10 Metern wird er breiter und ziemlich eben. Keine Steine, kaum Äste im Weg. Und auf der anderen Seite des Sees ist der Weg fast bis zum Ende asphaltiert. Bei Vollmond kann man dort problemlos laufen. Selbst ohne Mondlicht kann man die Strecke in einer Stunde schaffen, wenn man mit dem Weg vertraut ist."

Faith musterte den Weg. Vielleicht. Sie selbst lief nicht gerne draußen. Obwohl, wenn sie ehrlich war, lief sie überhaupt nicht gerne. Sie konnte rennen, aber warum sollte sie es tun? Sie wandte ihre Aufmerksamkeit wieder dem Tatort zu. „Ist es ein Rundweg?"

„Beinahe. Er ist hufeisenförmig, also keine vollständige Runde." Julie zeigte auf ein zweites Schild am anderen Ende des Parkplatzes. „Er geht bis zum Ende des Sees und dann auf der anderen Seite zurück. Wenn sie den ganzen Weg gelaufen sind, müssen sie dort drüben rausgekommen sein und sind dann zu ihren Autos gegangen, als sie überfallen wurden."

Sutton zeigte auf die erste Tatortmarkierung. „Ich habe noch keinen der beiden Agenten selbst befragt, aber wir glauben, dass Folgendes passiert ist: Der Schütze war dort drüben, im Gebüsch versteckt. Die Waffe war ein Gewehr mit Kaliber .22 und der Attentäter war ein grottenschlechter Schütze. Aus der Entfernung hätte selbst mein Neffe treffen können. Und der ist 7."

Ihre Kollegin hatte recht. Da sie kaum mit einem Anschlag gerechnet hatten, waren ihre Gestalten leicht zu sehen gewesen, als sie von dem Weg auf den Parkplatz getreten waren. Wie war es gekommen, dass der Schütze danebengeschossen hatte? „Wie viele Schüsse?"

„Wir sind nicht sicher. Mindestens fünf. Aber angesichts der Fähigkeiten des Täters könnten es auch mehr gewesen sein."

Faith ging zu der Stelle, an welcher der Schütze gestanden hatte. „Und wir sind sicher, dass dies sein Standort war?"

„Ja. Wir haben von allem Fotos gemacht. Jemand hat vor Kurzem dort gelegen und der Winkel kommt hin."

Faith legte sich auf den Boden und stützte die Ellbogen auf. Sie tat so, als würde sie ein Gewehr im Anschlag halten, und blinzelte, wie wenn sie durch ein Zielfernrohr gucken wollte.

Wie hatten die beiden Männer überlebt? Sie hatten keine Chance gehabt, sich zu wehren.

Julie zeigte zur Mitte des Parkplatzes. „Der erste Schuss ist dort gefallen. Agent Thacker ist zu Boden gegangen. Agent Powell hat sich fallen lassen. Dann sind sie beide zu den Fahrzeugen gekrochen. Die Schüsse sind ihnen dabei gefolgt. Eine Kugel hat Powell am Bein getroffen, aber es ist nur ein Streifschuss. Dann hat ein Schuss Thacker in die Seite getroffen. Da hat Powell ihn hinters Auto gezogen."

„Woher weißt du das alles?" Die Kollegen konnten unmöglich so schnell den Tathergang rekonstruiert haben und Sutton hatte gesagt, sie habe nicht mit den beiden Agenten gesprochen.

„Agent Powell. Nach der Explosion war er erst bewusstlos, aber er ist wieder aufgewacht, noch bevor der Rettungswagen kam. Er konnte ziemlich genau berichten, was passiert war, bevor sie ihn ins Krankenhaus gebracht haben. Und Agent Dixon hat mir die Informationen weitergegeben."

Luke war bei Bewusstsein gewesen, als er den Tatort verlassen hatte? Das war die beste Nachricht, die sie bis jetzt gehört hatte, und es räumte einen guten Teil der Zweifel an den Berichten aus. Wenn Luke die Ereignisse beschrieben hatte, ob verletzt oder nicht, dann war die Schilderung zutreffend. Der Mann war ausgesprochen penibel. An diesem Charakterzug änderte eine Schussverletzung nichts. Wenn überhaupt, war sein gewöhnlicher Hang zur Genauigkeit in einer solchen Situation noch ausgeprägter gewesen.

Faith spähte weiter durch ihr imaginäres Zielfernrohr und stellte sich die Szene vor. Zane, der zusammensackte. Luke, der ihn hinter den Wagen zog. Wenn sie der Schütze gewesen wäre, hätte sie …

Mit einem Mal kam ihr eine entsetzliche Erkenntnis. „Er hat nicht versucht, die beiden zu töten."

„Wie bitte?" Die Stimme der Agentin neben ihr klang eine Oktave höher als vorher.

„Der Schütze wusste, dass das Auto in die Luft fliegen würde, also hat er sich mit den beiden einen Spaß gemacht." Faith bemühte sich, ihre Stimme ausdruckslos und ruhig klingen zu lassen. „Dann hat er sie zum Auto gescheucht. Er wusste, dass sie sich vor den Schüssen in Sicherheit bringen würden … und genau in die Falle tappen würden, die er ihnen gestellt hatte. Er war kein schlechter Schütze. Er war sehr gut."

„Das ist …" Der jungen Agentin fehlten die Worte, um den Satz zu vollenden, und Faith konnte es ihr nicht verdenken.

Faith drückte die Hände in die Erde. Er war hier gewesen. Der Mann, der versucht hatte, Luke umzubringen. Und Zane. Er hatte genau hier gelegen. Sein Körper hatte die Erde gewärmt. Sein Atem hatte die Blätter bewegt, die ihn vor neugierigen Blicken verbargen. Wie lange hatte er hier gelegen und gewartet? Wie lange hatte es gedauert, bis er die Gewohnheiten der Männer kannte?

„Das wird dir noch leidtun." Sie flüsterte die Worte dem Boden zu und erhob sich. Dann wischte sie den Dreck dieses bösen Ortes von ihren Händen, ihrem Hemd und ihrer Hose. „Sehen wir uns die Stelle der Explosion an." Sie stapfte zu den zerstörten Fahrzeugen und ihre Kollegin hatte Mühe, mit ihr Schritt zu halten.

Faith ging um die völlig verzogenen Überreste von Zanes Ford Focus herum. Der Wagen war dem Ende des Weges am nächsten gewesen und als die Schüsse begannen, waren die Männer auf dieses Auto zugelaufen. Das, was von Lukes Ford noch übrig war, befand sich am anderen Ende des Parkplatzes, wo der Weg anfing. Die beiden Agenten waren zwischen den beiden Fahrzeugen gewesen, als die Bombe detoniert war. Überall lagen Metallteile und geschmolzener Kunststoff herum. Links von ihr sah Faith etwas, das einmal ein Rad gewesen war, einen Meter weiter eine Achse. Und war das dort der Motor?

„Soweit ich weiß, hat Special Agent Powell ein paar ziemlich üble Prellungen von Dingen, die bei der Detonation heruntergefallen sind", erklärte Sutton. „Als das erste Fahrzeug explodierte, hat er Special Agent Tucker fortgezogen. Er hat sich über ihn geworfen, sodass sein Körper das meiste abbekommen hat. Es ist ein Wunder, dass die beiden heute Morgen nicht umgekommen sind." Die Agentin schüttelte den Kopf. „Ich meine, wer überlebt so was?"

„Meine Großmutter würde jetzt sagen, sie haben wohl ein gutes Leben geführt", sagte Faith, „aber die richtige Antwort ist wahrscheinlich, dass ihre Zeit noch nicht abgelaufen war. Offenbar gibt es für sie noch was zu tun."

Woher war das denn jetzt gekommen? Sie glaubte nicht, dass Gott sich genügend für die Menschen interessierte, um sich einzumischen. Nicht mehr.

Julie Sutton kommentierte die Äußerung nur mit einem undefinierbaren Laut.

Faith wandte sich an die jüngere Agentin. „Ich brauche so schnell wie möglich deinen ausführlichen Bericht, aber ich muss sagen, dass ich beeindruckt bin von dem, was du bis jetzt hier getan hast. Gute Arbeit."

Agent Sutton versuchte völlig erfolglos, das Grinsen zu unterdrücken, das sie aussehen ließ wie eine Zwölfjährige, die von ihrer Tante eine FBI-Jacke ausgeliehen hatte. „Danke, Faith. Du bekommst den Bericht bis heute Abend."

Faith nickte den anderen Kollegen zu, die am Tatort arbeiteten. Sie hatte gesehen, was sie hier sehen wollte. Und jetzt würde sie Luke besuchen.

*

Wenn es noch einmal an die Tür klopfte, würde Luke endgültig wahnsinnig werden. Nach dem Besuch des Krankenhausseelsorgers hatte er dem Polizeibeamten vor seiner Tür gesagt, er solle keine Leute mehr reinlassen. Er wollte niemanden sehen.

Alles tat weh. Sein Kopf. Sein Bein. Seine Hände. Seine Arme. Sein Ego.

Sein Herz.

Zane war nach der Narkose noch im Aufwachraum und bewusstlos und Luke beneidete seinen Freund um diesen segensreichen Zustand. Das Bewusstsein würde nur Kummer bringen. Michael und Jared. Tot.

Wie konnte das überhaupt sein? Gestern hatte er sie noch bei der Party gesehen.

Er wollte mit irgendwas um sich werfen. Oder schreien. Oder beides. Oder Schlimmeres.

Noch mehr Witwen. Noch mehr vaterlose Kinder. Natürlich kannten sie alle die Risiken, die mit ihrem Beruf verbunden waren. Niemand ging zum Geheimdienst, ohne zu wissen, dass er mehr als einmal das eigene Leben für andere aufs Spiel setzen würde.

Aber keiner erwartete, in den eigenen vier Wänden umzukommen. Oder im Fitnessstudio auf der Laufbahn.

Warum, Herr? Das ist doch völlig sinnlos. Wie viele Menschen muss ich denn noch verlieren?

Ein Klopfen an der Tür ließ ihn umherschauen, ob es etwas in der Nähe gab, was er dem Eindringling an den Kopf werfen könnte. „Hau ab!" Die Worte waren heraus, noch bevor die sanften Augen von Faith Malone seinen Blick suchten.

Sie zuckte nicht zusammen. Ihr Mund verzog sich zu einer mitfühlenden Grimasse. Wie schaffte sie es, zugleich Mitleid und Trauer auszudrücken? Und was machte sie überhaupt hier?

„Luke." Sie betrat das Zimmer nicht. Schob die Tür nicht weiter auf. „Es tut mir schrecklich leid. Ich weiß nicht, ob sie dir gesagt haben –"

„Ich weiß schon von Michael und Jared." Die Worte brannten in seiner Kehle.

„Ja, und es ist ein schrecklicher Verlust für dich. Aber haben sie dir auch gesagt, dass ich die Ermittlungen in dem Fall leite?"

Was? Faith? Unmöglich. Faith und er hatten in den vergangenen drei Jahren oft zusammengearbeitet – von einem Wohltätigkeitsgolfturnier bis zu einem Drachenbootrennen für die Krebshilfe. Und im letzten Jahr waren sie beide in der Antiterrorismuseinheit tätig gewesen. Sie war eine gute Agentin, für jemanden vom FBI. Sie war ein verlässliches Mitglied der Taskforce, aber hatte sie den Rang oder die Erfahrung, die für einen solchen Fall nötig waren? Nicht, dass er vom FBI etwas Besseres erwartet hätte. Typisch, dass sie die Ermittlungen einem hübschen Gesicht überließen, wohl wissend, dass der Fall dadurch niemals aufgeklärt werden würde. Oder schlimmer noch, dass sie vielleicht jemanden verhaften würden, dabei aber die Ermittlungen so vermasselten, dass der Täter wegen eines Formfehlers ungestraft davonkam.

Er hatte es schon gesehen. Hatte es selbst erlebt.

Ganz abgesehen davon, dass ihre Freundschaft – oder was auch immer das zwischen ihnen war – niemals überleben würde, wenn sie diesen Fall nicht löste. Warum konnte es nicht jemand anders sein? Warum musste es ausgerechnet Faith sein?

„Deinem Gesichtsausdruck, der sich von feindselig zu mordlustig gewandelt hat, entnehme ich, dass dir niemand was von meiner Rolle bei den Ermittlungen gesagt hat. Ich werde mal sehen, wie es Zane geht. Bin in einer Viertelstunde wieder da."

Faiths Gesicht verschwand und dann zog auch ihre hellbraune Hand mit den perfekt manikürten Fingernägeln sich von der Türkante zurück und die Tür schloss sich mit einem leisen Klick. Wie konnte sie so eine Bombe platzen lassen und dann einfach gehen?

Na ja, ich habe schließlich gesagt, sie soll abhauen.

Luke starrte die Tür an, aber sie blieb geschlossen.

Er sollte … was? Hinter ihr herlaufen? Ihr die Meinung sagen? Das Zimmer verlassen und sich weigern, mit ihr zu reden, wenn sie beschloss, ihn das nächste Mal mit ihrer Anwesenheit zu beglücken? Er sah auf sein schickes Krankenhaushemd, den Tropf, der ihn mit Antibiotika versorgte, und seine verbundenen Arme hinunter. Die Verbände an seinen Beinen oder die genähte Wunde an seiner Wade brauchte er nicht zu sehen. Er saß in der Falle.

Luke ließ sich auf sein Kissen fallen und wartete.

Fünfzehn Minuten später hörte er wieder ein leises Klopfen an der Tür. Nach einem Augenblick wurde die Tür vorsichtig geöffnet. „Ist es ungefährlich für mich?"

„Komm rein."

Faith Malone trat ein. Aber nur so weit wie nötig. Die Tür schloss sich, aber sie kam nicht näher. Stattdessen lehnte sie sich an die Wand und musterte ihn. Sie sah toll aus, wie immer, selbst mit Dreck an Hose und Hemdsaum, etwas verschmierter Erde auf der Wange und Feuer in den Augen. Es wäre viel einfacher, sie auf Abstand zu halten, wenn er nicht schon so oft überlegt hätte, wie es wohl wäre, wenn sie ihm näherstände.

Sie stand immer noch dort, iPad in einer Hand, eine Cherry-Cola in der anderen.

Faiths Cherry-Cola-Problem war ein Thema, mit dem er sie gefahrlos aufziehen konnte. Hoffte er. Er zeigte auf die Flasche. „Wie viele hattest du heute schon?" Würde sie den Ölzweig annehmen, auch wenn er ziemlich erbärmlich war?

Sie hob kaum merklich das Kinn. „Das ist meine vierte."

„Wann war das letzte Mal, dass du an einem Tag vier davon getrunken hast?"

„Kann mich nicht erinnern."

Luke war ziemlich sicher, dass das gelogen war, aber er würde Faith nicht in die Enge treiben. Ihre vier Flaschen Cherry-Cola waren ihre Sache, nicht seine. Und auch wenn er es nur ungern zugab – die Tatsache, dass die vier Flaschen den Ereignissen dieses Vormittags geschuldet waren, machte etwas mit ihm. Etwas, das ihm nicht gefiel. Dadurch fing er nämlich an, Dinge zu denken, die nicht wahr sein konnten. Zum Beispiel, dass das FBI die Ermittlungen nicht vermasseln würde. Oder dass Faith den Fall aufklären könnte.

Dass sie ihre Sache gut machen würde.

Faith ging zum Fenster und stellte ihr Getränk auf die Fensterbank. „Das mit Michael und Jared tut mir leid."

Luke traute seiner Stimme nicht, deshalb nickte er nur.

Faiths schwarze Haare waren heute glatt und sie schob sie sich hinters Ohr. „Geht es dir gut genug, um über das zu reden, was heute Morgen passiert ist?"

Irgendwie war das zu viel. „Du bist zu nett, Faith. Warum fragst du mich? Du solltest einfach dein Beileid bekunden und sagen, dass du trotzdem meine Version der Geschichte brauchst, und fertig. Wenn du zu allen so nett bist –"

„Bin ich nicht, Special Agent Powell." Faiths braune Augen blitzten vor unverhohlener Verärgerung. „Man nennt es professionelle Höflichkeit. Schon mal gehört?"

Autsch.

Faiths Gesicht wirkte jetzt kantig und hart. Sie hatte ihm einmal erzählt, dass sie Wangenknochen und Teint von ihrer Mutter hatte, die eine Cherokee war, aber ihr Temperament von ihrem rothaarigen irischen Vater.

Lukes innere Stimme sagte ihm, dass er lieber nicht der Adressat sein wollte, wenn sie ihrer scharfen Zunge freien Lauf ließ. Und er wusste aus früheren Erfahrungen, dass er ein Problem hatte, wenn sie anfing, ihn „Special Agent Powell" zu nennen statt „Luke". Was war eigentlich mit ihm los? Warum war er so aggressiv? Er hatte es hier nicht mit irgendeinem Agenten zu tun, sondern mit Faith. Er kannte sie. Er mochte sie. Mehr, als er sollte.

Vielleicht war das sein Problem. „Sorry." Er zeigte auf das Zimmer um ihn herum. „Dieser Ort bringt alle meine schlechten Eigenschaften zum Vorschein."

Faith grinste spöttisch und setzte sich. „Es ist nicht der *Ort*. Es liegt an der wirkungsvollen Mischung aus Trauer, mangelnder Kontrolle und deinem tief sitzenden Misstrauen gegenüber dem FBI. Ich kann nichts tun, um deinen Kummer zu lindern, und dir auch nicht dein falsches Gefühl zurückgeben, dass du dein Leben im Griff hast. Ich weiß noch immer nicht und will es auch gar nicht wissen, warum du das FBI so verachtest. Ich kann nur deine abfälligen Bemerkungen in Bezug auf meine beruflichen Fähigkeiten ignorieren. Und dieses Zugeständnis gilt nur für die nächsten zwölf Stunden."

Sie tippte mit dem Spezialstift auf ihr iPad und fing an zu schreiben. „Und jetzt fangen wir damit an, wo du heute Morgen warst, und dann schildere bitte der Reihe nach, was passiert ist."

Er wollte widersprechen. Sich verteidigen. Er wollte ihr all die Gründe nennen, warum er das FBI hasste. Wenn sie nur wüsste!

Aber sie wusste es nicht.

Faith wartete, ein geduldiges Lächeln auf den vollen Lippen. Wenn sie hinter der gelassenen Fassade kochte, sah er es nicht.

„Also gut."

Er erzählte ihr alles.

Sie hörte gut zu und unterbrach ihn nur zweimal, weil etwas

nicht ganz klar war. Immer, wenn sie vom Krankenhauspersonal gestört wurden, was oft der Fall war, saß sie ohne jeden Anschein von Frustration oder Unbehagen dort, und sobald sie wieder ungestört waren, nahm sie den Faden an der Stelle wieder auf, an der sie unterbrochen worden waren. Es hatte kein Geplauder gegeben. Keine Witze. Sie war ganz professionell gewesen.

Schließlich überflog sie ihre Notizen und fragte dann: „Hast du den Schützen gesehen?"

„Nein." Seine Enttäuschung schwang unüberhörbar in diesem einen Wort mit. Er konnte sie angesichts dieser Tatsache einfach nicht verbergen. „Die Sonne war noch nicht aufgegangen und wir hatten kein Versteck. Ich bin sicher, er war am Rand des Parkplatzes, aber ich habe ihn nicht gesehen."

„Wie viele Fahrzeuge standen dort, als ihr von eurem Lauf zurückgekommen seid?"

„Zwei. Meins und das von Zane."

„Ist das ungewöhnlich? Dass sonst niemand dort war?"

„Wir laufen fast jeden Montag dort. Ich hätte erwartet, dass noch ein paar Wagen dort stehen, zumindest als wir wieder fahren wollten, aber es kam mir auch nicht seltsam vor, dass keine anderen Leute da waren. Obwohl, wir waren diesmal schneller als sonst."

„Schneller?"

„Wir hatten beide schlechte Laune."

„Ihr lauft schneller, wenn ihr schlechte Laune habt?"

Er funkelte sie an. „Heute war es jedenfalls so."

„Wann seid ihr losgelaufen?"

„Zane kam ein paar Minuten zu spät. Wir haben gegen zehn vor sechs mit dem Aufwärmen angefangen und um sechs waren wir unterwegs."

„Und wann seid ihr wieder beim Parkplatz angekommen?"

„Sechs Uhr siebzehn."

Faith rechnete. Keine vier Minuten für den Kilometer. Beeindruckend. „Warum wart ihr so schlecht drauf?"

„Ich finde nicht, dass das für den Fall wichtig ist."

„Überspann den Bogen nicht." Faith schraubte ihre Colaflasche auf. „Ich entscheide, ob es wichtig ist. Warum wart ihr schlecht gelaunt?" Sie trank einen Schluck und stellte die Flasche aufs Fensterbrett zurück. Dann wandte sie sich wieder Luke zu und wartete auf seine Antwort.

„Thad Baker war unser Laufkumpel. Gestern waren wir bei der Geburtstagsfeier seiner Zwillinge."

„Ah."

Faith notierte etwas. Nach einigen Augenblicken hielt sie inne und ihr Mund verzog sich, während sie auf ihr iPad starrte. Als sie Luke schließlich wieder ansah, wirkte sie nachdenklich. „Thad Baker ist vor elf Wochen gestorben. Auf den Tag genau."

Luke hatte den Zusammenhang nicht gesehen, aber Faith hatte recht.

„Heute sind zwei Agenten gestorben. Zwei wären beinahe umgekommen. Das Büro war leer. Mir scheint, jemand führt einen Rachefeldzug gegen euer Team in Raleigh. Was in aller Welt habt ihr denn gemacht?"

Luke gefiel die Richtung, in der ihre Worte führten, überhaupt nicht. „Unsere Arbeit."

„Zweifellos. Aber eure Arbeit hat jemanden aufgebracht. Und mit *jemand* meine ich die Art Jemand, der krank genug ist, sich ins Gebüsch zu legen und auf dich und Zane zu schießen, um euch zu euren Autos zu scheuchen, damit er oder sie euch in die Luft jagen kann. Und der sich dann über irgendwelche Feldwege aus dem Staub macht, um Jared Smith mitsamt seiner Eigentumswohnung in die ewigen Jagdgründe zu schicken, und dann zum Fitnessstudio fährt, um Michael Weaver umzulegen."

Luke brachte sein Gehirn und seinen Mund nicht dazu,

gleichzeitig zu funktionieren. Stattdessen starrte er Faith nur an. War das ihr Ernst?

„Ich schließe die Möglichkeit dreier verschiedener Täter nicht aus, aber ich habe vorhin an der Stelle gelegen, an der euer Schütze heute Morgen gewartet hat. Ich habe die Reifenspuren gesehen, die ihr von euren Autos aus nicht sehen konntet. Danach bin ich direkt zu Jareds Haus gefahren und dann zum Fitnessstudio. Nachmittags bei all dem Verkehr kommt es zeitlich nicht ganz hin, aber morgen früh werde ich die Strecken noch einmal fahren. Wenn ich mich irre, werde ich einen ganzen Tag lang auf Cherry-Cola verzichten, aber ich glaube, morgens früh und mit einer gut geplanten Strategie könnten wir es mit einem sehr entschlossenen Killer zu tun haben." Sie klappte die Schutzhülle ihres iPads zu und schob den Stift in die dafür vorgesehene Schlaufe. „Vielleicht übertreibe ich, aber euer Täter könnte derselbe sein, der Thad Bakers Auto in die Luft gesprengt hat. Ich habe die Akte von der zuständigen leitenden Ermittlerin angefordert."

Faith stand auf. „Mein Beileid zu deinem Verlust, Luke. Ehrlich. Und ich bin froh, dass deine Verletzungen nicht schlimmer sind. Ich melde mich."

Und mit diesen Worten ging sie.

„Warte!" Luke rief hinter ihr her, aber wenn sie ihn hörte, antwortete sie nicht.

4

Luke Powell war ein arroganter, selbstsüchtiger Idiot.

Wie konnte er es wagen anzudeuten, dass sie diesem Fall nicht gewachsen war!

Faiths Verärgerung trieb sie von seiner Zimmertür weg und in Richtung Aufwachraum. Am liebsten hätte sie den kleinen Eimer mit Eiswürfeln über ihm ausgeleert und zugesehen, wie er sich in seinem albernen Krankenhaushemd wand.

Der Mann konnte von Glück sagen, dass er ziemlich gut aussah, jetzt wo sein sonst immer sorgfältig gestyltes Haar verwuschelt war und er statt eines glatt rasierten Kinns einen Dreitagebart hatte, der die markanten Züge seines Gesichts auf unerwartete Weise betonte. Aber das hätte ihn nicht vor ihrem Zorn bewahrt, wenn sie nicht den nackten Schmerz in seinen Augen gesehen hätte – Augen, die genau den gleichen Braunton hatten wie das Holz am Boot ihres Großvaters …

Reiß dich zusammen. Wen interessierten schon die Augen von Luke Powell? Niemanden. Schon gar nicht sie. Sie musste einen Fall aufklären. Und dass sie dabei mit Luke Powell zu tun hatte, würde … kompliziert sein. Alles an Luke war kompliziert. Er machte Faith wahnsinnig, aber er war auch witzig. Flegelhaft und doch charmant. Manchmal wollte sie ihm eine scheuern und bei anderen Gelegenheiten fragte sie sich, was er wohl tun würde, wenn sie ihn küsste.

Ihr Telefon zwitscherte. Faith blieb stehen und lehnte sich an die Wand, bevor sie ins Handy sprach. „Malone."

„Bist du immer noch bei der Arbeit?", fragte ihre Mutter.

Wie oft hatte sie ihrer Mom schon gesagt, dass sie diese Nummer nur in äußersten Notfällen anrufen sollte? Wie oft hatte sie darum gebeten, dass ihre Mutter eine Textnachricht schrieb und nicht anrief, wenn sie etwas Zeit hatte?

Sie zählte bis fünf.

„Bist du da? Ist die Verbindung schlecht?“ Ihre Mutter wusste ganz genau, dass es nicht an einer „schlechten Verbindung“ lag.

Faith zählte noch einmal bis fünf. „Mom, ich kann im Moment nicht mit dir reden. Du hast wieder meine dienstliche Nummer gewählt.“

„Sorry. Ich weiß auch nicht, warum das immer passiert.“

Klar. „Ich *arbeite,* Mom! Keine Ahnung, wann ich zu Hause sein werde. – Mit Hope alles in Ordnung?“

„Hope geht es gut. Sie hat heute Nachmittag angerufen, aber ich habe euch beide schon eine Weile nicht mehr gesehen.“

„Diese Woche werde ich auch gar keine Zeit haben, vorbeizukommen. Es ist –“

„Arbeitest du an einem Fall für den Geheimdienst?“ Ihre Mutter war nicht so begriffsstutzig, wie sie tat.

„Du weißt doch, dass ich nicht über meine Fälle reden kann. Ich melde mich später bei dir. Wenn du mich brauchst, nimm bitte meine private Nummer, okay?“

„Pass auf dich auf, mein Schatz.“

„Mach ich. Ich hab dich lieb.“ Faith beendete die Verbindung und sah nach, ob sie auch keine Anrufe verpasst hatte. Dann zog sie ihr privates Handy aus der Gesäßtasche und schickte eine schnelle Nachricht an ihre Schwester.

Hey! Lange nicht gesehen. Ich weiß, dass du diese Woche bei Gericht alles super machen wirst. Wenn du Zeit hast, kannst du mal rausfinden, ob ich Mom gerichtlich davon abhalten kann, mich auf dem Diensthandy anzurufen? #notkidding

Faith ließ den Finger noch einen Augenblick über dem Display schweben, als sie sah, dass die kleinen Punkte sich bewegten.

LOL! Das wird nichts. Gericht läuft gut. Hab dich lieb!

Ich dich auch.

Sie verstaute ihr Privathandy wieder in der Tasche. Wenn sie das nächste Mal bei ihrer Mutter war, würde sie bei Moms Telefon ihre dienstliche Nummer aus den Kontakten löschen.

Nachdem sie einmal tief Luft geholt hatte, ging sie weiter zum Aufzug. Zehn Minuten später stand sie vor Zane Thackers Zimmer. Als sie vorhin versucht hatte, ihn zu sehen, war er gerade zwischen Aufwachraum und seinem neuen Zimmer im fünften Stock unterwegs gewesen. Hoffentlich hatte er in der Zwischenzeit Gelegenheit gehabt, sich ein bisschen auszuruhen, sodass er jetzt mit Faith sprechen konnte.

„Irgendwelche Neuigkeiten von draußen?", fragte der Polizeibeamte, der auf dem Flur Wache stand, nachdem er ihre Dienstmarke genau betrachtet hatte.

„Keine neuen Nachrichten."

„Gut", sagte der ältere Herr. „Keine Nachrichten sind gute Nachrichten. Wenigstens an einem Tag wie heute."

„Stimmt." Sie zeigte auf Zanes Zimmer. „Irgendwelche Änderungen hinsichtlich seines Zustands?"

Ein Achselzucken. „Ich soll ja eigentlich nichts wissen, aber vor ein paar Minuten habe ich ihn reden hören. Klang so, als würde er mit der Schwester schäkern. Ich glaube nicht, dass er schlimme Schmerzen hat. Jedenfalls noch nicht. Wenn die Wirkung der Tabletten nachlässt, wird sich das noch ändern. Sind Sie schon mal angeschossen worden?"

„Nein."

„Dann würde ich sagen, belassen Sie es dabei."

„Ich versuche es." Sie mochte diesen Kollegen. Er hatte eine beruhigende Art. Der Beamte deutete einen Salut an und klopfte dann an die Tür.

Eine Krankenschwester öffnete. „Ja?“

„Kann ich Agent Thacker kurz besuchen?“ Faith hielt ihre Dienstmarke hoch.

Die Schwester blickte finster drein, zog die Tür aber ganz auf. „Fünf Minuten. Dann komme ich wieder.“ Sie trat auf den Flur hinaus und Faith ging ins Zimmer.

Zane Thacker war das genaue Gegenteil von Luke Powell – unterschiedlicher konnten zwei Menschen nicht sein. Während Luke einen beinahe olivfarbenen Teint hatte, betonte Zanes helle Haut seine Augen, die das tiefe Blau des Meeres am Horizont hatten. Er hatte dicke dunkelblonde Locken und sein Bartschatten war … rot?

Zane lächelte verwirrt. „Faith? Was machst du denn hier? Ich meine, ich weiß deine Sorge um deinen Lieblingsgolfpartner sehr zu schätzen, aber mir war nicht klar, dass unsere Beziehung weit genug gediehen ist, damit du mich im Krankenhaus besuchen kommst. Oh. Warte.“ Er wackelte mit den Augenbrauen. „Du bist hier, um Luke zu sehen, oder? Das erklärt einiges.“

Zane war noch ein bisschen benommen von der Narkose, aber er hatte nicht den gequälten Blick, der in Lukes Miene so offensichtlich gewesen war. Faiths Anwesenheit wunderte ihn, beunruhigte ihn aber nicht.

Und dann wurde es ihr schlagartig klar. Zane wusste nichts. Und sie wollte nicht diejenige sein, die es ihm sagte.

Ein leises Klopfen an der Tür verschaffte ihr eine kurze Galgenfrist. Die Person, die hereinkam, war zweifellos die schönste Frau, die Faith jemals gesehen hatte. Sie war fast 1,80 Meter groß und als sie näher kam, wurde Faith sich ihrer mickrigen 1,65 Meter mehr als bewusst. Und diese Haare! Dunkelbraune Locken mit hellen Strähnchen, die wahrscheinlich keine Naturlocken waren, aber so aussahen, ergossen sich über den Rücken der Frau.

„Sie müssen Special Agent Malone sein", sagte sie. „Special Agent Tessa Reed."

Dies war also die geheimnisvolle Tessa Reed. Sie arbeitete schon ein knappes Jahr in Raleigh, aber ihre Wege hatten sich bislang nicht gekreuzt. Faith vermutete, dass Tessa indischer oder pakistanischer Abstammung war, aber ihrem Akzent nach zu urteilen war sie höchstwahrscheinlich in den Südstaaten aufgewachsen.

„Freut mich", erwiderte Faith. „Obwohl ich Sie lieber unter anderen Umständen kennengelernt hätte."

Bei genauerem Hinsehen war zu erkennen, dass Agent Reeds Augen gerötet waren. Sie wusste Bescheid. Und jetzt war klar, warum sie hier war. Tessa Reed war geschickt worden, um es Zane zu sagen.

Faith versuchte, ihrem Mitgefühl für die Kollegin Ausdruck zu verleihen, sowohl wegen Tessas Verlust als auch wegen der Aufgabe, die vor ihr lag. „Ich komme später wieder."

Als sie das Zimmer verließ, hörte sie Zane sagen: „Was ist los, Tessa? Warum ist sie gegangen?"

Fünfzehn Minuten später schraubte sie den Deckel von einer Wasserflasche und leerte sie zu einem Drittel, ohne abzusetzen. Bäh. Wasser war so … langweilig.

Sie setzte sich auf einen Stuhl im Wartezimmer und tippte auf ihr iPad, um ihre handschriftlichen Notizen in getippten Text zu verwandeln. Dann las sie alles noch einmal durch und redigierte einzelne Stellen. Sie musste ins Büro zurück und jedes Wort in der Akte zu Thad Bakers Tod analysieren.

Es gab eine Verbindung. Es *musste* eine geben. Drei tote und zwei verwundete Agenten des Secret Service in elf Wochen. Und alle vom Büro in Raleigh.

Raleigh, North Carolina, war im Moment wahrscheinlich der gefährlichste Einsatzort im gesamten Geheimdienst. Wie verrückt!

Drei tote Agenten – und alle hatten ihre Tätigkeit im Personenschutz bereits hinter sich und absolvierten jetzt den letzten Teil ihrer Karriere. Den Teil, der deutlich weniger Risiken mit sich bringen sollte.

Die beruflichen Stationen eines Geheimdienstagenten waren so unterschiedlich wie die Agenten selbst, aber im Normalfall verbrachten sie die ersten Jahre in einem Büro. Dort arbeiteten sie an Ermittlungen, die meist mit Falschgeld oder Cyberkriminalität zu tun hatten. Wann immer eine wichtige Person des öffentlichen Lebens in der Gegend war, unterbrachen sie ihre Aktivitäten, um den Präsidenten, Vizepräsidenten, ausländischen Würdenträger oder andere Personen zu beschützen, die eine solche Dienstleistung benötigten. Phase eins dauerte für die meisten Agenten zwischen drei und fünf Jahren. Das heißt, Luke war von dem zweiten Abschnitt noch ein, zwei Jahre entfernt und Zane … er konnte jeden Augenblick in Phase zwei eintreten.

Phase zwei bedeutete für einen Agenten ausschließlich Personenschutz. Das, was die Öffentlichkeit normalerweise für die Hauptaufgabe des Geheimdienstes hielt. Agenten wurden zum Schutz des Präsidenten oder Vizepräsidenten oder ihrer Familien oder anderer hoher Beamter abgestellt. Manche Agenten waren das öffentliche Gesicht des Geheimdienstes. Die Anzüge, die Funkgeräte, die Agenten, die während einer Parade neben dem Wagen herliefen. Manche arbeiteten im Hintergrund vor, während und nach den Besuchen an der Sicherheit und sorgten dafür, dass alle potenziellen Gefahren aufgespürt und unschädlich gemacht wurden, bevor der Schützling erschien. Die meisten Agenten arbeiteten in dieser Funktion maximal fünf Jahre, dann ging es weiter zu Phase drei.

Wenn sie mit dem dritten Teil ihrer Tätigkeit anfingen, hatten die Agenten ein Jahrzehnt Erfahrung und sich so ihren Platz als Leiter der Lokalbüros und Außendienststellen erarbeitet, denen sie zugeteilt wurden. Manche machten dann auf der Leitungsebene Karriere. Andere kümmerten sich um Ermittlungen oder Personenschutz, je nachdem, was gebraucht wurde.

Alle drei Agenten, die getötet worden waren, hatten diese dritte Phase erreicht. War das bedeutsam? Oder Zufall? Faith fügte diese Frage zu ihren Notizen hinzu.

Könnten die drei Agenten während ihrer zweiten Phase alle mit demselben Fall zu tun gehabt haben? Diese Idee würde sie überprüfen, aber es schien ihr nicht das wahrscheinlichste Szenario. In Großstädten, vor allem Metropolen wie New York, machten die Agenten das ganze Jahr Personenschutz. Aber in einem Ort wie Raleigh waren solche Tätigkeiten sehr viel seltener. Hier verbrachten die Agenten den größten Teil ihrer Tage damit, in Fällen von Cyberkriminalität oder Fälschungsdelikten zu ermitteln, und auch wenn ein politisches Motiv oder ein Zusammenhang mit Informationen aus Phase zwei denkbar war, hielt Faith das nicht für einen besonders vielversprechenden Ansatz.

Vor allem, wenn man bedachte, dass weder Luke noch Zane überhaupt mit Phase zwei begonnen hatten.

Deshalb wandte Faith ihre Aufmerksamkeit wieder den Fällen zu, die speziell mit Raleigh zu tun hatten. Sie musste alle Fälle durchgehen, in denen sie in letzter Zeit ermittelt hatten. Vor allem die, mit denen Thad Baker, Jared Smith und Michael Weaver zu tun gehabt hatten.

Sie würde sich einen Überblick über alle Tätigkeiten jedes einzelnen Kollegen in ihrer Abteilung verschaffen müssen.

Irgendwo gab es eine Verbindung, die alles erklärte.

Faith malte einen Kringel um die Namen von Luke, Zane, Thad, Michael und Jared.

Wer war als Nächstes dran?

5

Luke Powell dankte dem Uber-Fahrer und versuchte, keine Grimasse zu ziehen, als er aus dem Toyota Prius stieg. Er konnte noch immer nicht fassen, dass der Arzt ihm für eine komplette Woche das Autofahren verboten hatte.

Außerdem hatte der Doc gesagt, er solle sich nach Hause begeben und sich erholen.

Er war gerade lange genug zu Hause gewesen, um zu duschen, sich umzuziehen und was Ordentliches zu essen. Das zweistündige Nickerchen, nachdem er die vom letzten Essen übrig gebliebene Pizza verzehrt hatte, war nicht geplant gewesen, aber wenn er um drei Uhr nachmittags ins Büro schlich, standen die Chancen besser, dass niemand ihn bemerkte – und damit war auch die Chance größer, dass er nicht sofort wieder nach Hause geschickt wurde.

Luke scannte seine Dienstmarke am Eingang und betrat das Büro.

„Luke!“ Leslie Martin, die Frau, die dafür sorgte, dass alle Agenten zum richtigen Zeitpunkt am richtigen Ort waren, ihr Gehalt bekamen und immer genügend Donuts da waren, sprang von ihrem Schreibtisch auf. Zum Glück bremste sie gerade noch rechtzeitig ab, bevor sie mit Luke zusammenstieß, und tätschelte stattdessen seinen Arm, während ihr die Tränen kamen, denen sie auch gleich freien Lauf ließ.

So viel zu der Chance, unbemerkt ins Büro zu schleichen …

„Hallo, Marty.“ Luke war der Einzige, der sie Marty nannte. Es war ihr privater Scherz seit seinem ersten Tag hier und als er ihren Namen aussprach, verwandelten sich ihre stillen Tränen in herzzerreißende Schluchzer. Er brachte es nicht übers Herz, ihr zu sagen, sie solle aufhören zu weinen. Liebend gerne hätte er mit ihr geweint. Stattdessen zog er sie vorsichtig in seine Arme.

„Pass auf, dass deine Nähte nicht aufgehen." Ihre Worte wurden von einem Schluckauf begleitet, während er sie fest drückte.

„Mir geht es gut, Marty."

Sie löste sich aus seiner Umarmung und wischte die schwarzen Mascaraspuren von ihren Wangen.

Er ließ eine Hand auf ihrem Arm liegen und griff nach der Schachtel mit Papiertaschentüchern auf ihrem Schreibtisch. „Hier."

Sie nahm eins. Dann noch eins.

Dann schlug sie seinen Arm fort. „Du solltest gar nicht hier sein. Der Arzt hat gesagt, nicht vor Montag."

Woher wusste sie das?

„Jacob wird nicht begeistert sein." Sie putzte sich die Nase.

„Luke Powell. In mein Büro. Sofort." Die Stimme des leitenden Agenten Jacob Turner dröhnte durch den Flur.

Marty lächelte mit feuchten Augen und sah zu Luke auf. „Hab ich doch gesagt."

„Wenn er mich nach Hause schickt, lade ich dich morgen zum Mittagessen ein. Aber wenn ich bleiben darf, musst du für mich diesen Schokoladenkuchen backen, den du zum Ostermahl mitgebracht hast." Luke lief ein paar Schritte rückwärts den Gang hinunter. „Abgemacht?"

„Abgemacht."

Martys kulinarische Fähigkeiten waren ... alarmierend. Buchstäblich. Sie konnte sogar die Rauchmelder zum Einsatz bringen, wenn sie versuchte, Wasser zu kochen, aber ein Rezept beherrschte sie: einen saftigen Schokoladenkuchen, der zusammen mit einem Glas Milch oder einer großen Kugel Vanilleeis einfach paradiesisch schmeckte. Die Weavers hatten nach dem Ostergottesdienst alle zum Essen eingeladen und Martys Kuchen war so gut angekommen, dass Luke nur ein kleines Stück ergattert hatte, bevor alles verputzt war.

„Beeilung, Powell."

„Ich glaube, ich möchte einen Salat von –" Luke schloss die Tür zu Jacobs Büro hinter sich und schnitt Martys Stimme damit ab.

Jacob Turner blickte von seinem Schreibtisch auf. „Setzen."

Wenn er sich setzte, würde er vielleicht nicht wieder hochkommen. „Ich würde lieber stehen, wenn das in Ordnung ist." Bevor Jacob antworten konnte, fragte Luke: „Warst du gestern Nacht überhaupt zu Hause?" Jacobs Kleidung war zerknittert und er trug dieselbe Hose wie gestern, als er zum Krankenhaus gekommen war. Die Ringe unter seinen Augen waren deutlicher zu sehen als sonst. So, als hätte er – nun, natürlich hatte er geweint. Sie alle hatten geweint.

Jacob beantwortete die Frage nicht. „Wie geht es dem Arm? Dem Bein? Den Händen? Dem Rücken?"

Wenn Jacob darauf bestand, jeden Teil von Lukes Körper aufzuzählen, der etwas abbekommen hatte, würde das ewig dauern. „Mir geht es gut."

Jacob blickte über den Rand seiner Lesebrille hinweg, offenbar nicht belustigt.

„Ich kann arbeiten."

Jacob musterte ihn unverwandt. Luke arbeitete schon lange genug mit ihm zusammen, um zu wissen, dass er warten würde, bis Luke alle seine Fragen zu seiner Zufriedenheit beantwortet hatte.

„Die Schnittwunde an meiner Schulter musste mit sechs Stichen genäht werden. Und mein Arm tut weh, aber solange ich nicht versuche, ihn über Kopfhöhe zu heben, kann ich ihn gut bewegen. Alles schmerzt. Mein Bein brennt. An einer Wade wurde ich genäht wegen heruntergefallener Trümmer.

Und diese dämliche Kugel hat mir die Haut abgezogen. Kann man aber nicht nähen oder sonst irgendwie reparieren. Ich muss warten, bis die Haut nachgewachsen ist. Es brennt die ganze Zeit. Die Schwester hat die Stelle mit einem wasserdichten Zeug verbunden und mir gezeigt, wie ich den Verband wechseln muss. In ein paar Tagen gehe ich zum Nachsehen zum Arzt."

„Ich habe gehört, dass du bis Montag krankgeschrieben bist."

„Ich habe das eher als Vorschlag verstanden."

Jacob legte seine Lesebrille auf den Schreibtisch und rieb sich die Nasenwurzel. „Du gehst mir auf die Nerven, Powell."

Luke überlegte, irgendwas Schlaues zu sagen wie „Es ist mir ein Vergnügen" oder „Gern geschehen", aber bevor er sich entscheiden konnte, was die beste Antwort war, kam Jacob um seinen Schreibtisch herum und schlang die Arme um ihn.

„Ich bin echt froh, dass du okay bist, Mann." Er ließ Luke los und fuhr sich mit der Hand über die Augen. „Wir können nicht noch mehr Agenten verlieren. Hast du gehört? Bleib am Leben!"

Luke blinzelte, um die Feuchtigkeit in seinen eigenen Augen zu vertreiben. „Ich werde mir Mühe geben."

Jacob kehrte zu seinem Stuhl zurück. „Ich habe seit gestern zehn Mal mit Dale Jefferson gesprochen. Er hat Faith Malone den Fall übergeben. Er sagt, sie sei die Beste. Du kennst sie von der Antiterroreinheit, oder?"

„Stimmt." Von der Taskforce und von verschiedenen Benefizveranstaltungen und organisationsübergreifenden Events in den vergangenen Jahren. „Wir haben gestern miteinander gesprochen. Kurz."

Jacob trank einen Schluck Kaffee. „Es passt dir nicht, dass das FBI den Fall übernimmt, das ist mir klar, aber weißt du was? Das ist mir egal. Gewöhn dich an den Gedanken. Wenigstens ist die leitende Ermittlerin jemand, den du schon kennst. Wenn du unbedingt hier sein willst, kannst du in der nächsten Zeit die offizielle Kontaktperson zwischen ihr und diesem Büro sein. Gib ihr, was sie haben will. Hilf ihr, so gut du kannst. Mir ist egal, ob ich dich sehe oder nicht, vor allem, weil du sowieso nicht hier sein solltest. Aber wenn ich höre, dass du ihr das Leben schwer machst, schick ich dich nach Hause. Verstanden?“

Auf keinen Fall würde er riskieren, von den Ermittlungen ausgeschlossen zu werden. „Sie hat meine volle Kooperation.“

„Dachte ich mir doch, dass du es so sehen würdest.“

Auf dem Weg zu seinem Platz ging Luke an Martys Schreibtisch vorbei. Ohne stehen zu bleiben, klopfte er mit den Knöcheln an ihren Aktenschrank. „Keine Eile, aber du schuldest mir einen Kuchen.“

„Was? Nein. Tue ich nicht – komm sofort zurück, Luke Powell.“ Martys schockiertes Stottern folgte ihm den Gang hinunter. Doch jeglicher Humor verging ihm, als er wie angewurzelt vor dem Arbeitsplatz stehen blieb, der mit Stellwänden von den anderen getrennt war. Wie konnte es sein, dass sein Kollege nie wiederkommen würde? Wer hatte es seiner Ex-Frau gesagt? Jareds Beziehung zu seiner Ex war eine Katastrophe gewesen, solange Luke Jared kannte, aber er konnte sich nicht vorstellen, dass sie über seinen Tod froh war.

Special Agent Gil Dixon trat aus seiner Nische nebenan. „Was machst du denn hier, Mann?“ Bevor Luke antworten konnte, umarmte Gil ihn und drückte ihn ein paar Sekunden länger, als es Luke lieb war. „Alles in Ordnung?“ Gil trat zurück und musterte ihn von Kopf bis Fuß.

„Ich werd’s überleben. Und im Moment ist das ein Grund zum Feiern.“ Luke blickte den Gang hinunter zu Michaels leerem Büro.

„Wohl wahr." Gil fuhr sich mit einer Hand durch die stoppeligen schwarzen Haare und dann über seinen Bartschatten.

Luke zeigte auf den Arbeitsplatz neben Gil. „Wo ist Tessa?" Noch während er die Frage stellte, überlegte er unwillkürlich, wie lange es wohl dauern würde, bis er nicht mehr ständig wissen wollte, wo alle waren. Falls dieses Bedürfnis sich überhaupt jemals legen sollte.

„Sie war bei Jared. Keine Ahnung, was sie dort gemacht hat. Sie hat Leslie angerufen und ihr gesagt, dass sie im Krankenhaus vorbeifährt, um nach Zane zu sehen, bevor sie wieder ins Büro kommt. Sie bringt für alle Kaffee mit. Wenn du auch was willst, schick ihr besser eine Nachricht."

Luke zog sein Telefon heraus und schrieb eine kurze Textnachricht.

Ich nehme einen Americano. Vierfach. Danke.

Ihre Antwort kam nur wenige Sekunden später.

Was machst du bei der Arbeit? Zane ist sauer.

Bevor er antworten konnte, klingelte sein Telefon. Zane. „Was ist –?"

„Ich weiß, dass sie dir nicht erlaubt haben zu arbeiten." Zane klang belustigt, verärgert und beeindruckt zugleich. „Wie hast du das geschafft?"

„Ich bin einfach aufgelaufen. Es ist besser, um Verzeihung zu bitten als um Erlaubnis. Und Jacob kann mich schließlich nicht zum Nichtstun zwingen. Also hat er mich dazu verdonnert, mit Faith zusammenzuarbeiten."

Gil grinste. Zane pfiff. Faith Malone war seit Längerem Gesprächsthema, meist zwischen Thad, Zane und Gil, die versuchten, Luke dazu zu überreden, dass er die FBI-Agentin zu einem Date einlud.

„Nicht witzig", sagte Luke zu Zane und funkelte Gil gleichzeitig an.

„Es ist ausgesprochen lustig und das weißt du auch." Gil lehnte sich an die Wand. „Das ist eindeutig die beste Nachricht in den letzten vierundzwanzig Stunden."

Luke konnte hören, wie Zane es Tessa erzählte und die beiden anschließend lachten. „Das könnt ihr euch alle abschminken", sagte Luke. „Sie ist zu jung für mich."

„Sie ist 31." Zane musste ihn auf laut gestellt haben, denn Tessas Stimme war laut und deutlich zu vernehmen.

„Also älter als du, Luke", kommentierte Gil. Sehr hilfreich. Da Gil sowieso schon zuhörte, schaltete auch Luke sein Handy auf laut.

„Aber nicht viel." Die Bemerkung war an Gil gerichtet, dann wandte er sich wieder dem Telefon zu. „Woher weißt du, wie alt sie ist, Tessa?"

„Ich habe nachgeguckt, als ich gehört habe, dass sie den Fall übernimmt." Luke konnte nicht sehen, wie Tessa die Augen verdrehte, aber er wusste es trotzdem. „Sie hat eine Menge Auszeichnungen erhalten. Und ich habe mit einem Freund beim FBI gesprochen und er sagt, sie sei der aufgehende Stern am FBI-Himmel. Sie hat bei einigen wichtigen Fällen mitgearbeitet und die obere Etage hinter sich. Mein Kumpel sagt, sie hat schon eine Versetzung in ein größeres Büro abgelehnt. Es gibt Gerüchte, dass es irgendein familiäres Drama gibt. Sie lässt aber nichts durchblicken. Mehr wusste mein Bekannter auch nicht. Aber er sagt, was auch immer es ist, sie nimmt es nicht mit auf die Arbeit. Außerdem hat er gesagt, wenn er einem Agenten einen Fall übertragen sollte, dann würde er Faith nehmen. Ich glaube nicht, dass irgendjemand in ihrer Dienststelle überrascht war, als sie den Zuschlag bekommen hat."

Tessa hatte Luke nichts erzählt, was er nicht schon wusste,

aber er musste zugeben, dass sie die geheimnisvolle Faith Malone gut umschrieben hatte.

„Wir brauchen bei diesem Fall einen Topagenten“, sagte Zane. „Ich glaube, wenn es wieder diese Idiotin wäre, die Thads Fall bearbeitet hat, würde ich wahnsinnig werden.“

„Was für eine Idiotin?“, fragten Luke und Gil und wandten sich beide um, als sie die Stimme von Martys Schreibtisch herüberdringen hörten.

Am Ende des Flures stand Faith Malone.

Wie viel hatte sie gehört? Angesichts des Grinsens, das sie zu unterdrücken versuchte, wahrscheinlich das meiste.

„Janice Estes.“ Zanes Stimme ertönte auf dem Gang.

Bildete Luke sich das ein oder war da gerade ein leichtes Beben durch Faiths Körper gegangen?

„Zane und Tessa – nur damit ihr wisst, dass Faith sich gerade zu uns gesellt hat.“ Gil, wie immer ein Meister der Diplomatie, lächelte Faith an und winkte sie zu ihnen herüber.

„Super“, sagte Tessa am anderen Ende der Leitung. „Wir stehen zu deiner Verfügung, Faith. Was immer du brauchst.“

„Dasselbe gilt für mich“, fügte Zane hinzu. „Obwohl es in meinem Fall besser was ist, was ich am Computer machen kann.“

Faith gab Gil die Hand und ergriff dann Lukes Hand mit einer Sanftheit, die ihn überraschte, aber auch freute. Seine Hände waren beide von dem gestrigen Ballspiel mit herumfliegenden Trümmern zerkratzt und verbrannt.

„Wann können wir dich da rausholen, Zane?“, wollte Gil wissen.

„Ich hoffe in spätestens einer Stunde.“ In Zanes Stimme lag ein Anflug von Verzweiflung. Luke verstand das nur zu gut.

„Ich werde warten, bis der Arzt kommt“, sagte Tessa. „Die Schwester hat gesagt, er müsste in der nächsten Viertelstunde erscheinen. Offenbar hat Zane heute Morgen ein großartiges

Plädoyer gehalten und der Doc hat gesagt, dass er eine Entlassung in Erwägung zieht. Wenn Zane rausdarf, fahre ich ihn nach Hause."

„Sie meint, dass sie mich zum Büro fährt."

„Tu ich nicht."

„Du hast allen Kaffee versprochen. Du musst ins Büro."

„Das können wir später ausdiskutieren."

Das Schweigen am anderen Ende der Leitung war so angespannt, dass Luke einfach lachen musste. Gil stimmte ein und Faith lächelte. „Okay, ihr beiden", sagte Luke. „Ich lege jetzt auf. Tessa, bitte lass uns wissen, was der Arzt entschieden hat."

„Mach ich."

Luke beendete das Gespräch und schob sein Handy wieder in die Gesäßtasche seiner Jeans.

„Sind die beiden zusammen?", fragte Faith.

„Nein", antworteten Gil und Luke wie aus einem Munde.

Faith zog die Augenbrauen hoch. Offenbar glaubte sie ihnen nicht.

„Tessa wurde Zane zugeteilt, als sie letztes Jahr zu uns kam. Zane wird in den nächsten paar Monaten Phase zwei antreten und sie sollte ihn ablösen." Gil sah sich um. „Ich hoffe, die Sache jetzt verzögert seine Versetzung nicht. Das wäre echt ärgerlich."

„Also" – Faith blickte in die Runde – „gibt es einen Besprechungsraum, den ich mir ausleihen kann? Ich würde sagen, wir müssen herausfinden, wer versucht, euch alle umzubringen. Denn wenn wir das nicht tun, wird niemand hierher wollen und der arme Zane kommt nie von hier weg."

Luke stellte frustriert fest, dass Faith wieder einige Pluspunkte gesammelt hatte. Obwohl sie mit angehört hatte, wie die anderen über sie redeten, hatte sie sich nicht aufgeregt. Also war sie nicht übermäßig empfindlich. Sie war sehr einfühlsam, was den Tod der Kollegen betraf, und hatte nicht gefragt, ob sie einen ihrer Schreibtische nehmen konnte, sondern um einen neutralen Platz gebeten, der für niemanden emotional besetzt war. Das musste Luke einfach anerkennen.

Und sie hatte auch ein bisschen schwarzen Humor. Das gefiel ihm.

Eigentlich gefiel sie ihm insgesamt immer besser. Und das wiederum gefiel ihm gar nicht.

6

Faith folgte Luke in den Konferenzraum und blieb gleich hinter der Tür stehen. Zwölf Stühle standen um den Tisch. Auf beiden Seiten waren Fernseher an den Wänden angebracht und dazwischen hingen Fotos vom Präsidenten, dem Innenminister und dem Leiter des Secret Service. „Passt das?" Luke war ganz Güte und Freundlichkeit. Wahrscheinlich hatte er den Verdacht, dass sie den größten Teil der Unterhaltung über ihr Alter und ihre Qualifikationen mit angehört hatte. Sie wollte sauer sein, aber wenn sie ehrlich war, hätten sie beim FBI genau dasselbe getan, wenn die Rollen vertauscht gewesen wären.

„Das ist super, danke."

„Kann ich dir was holen? In unserem Automaten gibt es keine Cherry-Cola, aber Tessa will nachher für alle Kaffee holen." Er zog sein Handy heraus. „Soll ich ihr sagen, dass sie dir was mitbringen soll?"

„Nein danke. Ich wollte heute nur kurz vorbeikommen, um mich mit Jacob Turner kurzzuschließen und ein paar Dinge vorzubereiten." Und um zu sehen, was geschah, wenn sie unangekündigt erschien. „Morgen früh komme ich wieder, wenn das okay ist."

„Klar ist das okay. Ich bringe dich zu Jacob."

„Danke."

Noch bevor sie den Raum verlassen konnten, kam Jacob herein. „Ich habe Sie heute noch gar nicht erwartet, Faith. Alles in Ordnung?"

„Ja, Sir." Sie nahm auf dem Stuhl Platz, auf den Jacob zeigte. Luke setzte sich neben sie. Sein Vorgesetzter kommentierte Lukes Anwesenheit nicht.

Jacob nahm am Kopfende des Tisches Platz und lehnte sich auf seinem Stuhl zurück. „Luke wird für Sie die Kontaktperson mit uns sein, Faith. Ich denke, es ist selbstverständlich, aber sollten Sie jemals das Gefühl haben, dass er oder ein anderes Mitglied des Teams mauert oder abblockt, dann sagen Sie mir bitte Bescheid."

Faith murmelte: „Natürlich, Sir", aber mehr konnte sie nicht sagen, denn Jacob stand auf und begann auf und ab zu schreiten.

„Jemand hat meine Leute umgebracht, Faith. Wir sind hier ein kleines Büro und wir sind uns nicht immer einig und es geht nicht immer alles reibungslos, aber wir sind eine Familie. Wir haben immer noch keine Antworten, was Thad Baker betrifft, und ich werde –"

Er verstummte plötzlich und holte tief Luft. Faith verstand mit einem Mal. Jacob Turner war extrem angespannt.

Warum?

Die offensichtliche Antwort war Trauer. Schock. Wut.

Aber sie konnte nicht ausschließen, dass noch mehr dahintersteckte. Drei Agenten waren umgekommen. Zwei andere hätten sterben können. Aber er war noch immer am Leben. War das Zufall oder lag es daran, dass der Mann selbst hinter den Attentaten steckte? Versuchte er, etwas zu verschleiern? Jemanden von der Staatsanwaltschaft oder vom Geheimschutz zu decken? Sie hielt es eigentlich nicht für möglich, dass Jacob Turner für diese Tode verantwortlich war, aber im Moment war jeder ein potenzieller Verdächtiger.

Jacob fuhr sich mit einer Hand über den kahlen Kopf und ging zu seinem Platz zurück. „Ich weiß nicht, wie ich das nett verpacken soll, also sag ich es, wie es ist: Sie haben zwei Wochen. Wenn Sie bis dahin nicht herausgefunden haben, was hier los ist, werde ich an Ihnen und auch an Dale vorbeigehen und eine Taskforce anfordern. Wir warten jetzt schon fast drei

Monate auf Antworten in Bezug auf Thad Bakers Tod, und die Agentin, die für den Fall zuständig ist, war alles andere als entgegenkommend. Ich bin das Warten leid. Ich will Antworten und ich will sie gestern."

Faith atmete gleichmäßig weiter und hielt ganz bewusst den Blickkontakt. Sie würde sich von diesem Mann nicht einschüchtern lassen. Sie wusste, wie sie ihre Arbeit machen musste, und sie wusste, dass zwei Wochen nur mithilfe eines Wunders ausreichen würden, um irgendwas zu erreichen. Dale Jefferson würde ihr den Rücken stärken und Jacob wahrscheinlich ausreden können, etwas Drastisches zu unternehmen.

„Ich habe schon mit Dale gesprochen." Jacob zeigte auf sein Telefon. „Wir sind der Meinung, dass der Fall Baker mit diesem zusammen untersucht werden muss. Er wird mit der zuständigen Agentin reden und sagt, sie wird zu Ihrer Verfügung stehen und Ihnen bis morgen alle Informationen geben, die Sie brauchen."

Nicht grinsen. Faith nickte nur kurz in Turners Richtung. „Ich werde morgen früh mit ihr reden, bevor ich hierherkomme." Janice war gestern Abend und auch heute nicht im Büro gewesen, aber sie konnte nicht auf Dauer untertauchen.

All die Dinge, die Faith in Bezug auf Janice vermutete, gingen ihr durch den Kopf, und das Bedürfnis zu grinsen verging ihr. Dass Notizen von ihrem Schreibtisch verschwunden waren, dass auf Klebezetteln notierte Telefonnummern geändert wurden, dass sogar eine ganze Akte vermisst wurde. Ihre Kollegin wollte Faith schon jetzt an den Karren fahren.

Würde diese Sache dazu führen, dass Janice jetzt noch schärfere Geschütze auffahren würde? Faith schob ihre Sorgen in Bezug auf Janice beiseite. „Wenn möglich, würde ich morgen gerne alle befragen." Sie hoffte, ihr Tonfall machte deutlich, dass es eigentlich keine Bitte war, sondern dass sie nur einfühlsam sein wollte.

„Alle außer Zane werden verfügbar sein", erwiderte Jacob.

Luke täuschte ein Husten vor und Faith hörte die Worte: „Ja klar."

Jacob schüttelte den Kopf, aber Faith sah, dass er nicht so sauer war, wie er tat. „Wenn Zane morgen hier erscheint, wird er sicher gerne mit Ihnen reden. Ansonsten wird er sich so bald wie möglich bei Ihnen melden."

„Danke." Sie zögerte.

Agent Turner sah sie unter Augenbrauen hervor an, die ein paar Minuten mit einer Pinzette verbringen könnten. „Gibt es noch etwas, Malone?"

„Ich habe mich gefragt, was mit den Angehörigen ist, Sir."

Turner ließ den Kopf sinken. „Die Leichen wurden zur, äh, also, Gerichtsmedizin gebracht."

Faith entging nicht, wie Jacob über die Worte stolperte.

„Michael wurde heute Morgen obduziert. Die Ergebnisse passten zu dem, was wir aufgrund des gefundenen Dartpfeils vermutet haben. Die toxikologischen Befunde sollen so schnell wie möglich kommen, aber es wird noch ein paar Wochen dauern, bis wir sie haben. Jared …"

Luke rührte sich auf dem Stuhl neben ihr und Faith spürte die Anspannung, die von ihm ausging.

„Jareds Leichnam wurde zu einem Pathologen in Washington D. C. gebracht, der auf Verbrennungen spezialisiert ist. Wir hoffen, dass wir Mitte der Woche ein Ergebnis erhalten, aber es könnte auch nächste Woche werden." Agent Turner fuhr sich wieder mit der Hand über die Glatze. „Jared hatte hier keine Angehörigen. Er stammte aus Milwaukee und seine Eltern kümmern sich dort um alles."

Er stand auf und beugte sich über den Tisch. Der Mann konnte offenbar nicht still sitzen. „Michael hatte hier vor Ort auch keine Familie. Seine Frau Karen und er sind beide aus Illinois. Seine Beerdigung ist vielleicht dort, vielleicht aber auch hier. Karen hat sich noch nicht entschieden. Die Kinder sind –"

Jacob wandte ihnen den Rücken zu und sah aus dem Fenster. Der Schmerz im Raum war mit Händen zu greifen.

Faith sah keinen Grund, warum Jacob den Satz beenden musste, also schwenkte sie auf ein etwas anderes Thema um. „Ich habe gehört, Jared Smith war geschieden?"

„Ja. Keine Kinder. Seine Ex-Frau ist …" Jacob drehte sich um und sah Luke an, als wollte er ihn um Hilfe bitten.

„Die Frau ist ein Barrakuda." Luke gab sich keine Mühe, seine Verachtung zu verbergen.

Na toll.

„Jared war kein Heiliger. Und das behauptet auch niemand. Aber so wie sie ihn ausgenommen hat, das hat er nicht verdient. Sie hat ihn bis aufs Hemd ausgezogen und die Hand immer weiter aufgehalten. Wenn sie jetzt weint, dann nur, weil es in Zukunft keinen Unterhaltsscheck mehr geben wird."

„Hatte ihre Scheidung einen konkreten Anlass oder –"

„Unvereinbare Gegensätze. Sie hat seinen Job gehasst. Seine Reisen. Die Arbeitszeiten."

„Wie lange waren sie denn verheiratet?" Faith versuchte zu verstehen, was sie da hörte.

„Zehn Jahre. Sie dachte, es wäre cool, die Frau des Typen zu sein, der den Präsidenten beschützt. Nicht so cool, die Frau des Typen zu sein, der in einem Büro in North Carolina Fälle von Cyberkriminalität untersucht. Als er in Phase drei nicht in eine große Stadt versetzt wurde, hat sie ihn gedrängt, sich einen neuen Job zu suchen. Aber ihm hat die Ermittlertätigkeit noch mehr gefallen als der Personenschutz und er wollte bleiben."

Lukes Blick begegnete dem von Jacob. Faith war sich nicht ganz sicher, aber angesichts der Trauer, die in den Augen der beiden zu sehen war, fragte sie sich, ob die beiden Männer dasselbe dachten wie sie.

Jareds Leidenschaft für seine Arbeit könnte sein Todesurteil gewesen sein.

*

Lukes Telefon vibrierte und er las die eingegangene Nachricht.

Kein Kaffee für euch. Bringe Zane zur Apotheke und dann nach Hause. #notsorry Bis morgen.

Sowohl Faith als auch Jacob beobachteten ihn. Er schwenkte das Handy. „Tessa. Sie bringt keinen Kaffee. Stattdessen fährt sie Zane nach Hause."

Jacob wirkte nicht annähernd so erleichtert, wie Luke es erwartet hatte. „Ich bin nicht sicher, ob er das Krankenhaus schon verlassen sollte."

„Er kommt schon klar." Jacob hatte recht, aber Luke konnte es Zane nicht verdenken, dass er da rauswollte. „Ich stehe diese Woche ganz zu deiner Verfügung, Faith." Er warf einen Blick auf seine Armbanduhr. War es wirklich schon halb fünf? „Gibt es etwas, was ich im Moment tun kann?"

„Ja." Sie zögerte nicht. „Seit gestern konzentrieren wir uns auf die Einzelheiten der Ereignisse. Sammeln Beweise. Sichern Spuren an den Tatorten. Gehen Aufnahmen von Überwachungskameras durch in den Gegenden, wo die Anschläge verübt wurden. Ich habe Agenten, die Bombenteile untersuchen und Reifenspuren analysieren, damit ich eine Fahrzeugbeschreibung bekomme."

Luke wurde bewusst, dass sie nicht erwähnte, wie frustriert sie über ihre fehlenden Fortschritte war, denn die waren nicht darauf zurückzuführen, dass sie nicht rund um die Uhr arbeiteten, sondern darauf, dass der Täter seine Spuren gut verwischt hatte.

„Ich werde das Gefühl nicht los, dass alles mit Thad Baker

zusammenhängt, und ich möchte, dass du mir erzählst, was der Geheimdienst über seinen Tod weiß."

Jacob schnaubte verächtlich. „Volle Punktzahl dafür, dass Sie den Finger genau in die Wunde legen, Agent Malone." Er wandte sich an Luke. „Sag ihr alles und dann noch den Rest. Ich bin in meinem Büro. Ich habe zu tun und meine Frau und meine Kinder haben gesagt, dass sie mich noch vor Mitternacht sehen wollen."

Jacob verließ den Besprechungsraum, und die Stille, die folgte, wurde nur von Lukes knurrendem Magen gebrochen. Zweimal. Faith lachte leise. „Wann hast du das letzte Mal was Richtiges gegessen, Agent Powell?"

Sie lächelte freundlich, und wenn sie nicht dieses etwas sarkastische *Agent Powell* hinzugefügt hätte, könnte er glatt auf die Idee kommen, dass sie es wirklich nett meinte. Aber so … „Ich hatte um halb zwölf ein Stück Pizza, das ich noch übrig hatte."

Faith rümpfte die Nase.

„Was hast du gegen übrig gebliebene Pizza?"

„Nichts. Aber du wirst mir keine große Hilfe sein, wenn du dich nicht konzentrieren kannst, weil du Hunger hast", antwortete sie. „Und ich würde gerne heute noch euren Blickwinkel kennenlernen, wenn du fit genug bist."

„Klar bin ich fit genug." Nicht wirklich. Aber sie durfte ihn nicht schwach sehen. Schon gar nicht nach ihrer katastrophalen Begegnung gestern.

„Dann sollten wir diese Unterhaltung vielleicht beim Abendessen fortsetzen."

Abendessen? Mit Faith Malone? Den Bruchteil einer Sekunde konnte er sie vor sich sehen, wie sie damals als Team das Golfturnier organisiert und auf gegenüberliegenden Seiten einer Bretterbude gesessen und gemeinsam gelacht hatten. „Klar. Wo sollen wir hingehen?"

Faith sah auf ihre Uhr. „Wenn wir jetzt fahren, müssten wir einen Tisch im *Relish* kriegen, ohne lange zu warten. Ich glaube, heute würde uns ein Wohlfühlessen guttun, meinst du nicht?"

„Da hast du recht. Und du hast noch nie einen Teller mit Makkaroni und Käse gegessen, der dir kein gutes Gefühl beschert hat." Das *Relish* bot mindestens sieben Versionen dieses amerikanischen Klassikers an.

Sie lachte. Ein echtes Lachen, das bis zu ihren Augen reichte und überall im Gesicht Lachfältchen hervorrief. „Ich werde nicht mal versuchen, das zu leugnen."

„Ich hab nichts dagegen. Die haben auch leckere Burger. Dann gehen wir."

Gil Dixon klopfte an die Tür. „Hi, Luke. Sorry, wenn ich störe, aber ich wollte gerade losfahren. Soll ich dich mitnehmen?"

Lukes Blick huschte zu Faith hinüber. Sollte er Gil einladen, sie zu begleiten? Er wollte nicht, dass Gil mitkam, aber es war schließlich kein Date oder so was.

„Weißt du was? Wir wollten auch in ein paar Minuten los und was essen gehen, während wir über den Fall Thad Baker sprechen", sagte Faith. „Du kannst gerne mitkommen."

Der Verräter Gil versuchte nicht einmal, seine diebische Freude über diese Nachricht zu verbergen. „Essen? Wo denn?"

Wäre er nah genug gewesen, hätte Luke ihm eine gescheuert. So konnte er nur entsetzt zusehen, wie das Drama weiterging.

„*Relish.* Makkaroni und Käse."

„*Relish?* Klingt köstlich." Gil legte den Kopf schief und tat so, als überlegte er, ob er mitkommen sollte. Dann warf er Luke einen Blick zu, bevor er Faith ein herzliches Lächeln schenkte. „Ich würde ja liebend gern mitkommen."

Lukes Finger zuckten.

„Leider habe ich zu Hause einen Braten im Schongarer, der

ungenießbar wird, wenn ich nicht nach Hause fahre und ihn rette. Ich muss euch also auf ein anderes Mal vertrösten." Er nickte Luke zu. „Ich weiß, dass er ganz für dich da ist, aber kann ich Luke für ein paar Minuten ausleihen, bevor ihr fahrt?"

„Natürlich. Ich muss sowieso noch meine E-Mails und Textnachrichten abrufen." Faith tippte auf ihr iPad. „Ich bleibe hier, bis du fertig bist."

Luke folgte Gil aus dem Besprechungsraum und um die Ecke zu dem Großraumbüro, in dem sich ihre Arbeitsnischen befanden. Sobald sie außer Sichtweite waren, drehte Gil sich um und ging rückwärts weiter. „Wie hast du das gemacht? Hat sie Mitleid mit dir, weil du angeschossen wurdest? Hat sie deshalb endlich Ja gesagt?" Gil lachte über seinen eigenen Witz.

„Das ist kein Date. Es ist ein Arbeitsessen."

„Allein mit Faith. Klingt für mich wie ein Date." Gil lachte weiter, während er zu seinem Schreibtisch ging. „Nur damit du es weißt: Sobald ich im Auto sitze, rufe ich Tessa und Zane an."

„Wolltest du irgendwas Konkretes oder hast du mich nur hierhergeschleppt, um dich auf meine Kosten lustig zu machen?"

Gils Miene wurde ernst. „Du wolltest doch nicht, dass ich Ja sage, oder? Ich meine, angenommen –"

„Natürlich will ich nicht, dass du mitkommst", zischte Luke. „Aber ich will auch nicht, dass du was aus der Sache machst, was es nicht ist."

Jetzt grinste Gil wieder. „Okay. Ich wollte nur sicher sein, dass wir uns einig sind. Soll ich dich morgen früh auf dem Weg zur Arbeit abholen?"

„Nein. Mach dir deswegen keine Gedanken. Ich nehme mir ein Taxi. Aber danke." Er ließ Gil stehen und ging zu seinem eigenen Schreibtisch, wo er als erste Amtshandlung eine Packung Ibuprofen aus der Schublade nahm und zwei Tabletten einwarf. Nach einem kurzen Zögern nahm er noch zwei. Ihm tat alles weh. Er konnte sich vorstellen, wie viel schlimmer es Zane gehen musste. Er wollte nur nach Hause und ins Bett kriechen … und dann in einer Welt aufwachen, in der niemand seine Freunde tötete oder versuchte, ihn umzubringen.

Luke nahm sein Telefon und warf Laptop, Notizblock und Stift in eine Kuriertasche. Während er zum Konferenzraum zurückging, scrollte er durch seine Textnachrichten – vier von seiner Mutter in den letzten zwei Stunden – und öffnete die Tür zum Besprechungsraum, ohne von seinem Handy aufzublicken.

„Ich werde nicht mit dir darüber diskutieren, Mom."

Erst als er den Tonfall in Faiths Stimme hörte, sah er vom Display auf. Sie hatte der Tür den Rücken zugekehrt und Luke bezweifelte, dass sie ihn hatte hereinkommen hören.

„Das kann ich nicht." Faiths Tonfall war eine typische Mischung aus Verärgerung und Respekt.

Aber wenn sie ihn sah und glaubte, er hätte sie belauscht, würde er die „Null-Respekt-und-totale-Verärgerung"-Version von Special Agent Faith Malone erleben. Er trat einen Schritt zurück. Dann noch einen. *Dreh dich nicht um, Faith.*

Faith ließ den Kopf in kleinen Bewegungen kreisen. „Erzähl mir so was nicht. Hope versteht das."

Luke tat noch zwei Schritte. Jetzt war er wieder im Flur.

Faith stieß einen langen Seufzer aus und anschließend ein paar „Mhms" und „Okays".

Er hechtete zur Tür und zog sie zu.

„Ich melde mich später diese Woche. Nein, ich kann nicht –"

Luke klopfte an – lauter als nötig – und stieß die Tür ein zweites Mal auf.

Faith drehte sich um und winkte ihn herein. „Morgen." Ihr Tonfall ließ keinen Widerspruch zu. „Okay. Tschüss." Eine Pause. „Ich hab dich auch lieb."

Sie beendete das Gespräch und schob das Telefon in ihre Gesäßtasche.

„Tut mir leid, wenn ich dich gestört habe."

„Kein Problem." Sollte er fragen, ob alles in Ordnung war, oder nicht?

Faith war eine Gewitterwolke und er war gespannt, was geschah, wenn es anfing zu regnen oder zu blitzen. Beide Optionen hätten erschreckende Folgen. Weinende Frauen waren furchterregend. Wütende Frauen waren auch furchterregend. Frauen, die weinten, weil sie wütend waren? Die waren ein Albtraum.

„Ich wäre dann so weit."

„Super." Sie sammelte all ihre Sachen ein.

Gil streckte den Kopf zum Konferenzraum herein. „Powell. Malone. Gehen wir. Wir verschwenden kostbare Zeit hier."

„Wieso hast *du* es denn so eilig? Du hast doch heute Abend nur ein heißes Date mit einem Braten." Kaum hatte er die Worte ausgesprochen, wusste Luke, dass sie ein Fehler gewesen waren.

Gil ließ seine Finger knacken. „Dachte ich mir doch, dass du nicht teilen willst, Powell."

„Aber ich will wissen", schaltete Faith sich mühelos in die Unterhaltung ein, „was an einem Braten so toll ist, dass du dafür Makkaroni mit Käse vom *Relish* ausschlägst."

Ihre Worte waren spielerisch. Und wenn sie Gils Anspielung verstanden hatte, ließ sie es sich nicht anmerken.

Gil lachte. „Ich habe ein fantastisches Rezept. Das gebe ich euch mal. Ist idiotensicher."

„Ich glaube, du überschätzt mich." Faith strich über ihre Tasche. „Ich liebe Technik und Dinge, die Zeit sparen. Aber ich hatte noch nie viel Erfolg bei Dingen, die mit Kochen zu tun haben. Ich habe nicht mal einen Schongarer."

Gil starrte Faith bestürzt an. Luke schlug ihm auf die Schulter. „Nicht jeder will seine eigene Kochshow zu Hause haben, Mann."

Sie gingen den Korridor hinunter. „Ich wäre der Star einer Kochsendung." Gil sagte es, als wäre es eine Tatsache, ohne jede Überheblichkeit. „Ich höre schon die Werbung. Sie würden meinen Job beim Geheimdienst hervorheben. Ich wäre der Hit."

Trotz der Leichtigkeit ihrer Unterhaltung ging ihre Alarmbereitschaft durch die Decke, als sie das Gebäude verließen. Luke blieb an der Tür stehen und nahm sich einen Teleskopspiegel vom Sicherheitsdienst. Sie alle zögerten, bevor sie ins Freie traten, und ließen den Blick über den Parkplatz und die dort abgestellten Autos wandern.

„Gib mir das mal." Gil riss den Spiegel aus Lukes Hand.

„Ich frage mich, wie lange es dauern wird, bis ich wieder in einen Wagen steige, ohne ihn vorher nach einer Bombe abzusuchen", überlegte Luke, während Gil um Faiths Auto herumging und den Spiegel darunterhielt.

„Meine Empfehlung ist, es erst dann wieder zu tun, wenn wir herausgefunden haben, wer hinter allem steckt." Gil gab Faiths Fahrzeug frei und ging dann zu seinem eigenen. „So, wir können."

Luke wartete, während Gil den Spiegel wieder hineinbrachte. Als er zurückkam, hatte Faith die Türen aufgeschlossen und setzte sich hinters Steuer. „Danke, Kumpel. Bis morgen." Die Worte waren halb Befehl, halb Versprechen.

Gil quittierte Lukes Worte mit einer Kinnbewegung und stieg dann in sein Auto. Luke nahm auf dem Beifahrersitz neben Faith Platz und sie wartete, bis er sich angeschnallt hatte, bevor sie hinter Gils Wagen her vom Parkplatz fuhr.

Gil bog nach links ab und Faith nach rechts.

„Ich habe einen Vorschlag", sagte sie, als sie kurz darauf auf der Autobahn waren.

„Ich bin ganz Ohr."

„Lass uns das Essen zum Mitnehmen bestellen."

„Zum Mitnehmen?"

„Genau."

„Und wo sollen wir essen?"

„Ich habe eine Idee. Keine Sorge, du wirst es mögen."

Er mochte es tatsächlich. Sie hatte das Essen im Restaurant abgeholt und fuhr dann ein paar Kilometer aus der Stadt hinaus, bevor sie an einem Tor hielt, das zu einer Einfahrt führte. Luke konnte seine Neugier kaum beherrschen, als sie den Zahlencode eingab und dann den Schotterweg hinauffuhr, bis sie zu einem kleinen Bootshaus an einem breiten Fluss kamen. Ein luxuriöses Pontonboot lag am Steg neben mehreren Einzelruderbooten.

„Wo sind wir?"

„Das Bootshaus gehört einem Freund meiner Familie. Die Leute sind fast nie hier, aber ich darf es benutzen, wann immer ich will. Hier rudere ich." Sie zeigte auf die Ruderboote am Steg. „Die gehören mir. Und dieser Fluss mündet etwa anderthalb Kilometer weiter in einen See. Ich dachte …" Sie ließ den Satz unbeendet und runzelte die Stirn. „Es könnte sein, dass du immer noch in der Schusslinie bist und dass es vielleicht keine gute Idee ist, in der Öffentlichkeit zu essen. Außerdem dachte ich, es wäre dir vielleicht recht, wenn wir ungestört sind. Vermutlich willst du nicht, dass jemand unsere Unterhaltung belauscht."

Da hatte sie allerdings recht.

„Ist das hier in Ordnung?" Etwas an der Art, wie sie die Frage stellte, wirkte verletzlich, und Luke wurde bewusst, dass sie nicht nur einen ungestörten Ort finden wollte, sondern dabei auch ein Stück von sich selbst offenbart hatte. Dieser Ort war ihr wichtig und Luke bezweifelte, dass sie oft andere Leute hierher mitnahm. Aber ihm zeigte sie den Ort.

„Perfekt."

Seine Antwort entlockte ihr ein Lächeln. „Lass uns essen, bevor alles kalt wird. Und dann kannst du mir von Thad erzählen."

Sie entfernte sich vom Anleger und ging voran um das Bootshaus herum. „Gil wird bereuen, dass er nicht mitgekommen ist", sagte Luke lachend. „Das ist wirklich der Hammer." Ein gemauerter Kamin ragte in den Himmel auf, umgeben von einer niedrigen Steinmauer. Darum herum waren bequeme Stühle aufgestellt und auf einer Seite befand sich der größte Grill, den er jemals gesehen hatte.

Mit geübten Bewegungen entzündete Faith das wie Holzscheite gestaltete Gasfeuer im Kamin und zog die Stühle um einen niedrigen Tisch. Luke packte das Essen aus und senkte den Kopf, bevor er in seinen Burger biss. Faith aß vier Bissen von ihrem französischen Nudelauflauf – Makkaroni mit Schinken, Schweizer Käse und Pilzen –, bevor sie sich ihm zuwandte.

„Ist es für dich bequem genug hier draußen?" Sie musterte den Stuhl, auf dem Luke saß. „Es würde mich nicht wundern, wenn du das Krankenhaus gegen ärztlichen Rat verlassen hättest."

Er ignorierte ihre zweite Bemerkung. „Alles gut, und dieser Ort ist herrlich. Ruderst du oft?"

Sie schluckte, bevor sie antwortete. „Ich versuche, wenigstens dreimal die Woche morgens herzukommen. Manchmal schaffe ich es auch an vier Tagen. Ich war schon immer gern auf dem Wasser. Mein Großvater hatte ein Boot, das zum Heulen schön war. Herrliches dunkelbraunes Holz, auf Hochglanz poliert. Als ich klein war, haben wir meine Großeltern jeden Sommer besucht und ganze Tage und manchmal auch Nächte auf dem See verbracht." Sie räusperte sich. „Als ich in der Mittelstufe war, sind wir nach Charlotte gezogen und ich habe in einem Sportverein rudern gelernt. Und da war es um mich geschehen."

Ihre Gesichtszüge wurden weicher, als sie über das Wasser und das Rudern sprach. Von dem Unterschied, zu zweit zu rudern oder in einer Mannschaft oder allein. Seit dem Drachenbootrennen, mit dem ihre Büros Geld für die Krebshilfe gesammelt hatten, wusste er, dass Faith rudern konnte, aber er hatte keine Ahnung gehabt, wie sehr sie in diesem Sport aufging.

Luke entging nicht, dass sie ihre Familie nicht erwähnte und auch nicht sagte, warum sie nach Charlotte gezogen waren oder wie sie nach Raleigh gekommen war. Er drängte sie nicht. Das hatte Zeit.

Hoffte er.

Er aß seinen Burger auf und trank den Rest aus der Wasserflasche, die er mitgebracht hatte, während sie mit großem Genuss ihren Nudelauflauf verzehrte.

„Bin gleich wieder da." Sie verschwand um die Ecke und das Geräusch einer sich öffnenden und dann wieder zuschlagenden Wagentür drang zu Luke herüber. Als Faith zurückkam, hatte sie ihr iPad mit dem Spezialstift in der Hand. Sie nahm wieder auf dem Stuhl Platz. „Ich wäre dann so weit."

Wo sollte er anfangen? Wie konnte er den Moment beschreiben, in dem er erfahren hatte, dass sein bester Freund und Mentor eingeäschert worden war? Oder schlimmer noch, dass auch sein Andenken und sein Ruf in Flammen aufgegangen waren?

Luke räusperte sich. „Ich erzähle dir erst mal von Thad."

Faith sagte nichts und blickte auch nicht auf, aber sie nickte und er deutete das als Zustimmung. „Thad ist … war … mit Rose verheiratet. Sie haben zwei Kinder. Zwillinge. Elizabeth und Robert, aber wir nennen sie Betsy und Bobby."

„Süß."

„Sie sind süß, aber auch kleine Satansbraten. Und das war

schon so, bevor ihr Dad umgekommen ist. Seitdem weinen sie oder zerstören das Haus oder legen sich mit Kids im Viertel an oder schneiden sich die Haare ab." In dem Augenblick, in dem er Betsys dunkle Locken auf dem Küchenfußboden gesehen hatte, war ihm bewusst geworden, dass die Lage im Haus Baker ein ungeahntes Trauma-Niveau erreicht hatte.

„Verständlich." Faith blickte immer noch nicht auf, aber ihr Stift flog über das Display.

Es war einfacher zu reden, wenn sie ihn nicht ansah. „Rose versucht, nicht zu streng mit ihnen zu sein, aber es ist hart. Am Sonntag waren wir alle bei der Geburtstagsfeier der Zwillinge. Pizza und Indoorspielplatz mit den Kindern, dann zurück zum Haus für Kuchen und Eis mit der Familie."

Er versuchte, nicht daran zu denken, wie Jared Betsy das Swing-Tanzen beigebracht hatte, während Michael mit Bobby über den neuesten Superheldenfilm gesprochen hatte.

„Wir haben versucht, für sie da zu sein, aber das reicht nicht. Wir haben viel zu tun und können nicht so oft da sein, wie Rose uns braucht. Und ehrlich gesagt, ist unsere Anwesenheit auch nur zum Teil tröstlich und zum anderen Teil schmerzlich für sie. Schon die Tatsache, dass wir noch am Leben sind, ist eine Erinnerung daran, dass Thad es nicht ist. Und" – jetzt kam der schwierige Teil – „sie ist nicht sicher, wem sie trauen kann."

„Mit *sie* meinst du Rose?" Faith schrieb weiter.

„Ja."

„Warum?"

Der Frust, der in ihm brodelte, bahnte sich einen Weg hinaus. „Als wüsstest du das nicht." Er schloss die Augen und kämpfte gegen die aufsteigende Wut an. Er konnte verstehen, dass Faith nicht offiziell über den Fall informiert worden war, aber in den Nachrichten war lang und breit über Thads Tod berichtet worden und das Gericht der öffentlichen Meinung hatte Thad wegen Untreue und Verrats auf dem Schafott hingerichtet. Die Fakten hatten niemanden interessiert.

Es half nicht, dass diese Fakten im Moment nicht gerade üppig waren.

Als er die Augen wieder öffnete, hatte sie aufgehört zu schreiben und sah ihn an. Sie hob beschwichtigend die Hand. „Ich weiß, was ich gehört habe, aber ich möchte es lieber von dir hören. Deine Version passt möglicherweise nicht zu dem, was mir suggeriert wurde, und ich versuche, unvoreingenommen an die Sache heranzugehen."

Die Wut verrauchte und wich der Traurigkeit. Konnte es sein, dass er auf eine berechtigte Frage überreagiert hatte? „Okay."

Faith setzte ihre Notizen fort und Luke starrte wieder auf den Fluss hinter ihr.

„Wir haben versucht, von unserer Seite die Puzzleteile zusammenzufügen, obwohl andere Behörden uns mehr Steine in den Weg gelegt haben, als ich für angemessen halte."

Sie blickte kurz auf und dann wieder auf ihr Tablet. Gut. Sie wusste, dass er vom FBI sprach.

„Wir wissen, dass Thad an dem Abend essen ging. Es stand nicht in seinem Kalender und es gab keine E-Mails oder Textnachrichten, in denen dieses Essen erwähnt wurde. Die Kameras im Restaurant funktionierten schon seit über einem Monat nicht und nichts von den Bildern und Videos, die andere Gäste dort gemacht haben, zeigt Thad. Wir wissen, dass er in seinen Wagen gestiegen ist, und wir wissen, dass dieser Wagen wenige Sekunden später in die Luft geflogen ist.

Die Erinnerung an diesen Abend drohte Luke zu überwältigen. Der Gestank von verbranntem Kunststoff und Fleisch. Der Schrecken der verkohlten Überreste. Der Anflug von Hoffnung, es könnte jemand anders gewesen sein, und der Anruf, der bestätigte, dass es doch Thad war.

Die Fahrt zum Haus der Bakers.

Der ungläubige Blick in Rose' Augen, der gleich darauf einem Ausdruck der Qual wich.

Die Beerdigung.

Luke ließ den Kopf hängen. Bald würde es noch zwei Beerdigungen geben. Noch mehr weinende Mütter, noch mehr benommene Kinder, zitternde Ehefrauen.

„Luke?"

Er wusste nicht, was ihr Gesicht ausdrückte, aber er wollte nicht Mitleid oder Argwohn sehen.

„Luke –"

„Weißt du, wir haben keine Ahnung, was er dort gemacht hat. Wir wissen nicht, mit wem er sich getroffen hat. Als wir dort ankamen, sind wir nicht davon ausgegangen, jemanden außer Thad in dem Wagen zu finden."

„Wie habt ihr die zweite Leiche entdeckt?"

Luke musste die Bilder verdrängen und ganz analytisch sein. Das musste er schaffen. „Einige Körperteile passten nicht. Die forensische Anthropologin wurde hinzugezogen, um die Sache zu klären, aber sie musste in dem Fall eines Serienmörders aussagen und die Leichen lagen eine Woche herum, bis sie sich an die Arbeit machen konnte. Ein vorläufiger Bericht deutete an, die Leiche könnte weiblich sein, und dann hat jemand in der Presse behauptet, Thad wäre mit einer Prostituierten zusammen gewesen."

„Das habe ich gehört, aber soweit ich weiß, gibt es dafür keine Beweise."

„Die gibt es nicht und wird es auch nicht geben, weil es nicht wahr ist."

„Wir wissen, dass die andere Person in dem Wagen weiblich war. Wie kannst du so sicher sein, dass sie nicht –"

„Wenn du Thad gekannt hättest, würdest du diese Frage nicht stellen."

„Und du hast ihn gekannt.“ Ihre Bemerkung triefte nicht vor Mitgefühl, aber sie war auch nicht sarkastisch. „Erzähl mir von ihm.“

„Thad hat Gott, seine Frau, seine Kinder und sein Land geliebt – in der Reihenfolge. Ich muss die Einzelheiten nicht kennen, um zu wissen, dass es für die Ereignisse an jenem Abend eine vernünftige Erklärung gibt, dass Thad seine Frau nicht betrogen hat.“

7

„Er wäre nicht der erste Mann gewesen, der seine Frau betrügt und sich nicht einmal bemüht, es heimlich zu tun." Obwohl sie sich Mühe gab, war Faiths Stimme so scharf, dass sie Granit zerteilen könnte.

Luke betrachtete sie einen Moment lang und ihr Magen zog sich zusammen. Ja. Er hatte es bemerkt.

„Manche Männer sind Idioten", sagte Luke.

Das stimmte.

„Thad war keiner." Luke sprach aus voller Überzeugung, nicht aus einer Verteidigungshaltung heraus. „Er war ein Ehrenmann und ich würde meine letzte Kugel darauf verwetten, dass er die Frau im Auto mitgenommen hat, weil es geregnet hat. Er hat seine Frau geliebt. Seine Kinder waren sein Leben."

Vielleicht.

„Du glaubst mir nicht."

Faith hörte auf zu schreiben, als Luke das sagte, aber den Blick hielt sie auf ihre Notizen gerichtet. „Es ist nicht meine Aufgabe, dir zu glauben. Es ist meine Aufgabe, herauszufinden, was geschehen ist, und das werde ich ohne jede Unvoreingenommenheit tun."

Sie konnte ihm nicht sagen, dass sie von der Unzulänglichkeit der Ermittlungen in diesem Fall überzeugt war. Janice war keine schlechte Agentin, aber sie hatte ihre Vorurteile. Und eines war, dass alle Männer Abschaum waren. Beim ersten Anzeichen für einen Skandal im Zusammenhang mit Thad Baker hätte Janice vermutet, dass er entweder sein Land verriet oder seine Frau betrog oder möglicherweise beides. Und ihre Ermittlungen würden von diesen Annahmen ausgehen. Die Tatsache, dass sie den Fall nicht hatte aufklären können, ließ vermuten, dass ihr Vorurteil zu nichts geführt hatte. Was in gewisser Weise Lukes Theorie bestätigte, dass Thad Baker nichts verbrochen hatte.

Faith hatte mehr Grund, Männer zu hassen, als ihre Kollegin – vor allem Männer, die ihre Ehefrauen betrogen und ihre Kinder vergaßen. Aber sie hatte ihr Möglichstes getan, Privatleben und Beruf zu trennen. Und im Gegensatz zu Janice, die sich freute, wenn ihre Vorurteile sich als richtig erwiesen, hoffte Faith immer, dass sie sich nicht bestätigten.

Wäre es nicht toll, wenn es wirklich noch ein paar gute Männer auf der Welt gäbe?

Luke schwieg und Faith riskierte einen Blick. Sie erwartete, dass er verschlossen wirkte und Feindseligkeit ausstrahlte. Stattdessen begegnete sie einem Blick, der so sanft war, dass sie sich nicht davon losreißen konnte.

„Wer hat dir wehgetan?" Lukes Worte waren leise. Die Frage nachdenklich.

Faith ließ ihren Stift fallen. Er rollte von ihrem Stuhl und unter den Tisch. „Tut mir leid. Was?" Sie bückte sich, um den Stift aufzuheben, weil sie unbedingt ein paar Sekunden brauchte, um sich zu sammeln. Der Stift war weiter gerollt, als sie erwartet hatte, und ein kleines Stöhnen entwich ihren Lippen. Sie rutschte vom Stuhl und kroch unter den Tisch.

Aber Luke war schneller. Er kniete unterm Tisch, den Stift in der Hand. „Tut mir leid."

Er meinte den Stift. Oder? Oder entschuldigte er sich für seine Frage? Schließlich war sie völlig unangemessen gewesen. Ihr Privatleben ging Luke überhaupt nichts an.

Aber er machte sich Sorgen. Das sah sie. Und spürte es, als sie den Stift aus seiner Hand entgegennahm. Sie fühlte es wie ein Zittern, das sie durchfuhr, als ihre Fingerspitzen seine berührten.

Es war unmöglich, würdevoll unter dem Tisch hervorzukrabbeln. Obwohl sie es natürlich versuchte. Sie drückte die

Hand auf die Tischplatte und richtete sich auf. Dann rückte sie schnell die Dienstwaffe an ihrer Taille zurecht und ging wieder zu ihrem Stuhl zurück, während Luke sich ebenfalls setzte.

Lange schwiegen sie. Schließlich brach Faith das Schweigen. „Du hast doch bestimmt eine Theorie, wer Thad getötet hat. Soweit ich weiß, war die Bombe keine primitive Konstruktion, trug aber auch nicht die Handschrift eines aktenkundigen Verbrechers. Stimmt das?"

„Ja." Luke führte seine Antwort nicht weiter aus.

Sie zog ihr iPad zurate. „In den Nachrichten wurde es nicht erwähnt, aber Thad war leitender Ermittler in dem Fall Stevsky ..."

„Das stimmt."

„Wie haben die Stevskys es verkraftet, dass ihr Familienpatriarch in ein Bundesgefängnis geschickt wurde?"

„So weit kam es nie."

„Richtig. Er ist in U-Haft gestorben. Herzinfarkt oder so. Ich vermute mal, die Stevskys glauben nicht an einen Herzinfarkt?"

„Das tun sie tatsächlich nicht. Wir haben dafür gesorgt, dass in der Presse nichts davon erscheint, aber die Stevskys haben nicht mit ihrem Wunsch hinterm Berg gehalten, sich an unserem Büro zu rächen."

„Und besonders an Thad?", fragte Faith.

Luke nickte.

Faith tippte auf ihrem iPad und hoffte, dass Luke nicht bemerkte, wie wütend sie war.

Sie drehte den Stift zwischen den Fingern hin und her. „Hat Special Agent Estes Ermittlungen über die Stevskys angestellt?"

„Das müsstest du uns sagen." Luke gab sich keine Mühe, seinen Ärger zu verbergen. „Estes war bescheuert." Luke sah Faith nicht in die Augen. „Sie hat uns überhaupt nichts gesagt. Man hätte meinen können, wir hätten ihn selbst in die

Luft gejagt oder würden mit den Stevskys unter einer Decke stecken. Was überhaupt keinen Sinn ergibt."

„Ich möchte alles über Stevsky hören, aber ich will mich nicht zur sehr in Details verzetteln, bevor wir ein paar andere Dinge geklärt haben."

Sie konnte Lukes Anspannung spüren. „Was willst du sonst noch wissen?"

„Ich verstehe, warum die Stevskys den ersten Platz beim Wer-hat-Thad-Baker-auf-dem-Gewissen-Wettbewerb verdient haben, aber wer kommt sonst noch infrage? Thad hat den Job lange genug gemacht, um noch andere Leute hinter Gitter zu bringen. Habt ihr euch die Fälle angesehen, mit denen er zu tun hatte, bevor er nach Raleigh kam? Und seitdem?"

„Haben wir." Lukes Stimme klang schroff. „Wir sind auch Ermittler. Und wir sind sehr, sehr gut."

Faith weigerte sich zurückzugiften. „Ich habe nie etwas anderes behauptet. Ich frage, weil ich dazu keine Unterlagen habe, und vielleicht habt ihr eine Mail, die ihr an Janice geschickt habt. Es ergibt keinen Sinn, das Rad neu zu erfinden, nur weil sie die Aktenablage nicht beherrscht."

Sie presste die Lippen zusammen. Das hatte sie nicht laut sagen wollen. „Das habe ich jedenfalls gehört."

„Du kannst sie auch nicht leiden." In Lukes Stimme klang Genugtuung mit und noch etwas – vielleicht Erleichterung.

„Ich habe nicht gesagt –"

„Das war auch gar nicht nötig. Selbst Gil, der mit jedem auskommt, ist davon überzeugt, dass Janice Estes entweder total inkompetent ist oder das Böse in Person mit dem Plan, die ganze Welt an sich zu reißen."

Sie brauchte einen Moment, um darauf zu antworten. „Wie auch immer, hast du nun die Informationen, die ihr Janice gegeben habt, und kann ich sie sehen?"

Luke sah sie mit einem Blick an, den sie nicht so recht deuten konnte. Vorhin war er wütend gewesen. Empfindlich. Hatte sofort das Schlimmste angenommen. Aber jetzt? Jetzt sah sie so etwas wie Hoffnung in seinen Augen. Etwas, das vielleicht sogar in Richtung Vertrauen ging.

8

Faith konzentrierte sich auf ihr iPad. Sie zweifelte nicht daran, dass Janice die fehlenden Informationen hatte und sie nur nicht herausgerückt hatte. Faith hasste die Vorstellung, dass jemand so Unfähiges wie Janice Estes es geschafft hatte, FBI-Agentin zu werden.

Luke ging zum Auto, um seinen Laptop zu holen. Als er wiederkam, dauerte es nur wenige Augenblicke, bis er den Ordner gefunden und an sie weitergeleitet hatte. Sie öffnete die Datei und überflog die Liste. Sie erinnerte sich an einige dieser Fälle. Von den meisten hatte sie noch nie etwas gehört.

Und sie verstand jetzt, warum alle sich auf die Stevskys konzentriert hatten.

„Ich will ja die Arbeit, die ihr hier gemacht habt, nicht schmälern, aber das meiste ist vergleichsweise unwichtiger Kleinkram. Keine einflussreichen Leute. Cyberkriminalität ist wichtig für die Opfer, aber das ist für gewöhnlich nicht die Art Verbrecher, die am Ende einen Geheimagenten ermordet. Es sei denn … ihr hättet geheime Fälle, die wegen nationaler Sicherheitsbedrohungen hier nicht gelistet sind. Und?“

Luke grinste sie an. „Komisch, dass deine Kollegin danach nie gefragt hat.“

Sehr komisch.

„Die Handvoll Fälle, die wir dem FBI nicht mitgeteilt haben, wurde von uns gründlich untersucht. Drei Fälle waren das, um genau zu sein. Keiner davon hatte speziell mit Thad zu tun. Bei keinem gab es irgendwelche Gewalttaten. In allen drei Fällen wurden die Ermittlungen offiziell eingestellt. Entweder hatten die Verdächtigen wasserdichte Alibis oder überhaupt kein Motiv – und dazu nicht die geringsten Mittel, um ein solches Attentat erfolgreich durchzuziehen."

Einerseits hätte Faith liebend gern darauf bestanden, dass sie ihr diese Fälle zeigten. Sie wollte selbst beurteilen, ob da etwas dran war. Aber im Gegensatz zu Luke, der das FBI nicht ausstehen konnte, hatte Faith keine Probleme mit dem Secret Service. Sie hatte diese Leute und ihren Job immer bewundert. Sie hatte noch nie einen Agenten getroffen, den sie nicht respektieren konnte – zumindest was den Dienst betraf. Und sie bezweifelte nicht, dass Luke und seine Kollegen überaus motiviert gewesen waren, den Mörder ihres Freundes zu finden. Wenn es auch nur eine winzige Chance gegeben hätte, dass einer dieser Geheimfälle zur Überführung des Täters führen könnte, dann hätten sie den Schlüssel gefunden.

„Okay."

Luke starrte sie an.

„Kommen wir auf die Stevskys zurück –"

„Das ist alles?"

„Was ist alles?" Faith wusste, worauf Luke hinauswollte, aber es machte schließlich keinen Spaß, zu schnell aufzugeben.

„Es ist okay für dich, dass ich dir nichts über die geheimen Fälle erzähle? Oder sagst du nur Okay und morgen rufst du meinen Vorgesetzten an und es gibt Stunk?"

Luke hatte wirklich eine lebhafte Fantasie. Das musste sie ihm lassen. Er musste sich dringend entspannen, aber das war für einen Mann, der so viele Freunde verloren hatte und selbst zur Zielscheibe geworden war – war das wirklich erst gestern gewesen? –, wohl zu viel verlangt.

„Ich sage Okay, was bedeutet, ich mache einen offiziellen Aktenvermerk, dass ich die Fälle nicht persönlich überprüft habe – weil der Secret Service diesen Teil der Ermittlungen durchgeführt hat – und dass ich mit den Ergebnissen zufrieden war. Ich kann dir das Schreiben zeigen. Du kannst es auch unterschreiben, wenn du willst."

Luke runzelte die Stirn. Würde er darauf bestehen, das Ding zu sehen? „Das muss nicht sein."

„Wunderbar." Nicht nötig, darauf herumzureiten. „Also zurück zum Fall Stevsky. Was kannst du mir darüber erzählen?"

„So ziemlich alles." Luke betätigte ein paar Tasten an seinem Computer. „Die einzigen Puzzleteile, die uns fehlen, haben mit dem Tod des alten Herrn zu tun. Wir haben ihn nicht umbringen lassen und wir wissen nicht, wer es war."

Luke drehte seinen Laptop um, sodass sie den Bildschirm sehen konnte. „Das ist Stevsky senior. Im Oktober verurteilt wegen mehrfachen Internetbetrugs, Steuerhinterziehung, Menschenhandels und – als Zugabe – Geldfälscherei."

„Klingt nach einem richtigen Herzchen."

„Du meinst das sarkastisch, aber wenn du ihn kennengelernt hättest, würdest du dasselbe sagen. Der Mann hatte die wirkungsvolle Ausstrahlung eines lieben Großvaters und großzügigen Geschäftsmannes. Alle in Raleigh und Umgebung glaubten, die Stevskys seien ein Paradebeispiel für den amerikanischen Traum. Immigranten, die in die USA gekommen sind und sich im Laufe dreier Generationen ein gutes Leben aufgebaut haben. Aber sie waren deshalb so erfolgreich, weil sie buchstäblich ihr eigenes Geld gedruckt haben und Leute über den Tisch gezogen haben."

Er drehte den Computer wieder herum. „Der Fall Stevsky war Thads Baby. Vor ein paar Jahren hat er einen Tipp von einem Informanten erhalten und der Typ hatte solche Angst, dass er Thad ständig angerufen hat. Auch wenn er zu Hause war. Oder sonntags in der Kirche. Aber der Informant hatte recht und Thad hat seine Geschichte geglaubt. Selbst nachdem der Informant beschlossen hatte, aus Sicherheitsgründen wegzugehen."

„Wo ist der Informant jetzt?“

Lukes braune Augen nahmen einen weicheren Ausdruck an. „Es geht ihm gut. Lebt irgendwo im Westen. Er wollte nicht in ein Zeugenschutzprogramm, aber Jacob hat gestern mit ihm Kontakt gehabt. Er ist verheiratet und gerade Vater geworden.“ Immer, wenn Luke über Kinder sprach, änderte sich seine ganze Haltung. Offenbar mochte er sie. Faith hingegen war nicht oft mit Menschen in Babyform in Berührung gekommen. Oder kleinen Menschen. Oder überhaupt irgendwelchen Menschen, die keinen voll ausgebildeten präfrontalen Kortex besaßen. Wobei sie den Verdacht hegte, dass bei einigen der Typen, mit denen sie im College ausgegangen war, das Gehirn auch noch im Wachsen begriffen war. Das hoffte sie jedenfalls. Es wäre eine Ausrede für ihre Dummheit gewesen.

„Hat sonst noch jemand mit dem Stevsky-Fall zu tun, mit dem wir Kontakt aufnehmen sollten?“ Faith scrollte durch die Dateien auf ihrem iPad. „Richter? Anwälte? Juroren?“

„Gil und Tessa haben das gestern Abend und heute Morgen getan. Sie haben eine Liste mit allen Personen erstellt, die ihnen eingefallen sind, darunter auch die Stenografinnen bei Gericht und die Handvoll Reporter, die im Saal zugelassen waren. Sie haben mich heute Morgen angerufen, als ich noch im Krankenhaus war, um zu hören, ob mir noch jemand einfällt, der ihnen vielleicht durch die Lappen gegangen ist. Sie wurden alle gewarnt. Die jeweiligen örtlichen Polizeiwachen auch. Sie haben Namen und Adressen der betreffenden Personen weitergegeben und um Meldung gebeten, falls sich in der Nähe ihrer Häuser oder Firmen etwas tut.“

Faith betrachtete die Liste noch einmal mit einer Checkliste von Fragen, die sie selbst im Kopf hatte, aber diese Agenten hatten alles vorhergesehen und beantwortet.

„Ich habe in Raleigh bislang keine Fälle mit Verbindung

zum organisierten Verbrechen bearbeitet. Was für Konkurrenz haben die Stevskys?“

„Nicht viel. Es gibt ein paar Familien, die gerne was zu sagen hätten, und ein paar ernst zu nehmende Banden, aber keine von ihnen hat die Finesse, die es bei den Stevskys gab.“

„Gab?“ Faith hakte bei dem Wort ein. „Gibt es sie nicht mehr? Das wäre ein Vakuum, das jemand anders vielleicht füllen will.“

„Stimmt.“ Lukes Feindseligkeit hatte nachgelassen. Wenn sie etwas hinterfragte, war er nicht mehr ganz so schnell eingeschnappt. Gut. „Wir sind nicht sicher, dass es sie nicht mehr gibt, vor allem aus genau dem Grund. Niemand ist als neuer Anführer der Familie aufgetreten, aber es hat auch keine andere Gruppierung einen Anspruch auf die Überlegenheit der Stevskys angemeldet. Wir vermuten eher, dass sie sich eine Zeit lang bedeckt halten. Vielleicht, weil sie ihre internen Machtstrukturen nach Stevskys Tod noch nicht geordnet haben. Die andere Möglichkeit ist, dass sie etwas im Schilde führen und nicht auffallen wollen.“

„Wenn sie hinter dieser Sache stecken, dann, ohne auf sich aufmerksam zu machen.“ Faith ging weiter die Liste durch. „Niemand hat die Verantwortung für die Taten übernommen oder sich damit gebrüstet. Wenn eine Bundesbehörde angegriffen wird, rufen die Verantwortlichen es entweder von allen Dächern oder irgendein Niemand in ihrer Organisation plaudert aus, dass sie es waren. So oder so kommt es raus.“

„Ja“, nickte Luke. „Aber die Stevskys haben mit einer ‚Aus-den-Augen,-aus-dem-Sinn‘-Philosophie gearbeitet. Sie wollten keine Aufmerksamkeit. Sie wollten nur Macht und Geld, oder zumindest war es so, als der alte Stevsky noch das Sagen hatte. Über die jungen Stevskys wissen wir nicht viel. Oder darüber, wie sie unter diesen Umständen auf den Verlust des alten Herrn reagieren würden. Ich habe meine V-Leute gefragt, aber niemand hat was gehört. Sie haben versprochen, sich zu melden, wenn sich das ändert."

Faith stand auf. Sie musste sich bewegen und sie musste die Sache ausdiskutieren. „Angenommen, sie stecken hinter den Morden – weshalb sind sie dann so wütend? Weil sie erwischt wurden? Weil sie verurteilt wurden? Oder weil Stevsky senior tot ist? Denn es ist nicht gerade eine Kleinigkeit, ein gesamtes Büro des Secret Service zu eliminieren. Da muss man schon ziemlich wütend sein."

Luke schnaubte. „Oder ziemlich verrückt."

Da hatte er nicht unrecht. „So oder so müssen wir herausfinden, was sie machen. Hat jemand mit den Söhnen, Töchtern und Brüdern von Stevsky gesprochen?"

„Da musst du Estes fragen." Lukes Mund verzog sich, als er das sagte, und Faith hatte den Eindruck, dass es ihm ein Vergnügen war, diesen Teil der Informationen weiterzugeben. „Man hat uns gesagt, wir sollten uns von ihnen fernhalten. Mit der Begründung, sie sollten nicht wissen, dass wir ihnen auf der Spur sind."

Wie viele Rennies hatte Faith wegen Janice eigentlich schon gefuttert? Und warum hatte sie jetzt keine dabei? „Ich weiß nichts von irgendwelchem Vorgehen des FBI gegen Stevsky, aber ich werde Janice morgen fragen. Was ist mit der Konkurrenz? Selbst wenn sie euch keine Bauchschmerzen machen, scheint es mir klug, mal zu hören, ob sie Interesse haben, irgendwas zu unternehmen. Jeder, der sich in ihrer Welt bewegt, muss wissen, dass die Stevskys nach einem solchen Angriff die Hauptverdächtigen sind. Es könnte ein Versuch sein, ihnen die Schuld für etwas in die Schuhe zu schieben, was sie nicht getan haben."

Luke tippte auf seinem Laptop. „Ich frage Jacob gleich mal. Daran könnten Gil und Tessa morgen arbeiten."

Er schrieb seine Nachricht zu Ende und sah dann zu Faith auf. „Dein Fokus liegt also auf den Stevskys?"

Faith war sich nicht sicher, welche Antwort Luke erwartete, aber es spielte auch keine Rolle. Sie sagte ihm die Wahrheit. „Wir müssen sie unter die Lupe nehmen. Wenn du das als Fokus bezeichnest, dann ja. Aber wenn du wissen willst, ob ich alle anderen Möglichkeiten ausschließe und mich erst woanders umsehe, wenn ich weiß, dass die Stevskys es nicht waren, dann nein. Solche Ermittlungen müssen mehrgleisig laufen. Sie müssen gleichzeitig fokussiert und allgemein sein und dafür brauchen wir eine wirklich gute Zusammenarbeit. Ich kann nicht für die anderen FBI-Agenten sprechen, aber ich arbeite so – und ich erwarte es auch von den Agenten, mit denen ich zusammenarbeite. Das gilt für das FBI, den Secret Service, die Rauschmittelbehörde, den Sheriff vor Ort und alle anderen. Mit weniger werde ich mich nicht begnügen."

*

Faith Malone war ein Problem.

Luke versuchte, sich auf das zu konzentrieren, was sie sagte, und nicht darauf, wie er ihre Worte interpretierte. Bis jetzt ergab alles, was sie sagte, einen Sinn. Trotz seiner Bedenken konnte er die Tatsachen nicht ignorieren. Faith Malone wusste, was sie tat. Sie machte ihre Arbeit gut und sie hatte keine Angst, schwierige Fragen zu stellen, auch wenn das bedeutete, dass er dann sauer war.

Und im Moment, während ihre Haare im Wind flatterten, der vom Fluss herüberwehte, war sie noch schöner, als ihm bewusst gewesen war.

Thad hatte Faith gemocht. Sehr. Als Luke in die Taskforce versetzt worden war, hatte Thad sich gefreut und seine Überzeugung kundgetan, dass Luke sie zu einem Date einladen sollte.

Thad hatte ignoriert, dass es zwar viel Spaß gemacht hatte, bei den Benefizveranstaltungen und dem jährlichen Golfturnier mit Faith zusammenzuarbeiten, sie ihm aber keinen Grund zu der Annahme gegeben hatte, dass sie an einer nicht dienstlichen Beziehung zu Luke interessiert sein könnte. Genauso wie die Tatsache, dass seine Familie ihn enterben würde, wenn er eine FBI-Agentin mit nach Hause brächte. „Sie ist toll und sie wird dir nicht alles durchgehen lassen. Sie ist genau das, was du brauchst“, hatte Thad gesagt, als sie bei einem Besuch des letzten Präsidentschaftskandidaten in der Stadt gemeinsam beim Personenschutz geholfen hatten.

„Das ergibt keinen Sinn“, hatte Luke entgegnet. „Ich will keine Frau, die ständig gegen mich kämpft. Und sie ist beim FBI.“

„Du sagst das, als wäre das ein Ausschlusskriterium.“

„Das ist es.“

Thad hatte die Augen verdreht. „Du musst diesen Groll endlich mal ablegen, Mann.“

So einfach war das nicht. Genau genommen war es unmöglich. Aber während Faith ihre Pläne für die Ermittlungen erläuterte und ihre dunkelbraunen Augen im schwindenden Tageslicht blitzten, musste er es zugeben.

Er wünschte, die Lage wäre anders.

Nicht, dass es eine Rolle spielte. Selbst wenn er überhaupt keinen Grund hätte, ihr aus dem Weg zu gehen, könnte er keine Beziehung mit ihr anfangen. Sie leitete einen Fall, in den er und seine Kollegen verwickelt waren. Sie war tabu.

Er konnte Thad beinahe flüstern hören: „Im Moment.“

Aber nicht nur im Moment. Für immer.

Ihm war nie klar geworden, wie deprimierend das war.

„Luke?“ Eine weibliche Hand bewegte sich vor seinen Augen. „Alles in Ordnung?“

„Mir geht es gut.“ Warum machte sie sich solche Sorgen um ihn?

„Du warst gerade ganz weggetreten.“ Faith musterte ihn. „Bist du sicher, dass du in Ordnung bist?“

Er war weggetreten? Das war nicht seine Absicht gewesen. Er hatte nachgedacht … über sie. Luke räusperte sich und richtete sich auf seinem Stuhl auf. „Ja, ja, alles gut. Ich war nur kurz mit den Gedanken woanders. Wenn es sein muss, kann ich noch ein paar Stunden weitermachen. Ich bin zu allem bereit."

Es war offensichtlich, dass er Faith nicht überzeugt hatte, aber sie tippte mit ihrem Spezialstift auf ihr iPad und nickte. „Also gut, Mister Zu-allem-Bereit, dann sag mir mal, warum du dem FBI nicht traust."

„Wer sagt denn, dass ich dem FBI nicht traue? Der Secret Service und das FBI arbeiten schon seit … einer Ewigkeit zusammen." Das FBI nicht zu mögen, war kaum ein Alleinstellungsmerkmal.

„Bei dir geht es um viel mehr als um Rivalität oder um eine unterschiedliche Unternehmenskultur. Sogar um mehr als um verschiedene Ansätze bei Ermittlungen. Du hast dem FBI gegenüber ein tief sitzendes Misstrauen." Faith kratzte sich mit einem rund gefeilten Fingernagel an der Wange. „Aber du scheinst jemand zu sein, der bereit ist, die Fakten zu berücksichtigen und zu sehen, wie die Dinge sich entwickeln, bevor er voreilige Schlüsse zieht. Jemand, der sich die traditionelle Feindseligkeit zwischen dem Secret Service und dem FBI nicht zu Herzen nehmen würde. Aber das tust du. Und deshalb glaube ich, dass es einen persönlichen Grund dafür gibt. Ich habe dich noch nie darauf angesprochen. Als es nur darum ging, sich selbst auf die Schulter zu klopfen, war das auch egal. Aber jetzt ist es nicht mehr egal und ich muss wissen, was dahintersteckt."

„Nein, musst du nicht."

Einer von Faiths Mundwinkeln zuckte. Es war das einzige Zeichen dafür, dass sie ihn gehört hatte. Sie antwortete nicht sofort und er wappnete sich für eine Gardinenpredigt.

„Ich werde es schon noch rausfinden." Sie wurde nicht laut. Sie schien sich überhaupt nicht aufzuregen. Ihr Selbstbewusstsein beeindruckte und ärgerte ihn zugleich. „Aber bis dahin solltest du wissen, dass dein Vertrauen – oder ein Mangel daran – in mich oder meine Behörde nichts an meiner Fähigkeit oder meinem Wunsch ändert, meine Arbeit zu machen."

Ein Telefon vibrierte irgendwo an ihr. Nicht das Telefon, das auf dem Tisch lag. Ihr privates Handy.

Sie ignorierte es.

Es summte wieder.

Faith schloss die Augen, offensichtlich frustriert.

„Geh besser dran", sagte Luke. „Ist vielleicht dein Freund." *Bitte mach, dass es nicht ihr Freund ist.*

Sie warf einen Blick auf das Handy und ein Anflug von Angst huschte über ihr Gesicht. „Entschuldige mich bitte kurz." Sie entfernte sich, ohne seine Antwort abzuwarten. Aber sie ging nicht weit. Er konnte jedes Wort klar und deutlich hören.

„Hallo." Eine Pause. „Ist alles in Ordnung?" Ihre Worte klangen angespannt, aber es schwang auch Mitgefühl darin mit. „Ja, bin ich." Noch eine Pause. „Schon gut. Soll ich –" Diesmal hörte Faith eine ganze Minute lang zu, ohne auch nur ein „Hm" oder „Ja" von sich zu geben. Als sie dann antwortete, tat sie es nicht mit einem Wort. Es war ein Stöhnen, gefolgt von: „Das ist nicht dein Ernst."

9

So sollte es nicht sein. Faith hatte nicht damit gerechnet, dass das Erwachsensein eine einzige Sisyphusarbeit sein würde, bei der man jedes neue Problem zu bewältigen versuchte, das auftauchte – ohne dabei auch nur einen Meter voranzukommen. Ohne Ziel. Ohne Perspektivenwechsel.

Faith hatte Mühe, alle Emotionen aus ihrer Stimme herauszuhalten. „Ich bin nicht zu Hause. Schick mir einen Link und die Login-Daten. Dann sehe ich nach. Kann ich dich später zurückrufen?" Sie beendete das Gespräch. Warum jetzt? Warum überhaupt?

Sie ballte die Hände zu Fäusten, damit sie nicht zitterten, als sie zu Luke zurückging. Insgeheim wappnete sie sich für ein Verhör, aber er sagte nichts, auch nachdem sie sich gesetzt hatte und sich auf ihrem Stuhl zurücklehnte. Als sie ihn schließlich ansah, wich er ihrem Blick nicht aus, und sie konnte sich vorstellen, wie es wäre, von Luke Powell verhört zu werden. Die Vorstellung gefiel ihr gar nicht. „Spuck's aus, Powell."

Er zuckte mit den Schultern. „Ich werde nicht fragen, ob alles in Ordnung ist, weil ich weiß, dass es das nicht ist."

Das sah er richtig.

„Du musst es mir nicht erzählen, aber man hat mir gesagt, ich könne hervorragend zuhören. Wenn du es loswerden willst, kannst du das also gerne tun."

„Es geht nicht um Leben oder Tod." Faith versuchte zu lachen, aber es klang in ihren eigenen Ohren eher wie ein bellender Seehund.

Luke presste die Lippen zusammen, wahrscheinlich, um nicht lachen zu müssen. „Na, dann bin ich ja froh." Er sprach mit übertriebener Erleichterung. „Von Leben-oder-Tod-Situationen habe ich nämlich die Nase voll. Da habe ich lieber Luxusprobleme. Also, wenn du so eins hast, würde ich es gerne hören."

Sie schob iPad und Stift in ihre Tasche. „Meine Schwester ist Anwältin hier in Raleigh. Außerdem sitzt sie im Rollstuhl, was ihre am wenigsten bemerkenswerte oder interessante Eigenschaft ist, aber manchmal führt es zu Problemen bei Dates. Sie war in einer langjährigen Beziehung, die vor etwa sechs Monaten zu Ende ging, und im Moment hat sie kein Interesse daran, an ihrem Singlestatus etwas zu ändern. Aber heute Abend hat Hopes Freundin ihr gesagt, dass es auf einer Partnervermittlungswebseite ein Profil von ihr gibt. Hope hatte nichts damit zu tun, aber als sie sich eingeloggt und etwas geforscht hat, kam heraus, dass es für mich auch ein Profil gibt."

Faith machte den Mund zu. Warum hatte sie ihm das erzählt? Sie sprach bei der Arbeit nicht über ihr Privatleben. Nie. Das war eine Regel, die sich bewährt hatte.

Wenn Luke sich konzentrierte oder frustriert oder besorgt war, zog er die Augenbrauen zusammen und eine tiefe Furche bildete sich dazwischen. Die Furche war jetzt tiefer, als sie es bislang gesehen hatte, und sie hatte diesen Ausdruck bei Besprechungen ihrer Taskforce schon oft genug gesehen, um zu wissen, dass sie auf alles gefasst sein musste, wenn er aufhörte zu denken und anfing zu reden.

Also wappnete sie sich für einen solchen Dammbruch, aber stattdessen hob er einen Finger. „Ich habe ein paar Fragen."

Seine tiefe, ruhige Stimme, ohne jeden Anflug von Humor oder Sarkasmus wie vorher, hatte eine beruhigende Wirkung. Er wartete ab, bis sie zustimmend genickt hatte.

„Wie alt ist deine Schwester?"

Von allen Fragen, die er stellen könnte, hatte sie diese am wenigsten erwartet und sie antwortete, ohne zu zögern. „Sie ist 29."

Luke nickte langsam. „Habt ihr noch andere Geschwister?"

„Nein." Sie hatte keine Ahnung, worauf er hinauswollte, aber seine Fragen waren nicht gerade aufdringlich.

Luke lächelte ein wenig. „Kann ich das Profil sehen?"

„Nein!"

„Okay. Gut. Aber hast du eine Ahnung, wer Dating-Profile für dich und deine Schwester einstellen würde?"

„Hope hat einen Verdacht, wer das war. Und ich glaube, sie hat recht."

Luke wartete mit einem Ausdruck beiläufigen Interesses im Gesicht, so als wäre es ihm egal, ob sie seine Frage beantwortete oder nicht. Aber sie war ziemlich sicher, dass er vor Neugier beinahe platzte.

Sie ließ den Kopf in ihre Hände sinken. „Unsere Mutter."

„Wie bitte?"

„Du hast mich genau verstanden. Unsere Mutter. Also nicht direkt sie. Ihre Sekretärin. Wahrscheinlich."

„Wow."

„Ja."

Sie war nicht sicher, wann er sich bewegt hatte. Wann er sich über den Tisch zu ihr herübergebeugt und ihre Hand genommen hatte. „Das tut mir leid." Die Worte klangen leise und tief und so ernsthaft, dass Faith sich einen Moment lang vorstellte, was wohl geschehen würde, wenn sie ihre Finger zwischen seine schob.

„Mir auch."

„Ich finde, wir sollten für heute Schluss machen." Er drückte ihre Hand und ließ sie dann los. „Ich muss nach Hause und schlafen. Und du musst wahrscheinlich herausfinden, wie du das Profil löschen kannst."

Sie stöhnte.

„Morgen reden wir über das FBI und den Secret Service und finden heraus, wer meine Freunde umgebracht hat."

Faith entging nicht, dass er von dem Anschlag auf ihn selbst nichts gesagt hatte, und es sprach für ihn, dass er die noch offene Antwort auf ihre Frage, warum er das FBI so hasste, thematisierte. Alles in allem konnte sie unter den gegebenen Umständen mit dem Ende dieses Abends zufrieden sein.

Sie packte ihre restlichen Sachen ein und beschwerte sich nicht darüber, dass Lukes Hand auf ihrem Ellbogen ruhte, während sie zum Auto zurückgingen.

Die Fahrt zu seinem Haus legten sie größtenteils schweigend zurück. Als er aus dem Wagen stieg, erwartete sie, dass er sich kurz verabschieden und ins Haus gehen würde. Stattdessen drehte er sich noch einmal um. Sie fuhr das Fenster auf der Beifahrerseite herunter und er streckte den Kopf hinein.

„Danke für das Essen heute Abend und dafür, dass du mir gezeigt hast, wo du ruderst. Wenn diese Sache vorbei ist, kannst du es mir ja vielleicht beibringen."

War er auf ein Date aus? Nein. Er hatte nur …

„Oh" – er klopfte auf das Wagendach – „und egal, was ich morgen behaupten werde: Unter uns gesagt, bin ich echt froh, dass Gil einen Braten im Schongarer hatte."

Er zwinkerte. „Gute Nacht, Faith." Mit diesen Worten wandte er sich ab und ging die Treppe zu seiner Veranda hinauf.

Erst als sie aus seiner Auffahrt fuhr, wurde Faith bewusst, dass sie zum Ruderunterricht nicht Ja gesagt hatte. Aber die Vorstellung, mehr Zeit mit Luke zu verbringen, ging ihr den ganzen Heimweg über nicht aus dem Kopf.

*

Ein Klopfen an der Tür, oder besser gesagt ein Hämmern, weckte Luke am nächsten Morgen. Er drehte sich um und nahm seine Pistole vom Kissen neben ihm.

Alles tat weh und er machte sich nicht die Mühe, ein Stöhnen zu unterdrücken, als sein Körper, der von der nächtlichen Reglosigkeit ganz steif war, sich auf schmerzliche Weise dehnte und streckte, während er aufstand und den Schalter des kleinen Bildschirms betätigte, der auf seinem Nachttisch stand.

Ein paarmal tippen und der Blick von der Kamera auf seine Haustür erschien auf dem Display.

Zane und Gil ... und Faith?

Was machten sie hier um ... er sah auf die Uhr auf dem Nachttisch.

9:37 Uhr.

Was? Das konnte nicht stimmen. Er griff nach seinem Handy.

Akku leer.

Luke ließ es wieder auf den Nachttisch fallen und nahm sein iPad von der Kommode. Es war geladen und bestätigte nicht nur die Uhrzeit, sondern zeigte auch eine lange Reihe verschiedener Textnachrichten, die um halb acht begonnen hatten und bis jetzt eintrudelten.

Er hatte zu tief und zu lange geschlafen. Eine Berufskrankheit. Vor allem jetzt.

Mit dem iPad schickte er eine Nachricht an Gil, während er vorsichtig durchs Zimmer ging.

Sorry. Hab verschlafen. Komme gleich.

Er konnte sich einfach nicht schneller bewegen. Den Versuch, sich ein T-Shirt über den Kopf zu ziehen, gab er auf. Das war ja schlimmer als gestern. Hatte er jemals zuvor solche Schmerzen gehabt? Er ging im Geiste die verschiedenen Sportarten durch, die er schon ausgeübt hatte, ebenso wie sein Training in Kampfsportarten und seine Ausbildung beim Secret Service.

Nee. Da war er sicher. Nichts hatte jemals so wehgetan wie

angeschossen, beinahe in die Luft gejagt und dann von fliegenden Autoteilen fast aufgespießt zu werden.

Langsam ging er die Treppe hinunter, iPad und T-Shirt in der linken Hand, Waffe in der rechten. Er ließ die Sachen auf den Tisch im Flur fallen, riss mit der linken Hand die Tür auf und stellte sich dem Zorn seiner beiden sehr wütenden, sehr besorgten Freunde und einer FBI-Agentin, deren Erleichterung er selbst in seinem schläfrigen Zustand mit Händen greifen konnte.

Zane ergriff als Erster das Wort. „Was fällt dir eigentlich ein? Wer stellt denn mitten in einem Mordfall sein Handy auf lautlos?“

„Das habe ich nicht –“

„Ich bin in den letzten zweiundsiebzig Stunden mindestens zehn Jahre gealtert.“ Gils schwarze Haare sahen aus, als wäre er oft mit den Händen hindurchgefahren. Ein bekanntes Anzeichen für Stress bei seinem Freund.

„Mein Telefon –“

Faith trat einen Schritt vor. „Meine Herren – sosehr ich auch der Meinung bin, dass ihr das Recht habt, Special Agent Powell die Ohren lang zu ziehen, wäre es besser, wenn wir diese Unterhaltung drinnen fortsetzen.“ Mit einer schnellen Handbewegung deutete Faith auf ein Auto, das ein paar Häuser weiter parkte.

Ohne ein Wort trat Luke zur Seite und öffnete die Tür weit, sodass alle eintreten konnten.

Zane funkelte ihn und alle anderen an. Es hätte bedrohlich wirken können, hätte er nicht gleichzeitig einen Arm in der Schlinge gehabt und ein Humpeln nicht verbergen können, als er in Lukes Wohnzimmer ging und auf einen Ohrensessel sank.

Gil blieb in Zanes Nähe, ließ es sich aber nicht nehmen, Lukes unverletztem Arm im Vorbeigehen einen Fausthieb zu versetzen.

Faith folgte, ohne irgendwie frustriert zu wirken. Sie wartete an der Tür, bis Luke sie geschlossen hatte. „Was ist passiert?" Ihre Stimme klang leise und ruhig.

„Akku leer."

„Du hast doch ein Festnetz, oder?" Faith blieb vor dem Gemälde stehen, das über dem kleinen Tisch in der Diele hing. Ihr Tonfall war beiläufig. Ihre Körpersprache entspannt.

„Hatte."

„Und?"

„Letzte Woche bin ich mit Fernsehen, Internet und Telefon zu einem anderen Anbieter gewechselt. Sie haben den Umzug vermasselt. Das Festnetz funktioniert noch nicht."

Sie zeigte in Richtung Wohnzimmer. „Nimm es ihnen nicht übel, Luke. Wir dachten alle –"

„Es *ihnen* nicht übel nehmen? Machst du Witze? Ich bin schließlich derjenige, der um sein Leben fürchten muss." Er beugte sich zu ihr vor und sagte ihr leise ins Ohr: „Ich war ihnen schon öfter auf Gnade und Ungnade ausgeliefert. Kein schönes Gefühl."

Sein Flehen um Mitgefühl entlockte Faith ein leises Lachen und ein geflüstertes „Wenn es zu schlimm wird, beschütze ich dich".

„Klar doch."

Sie betraten das Wohnzimmer gemeinsam. Zane blickte immer noch finster drein. Gil schritt mit mürrischer Miene auf und ab. Am besten machte Luke gleich mildernde Umstände geltend. Er konzentrierte sich auf Zane. „Das Festnetz funktioniert noch nicht." Zane wusste von den Schwierigkeiten mit dem Anbieter.

„Jared kann –" Zane zog beim Klang seiner eigenen Worte eine Grimasse. „Mist. Wie sollen wir ohne Jared jemals irgendwas reparieren?"

„Jared war praktisch veranlagt?" Faith setzte sich in Zanes Nähe aufs Sofa.

„Mit einer Bohrmaschine wäre er lebensgefährlich gewesen. In der Hinsicht war er der ungeschickteste Agent, dem ich jemals begegnet bin." Er sprach nicht schlecht über einen Toten. Wenn Jared noch am Leben wäre und mit ihnen hier säße, hätte Zane dasselbe gesagt. „Aber wenn er ein paar Drähte, ein Motherboard und einen Stromkreis hatte, konnte der Mann alles basteln."

Luke legte sein iPad auf den Tisch im Foyer, blieb aber in der Nähe der Tür stehen, das T-Shirt in der Hand. Wenn es nur Gil und Zane gewesen wären, hätte es keine Rolle gespielt, aber bildete er sich das ein oder hatte Faith Mühe, den Blick abzuwenden? Das konnte doch nicht sein. Aber er stand immer noch in Shorts da, mit nackten Füßen und nacktem Oberkörper – nicht, dass es unanständig wäre, aber es war irgendwie merkwürdig. Und dann erschrak er. Er hatte sich zu Faith hinübergebeugt und ihr etwas ins Ohr geflüstert.

Und er hatte sich noch nicht die Zähne geputzt.

„Entschuldigt mich kurz." Er wäre gerne schnell die Treppe hinaufgelaufen, immer zwei Stufen auf einmal. Stattdessen humpelte er aus dem Zimmer und schnaufte bei jeder Stufe, während ihm bewusst wurde, dass er den anstrengenden Weg in wenigen Minuten in umgekehrter Richtung noch einmal zurücklegen musste.

Als er zehn Minuten später mit frischem Atem und gekämmten Haaren, mit einer langen Hose und einem frisch gewaschenen Hemd das Wohnzimmer erneut betrat, hatte die Unterhaltung sich in eine ganz andere Richtung gewendet.

„Ich weiß, dass ihr keine FBI-Mittel nutzen wollt", sagte Faith gerade, „aber wenn ihr jemanden braucht, hätten wir da einen super Typen, der früher für uns gearbeitet hat."

„Ein super Typ wofür?", fragte Luke.

„Computerforensik. Um einen Ersatz für Jar–"

„Wieso haben wir es so eilig, Jared zu ersetzen? Der Mann ist ja noch nicht mal unter der Erde.“ Luke nahm Faith gegenüber Platz. Kaum hatte er angefangen, sie netter zu finden, tat sie etwas, das ihn ärgerte. Zum Beispiel schlug sie vor, einen Mann zu ersetzen, bevor sie ihm die letzte Ehre erwiesen hatten.

„Ich rede nicht davon, Jared als *Person* zu ersetzen, Luke. Es geht mir darum, jemanden zu finden, der ähnliche Fähigkeiten hat. Euer Büro hat den wichtigsten Fachmann für Cyberkriminalität verloren. Und damit habt ihr oft zu tun.“

„Oh.“ Er hatte voreilige Schlüsse gezogen. Wieder einmal. Warum war er so entschlossen, das Schlimmste anzunehmen, was Faith betraf?

Er wusste, warum.

Aber als er Faith ansah, musste er zugeben, dass sie bis jetzt nur das Beste von ihm angenommen hatte – und von seinem Geheimdienst.

Jetzt erhellte sich ihre Miene. „Ich weiß, wen ihr braucht.“ Sie wandte sich ganz bewusst nicht an Luke, sondern an Gil und Zane. „Dr. Sabrina Fleming-Campbell. Kennt ihr die?“

Luke wusste, wer Sabrina war. Und er kannte ihren Mann, Adam Campbell, aber da Faith ihn nicht erwähnt hatte, schwieg Luke.

„Ich habe den Namen schon mal gehört“, sagte Zane. „Woher kenne ich sie?“

„Ist das die schrullige Professorin aus Carrington, die mit der Einheit für Menschenhandel zusammenarbeitet?“, fragte Gil. „Irgendwie schräg, aber nett. Und ein ziemliches Genie.“

„Genau die meine ich.“ Faith schien ganz aufgeregt. „Sabrina ist umwerfend. Wir haben sie bei einigen Fällen hinzugezogen. Wenn ihr das weitersagt, werde ich es leugnen, aber sie ist besser als alle Fachleute, die wir beim FBI haben. Sie hat den Ruf, Dateien zu finden und Firewalls zu umgehen, wenn niemand sonst es schafft. Ich habe gehört, sie hat vor ein paar Monaten eine Verschlüsselung auf Pentagon-Niveau geknackt."

„Wie heißt sie noch mal?" Gil hatte ein Notizbuch herausgeholt. „Sabrina Fleming?"

„Fleming-Campbell. Mit Bindestrich. Sie hat vor Kurzem geheiratet."

„Stimmt", nickte Zane. „Mit ihrem Mann war ich schon tauchen.

„Sie hat einen Campbell aus Carrington geheiratet", überlegte Gil. „Interessant."

„Was ist daran interessant?", fragte Faith.

Zane beantwortete die Frage. „Wir haben viel mit Wirtschaftskriminalität zu tun. Die Carrington-Campbells haben jede Menge Kohle. Eine der wohlhabendsten Familien im Bundesstaat."

„Ich glaube nicht, dass Sabrina der Typ ist, der sich für Geld interessiert", erwiderte Faith. „Ihre Standarduniform sind enge Jeans und Superhelden-T-Shirts, Haare unordentlich hochgebunden, Brille. Sie entspricht genau dem Klischee eines Computergenies. Sie ist süß, aber stoffelig, also wenn ihr sie anruft, solltet ihr darauf gefasst sein, dass sie ziemlich direkt ist und vielleicht sogar ein bisschen vergesslich."

Luke grinste ebenso wie Gil und Zane angesichts dieser Bemerkung, aber ihre verwirrte Miene verriet, dass sie nicht verstand, was daran so lustig war. „Du hast gerade Jared beschrieben", erklärte er Faith. „Obwohl ich ihn nicht als *süß* bezeichnet hätte."

Faith warf ihm einen Blick zu. „Jared hat enge Jeans und Superhelden-T-Shirts getragen?"

Das Grinsen der Männer verwandelte sich in ein Lachen. „Äh, nein. Jared war nicht gerade dünn. Aber der Mann konnte besser mit Computern umgehen als mit Menschen."

Gleich darauf wich die Belustigung einer eher bedrückten Stimmung. Zane erhob sich. Langsam. Seinem Gesicht war nichts anzusehen, aber Luke konnte sich vorstellen, welche Selbstbeherrschung es ihn kostete, keine Grimasse zu ziehen. „Okay, war schön mit euch, aber ich muss jetzt ins Büro –"

„Oh nein, das musst du nicht." Gil sprang auf und Luke konnte einen Anflug von Neid nicht unterdrücken, als er sah, wie flink und leicht sein Kollege sich bewegte. „Du fährst wieder nach Hause. Du ruhst dich aus. Du –"

„Wie bitte?" Zanes Stimme war eher ein Knurren. „Nach Hause? Mich in die Hängematte legen? Ein Buch lesen? Wohl kaum, Mann."

„Hör zu, du hast echte Verletzungen." Gil zeigte auf Zanes Arm. „Du musst langsam machen."

„Und wieso sagst du *mir* nicht, dass ich langsam machen soll?", wandte Luke ein.

Gil verdrehte die Augen. „Du hast ja noch nicht mal irgendwelche Löcher abbekommen. Also komm mir nicht so."

„Ich muss Löcher haben, um verletzt zu sein?"

„Ich sage nicht, dass du dir nicht wehgetan hast, aber Zane hat zwei Löcher. Er gewinnt."

„Wie würdest du denn Stichwunden in diese Theorie einordnen?", fragte Faith mit übertriebener Ernsthaftigkeit.

Gil wechselte wieder zu seinem normalen Tonfall und gab sich professionell. „Stichwunden, obwohl sie eher schnittförmig sind, zählen als Löcher. Eine Stichwunde bekommt die volle Punktzahl. Aber Schürfwunden sind nur Kratzer. Blaue Flecke sind nur blaue Flecke. Und ein Streifschuss von einer .22er" – Gil deutete mit dem Kinn auf Luke – „ist nur ein Streifschuss von einer .22er."

Luke musste gegen seinen Willen lachen.

Gil wandte sich an Zane. „Ich fürchte, ich muss dem Arzt recht geben –"

„Der Arzt kann sich seine Meinung sonst wo hinschieben."

„Vielleicht", unterbrach Faith das Geplänkel mit einer Stimme, die alle drei Männer aufmerken ließ, „können Luke und Gil ins Büro fahren, während du und ich uns darüber unterhalten, was am Montag passiert ist. Dann kann ich dich nach Hause fahren" – als sie Zanes Miene sah, korrigierte sie sich sofort – „oder wo auch immer du hinwillst, wenn wir fertig sind."

Warum wollte Faith unter vier Augen mit Zane sprechen?

„Ist das okay, Luke? Dass wir noch ein bisschen hierbleiben?"

Eine FBI-Agentin in seinem Haus zurückzulassen, widersprach in Lukes Augen jeglicher Vernunft, aber Zane würde bei ihr sein. Er würde nicht zulassen, dass sie ... was? Was glaubte er, würde sie in seinem Haus machen? Was war eigentlich mit ihm los? Es ging um Faith. Dem FBI traute er nicht, aber allmählich fing er an, Faith zu vertrauen.

Aber irgendwie störte ihn trotzdem etwas daran.

„Du hast immer noch vor, mich nach Hause zu bringen", sagte Zane.

„Stimmt." Faith strahlte ihn an. „Du schlägst dich tapfer, aber deine Haut hat eindeutig einen grünlichen Stich. Deine Freunde haben recht, wenn sie darauf bestehen, dass du nach Hause gehst und dich ausruhst. Und wenn ich ein netterer Mensch wäre, würde ich sie unterstützen. Aber ich muss mit dir reden, und jetzt bist du hier, also biete ich dir die Gelegenheit, eine Stunde länger mitzuspielen, als deine Freunde es zulassen würden. Und ich vermute, wenn ich mit dir fertig bin, willst du sowieso in dein Bett. Was meinst du?"

Gil prustete. „Wow. Wenn das keine klare Niederlage ist. Nach Hause fahren oder hierbleiben und mit dem FBI sprechen und dann nach Hause fahren. Viel Spaß." Er stand auf. „Bist du so weit, Luke?"

Dass er ständig auf eine Mitfahrgelegenheit angewiesen war, nervte ihn schon jetzt. „Nein. Gib mir noch fünf Minuten."

Luke suchte alles zusammen, was er für den Tag brauchte, und ging dann zu Gil, der bereits an der Tür wartete. Er hatte herausgefunden, was ihn an der Situation störte. Nicht, dass eine FBI-Agentin in seinem Haus war, während er ging. Das Problem war nicht, Faith oder Zane hier zurückzulassen. Das Problem war, Faith mit Zane allein im Haus zu lassen.

Es war kein Scherz, als er erst Faith und dann Zane ansah und sagte: „Versucht, nicht alles kaputt zu machen, okay?"

10

Luke und Gil fuhren davon und Faith wandte sich Zane zu. „Das mit dem Hinlegen war übrigens ernst gemeint. Wenn du dich jetzt ausstrecken willst, werde ich dich bei deinen Freunden nicht verpetzen."

Zane stieß ein kleines Stöhnen aus, als er zu seinem Sessel zurückging. „Danke, aber mit mir ist alles in Ordnung."

„Ist es nicht." Das mit dem grünlichen Teint war kein Witz gewesen. Zane Thacker ging gerade weit über seine körperlichen Grenzen. Aber sie musste mit ihm reden. Und auch wenn Luke das anders sah, war sie nicht nett genug, dem Mann mehr Erholungszeit zu geben.

„Was willst du wissen?" Zane schloss die Augen. „Haben wir Thad umgebracht? Haben wir Jared und Michael getötet und jemanden engagiert, der einen Mordversuch vortäuscht, um alles zu vertuschen?"

Das war das Problem, wenn man Ermittler befragte. Sie wussten schon vorher, was man wissen wollte. Warum es also leugnen. „Und, habt ihr?"

Zane schloss die Finger seiner linken Hand. „Nein."

Er öffnete die Augen und lächelte schief. „Aber das wusstest du sowieso schon."

„Ich muss diese Fragen stellen."

„Ich weiß. Aber was du wirklich wissen willst, ist, wer diese Frau in Thads Auto war und ob wir etwas über sie wissen und ob er ein Verhältnis mit ihr hatte und ob sie der Grund dafür ist, dass die beiden getötet wurden."

„Die Möglichkeit einer Affäre habe ich noch nicht ausgeschlossen."

Jetzt beugte Zane die Finger der rechten Hand. „Du hast Rose noch nicht kennengelernt, oder?"

„Thad Bakers Frau?" Als Zane nickte, sagte sie: „Nein, habe ich nicht."

Zane ließ den Kopf mit kleinen Bewegungen kreisen. „Um mit einem Agenten des Secret Service verheiratet sein zu können, muss man eine besondere Frau sein. Die Arbeitszeiten sind umfangreich und unvorhersehbar. Der Dienst kann an einem Tag gefährlich sein und am nächsten langweilig. Eine Woche intensiv, drei Wochen öde. Rose und Thad haben geheiratet, als er in Phase eins war. Die Kinder haben sie bekommen, als Thad Personenschutz für den Vizepräsidenten gemacht hat, und als die Zwillinge vier waren, sind sie hierhergezogen. Rose hat Thad geliebt, aber sie ist keine Jasagerin. Sie ist furchterregend klug und manchmal nur furchterregend. Wenn Thad auch nur versucht gewesen wäre, eine andere Frau anzusehen, hätte Rose sich darum gekümmert. Und sie hätte es nicht mit einer Autobombe getan."

Wie Zane die Augenbrauen bei dem letzten Satz hochzog, entlockte Faith ein Lächeln. Aber sie setzte gleich wieder ihr professionelles Gesicht auf. Sie hatte schon erlebt, dass auch kluge Frauen zum Narren gehalten wurden. „Sie könnte nichts davon gewusst haben. Alle sagen, sie würden so was merken, aber die meisten merken es nicht."

„Die meisten vielleicht. Aber du solltest etwas wissen. Niemand spricht darüber, aber Rose war bei der CIA, bevor sie Thad kennengelernt hat. Sie hätte es gewusst."

CIA? „Das steht nicht in der Akte."

„Wie gesagt, darüber wird nicht gesprochen." Zane machte mit den Fingern des nicht verletzten Arms eine Faust und drehte sie vorsichtig hin und her.

Hielt der Mann eigentlich jemals still? „Hat der Arzt gesagt, dass du diese Übungen machen sollst?"

Zane lachte. „Ich kann besser nachdenken, wenn ich mich bewege. Es macht Luke wahnsinnig. Ich laufe ständig um meinen Schreibtisch herum. Und ich habe einen kleinen Antistressball, den ich in die Luft werfe. Dadurch bleibt das Blut in Bewegung. Aber es regt alle auf, außer Tessa. Sie ignoriert es einfach."

Faith kommentierte das nicht. Aber sie hatte das Gefühl, dass die schöne Agentin überhaupt nichts ignorierte.

„Wir wissen nicht, warum Thad in dem Restaurant war; wir wissen nicht, wer bei ihm war oder warum diese Frau in seinem Auto saß. Ich weiß, dass alle das Schlimmste annehmen. So sind die Menschen nun mal. Aber ich glaube, es könnte etwas ganz anderes dahinterstecken."

„Zum Beispiel?"

„Luke und ich waren sehr gut mit Thad befreundet. Wir kannten ihn besser, als es unter Kollegen sonst üblich ist. Er war ein Mentor für uns und hat uns ganz gezielt angeleitet. Das hat er sehr gut gemacht. Er war ein zutiefst gläubiger Mensch und glaubte, dass Gott sich was dabei gedacht hat, dass wir im selben Team waren. Er hatte in den vergangenen Jahren mit uns und für uns gebetet und wir waren viel mehr als nur Kollegen geworden. Luke und ich konnten von Glück sagen, dass wir einen Typen wie Thad zum Freund hatten. Und weil wir beide nicht wussten, was er vorhatte, meine ich, dass er etwas geplant hat, um Rose zu überraschen."

Nie im Leben hätte Faith so etwas erwartet. „Warum denkst du das?"

„Wenn du Rose kennenlernst, wirst du es verstehen. Thad konnte sie nie überraschen. Rose wusste, wann er ihr einen Heiratsantrag machen würde. Sie wusste, wann er früher nach Hause kommen würde. Sie wusste jedes Jahr, was er ihr zu Weihnachten schenken würde. Sie wusste es immer und es war ein Running Gag zwischen ihnen. Thad hat es immer wieder versucht. Und sie hat es immer rausgefunden. Und sie hat zu ihm gesagt, wenn er einen von uns bittet, ihm zu helfen, zählt es nicht."

Zanes Lippen bildeten jetzt eine dünne Linie. Seine Haltung hatte sich geändert und einen Augenblick lang sah Faith den leidenschaftlichen Kämpfer, der sich hinter den sonst so sanften Augen verbarg. „Wir müssen wissen, was passiert ist. Das betrifft uns persönlich."

Faith bewegte eine Hand in seine Richtung – den Arm in der Schlinge, die Verbände, die sie nicht sehen konnte, von denen sie aber wusste, dass sie sich unter seinem Hemd verbargen –, aber er schüttelte den Kopf.

„Das war schon vor Montagmorgen eine persönliche Angelegenheit. Thad war unser Freund. Er war einer der Guten. Sonntags in der Kirche war er nicht im Dienst. Er hat mit seiner Frau und seinen Kindern gebetet. Hat sich um seine Eltern gekümmert. Letzten Sommer hat er einen Plan gemacht, damit die Männer in der Gemeinde reihum den Rasen einer Witwe mähen. Der Mann war ein Heiliger. Er hat nicht verdient zu sterben. Seine Frau hat nicht verdient, Witwe zu sein. Seine Kinder …" Zanes Stimme brach. „Seine Kinder haben nicht verdient, ihr Leben ohne ihren Dad zu verbringen. Jemand hat ihnen den Vater genommen. Uns allen hat der Täter Thad genommen. Die Welt ist dunkler geworden, weil er nicht mehr Teil davon ist. Er hat an einen guten Gott geglaubt, auf den man sich verlassen kann. Aber ich verstehe nicht, warum ein liebender Gott das zulässt. Und erst recht verstehe ich nicht, wie ein Gott, der angeblich allmächtig ist, zulässt, dass dieser Fall ungelöst bleibt."

Faith betrachtete ihre Schuhe. Die Situation war eine andere, aber Zane hatte gerade ihre eigene Verzweiflung und Verwirrung in Worte gefasst.

„Ich möchte gerne glauben, dass Thads Tod nicht umsonst

war und dass all das einen tieferen Sinn hat. Aber ich sehe keinen Sinn. Ich will die Person, die das getan hat. Und wenn es dieselbe Person ist, die am Montag Michael und Jared getötet hat, dann wäre es das i-Tüpfelchen. Wenn du das alles herausfindest, hast du meine volle Unterstützung. Normalerweise mache ich ja nicht gemeinsame Sache mit dem FBI, aber niemand wünscht dir so viel Erfolg wie ich."

Das Vibrieren seines Handys ersparte Faith eine direkte Antwort.

„Das ist Gil", sagte Zane.

„Geh ruhig dran."

Faith stand auf und ging in die Richtung, in der sie Lukes Küche vermutete. Das Haus war geräumig und luftig. Mehr Platz als ein Junggeselle brauchte – vor allem einer, der so viel arbeitete wie Luke. Die Küche war blitzsauber und der Duft eines zitronigen Putzmittels lag in der Luft. Bestimmt hätte Gil gerne so eine Küche mit Gasherd und großer Kücheninsel. Gegenüber von der Insel war eine gemütliche Ecke mit einem weichen Sessel, einer Lampe und mehreren Bücherstapeln. Die Neugier siegte über die Höflichkeit und sie hockte sich auf die Sesselkante und nahm ein Buch von dem Stapel links neben dem Sessel. Die Biografie eines Gründungsvaters der USA. Dann ein Reiseführer mit Schwerpunkt Tauchen. Rechts vom Sessel fand Faith einen Roman und eine viel benutzte Bibel.

Ihre Finger berührten die Buchdecke der Bibel.

Sie hatte Mühe zu glauben, dass Gott wirklich gut war, so entsetzlich das auch klingen mochte. Aber wer konnte es ihr verdenken? Wie konnte ein gütiger Gott so schreckliche Dinge zulassen?

Ihre Schwester – ihre kluge, fröhliche, großartige Schwester – angefahren von einem Wagen, dessen Fahrer ihr vorher noch ein Zeichen gegeben hatte, sie könne die Straße überqueren, um dann Gas zu geben. Faith war dabei gewesen. Sie hatte gesehen, wie Hope über die Motorhaube geflogen war, und noch bevor der Krankenwagen erschien, wusste sie, dass Hope nie wieder laufen würde.

Sie fuhr mit der Hand über den Ledereinband der Bibel. Luke und Hope würden sich bestens verstehen. Hope glaubte noch immer. Trotz der vielen Operationen. Trotz des Abschlussballs, wo sie nicht gewesen war, und all der anderen Highschool-Aktivitäten, an denen sie nicht teilnehmen konnte. Trotz der Männer, die ihr das Herz gebrochen hatten, weil sie glaubten, keine Beziehung mit einer Frau im Rollstuhl haben zu können – Hopes Glaube war dadurch nur noch stärker geworden.

Während der von Faith ins Wanken geraten war.

„Faith?" Zanes Stimme riss sie aus ihren Gedanken.

„Ich wollte dich nur nicht stören", sagte sie, während sie ins Wohnzimmer zurückging.

„Kein Problem. Könntest du mich bitte zu Gil nach Hause fahren anstatt zu mir?" Zanes Stimme klang irgendwie komisch und er sah Faith nicht an, als sie den Raum betrat, sondern starrte auf den Fernseher, in dem jetzt ein lokaler Nachrichtensender lief.

„Ist alles in Ordnung?"

„Kommt drauf an, wie du *in Ordnung* definierst." Zane zeigte auf den Bildschirm. „Das ist mein Haus."

Faith starrte auf den Fernseher und konnte gerade noch verhindern, dass ihr die Kinnlade herunterfiel. Das Haus stand lichterloh in Flammen und sie sahen, wie ein Teil des Dachs einstürzte. Die Feuerwehrleute waren dabei, den Brand zu löschen, aber selbst für jemanden, der sich nicht auskannte, war eines klar. Das Haus war nur noch Schutt und Asche.

„Zane. Ich …" Sie konnte sich nicht überwinden zu sagen, dass es ihr leidtat. Es war zu floskelhaft.

Er schaltete den Fernseher aus und straffte die Schultern,

bevor er sich ihr zuwandte. „Ich würde sagen, jetzt nehme ich die Sache noch persönlicher."

Eine Viertelstunde später hielt Faith vor Gils Haus – einem renovierungsbedürftigen Gebäude in einem Stadtteil, der inzwischen hoffentlich seinen Tiefpunkt erreicht hatte und jetzt wieder auf dem aufsteigenden Ast war. Gils Garten war eindeutig der schönste im ganzen Viertel, aber mehrere Häuser in der Nähe hatten ordentlichen Rasen und Blumenkästen auf der Treppe oder am Fenster. Luke, Gil und Tessa kamen aus dem Haus und umringten das Auto. Deshalb hatte Gil sie zu sich nach Hause kommen lassen und nicht ins Büro.

Luke riss die Tür auf. Gil streckte eine Hand aus und half Zane beim Aussteigen. Tessa trat an die Seite, an der Zane die Schlinge trug, während Gil ihm auf der „guten" Seite unter die Arme griff, falls er so etwas momentan überhaupt hatte. „Komm mit, Kumpel."

Faith saß im Auto und umklammerte das Lenkrad. Sie kam sich wie ein Voyeur vor, als sie die Prozession zum Haus beobachtete. Luke lief – oder besser gesagt schlurfte – zur Tür und hielt sie auf, während Gil und Tessa Zane hineinhalfen. Als sie drinnen verschwunden waren, erwartete Faith, dass Luke ihnen folgen würde, aber er schloss die Tür und kam zum Wagen zurück. Faith ließ das Fenster auf der Beifahrerseite hinunter und Luke beugte sich hinein. „Danke, dass du ihn hergebracht hast. Es war schneller, als wenn wir vom Büro erst zu mir und dann hierhergefahren wären. Gil hat jede Menge gute Dinge zu essen und wir haben beschlossen, hier eine frühe Mittagspause zu machen. Zane muss im Moment nicht zu seinem Haus. Schließlich kann er dort sowieso nichts ausrichten."

„Es war kein Problem." Das Video von den Nachrichten, in dem die brennenden Träger und Balken von Zanes zerstörtem Haus zu sehen waren, lief in Faiths Kopf immer wieder ab und es tat ihr in der Seele weh, was Zane jetzt wegzustecken hatte. Wie viel konnten diese Männer noch aushalten? „Kannst du mir seine Adresse sagen? Ich muss dorthin. Ich halte dich auf dem Laufenden."

„Das wäre super." Luke nannte ihr die Adresse. „Noch mal danke."

„Gern geschehen." Er versuchte, sich nichts anmerken zu lassen, aber Faith entging nicht, dass er sich am Fahrzeug abstützte, bevor er sich umwandte. Es gelang ihr nicht, sich loszureißen, während er mit langsamen Schritten zu Gils Haus ging.

Als er die halbe Strecke zurückgelegt hatte, ging die Haustür auf und Gil kam heraus. „Alles in Ordnung, Mann?"

Gil kam die Treppe herunter, blieb aber stehen, als Luke die Hand hob. „Ich brauche keine Hilfe, um bis zur Tür zu kommen, Gil."

„Na gut, Macho." Gil ging ein paar Schritte auf Faith zu, was ihn praktischerweise auch in Lukes Nähe brachte. „Danke, Faith." Gil nickte und hob die Hand zu einem kleinen Salut.

Dann erstarrte das Lächeln auf seinem Gesicht und er sank zu Boden.

11

Für den Bruchteil einer Sekunde glaubte Luke nicht, was er sah. Gil, auf dem Boden. Blut. So viel Blut. Ein Déjà-vu-Erlebnis. Schon wieder musste er einen Freund aus der Schusslinie ziehen. Aber wohin? Haus oder Wagen? Das Haus bot mehr Schutz, aber konnte er Gil die Treppe hinaufbringen? Das Auto war näher und konnte ihn ins Krankenhaus bringen, aber dann war Faith in Gefahr.

„Luke!"

Er drehte sich nicht um, als er Faiths Stimme hörte, aber dann war sie auch schon da. Die Waffe gezogen. Schirmte ihn und Gil mit ihrem eigenen Körper ab. „Das Auto ist näher." Ein Teil seines Gehirns bemerkte die offenen Türen im Fond des Wagens. Wenn sie Gil zu dem Fahrzeug brachten, konnte Luke hineinklettern und seinen Kollegen mit sich ziehen.

Luke stöhnte unwillkürlich auf, als Gils Gewicht an seinen frischen Wunden und geprellten Muskeln zerrte, aber er zog seinen Freund durch den Garten zum Auto. Und dann kam Tessa hinzu und lief um ihn und Faith herum, während sie weiter versuchten, Gil zum Wagen zu schleppen.

„Tessa! Bein!" Faith nahm ihre Waffe in die linke Hand. Mit der rechten packte sie eins von Gils Beinen. Tessa schnappte sich das andere und jetzt, wo sie etwas von dem Gewicht übernahmen, konnte Luke sich schneller fortbewegen. Er stieg auf den Rücksitz und zog Gil hinter sich her. Faith schlug die Tür zu und rannte zur Fahrerseite. Sie ging in die Hocke und hielt die Waffe weiterhin gezogen.

„Lauf, Tessa!" Zane stand auf der Veranda, ein Gewehr an der Hüfte. Faith und er gaben Tessa Deckung, als sie zum Haus zurücklief. Dann war Faith wieder im Wagen und die Reifen quietschten, als sie vom Bordstein ablegte.

Faith brüllte etwas und es dauerte eine Sekunde, bis Luke realisierte, dass es nicht ihm galt. Sie hatte einen Notruf abgesetzt und informierte die Notaufnahme im Krankenhaus. Gleichzeitig fuhr sie wie eine professionelle Stuntfrau. Oder eine Irre. Oder auch beides.

Jetzt, wo er einigermaßen sicher war, dass niemand mehr auf sie schoss, auch wenn er nicht sicher war, ob sie nicht bei einem Autounfall umkommen würden, suchte Luke Gil nach Wunden ab. Gils Kopf und Gesicht waren blutüberströmt. Blut rann seinen Hals hinunter und Hemd und Schultern waren davon getränkt.

Wie viel Blut konnte Gil verlieren? Und woher kam es?

Und dann sah er es. Ein Loch. In Gils Kopf.

„Oh Gott, bitte, bitte!" Das Gebet stieg aus Herz und Verstand auf, andere Worte fand er nicht. „Bitte. Nicht Gil. Bitte, Gott!"

Er sah sich auf dem Rücksitz des Wagens um. Ein hellblauer Pullover lag auf dem Fußboden auf der anderen Seite, wo Luke nicht saß. Er streckte ein Bein aus und versuchte, den Pullover mit dem Fuß zu sich zu ziehen. Drei Versuche waren nötig, bis das Kleidungsstück nah genug war, um es aufzuheben. Gil stöhnte, während Luke sich bewegte, aber im Moment schien es wichtiger, die Blutung zu stillen, als Gil keine Schmerzen zu bereiten.

Luke faltete den Pullover auseinander und schob ihn unter Gils Kopf. Dann band er die Ärmel zusammen, so fest er konnte.

Binnen weniger Sekunden sickerte Blut durch den Stoff.

Zugleich drang Faiths Stimme durch seine Panik hindurch. „Sind Sie bereit für uns?"

Eine eindringliche Stimme antwortete: „Ja, aber Sie müssen in der Leitung bleiben."

„Sorgen Sie dafür, dass alles bereit ist." Faith beendete das Gespräch.

Luke war dankbar für Faiths Entscheidung, die Person von der Notrufzentrale zu ignorieren, denn so, wie sie durch den Verkehr und um die Kurven raste, musste sie Augen und Konzentration auf die Straße richten. Sieben Minuten, nachdem sie bei Gils Haus losgefahren waren, hielten sie mit quietschenden Reifen in der kreisförmigen Auffahrt der Notaufnahme. Männer und Frauen mit sterilen Kitteln und Stethoskopen kamen herbeigelaufen und holten Gil mit bemerkenswerter Effizienz vom Rücksitz, legten ihn auf eine fahrbare Liege und schoben ihn im Laufschritt ins Krankenhaus.

Und dann war alles still.

Faith sah Luke im Rückspiegel an, die Augen weit aufgerissen und wild. „Geh rein. Sag ihnen, dass das Blut nicht von dir ist, sonst packen sie dich auch auf eine Liege, bevor du noch deine Dienstmarke zeigen kannst."

„Nein."

Faith blinzelte ein paarmal. „Was?"

„Ich bleibe bei dir. Wir parken den Wagen. Dann gehen wir zusammen rein."

„Mir geht es gut, Luke."

„Das weiß ich, Faith. Okay. Ich weiß." Luke hörte den Anflug von Hysterie in seiner Stimme und holte tief Luft. „Aber wenn dieser Irre auch nur halb so schlau ist, wie ich glaube, dann weiß er, dass dieses Krankenhaus von Gils Haus aus das nächste ist. Ich bin sicher, dass wir ihn abgehängt haben, aber wenn er nicht dortbleibt, weil er Zane und Tessa ausschalten will, könnte er als Nächstes hierherkommen."

Faiths Atem ging keuchend und das Geräusch hing zwischen ihnen. „Okay."

„Wir stellen den Wagen am besten auf dem normalen Besucherparkplatz ab und nicht dort, wo die Polizei sonst parkt.

Wir müssen es ihm nicht unnötig leicht machen, dein Auto zu finden. Er weiß jetzt, was für einen Wagen du fährst."

„Gute Idee." Faith legte den Gang ein und fuhr wie eine Neunzigjährige mit grauem Star über den Parkplatz, bis sie eine Parkbucht gefunden hatte, in die sie rückwärts setzen konnte.

Als sie den Motor ausstellte, lehnte sie sich übers Lenkrad, während sie schnell und flach atmete. Luke stieg vom Rücksitz und öffnete ihr die Tür.

Sie sah ihn nicht an. „Alles in Ordnung. Wirklich. Ich bin nur schon länger nicht mehr so gefahren. Adrenalin. Gib mir einen Moment."

Luke lehnte sich an den Wagen und benutzte dabei die Tür als Schutzschild. Nach dreißig Sekunden wurde ihr Atem ruhiger. Nach einer Minute hielt er es für ungefährlich, etwas zu sagen. „Faith?"

Sie blickte nicht auf. „Hm?"

„Die Jungs, die den Präsidenten fahren, hätten keine Chance gegen dich."

Der Hauch eines Lächelns huschte über ihr Gesicht.

„Bist du so weit?"

Sie antwortete nicht, sondern schnallte sich ab und nahm eine Tasche vom Beifahrersitz. Er hielt ihr die Tür auf und schloss sie sanft wieder, als Faith neben ihm stand. Sie zog ihre Waffe und er zog seine. „Gehen wir." Als sie seine blutgetränkte Kleidung sah, riss sie entsetzt die Augen auf. Ein leises „Oh" entwich ihr, bevor ihre Miene sich verhärtete und sie sich dem Eingang der Notaufnahme zuwandte.

Jetzt, wo sein eigener Adrenalinschub abebbte, hatte Luke Mühe, mit Faiths raschen Schritten mitzuhalten, aber das durfte sie nicht merken. Diese Frau hatte ihr Leben riskiert – für ihn, für Gil, für Tessa, für Zane. Sie riskierte es immer noch. Dieser Fall könnte sie umbringen.

Und trotzdem gab sie alles.

Er konnte es an ihren zusammengepressten Lippen sehen. An der kerzengeraden Haltung ihres Rückens. Und an der Art, wie ihre Hände zitterten und sie es nicht verhindern konnte.

Er verstand.

Seine Hände zitterten auch.

Als sie bei der Tür angekommen waren, steckten sie ihre Waffen ins Halfter. Ein Sicherheitsmann sah sich lange Faiths FBI-Marke an und ließ sie dann durch.

Eine Krankenschwester, die aussah, als könnte sie beim Rugby als Verteidigerin an den Start gehen, hielt sie auf, kaum dass sie die Sicherheitsüberprüfung hinter sich hatten. Sie erklärten, wer sie waren und warum sie da waren, aber die Frau brachte sie nicht zu Gil. Stattdessen führte sie Luke und Faith zu einem kleinen Raum am Ende des Ganges. „Sie können Ihrem Freund im Moment nicht helfen. Und so, wie Sie aussehen, machen Sie den Patienten und ihren Angehörigen Angst. Dann erscheinen Sie in den sozialen Medien und im Nullkommanix haben wir Reporter hier."

Sie betrat das Zimmer und Luke und Faith folgten ihr. „Hier gibt es eine Toilette und eine Dusche." Sie zeigte auf Lukes Hemd. „Ich schlage vor, Sie machen Gebrauch davon. In der Zwischenzeit hole ich Ihnen was zum Anziehen."

„Danke", sagten Luke und Faith wie aus einem Munde.

Die Krankenschwester stieß einen tiefen Seufzer aus. „Ihr jungen Leute habt eine Menge mitgemacht. Wenn ihr was braucht, ich heiße Opal. Ruft einfach, dann komme ich, so schnell ich kann." Sie zögerte. „Kann ich Ihnen einen Kaffee bringen?"

„Ich hätte gerne einen Kaffee", antwortete Luke. „Und haben Sie zufällig einen Getränkeautomaten, in dem es Cherry-Cola gibt?"

„Den haben wir tatsächlich, junger Mann, und zwar im

Pausenraum. Ich hole den Kaffee, die Cola und die OP-Kluft. Und versuche, etwas über Ihren Freund herauszufinden."

„Vielen Dank."

Opal verließ den Raum und Luke und Faith starrten einander schweigend an.

Er wollte nicht allein sein. Und vor allem wollte er sie nicht allein lassen. Aber er konnte nicht ertragen, wie sein blutiges Hemd an ihm klebte und dass er jedes Mal, wenn er an sich herunterblickte, Gils Blut sah. „Gib mir fünf Minuten."

Faiths Lippen formten ein unsicheres Lächeln. „Es würde mehr als fünf Minuten dauern, das alles abzuwaschen, selbst wenn du nicht verletzt wärest. Lass dir Zeit. Wenn Opal mit den Sachen zurückkommt, klopfe ich."

Luke schloss die Badezimmertür zwischen ihnen.

Schon nach wenigen Sekunden wurde ihm klar, dass Faith recht hatte. Er würde viel mehr als fünf Minuten brauchen. Seine Verletzungen machten alles schwieriger als sonst. Beim Ausziehen der blutigen Klamotten gelangte Blut, Gils Blut, in sein Gesicht und in seine Haare. Er duschte und schrubbte sich, aber die Krankenhausseife war dieser Aufgabe nicht gewachsen und er konnte nur eine Hand über den Kopf heben, um sich die Haare zu waschen.

Faith klopfte an die Tür. „Ich lege die Sachen aufs Waschbecken", sagte sie. Nachdem die Tür sich wieder geschlossen hatte, gab er den Versuch, noch sauberer zu werden, auf. Er hatte gerade die Hose der Pflegeuniform angezogen, als Faith wieder an die Tür klopfte.

„Es gibt Neuigkeiten von Gil."

Luke öffnete die Tür und sah Faith keinen Meter entfernt stehen. „Wie geht es ihm?"

Faith lehnte sich an den Türrahmen. „Die Schwester sagt, es sei ein Wunder. Gil hat viel Blut verloren und er hat ein Loch im Kopf, aber die Kugel hat nicht sein Gehirn erwischt. Es ist noch zu früh, um etwas Endgültiges zu sagen, aber der erste Bericht ist gut."

„Danke, Herr. Danke." Luke atmete tief ein – vielleicht der erste tiefe Atemzug, den er seit einer Stunde getan hatte – und streckte dann die Arme nach Faith aus, ohne nachzudenken. Vielleicht dachte sie auch gerade nicht nach, aber sie begab sich in Lukes Arme. Dann hielt er sie, ihre Stirn an seine Brust gedrückt, und legte seine Wange auf ihren Kopf. Ihre Haare rochen noch fruchtig, trotz des Chaos und Dramas des Tages.

Ihre Hände legten sich um seine Taille und er schlang die Arme ganz um ihre schmale Gestalt. Sie atmeten beide tief und langsam und er hatte das Gefühl, als würde sie ebenso mit den Tränen kämpfen wie er. Hin und wieder fuhr ein Zittern durch ihren Körper und nach dem dritten Mal drückte er sie fester. Ihre Hände rutschten von seiner Taille und sie schlang die Arme um ihn, die Wange an seiner Brust.

Er wusste nicht, wie lange sie so dort standen und einander stärkten und trösteten. Es war ihm egal, ob es später peinlich sein könnte. Und ihm war auch egal, dass sie beim FBI war und sie auf keinen Fall mehr sein konnten als Freunde.

Faith Malone war anders als alle anderen Menschen, die er kannte. Und zum ersten Mal fragte er sich, ob Thad vielleicht recht gehabt hatte.

Als Faiths Telefon vibrierte, schreckten sie auf. Faith trat einen Schritt zurück und Luke vermisste ihre Nähe, kaum dass sie nicht mehr in seinen Armen war.

Er ließ sie gehen und sie zog das Telefon aus ihrer Gesäßtasche. „Malone."

Luke versuchte, das Hemd über seinen Kopf zu ziehen. Erfolglos.

„Ja, Sir. Ich verstehe."

Faith klemmte sich das Handy zwischen Ohr und Schulter

und gab hin und wieder Antworten wie „Hm“ und „Ja“ und „Aha“, während sie ihm das Hemd aus der Hand nahm, es von unten aufrollte und näher trat. Sie streckte die Arme aus, streifte das Hemd über seinen Kopf und hielt dann ein Ärmelloch so, dass er den verletzten Arm hindurchschieben konnte. Den gesunden Arm schob er in den anderen Ärmel und sie zog den Hemdsaum bis zu seinem Hosenbund hinunter.

War es Einbildung oder blieb ihre Hand ein wenig länger als nötig auf seinem Oberkörper liegen, bevor sie sich umdrehte?

„Ja, Sir. Es geht ihm gut, aber möchten Sie mit ihm sprechen?“ Sie reichte Luke das Telefon. „Dein Boss.“

Er nahm das Handy. „Powell.“

„Gib mir ein Update. Ich weiß, was das FBI sagt, aber ich will deine Version hören. Angefangen damit, ob du angeschossen wurdest oder dir was gezerrt hast oder selbst wieder ins Krankenhaus musst. Ich habe gehört, dass du blutüberströmt in die Notaufnahme spaziert bist.“ Endlich hörte Jacob auf zu reden und holte Luft.

Luke nutzte die Gelegenheit, um etwas zu sagen. „Mir tut alles weh. Vielleicht hat sich auch der eine oder andere Faden gelöst, aber mir geht es gut. Das Blut war von Gil. Alles von Gil.“ Er schilderte seinem Vorgesetzten die Ereignisse des Nachmittags in gekürzter Form. „Wie geht es Zane und Tessa?“

Seine Frage ließ Faith aufhorchen.

„Die sind in Ordnung.“

Angesichts dieser Antwort machte Luke ein Okay-Zeichen in Faiths Richtung und sie lehnte sich offensichtlich erleichtert an das Krankenhausbett. „Wo sind sie jetzt?“

„In einem sicheren Versteck und da wirst du auch gleich hingebracht. Zusammen mit Agent Malone.“

„Sir, wir können den Fall nicht –“

„Das ist keine Dauerlösung. Nur bis wir Personenschutz

organisiert haben. Jemand knallt uns ab und ich habe genug Leute verloren."

„Kann ich hier bei Gil bleiben?"

„Nicht über Nacht, aber du musst sowieso warten, während wir ein Versteck für euch organisieren. Also bleib erst mal, wo du bist. Und bleib wachsam." Jacobs geknurrte Worte ließen keinen Widerspruch zu.

Das Gespräch wurde beendet und Luke gab Faith das Telefon zurück. „Mein Boss hat Panik."

„Meiner auch." Sie stand auf und gab ihm einen Becher Kaffee, bevor sie einen langen Schluck von der Cherry-Cola trank. Die Schwester musste beides gebracht haben, während er in der Dusche gewesen war. Faith deutete mit der halb leeren Flasche auf ihn. „Danke hierfür. Das brauchte ich jetzt."

„Du bist keine große Kaffeetrinkerin, oder?" Er nahm einen vorsichtigen Schluck aus seinem Becher, dann noch einen. Er hatte schon Schlimmeres getrunken.

„Überhaupt keine Kaffeetrinkerin." Sie tat so, als würde sie vor Entsetzen erschauern. „Warum sollte irgendjemand Bohnenwasser trinken?"

„Im Gegensatz zu chemieverseuchten flüssigen Zuckerbomben?" Er warf einen vielsagenden Blick auf ihre Colaflasche.

Da lachte sie. Ein echtes Lachen, das ihr Gesicht leuchten ließ und seine Aufmerksamkeit auf ihre Lippen zog. Es war nicht so, als wenn er sie vorher nicht bemerkt hätte. Ihre rosige Farbe. Die perfekten Proportionen von Unter- und Oberlippe. Sie waren mit Sicherheit weich. Das wusste er.

Und er wusste, dass er ein ernsthaftes Problem hatte.

12

Faith leerte die Cherry-Cola und griff nach ihrer Tasche. Dann holte sie iPad und Stift heraus und machte es sich auf dem harten Kunstledersessel in der Zimmerecke so bequem wie möglich.

Die Tatsache, dass der Stuhl auch besonders weit von Luke entfernt war, sollte sie als Bonus betrachten … oder als unglücklichen Umstand? Sie begegnete seinem Blick und konnte nicht verhindern, dass die Hitze in ihre Wangen stieg, als sie ihn dabei ertappte, wie er sie anstarrte.

Unfassbar, dass sie sich so hatte gehen lassen … und in die Arme eines Mannes gesunken war.

Dabei war sie schon vor langer Zeit zu dem Schluss gekommen, dass Männer unzuverlässig und nicht vertrauenswürdig waren. Irgendwann gab es Probleme und dann gingen sie.

Aber Luke ging nicht. Als Gil zu Boden gesunken war, war Luke geblieben. Er hatte alles riskiert, um seinen Freund zu retten. Und dann, als sie ihm die Chance gegeben hatte, hineinzugehen, hatte er sich geweigert, sie allein zu lassen.

Vielleicht war er eine Ausnahme von der Regel, aber Faith hatte weder die Zeit noch die Energie noch den Wunsch, diese Möglichkeit auszutesten. Sie musste einen Job erledigen und hatte vor, ihn so gut wie möglich zu machen. Sie fuhr mit der Hand über ihr iPad und fuhr es hoch. Zurück an die Arbeit.

„Faith?"

Sie konzentrierte sich auf den Bildschirm vor ihr. „Ja?"

Das Bett quietschte, als Luke sich daraufsetzte. „Kann ich davon ausgehen, dass du jetzt keinen von uns mehr verdächtigst, diese Anschläge verübt zu haben?" Der Motor sprang an, als er das Kopfteil des Bettes hochfuhr.

Sein neckischer Tonfall ließ Faith hoffen, dass sie die Spannung und die Anziehungskraft, die von den Ereignissen an diesem Nachmittag ausgelöst worden waren, vergessen konnten. Sie riskierte einen Blick und sah, dass er entspannt lächelte. Freundlich.

Freundlich war gut.

„Ich dachte nie, dass es einer von euch ist", sagte sie. „Aber ich habe gelernt, meinen Instinkten nicht zu trauen."

Luke hustete. „Nach dem, was ich heute gesehen habe, würde ich sagen, dass mit deinen Instinkten alles in Ordnung ist. Du warst umwerfend."

Sie konnte die Röte, die ihr angesichts seines Kompliments in die Wangen stieg, nicht unterdrücken, aber sie würde sich nicht davon ablenken lassen. „In Krisensituationen verlasse ich mich auch darauf, aber wenn es um Ermittlungen geht, dann lasse ich immer Raum für unerwartete Entwicklungen. Ich gehe nicht davon aus, dass alle unschuldig sind. Oder schuldig. Gut oder schlecht."

„Die meisten Menschen sind beides." Es war eindeutig ein Versuch, sie zu provozieren.

„Bist du immer so streitlustig?"

„Wer, ich?"

„Ja, du." Gegen ihren Willen musste Faith lachen. „Aber zurück zu unserem Streit."

Luke hatte offensichtlich etwas gegen diese Beschreibung ihres Wortwechsels, aber sie ließ sich nicht beirren.

„Ich denke auch, dass Menschen eine Mischung aus Gut und Böse sind, aber die meisten Menschen sind keine Mörder. Mord ist heftig. Mord ist eine emotionale Tat. Ein Verbrechen aus Habgier, Not, Hass. Manche Menschen drehen durch und ihre Motive sind psychologischer Natur und verdreht – die Serienmörder, die Psychopathen. Aber das hier fühlt sich nicht so an. Es ist zu durchdacht. Zu gut geplant. Zu spezifisch. Es gibt ein Motiv, das wir nicht sehen – noch nicht. Aber ihr habt alle etwas getan, das jemanden verärgert hat."

„Ich würde sagen, wir haben mehr getan, als diesen Jemand zu verärgern. Leute ärgern mich ständig. Aber deshalb jage ich keine Dinge in die Luft." Luke lehnte sich zurück, einen Arm hinterm Kopf, den anderen auf ein Kissen gestützt. Er tat bestimmt weh.

„Hast du heute schon irgendwelche Schmerzmittel genommen?"

Luke warf ihr einen Blick zu. „Hast du den Eindruck, dass ich gedopt bin?"

Über diese Frage musste sie lachen. „Nein. Ich frage mich nur, ob du vielleicht eine Ibuprofen vertragen könntest, angesichts des kleinen Abenteuers, das wir heute Nachmittag hatten. Du wirst es bald spüren, wenn du es jetzt noch nicht tust."

„Oh, ich spüre es schon. Aber ich habe keine neuen Löcher." Er drehte sich zur Seite, um sie anzusehen.

„Löcher." Sie sagten das Wort wie aus einem Munde und mussten beide über den Insiderwitz lächeln.

„Gil wird unmöglich sein. Er hat ein *Loch* im *Kopf*. Er wird sich für alle Zeiten zum Sieger erklären." Luke sah auf seine Uhr. Jede Belustigung war schlagartig aus seinem Gesicht verschwunden. „Meinst du nicht, sie hätten uns mal einen Zwischenstand melden sollen?"

„So lange ist es noch nicht her." Faith überflog ihre Notizen, auf der Suche nach etwas, irgendetwas, was ihr einen Hinweis darauf geben konnte, was sie als Nächstes tun konnten.

„Hast du schon mal ...?" Lukes Frage war eher ein Murmeln. Schläfrig.

„Schon mal was?"

„Einen Marathon mitgemacht?"

„Ich hasse Laufen. Ich mache nur so viel wie nötig, um meinen Fitnesstest zu bestehen."

„Schade, dass Rudern nicht Teil der Prüfung ist. Du würdest sie alle schlagen." Lukes Aussprache wurde in seinem Zustand der Erschöpfung immer undeutlicher.

„Stimmt, das würde ich."

„Warum läufst du nicht gerne?" Er war kurz vor dem Einnicken.

„Auf dem Wasser läuft es sich nicht gut." Lukes Augen waren geschlossen, aber sein Mund verzog sich bei dieser Antwort zu einem kleinen Lächeln. „Und ich muss nicht laufen, um mich fit zu halten. Rudern macht mehr Spaß und funktioniert genauso gut."

„Auf jeden Fall."

Faith war nicht sicher, wie sie das verstehen sollte. Wie auch immer er es gemeint hatte – ein leises Schnarchen von Luke verriet ihr, dass er eingeschlafen war.

Sie betrachtete ihn einen Augenblick lang. Sein schlanker Körper ertrank förmlich in der zu großen OP-Kleidung, aber sie hatte seinen Oberkörper gesehen, der sich unter dem Stoff verbarg. Wenn er aufwachte, würde sie ihn fragen müssen, was er außer dem Laufen noch an Sport trieb. Was auch immer es war, er tat es offensichtlich oft.

Die Finger seines verletzten Arms zuckten auf dem Laken. Mehrere tiefe Schnitte zierten die Hand, einer davon mit drei Stichen genäht, und mehrere lilafarbene und grüne Prellungen kamen noch dazu. Seine dunklen Haare waren über den Ohren kurz geschnitten, aber auf dem Oberkopf waren sie lang genug, um ihm in die Stirn zu fallen, und sie wusste, dass er sie beiseitewischen würde, wenn er aufwachte. Seine Nase war gerade und seine Wimpern waren so lang, dass es verboten gehörte.

Wenn in ihrem Leben und ihrem Herzen Platz für einen Mann wäre, dann wäre Luke Powell der Typ Mann, zu dem sie abends nach Hause kommen wollte. Ein bisschen scharfzüngig. Ein bisschen witzig. Selbstbewusst. Ruhig. Und wenn er mit seiner tiefen Stimme ihren Namen sagte, fühlte Faith sich sicher.

Ein Fels in der Brandung. Das war Luke.

Aber jetzt hatte sie genug von einem Mann geschwärmt, den sie nicht haben konnte. Sie dehnte ihre Finger. Sie waren ganz steif und wund von der Fahrt zum Krankenhaus, auf der sie das Lenkrad krampfhaft umklammert hatte. Dann bewegte sie langsam den Kopf erst auf die eine, dann auf die andere Seite.

Nachdem sie den Kopf ein paarmal hatte kreisen lassen, tippte sie mit dem Stift auf das Tablet und fing an, alles aufzuschreiben, was in der vergangenen Woche geschehen war. Am Dienstag hatte sie eine Liste der Fälle zusammengestellt, an denen der Geheimdienst im letzten Jahr gearbeitet hatte. Diejenigen Fälle, in denen Gil und Tessa unabhängig von den anderen ermittelt hatten, hatte sie weggelassen, aber jetzt fügte sie diese ebenfalls hinzu.

Wenn sie Tessa Read wäre, hätte sie jetzt panische Angst.

Faith öffnete eine neue Datei. Sie schrieb jedes Attentat auf. Welcher Agent betroffen war. Den Ort. Die Art des Anschlags. Sie fing mit Thad Baker an. Autobombe. Restaurant. Zwei Menschen tot. Sechs weitere Personen verletzt, eine davon schwer.

Michael Weaver. Vergifteter Pfeil. Laufband. Einziges Todesopfer. Niemand hatte auch nur etwas von der Gefahr bemerkt.

Jared Smith. Bombe. Einziges Opfer. Eine Wohnung neben seiner war leicht beschädigt worden. Die Feuerwehr hatte in ihrem Bericht die Präzision der Bombe kommentiert. Mehr Sprengstoff hätte die anderen Wohnungen drum herum zerstört. Weniger hätte unter Umständen nicht gereicht, um das ganze Apartment zu zerstören.

Zane Thacker und Luke Powell. Schüsse/Autobombe. Frühmorgens. Abgelegener Ort. Keine anderen Verletzungen.

Zane Thacker. Hausbrand. Keine Opfer. Mittags. Kein anderes Haus beschädigt.

Gil Dixon. Niedergeschossen. Mittags. Ein Schuss. Auch wenn der Schütze reichlich Gelegenheit gehabt hatte, weitere Schüsse abzufeuern, hatte er es nicht getan.

Mit einem wachsenden Gefühl der Dringlichkeit betrachtete sie die Liste und suchte nach einem Muster, das in diesem Chaos einen Sinn ergab. Es musste irgendwo hier sein und Faith musste es finden.

Vielleicht war sie die Nächste auf der Liste.

*

Luke fuhr aus dem Schlaf hoch. Warum war er im Krankenhaus?

Dann stürzte die Realität wieder auf ihn ein, rasant und mit voller Wucht. Faith! Er schwang die Beine über die Bettkante.

„Wenn du aus dem Bett fällst, werde ich dich nicht decken. Ich werde allen erzählen, was passiert ist, und mit ihnen gemeinsam lachen." Faith saß mit übergeschlagenen Beinen in demselben Sessel, in dem sie gesessen hatte, als er eingeschlafen war. „Gil wird zusätzliche Verletzungen nicht gelten lassen." Ihre Lippen verzogen sich. Offensichtlich hatte sie Mühe, über ihren eigenen Witz nicht zu lachen.

„Vielen Dank." Er setzte sich auf und wartete, bis sein Kopf aufhörte, sich zu drehen, bevor er aufstand. „Gibt es was Neues?"

„Opal hat mir noch eine Cherry-Cola gebracht." Faith zeigte auf die halb leere Flasche links von ihr. „Gil ist immer noch im OP, aber der Zwischenbericht des Chirurgen war positiv. Unsere Chefs haben angerufen. Wir werden heute Abend zu einem sicheren Versteck gebracht. Morgen früh werden wir dann von Leibwächtern ins Büro begleitet."

„Und Zane und Tessa?"

„Sind schon an einem sicheren Ort. Zane war ziemlich sauer, als ich vorhin mit ihm gesprochen habe, und Tessa geht es ähnlich. Sie lassen Tessa nicht nach Hause; stattdessen lassen sie ihr Haus von Spürhunden auf Bomben und Chemikalien durchsuchen. Sie haben auch ihr Auto untersucht. Bis jetzt haben sie aber nichts gefunden."

Lukes Magen zog sich zusammen. „Sie ist die Nächste."

„Da bin ich mir nicht so sicher."

Luke musterte sie. Was er sah, war ein äußerst konzentrierter Blick und … noch was anderes. Es lag etwas … Intensives darin, wie sie die Stirn runzelte und auf den Bildschirm starrte. Luke spürte, dass sie herausfinden wollte, wer hinter diesen Anschlägen steckte, und dass sie sich nicht beirren lassen würde. Alle Ermittler wollten ihre Fälle aufklären, aber etwas an Faiths Entschlossenheit ließ ihn vermuten, dass ein Scheitern für sie nicht infrage kam – nicht, weil der Fall dann ungelöst bliebe, sondern weil es sie zugrunde richten würde. „Wieso glaubst du, dass Tessa nicht auf der Liste dieses Typen steht?"

„Sie ist neu."

„So neu nun auch wieder nicht. Sie ist hier seit –"

„Neun Monaten. Und nach zwei Monaten wurde sie abgezogen, weil unerwartet ein Platz in einem Trainingskurs frei wurde. Dann war sie zwei Monate weg. Danach drei Monate da, dann wieder weg."

„Stimmt. Ihr Vater ist gestorben und sie hatte länger Urlaub, damit sie zur Beerdigung nach Indien reisen konnte. Ihre Eltern sind damals nach Amerika gekommen, sodass sie selbst hier aufgewachsen ist, aber ihr Vater wollte in Indien begraben werden. Das hatte er wiederum seinem Vater versprochen. Also war Tessa weg, als Thad starb. Erst nach der Beerdigung war sie wieder da. Das tat ihr leid, aber sie kannte Thad nicht sehr gut."

„Selbst wenn ich die jüngsten Anschläge betrachte, die nichts mit Thads Tod zu tun hatten, sind das nur ein paar Monate, die sie hier war, und sie hatte keine Chance, die leitende Ermittlerin zu sein, außer bei ein paar kleineren Falschgeldfällen."

„Stimmt. Sie ist noch ziemlich grün hinter den Ohren. Zane überträgt ihr inzwischen mehr Verantwortung, aber sie leitet selbst noch keine Ermittlungen."

Faith schlug das übergekreuzte Bein zurück und streckte dann beide Beine ein paar Sekunden lang aus, bevor sie die Füße wieder auf den Boden stellte.

„Wir können nicht ihr Leben aufs Spiel setzen, weil wir denken, dass sie nicht in Gefahr ist, aber wir –"

Ein leises Klopfen an der Tür und ein leises „Ich bin's, Opal. Kann ich reinkommen?" unterbrachen Faiths Überlegungen. Faith ging zur Tür, ihre Waffe in der Hand, während Luke sich aufs Bett setzte, ebenfalls mit gezogener Waffe.

Opal trat ein und hob nach einem schnellen Blick durchs Zimmer die Hände. „Hey, erschießen Sie nicht die Botin."

Die Tür schloss sich hinter ihr und Faith schob ihre Waffe wieder ins Halfter auf ihrem Rücken. Luke legte seine neben sich aufs Bett.

„Ihr Freund ist aus dem OP und im Aufwachraum", sagte Opal. „Sein Pfleger sagt, er kann in ein paar Minuten Besuch bekommen."

Faith zeigte auf Luke. „Du solltest gehen."

War sie irre? „Nicht ohne dich." Luke warf Opal den genervten Blick zu, der eigentlich für Faith gedacht war. „Ich bin nicht sicher, warum sie sich nicht mit mir zusammen zeigen will. Sehen Sie mich doch an. Ich sehe in diesem Kittel toll aus. Und dazu habe ich diese coolen Prellungen und Nähte. Mit mir kann man auf jedem roten Teppich Staat machen."

Opal entschied sich, für Faith Partei zu ergreifen. „Also, an Ihrer Stelle würde ich auf einen Mann warten, der sich gescheit anziehen kann und nicht regelmäßig angeschossen wird."

„Mein Reden." Faith schüttelte in gespielter Betrübnis den Kopf. Wenigstens hoffte er, dass sie nur gespielt war. „Aber im Ernst, Opal, wir müssen mit unserem Personenschutz sprechen, bevor wir dieses Zimmer verlassen."

„Dafür habe ich schon gesorgt, Schätzchen." Opals Freude darüber, dass sie ihnen einen Schritt voraus war, war offensichtlich. „Draußen stehen zwei nette Beamte, die niemanden in Ihre Nähe lassen. Wir räumen den Flur und bringen Sie mit dem Personalaufzug rauf. Den Weg nehmen wir auch mit OP-Patienten, abseits von den offenen Krankenhauskorridoren. Die beiden Männer werden bei Ihnen bleiben, bis Sie in Ihrem sicheren Versteck sind. In dieses Zimmer kommen Sie auf jeden Fall nicht mehr zurück."

Faith stieß einen übertriebenen Seufzer aus. „Mist. Und ich habe gerade angefangen, mich hier heimisch zu fühlen."

Opal lächelte über Faiths Scherz, wurde aber gleich wieder ernst, als sie zwischen Luke und ihr hin und her blickte. „Ich mag Sie beide, also halten Sie sich aus der Schusslinie, verstanden?"

Luke kletterte vom Bett, während Faith Opal eine einhändige Umarmung gab. „Ja, Ma'am. Danke, dass Sie heute Nachmittag so gut für uns gesorgt haben."

Opal tätschelte Lukes guten Arm. „Es ist mein Ernst. Keine Kugeln mehr."

„In Ordnung."

„Okay, gehen wir."

Luke und Faith folgten Opal auf den Flur hinaus. Die Polizisten, die draußen warteten, rahmten sie ein und dann machten sie sich zu fünft auf den Weg durch den Korridor und zu den Aufzügen. Als Opal sich beim Aufwachraum von ihnen verabschiedete, glaubte Luke zu sehen, wie sie sich mit einer Hand über die Augen fuhr.

„Ich frage mich, was sie für eine Geschichte hat.“ Faith sah zu, wie die Aufzugtür sich schloss. „Sie sieht aus, als wäre sie ein richtiges Schlachtross, aber eigentlich ist sie butterweich.“

„Wir sollten ihr ein kleines Dankeschön schicken. Vielleicht Blumen oder so.“

Faith wandte sich Luke zu, die Augen vor Entsetzen weit aufgerissen.

„Was ist?“ Luke ging sofort in Verteidigungshaltung. „Sie war nett zu uns. Und besorgt. Was ist falsch daran, ihr eine kleine Anerkennung als Zeichen unserer Wertschätzung zu schicken?“

„Nichts.“ Faith flüsterte das Wort. „Überhaupt nichts.“

Er wollte wissen, wieso etwas so Einfaches wie ein Strauß Blumen sie so überraschte. Glaubte sie etwa, dass niemand so etwas tat? Überraschte es sie, dass er überhaupt auf eine solche Idee kam?

Oder war sie es einfach nicht gewohnt, dass jemand einer gut gemachten Arbeit Anerkennung zollte?

Oder überhaupt irgendwas würdigte?

13

Faith brauchte Abstand, bevor sie einen noch größeren Narren aus sich machen würde. *Sehr cool, der ganzen Welt zu zeigen, wie verrückt du bist.* Luke konnte nicht wissen, warum die Idee, Blumen zu schicken, sie so … lächerlich sentimental machte. Und sie würde es ihm auch nicht erzählen. Sie ging als Erste durch die Tür bis zum Aufwachraum und suchte sich sofort eine Stelle an der Wand, um sich anzulehnen. „Geh du rein." Sie zeigte auf den Raum, vor dem die Polizeibeamten Wache standen.

Luke sah sie prüfend an. „Geh nicht weg."

Sie schluckte. Was hatte er gesehen? Wusste er etwa, dass sie am liebsten schreiend weglaufen würde? Dass sie unbedingt allein sein wollte und dieses Bedürfnis in ihr brodelte und sie wahnsinnig machte? Nein. Das konnte nicht sein. Aber vielleicht war er der Wahrheit näher, als ihr lieb war. Er schien nicht geneigt zu gehen, bis sie antwortete, also zwang sie sich zu einer Ruhe, die sie nicht empfand, und sagte: „Ich warte hier."

Er runzelte die Stirn, so als bestätigte ihre Antwort etwas, das ihm nicht gefiel, aber er ging zu dem Polizisten und erhielt Einlass zu dem kleinen Zimmer. Faith schloss die Augen und stellte sich darauf ein, zu warten, solange es eben dauerte. Sie gönnte Luke die Zeit mit seinem Freund. Sie hatten an diesem Vormittag viel durchgemacht. Zwischen diesen Agenten herrschte eine besondere Verbundenheit. Ein engeres Band, als Faith und ihre Kolleginnen und Kollegen hatten. Natürlich hatte sie auch keinem in ihrem Team die Möglichkeit gegeben, sie wirklich kennenzulernen, also war das vielleicht ihre eigene Schuld.

„Ma'am?" Eine junge Stimme unterbrach ihre Gedanken.

Sie öffnete die Augen und der jüngere der beiden Beamten, die zu ihrem Schutz abgestellt waren, lächelte entschuldigend. „Tut mir leid, Ma'am, aber Sie werden da drin gebraucht." Er zeigte auf Gils Zimmer.

Und tatsächlich stand Luke dort und winkte sie näher. „Gil will dich sehen."

„Mich?"

„Dich." Luke hielt die Tür auf und ihr blieb nichts anderes übrig, als hineinzugehen. Das tat sie mit langsamen Schritten. Warum wollte Gil sie sehen?

„Hi." Gils Stimme klang heiserer als an diesem Morgen.

Der Raum war winzig und so konnte sie nirgends stehen außer direkt neben seinem Bett. „Hi."

Gil streckte eine Hand aus. „Ich möchte dir die Hand geben."

Sie nahm sie und trotz seiner Verletzung war Gils Handschlag fest. „Danke." Tiefe Emotionen lagen in dem einen Wort, bevor Gil ihr zuzwinkerte. „Ich habe gehört, du hast deine Berufung zur Stuntfrau verfehlt."

„Vielleicht probiere ich das aus, wenn die Sache mit dem FBI nicht funktioniert." Gils Augen schlossen sich und blieben ein paar Sekunden länger geschlossen, als es bei einem gewöhnlichen Blinzeln der Fall wäre, aber er öffnete sie wieder. Ob er sich später überhaupt an ihre Unterhaltung erinnern würde? „Ich hoffe, du weißt, dass ich Buch führe, und du bist auf Platz zwei im Wettbewerb um die Anzahl Löcher. Mir war nicht klar, dass im Secret Service ein so erbarmungsloser Konkurrenzkampf herrscht, aber ich finde, diesmal hast du etwas übertrieben."

Gils Worte waren schwer zu verstehen, als er antwortete. „Ich muss mir ein Schlupfloch einfallen lassen, durch das ich kriechen kann, um zu gewinnen. Irgendwas, dass manche

Löcher doppelt zählen oder …" Er vollendete den Satz nicht und seine Augen blieben geschlossen.

„Ich warte draußen. Wenn er wieder aufwacht, sag ihm, dass wir später darüber diskutieren können." Faith versuchte, sich hinter Luke vorbeizuschieben, aber er rührte sich nicht vom Fleck.

Sie leitete gerade die wichtigsten Ermittlungen, die ihr bisher in ihrer Karriere aufgetragen worden waren. Aber anstatt in ihrem Büro zu sitzen und die Beweise und Berichte zu sortieren und zu dokumentieren, die hereinkamen, und die Ermittlungsarbeit zu organisieren, vergraben in Fakten und minutiöser Detailarbeit, befand sie sich mit zwei Männern im Krankenhaus, die beide beinahe von ausgerechnet der Person getötet worden wären, die sie zu fassen versuchte. Und sie saß fest.

„Hey. Wo brennt's denn?" Luke machte einen kleinen Schritt nach vorn und drückte sich gegen Gils Bett, sodass sie ein paar Zentimeter mehr Platz hatte. „Es ist doch niemand hinter uns her. Also, im Moment jedenfalls nicht."

Faith musterte die Lücke zwischen Luke und der Wand. Sie konnte sich hindurchquetschen, aber nicht, ohne sich auf sehr unprofessionelle Weise an Luke zu reiben. Für einen zu langen Augenblick hatte sie das Gefühl, als kämen die Wände näher. Sie schob sie zurück, holte mehrmals Luft und versuchte heiter und unbeschwert zu klingen, als sie auf Lukes Bemerkung antwortete: „Hoffen wir, dass er uns nicht hier drin erwischt. Wir wären wie Goldfische im Glas." Ohne Luke eine Chance zu geben, die Unterhaltung fortzusetzen, legte sie beide Hände auf seinen Arm und schob ihn fort. „Und gehst du jetzt bitte mal aus dem Weg, damit ich hier rauskann?"

Luke reagierte auf ihre Bitte nicht so, wie Faith es erwartet hatte. Er drehte sich und ging durch die Tür, sodass sie ihm folgen musste. Beim Aufzug holte Faith ihn ein. „Warum lässt du Gil allein?"

„Gil ist okay. Er wird noch eine Stunde schlafen und in einer halben Stunde kommt seine Zwillingsschwester Emily. Sie ist Physiotherapeutin und sie ist ganz nett, aber sie hat auch was vom Terminator." Er zog eine übertriebene Grimasse, bevor er fortfuhr: „Er hat Polizeischutz und Emily wird dafür sorgen, dass er nur die beste Versorgung erhält. Außerdem bist du diejenige, die diesen Fall aufklären muss, also ist es sehr in meinem Interesse und im Interesse des gesamten Teams, dass du wach bleibst … und unperforiert."

Er wechselte so fließend zwischen Ernsthaftigkeit und Humor, dass sie ein paar Sekunden länger brauchte, um den Witz zu kapieren. Aber dann machte es klick. „Unperforiert? Da muss ich dir allerdings zustimmen."

„Super. Dann lass uns mal sehen, was für eine Unterkunft sie für uns organisiert haben."

Die Unterkunft erwies sich als oberstes Stockwerk eines Hotels. Drei Zimmer. Eins für sie, eins für Luke und Zane und eins für Tessa. Die Räume lagen nebeneinander und alle Türen zwischen den Zimmern standen offen. Luke ging durch die drei Räume und nickte sofort zustimmend. „Ja. Schlau. Gefällt mir." Zane und Tessa waren schon da und saßen an einem Tisch in der Ecke von Tessas Zimmer. Sie konzentrierten sich beide auf denselben Laptopbildschirm, und auch wenn sie Faith und Luke kurz begrüßten, machte keiner von beiden Anstalten aufzustehen.

„Findet ihr das nicht riskant?" Faith warf einen Blick in Richtung Fenster. „Wir sind im obersten Stockwerk. Hier rauszukommen, wird ein Problem, wenn er das Gebäude in die Luft jagt oder abfackelt oder so was."

Luke blieb stehen, damit sie erst durch das Zimmer gehen konnte, das er sich mit Zane teilte, und dann in ihr eigenes. In seinem Zimmer hielt er inne und lehnte sich an die Verbindungstür. „Tut mir leid, aber hast du vergessen, was wir hier machen? Leute zu beschützen, ist unser Spezialgebiet."

Faith warf ihre Tasche aufs Bett, froh darüber, dass sie immer eine Übernachtungsausstattung dabeihatte. Es dauerte nur wenige Sekunden, bis sie sich mit dem Ort vertraut gemacht hatte. Das Zimmer war sauber und bequem und sie hatte ein eigenes Bad. Alles in Ordnung. „Normalerweise habt ihr mehrere Tage oder sogar Wochen Zeit, um alles vorzubereiten. Und mehr Leute als ihr im Moment habt."

Luke stieß sich vom Türrahmen ab und sank auf den Sessel in der Ecke ihres Zimmers. War ihm bewusst, wie vorsichtig er sich bewegte? Sie bezweifelte es. Offenbar hatte er stärkere Schmerzen, als er durchblicken ließ. „Erstens" – Luke zählte es an den Fingern ab – „konnte er nicht wissen, wohin wir gebracht werden, und konnte deshalb unmöglich vor Ort etwas planen. Zweitens ist es nicht so leicht, ein Hotel in die Luft zu sprengen oder in Brand zu setzen. Die Welt ist ein gefährlicher Ort, aber um so etwas durchzuziehen, ist eine große Entschlossenheit nötig, selbst wenn nicht alle Strafverfolgungsbehörden in der Stadt im Alarmzustand sind. Drittens kommt er deshalb nicht so leicht an uns ran. Viertens ist dies das höchste Hotel in der Stadt und es gibt nur sehr wenige Stellen, von denen aus er die nötige Sicht hat, um durch die Fenster zu schießen, und ich kann dir versichern, dass die Kollegen alle diese Stellen im Blick haben."

„Woher weißt du das alles?"

„Dies ist meine Stadt. Wenn jemand herkommt, den wir beschützen sollen, müssen wir wissen, wie. Die Leibwächter sind darauf angewiesen, dass wir ihnen solche Informationen liefern. Ich hatte mir schon gedacht, dass sie uns hier unterbringen würden. Dieses Hotel ist einfach die beste Wahl."

Faith war beeindruckt. „Wahrscheinlich bin ich davon ausgegangen, dass die lokalen Büros des Secret Service mehr mit Finanzkriminalität und Falschgeld zu tun haben."

„Haben wir auch, aber das bedeutet nicht, dass wir nicht jederzeit unsere Aufgaben im Personenschutz erfüllen können. Es ist gut, im Voraus zu erfahren, wenn irgendein Würdenträger oder Promi in die Stadt kommt, aber wir müssen auch kurzfristig einsatzbereit sein, wenn es nötig ist."

Eine Frage hatte sie aber noch. „Wer ist denn noch in eurem Büro, um sich darum zu kümmern?"

„Ich vermute, Jacob hat das meiste organisiert. Marty, unsere Büroleiterin, hat ihm sicher geholfen. Und der Kollege von der Flughafensicherheit in Greensboro war früher in Raleigh und ist am Montag rübergekommen, um zu helfen. Von unserem Team ist nicht mehr viel übrig, aber es gibt andere Büros in North Carolina. Die haben geschickt, wen sie entbehren können."

„Die neuen Agenten sind unserem Attentäter nicht bekannt, das ist gut."

„Wir hoffen es jedenfalls. Schließlich wissen wir nicht, was den Typen antreibt. Wenn sein Motiv mit einem unserer aktuellen oder jüngeren Fälle zu tun hat, sind nur wir die Zielscheiben und die Kollegen dürften nicht in Gefahr sein. Wenn er ein grundsätzliches Problem mit dem Secret Service hat ..." Luke brauchte den Gedanken nicht zu Ende zu führen. Wenn die Anschläge generell gegen den Geheimdienst gerichtet waren, dann war kein Agent sicher.

Aber irgendwie fühlte es sich nicht so an. Hm. Faith verließ sich bei ihren Ermittlungen nicht gerne auf Gefühle. Sie bevorzugte Tatsachen und Beweise. Instinkte waren vor Gericht nicht zulässig. Was würde sie den Angehörigen erzählen, wenn einer dieser neuen Agenten getötet wurde? Ich dachte, sie wären nicht in Gefahr?

Nein. Es musste Beweise geben. Konkrete Hinweise darauf, was der Attentäter tat – oder was er oder sie als Nächstes tun könnte.

Faith lehnte sich an die Wand und schloss die Augen. Sie

konzentrierte sich auf den Fall und fing mit den Schüssen am Montag an. Dann ging sie die Ereignisse von heute durch. Irgendwas gab es da. „Der Typ, der es auf euch abgesehen hat. Er war sehr vorsichtig."

„Wie meinst du das?", fragte Luke.

„Du und Zane wart die einzigen Personen auf dem Parkplatz, als ihr angegriffen wurdet. Diese Schüsse hätten niemand anderen treffen können. Michael Weaver war mit nur drei weiteren Personen in der Halle und keine von ihnen war zu dem Zeitpunkt in seiner Nähe. Wenn dieser Typ Gils Haus in die Luft gejagt hätte, so wie er es bei Jared gemacht hat, wäre es möglich gewesen, dass Kinder getötet werden. Das Spielzeug in den Vorgärten lässt vermuten, dass in den Nachbarhäusern auf beiden Seiten kleine Kinder wohnen. Die Bombe bei Jareds Haus war so ausgelegt, dass sie nur seine Wohnung zerstört und sonst nichts. Die Frau, die in der Wohnung neben ihm wohnt, war nicht da."

Niemand sonst war verletzt worden. Diese Bombe. Irgendetwas war mit dieser Bombe. Vage schwirrte es in Faiths Kopf umher, ohne dass sie es greifen oder in Worte fassen konnte. Sie atmete langsam aus und versuchte, sich zu entspannen. Es würde ihr einfallen. Aber es ließ sich nicht erzwingen.

„Die Bombe, die Thad getötet hat, war kein strategischer Angriff. Sie hat sein Auto und die beiden daneben zerstört", sagte Luke. „Sechs Personen wurden damals verletzt."

„Und das führt mich zu meiner nächsten Frage: Wenn das Ziel war, alle Agenten des Secret Service umzubringen, warum dann elf Wochen warten, um euch alle zu erledigen? Vielleicht gibt es die Verbindung, die wir zwischen Thads Tod und den Anschlägen in dieser Woche suchen, gar nicht."

„Es gibt sie." Luke sagte es mit Überzeugung, aber als sie einen scharfen Blick auf ihn warf, entdeckte sie den Zweifel in seiner Miene. „Es muss sie geben."

14

Als Luke am Donnerstagmorgen in der Dunkelheit seines Hotelzimmers aufwachte, roch es nach Kaffee und er hörte weibliche Stimmen im Zimmer nebenan. Mehr als einmal war er während der Nacht aus dem Schlaf hochgefahren, mit hämmerndem Herzen, angespannten Muskeln und dem Nachhall von Schüssen in dem verblassenden Traum. Jedes Mal war er mit einem Gebet auf den Lippen wieder eingeschlafen. Er hatte keine Ahnung, was los war, woher die Gefahr kam oder wie sie das alles überleben sollten. Also betete er.

Es war ein Rettungsanker für ihn.

Luke zog sein Telefon unter dem Kopfkissen neben ihm hervor.

8:20 Uhr.

Als er das letzte Mal nachgesehen hatte, war es kurz vor fünf gewesen. Vielleicht hatte die Erschöpfung ihn doch irgendwann in einen Tiefschlaf fallen lassen. Aber jetzt war er wach.

Er holte tief Luft, biss die Zähne zusammen und drehte sich vorsichtig auf die andere Seite. Seine Bauchmuskeln, sein Bizeps, seine Oberschenkel, alles tat weh. Aber Schmerzen waren allemal besser als tot sein.

Während seine Augen sich an das schummerige Licht gewöhnten, das unter der Tür zu Faiths Zimmer hindurchdrang, konnte er Zane in seinem zerwühlten Bettzeug liegen sehen.

„Bist du wach?"

Zane grunzte.

Luke benutzte den Nachttisch, um sich abzustützen, und drückte sich hoch, bis er stand. Dann schlurfte er in Richtung Nachbarzimmer, klopfte und öffnete die Tür.

Faith und Tessa saßen an dem kleinen Tisch – zwischen ihnen ein Kaffeebecher, eine Cherry-Cola und ein Teller mit Gebäck.

„Haben wir dich geweckt?“ Faith zeigte auf die Thermoskanne mit Kaffee auf der Spüle und Luke strebte darauf zu wie ein Dreijähriger auf einen Becher Kakao. Erst als er sich eine Tasse eingeschenkt und den ersten Schluck getrunken hatte, antwortete er.

„Nein. Ich wollte sowieso aufstehen.“ Oder vielmehr war er froh, dass die Nacht vorbei war. Er nahm sich eine Zimtschnecke, die etwa die Größe einer Frisbeescheibe hatte, und neigte den Kopf darüber. *Herr, bitte segne dieses Essen und erhalte uns heute am Leben.*

Tessas Telefon klingelte und sie ging ans andere Ende des Zimmers, um das Gespräch anzunehmen.

Faith stand auf und winkte in Tessas Richtung. „Wir sehen uns später.“

Luke hätte beinahe die Zimtschnecke fallen lassen. „Wo willst du hin?“

„Ins Büro. Sowohl bei uns im Gebäude als auch bei euch wurden die Sicherheitsvorkehrungen abgesegnet. Wir können uns also wieder an die Arbeit machen.“

„Was hast du denn für heute geplant?“ Die Worte waren heraus, bevor er sie zurückhalten konnte. Warum war ihm das wichtig? Sie versuchte, den Fall zu lösen, und sorgte letzten Endes dafür, dass er am Leben blieb. Er war sehr dafür, dass sie ihre Arbeit machte. Warum wollte er wissen, wie genau sie das tat?

Falls Faith sich über seine Frage ärgerte, ließ sie es sich nicht anmerken. „Zuerst werde ich alle Informationen durchgehen, die wir bis jetzt gesammelt haben, und in Erfahrung bringen, wie weit die Spurensicherung ist. Dann werde ich die Sicherheitsmaßnahmen für die Beerdigungen überprüfen. Und anschließend werde ich jedes Detail zu Thad Bakers Fall unter die Lupe nehmen und sehen, ob ich etwas finde, was die Attentate miteinander verbindet."

Beerdigungen. Luke schluckte. „Die Beerdigungen hatte ich ganz vergessen."

„Kein Wunder", antwortete sie.

„Wann wurde denn eigentlich entschieden, wie das laufen soll?" Luke hatte keine Ahnung, für wann die Beerdigungen geplant waren oder wo sie stattfinden würden. Und ihm war nicht klar, woher Faith das wusste.

„Die Familie von Jared Smith hat darum gebeten, dass sein Leichnam nach Milwaukee überführt wird, und die Gerichtsmedizin wird ihn heute irgendwann freigeben. Die Einzelheiten der Trauerfeier sind noch nicht festgezurrt, aber wahrscheinlich wird sie am Samstag oder Sonntag stattfinden."

Milwaukee? Wie lange dauerte es, nach Milwaukee zu fahren? Konnten sie überhaupt teilnehmen? Es fühlte sich falsch an, nicht zu dem Gottesdienst zu gehen, aber wie sollte das funktionieren?

„Jemand hat angeboten, euch alle mit einem Privatflieger zur Beerdigung zu bringen. Jacob überlegt noch."

„Was? Wer?" Und seit wann konnte Faith seine Gedanken lesen?

„Da musst du Jacob fragen." Faith packte weiter ihre Sachen zusammen. Sie warf einen Blick auf ihr Handy und schob es dann in die Tasche. Ihre Hand wanderte auf den Rücken und Luke wusste, dass Faith das beruhigende Gefühl ihrer Waffe suchte.

„Die Campbells." Tessa kam an den Tisch zurück. „Aus Carrington. Campbell senior hat ein paar Flugzeuge hier in Raleigh."

Luke verstand sofort. „Ach so. Adams Großvater."

„Du kennst Adam Campbell?" Faith blieb an der Tür stehen.

„Ja. Ich tauche mit ihm zusammen. Super Typ. Hat mehr Geld, als ich je im Leben verdienen werde, aber er ist kein Snob."

„Ich bin ihm nie begegnet. Ich kenne nur seine Frau Sabrina." Faith wandte sich der Tür zu.

„Ich kenne keinen von beiden." Tessa schob ihr Smartphone in die Hosentasche. „Aber sollte ich ihm jemals begegnen, werde ich ihm um den Hals fallen. Wir müssen Jared die letzte Ehre erweisen."

„Sehe ich auch so."

Lukes Telefon vibrierte. Rose Baker. „Entschuldigt." Er winkte Faith zu, die jetzt das Zimmer verließ, während Tessa in sein Zimmer ging. Er vermutete, dass sie zu ihrem Zimmer weitergehen würde, um sich fertig zu machen.

„Rose. Wie geht es dir?"

„Ich weiß, dass du mitten in Ermittlungen steckst, aber könntest du vorbeikommen?" Rose' Stimme hatte einen hysterischen Anflug, den Luke bei ihr noch nie gehört hatte. Die Frau war sonst ein Fels in der Brandung. Selbst angesichts der Tragödie von Thads Tod war sie nicht zusammengebrochen. Sie war stabil. Sie trauerte, war aber nicht ohne Hoffnung. Gebrochen, aber nicht zerrüttet. Ihr Glaube ließ Lukes Glauben oberflächlich und unwichtig erscheinen.

„Natürlich."

„Jetzt gleich?"

„Rose? Was ist los? Soll ich einen Kollegen schicken?" Nicht, dass er gewusst hätte, wen er schicken sollte. Vielleicht einen Polizeibeamten –

„Nein. Ich muss mit dir reden."

„Okay. Ich bin in der Innenstadt –"

„Warum denn das?" Sie wusste nichts von den Ereignissen.

„Ähm, das erzähle ich dir, wenn ich bei dir bin."

„Nein, jetzt." Ihre Stimme war eine Mischung aus Mutter und Agentin, der man lieber nicht widersprach.

Also fing er mit der guten Nachricht an. „Niemand ist gestorben."

„Aber jemand wurde angegriffen?"

„Gil." Am besten sagte er gleich alles. „Und Zanes Haus."

Rose Baker ließ ein schlimmes Wort los.

Rose Baker fluchte nie.

„Ich darf immer noch nicht fahren und habe auch kein Auto, aber ich nehme mir ein Uber-Taxi. Wenn ich weiß, wann ich ankomme und mit was für einem Wagen, texte ich dir die Infos."

„Gut."

Wie sich herausstellte, gab es einen Beamten der Ortspolizei, der mehr als bereit war, ihn ans andere Ende von Raleigh zu bringen. „Ich bleibe in der Nähe", sagte er zu Luke. „Melden Sie sich einfach, wenn Sie wieder fahren wollen. Wenn ich kann, sammele ich Sie dann wieder ein."

„Danke, Kollege." Die Männer tauschten Telefonnummern aus, dann ging Luke die Auffahrt hinauf zu Thads oder vielmehr Rose' Küchentür. Der Beamte war noch immer da, und Luke spürte, wie Dankbarkeit für die Polizei-Community in ihm aufstieg. Dieser Mann kannte ihn nicht, er kannte Rose nicht, aber es spielte keine Rolle. Er wusste, dass jemand es auf die Agenten abgesehen hatte, und würde tun, was er konnte, um sie zu beschützen.

Rose öffnete die Tür, noch bevor Luke sie erreicht hatte. Sie musterte ihn kritisch. „Du liebe Güte, Luke. Du siehst furchtbar aus. Was ist los?"

Er betrat den vertrauten Raum. In der Mitte war eine Insel mit Barhockern darum herum. Muffins auf einem Rost. Kaffee in der Kanne. Eine kleine Kuh mit Kaffeesahne, obwohl Rose ihren Kaffee schwarz trank. Luke kannte sich in dieser Küche aus wie in seiner eigenen. Vielleicht sogar besser.

Aber irgendwie war Thads Abwesenheit überall spürbar. Wegen der fehlenden Schuhe im Flur. Der Jacke, die nicht an der Garderobe hing.

„Sind die Kinder in der Schule?" Rose würde nicht zulassen, dass sie im Beisein der Kinder über die Arbeit sprachen.

„Ja. Und jetzt raus mit der Sprache, Powell."

Sie schenkte ihm Kaffee ein und gab genau die richtige Menge Sahne hinein. Und Luke setzte sich auf einen der Hocker und redete. Er fing mit den Ereignissen von Montagmorgen an und erzählte weiter, bis er die letzten Neuigkeiten vom vergangenen Abend und sogar die Pläne für Jareds Beerdigung berichtet hatte. „Was mit Michaels Beerdigung ist, habe ich nicht mitbekommen."

„Sieht aus, als wäre die nächste Woche." Rose füllte ihren eigenen Kaffee auf und setzte sich auf den Hocker am Ende der Kücheninsel. „Ich war den Großteil der Woche bei Karen."

Luke ließ den Kopf hängen. „Da hätte ich auch sein sollen."

„Unsinn." Rose schob die Muffins näher zu ihm. „Wir brauchen nicht noch mehr tote Männer. Oder Frauen. Wie geht es Leslie? Und Tessa?"

Luke biss in einen Muffin und musterte Rose. Rose war bei allem, was sie tat, professionell, egal, ob sie Terroristen jagte oder einen Kuchen backte. Wenn Rose Baker etwas machte, dann richtig. Aber etwas, das Rose Baker nicht konnte, war Small Talk. Das war Thads Spezialität gewesen.

Rose bemühte sich, es zu verbergen, aber er kannte sie zu gut. Er schluckte, trank noch einen Schluck Kaffee und ignorierte ihre Frage. „Was ist los, Rose?"

„Ich versuche, die jüngsten Ereignisse zu verdauen. Jacob muss eine Nachrichtensperre verhängt haben, denn es gab so gut wie keine Infos im Fernsehen."

„Rose."

„Sie haben meine Familie auf dem Kieker. Wieder mal. Ich bin sauer."

Luke bezweifelte nicht, dass sie sauer war, aber die Frau, die ihn heute Morgen angerufen hatte, war nicht wütend gewesen.

Ihre Miene war undurchdringlich, als sie nach einem Umschlag griff, der oben in einem Korb auf der Arbeitsplatte lag. Sie gab Luke den Brief und setzte sich dann wieder. „Der ist diese Woche gekommen. Ich weiß nicht genau, wann, weil ich vergessen habe, die Post durchzusehen. Thad hat das immer gemacht, wenn er von der Arbeit kam. Ich habe es immer vergessen, wenn er weg war. Dann hat er mich angerufen und gefragt, ob ich die Post geöffnet habe …"

Luke wollte Rose nicht in ihren Erinnerungen stören. Sie lächelte ein wenig und er hatte nicht das Gefühl, dass diese Erinnerung für sie unerträglich war.

„Ich dachte, es wäre Werbung, aber dafür war der Umschlag irgendwie zu dick, also habe ich ihn aufgemacht."

Luke warf einen Blick auf die Adresse. Eine Webseite für Ahnenforschung? Er zog die zusammengefalteten Blätter heraus und überflog sie. „Thad hat über seinen Stammbaum geforscht? Mit seiner DNA?"

Das klang überhaupt nicht nach Thad Baker. Thad hatte mehr als einmal gesagt, wie gefährlich es war, die eigene DNA in die Hände eines anderen gelangen zu lassen.

„Ich weiß. Ich habe es auch nicht geglaubt. Aber dann … sieh mal hier."

Luke hatte noch nie einen dieser Berichte gesehen, also dauerte es einen Moment, bis er sich mit den Ergebnissen vertraut gemacht hatte. Thads Name stand dort. Auf den ersten Blick sah man Informationen über seine ethnischen Wurzeln. Seine Urgroßmutter war Koreanerin gewesen. Seine Großmutter Afroamerikanerin. Seine Mutter war Schwedin gewesen. Thad hatte immer Witze darüber gemacht, dass er der ganze amerikanische Schmelztiegel in einer Person war.

Luke las weiter und bei einer Zeile ergaben plötzlich hundert kleine Puzzleteile einen Sinn.

Er las die Worte noch einmal. Den Namen. Die Linien, die zu Thads Großvater führten und Thad mit einer jungen Koreanerin in Verbindung brachten – seiner entfernten Cousine, Park Mi Cha.

15

Luke las die Worte immer wieder.

„Das muss die Person sein, die bei Thad war. Es passt. Südkoreanische Abstammung, 31 Jahre alt, weiblich.“ Rose’ Stimme klang gepresst, aber fest. So als wollte sie ihn herausfordern, ihr zu widersprechen. „Sie war seine Cousine.“

Es gab keinerlei Beweise, dass dies die Frau war, mit der Thad sich getroffen hatte, aber wie wahrscheinlich war es, dass sie es nicht war?

Eine Welle der Erleichterung durchströmte Luke. Er hatte es die ganze Zeit gewusst. Thad Baker hatte weder seine Frau noch sein Land hintergangen. Luke hatte die meiste Zeit an dieser Überzeugung festgehalten, aber gelegentlich hatte auch er Augenblicke des Zweifels erlebt. *Vergib mir, mein Freund. Ich bin ja so froh, dass ich mich in dir nicht getäuscht habe.*

Er studierte die Blätter eingehender. „Das Antragsdatum ist eine Woche vor seinem Tod.“

„Das kann einfach kein Zufall sein.“ Rose’ Stimme zitterte. „Thad hatte diese Informationen nicht, als er starb. Ich vermute, dass sie ihn gefunden hat, ihm die Geschichte erzählt hat und er sich bereit erklärt hat, sie zu treffen. Ich habe mich schon immer für Genealogie und Geschichte interessiert. Für meinen Teil der Familie habe ich auch solche Nachforschungen angestellt.“ Sie zeigte auf einen Stammbaum, der mit ordentlichen silberfarbenen Buchstaben versehen an der Wand ihres Wohnzimmers hing. „Aber ich konnte nicht viel über Thad herausfinden, weil er sich geweigert hat, den Test zu machen.“

Ein paar Tränen rannen über ihre Wangen. „Bis ich das

heute sah, hatte ich ganz vergessen, dass Thad mich aufgezogen hat. Er hat gesagt, er hätte mein Valentinsgeschenk gefunden und da würde ich nie im Leben draufkommen."

Luke widmete sich wieder den Unterlagen. „Dies ist die erste echte Spur, die wir haben."

„Ich weiß", sagte sie. „Tut mir leid." Sie wischte die Tränen fort. „Ich wusste, dass er mich und die Kinder geliebt hat. Ich wusste, dass er wusste, dass ich ihn umbringen würde, wenn er mich jemals betrügen sollte." Sie lachte und schluchzte gleichzeitig und es war das herzzerreißendste Geräusch, das Luke je gehört hatte. „Aber ich habe mich gefragt, ob du mich vielleicht angelogen hast. Ob du wusstest, in welcher Beziehung diese Frau zu ihm stand. Ob du wusstest –"

„Das ist doch verständlich."

„Nein!" Rose schlug mit der flachen Hand auf die Tischplatte. „Ist es nicht. Nicht für mich. Nicht wenn es um ihn geht."

Luke versuchte gar nicht erst, ihr ihre Wut auszureden.

„Erzähl Jacob davon." Rose zeigte mit dem Finger auf den Brief und es hätte Luke nicht gewundert, wenn er Funken gesprüht hätte. „Diese FBI-Agentin, die für Thads Fall zuständig war, sollte sich besser nicht hier blicken lassen."

Rose' außergewöhnlicher Zorn bestärkte Luke in seinem Verdacht, dass Janice Estes Dinge unterstellt – und Andeutungen gemacht – hatte, die Rose gar nicht gefallen hatten.

Jetzt war kein Beben mehr in ihrer Stimme zu hören. „Ich will, dass du herausfindest, wie Thad Park Mi Cha kennengelernt hat und in welcher Verbindung die beiden miteinander standen. Und dann will ich, dass du herausfindest, warum sie gestorben sind."

Dieser Fall musste vom FBI untersucht werden. Auf keinen Fall würde der Secret Service die Genehmigung erhalten, zu tun, was Rose verlangte. Wenigstens nicht komplett. Trotzdem musste er vorsichtig vorgehen, während Rose vor Wut schäumte. „Ich war auch nicht gerade beeindruckt von der ursprünglichen Agentin."

Rose schnaubte.

„Aber ich kann das FBI hier nicht außen vor lassen und ich glaube, du wirst von der Agentin, die den Fall jetzt bearbeitet, anders denken. Sie ist gut."

„Ich will mit niemand anderem reden."

„Ich weiß."

Rose zog Kreise um die Kücheninsel herum.

Luke hielt die Zettel hoch. „Du hast das Kuvert heute geöffnet?"

„Heute Morgen."

„Wärest du bereit, noch mal Thads Sachen durchzusehen? Vielleicht fällt dir jetzt etwas auf, was vorher keinen Sinn ergeben hat."

„Natürlich." Sie stellte ihren Kaffeebecher ab. „Ich helfe Karen heute. Sie muss so viel regeln, was die Beerdigung und die Zukunft betrifft." Rose rieb sich die Schläfen und Luke hatte das Gefühl, auch wenn Rose bereit war, ihrer Freundin zu helfen, hatte das Planen einer Beerdigung die noch kaum verheilten Wunden wieder aufgerissen. „Ich werde mein Hirn zermartern und wenn ich heute Abend zu Hause bin, werde ich noch mal alles durchgehen. Dann schicke ich dir eine Nachricht."

„Kann ich das hier mitnehmen?" Luke blätterte einmal durch die Seiten des Berichts.

„Mir war klar, dass du die Unterlagen haben willst, deshalb habe ich Kopien gemacht, aber irgendwann will ich die Originale zurück."

Luke faltete das Schreiben und schob es in den Umschlag zurück. „Ich weiß, dass ich dir das nicht zu sagen brauche, aber wir haben keinerlei Beweise, dass die Frau, die bei Thad im Wagen war, diese Frau war."

Rose legte ihre Hände flach auf den Tisch. „Willst du etwa behaupten, du glaubst nicht –"

„Ich glaube auch, dass sie es ist. Aber das ist kein Beweis."

„Dann finde einen."

Luke rief seinen Chauffeur von vorher an und erfuhr, dass der Beamte in fünf Minuten da sein konnte. War er die ganze Zeit um den Häuserblock gefahren? Konnte es sein, dass Faith etwas mit seiner Anwesenheit zu tun hatte? Egal. Luke würde sich nicht beklagen, wenn er nicht für ein Taxi bezahlen musste.

Er verabschiedete sich von Rose und versprach, sich später am Tag noch einmal zu melden, und zwanzig Minuten später betrat er das Büro. Es war noch nicht einmal elf Uhr, aber er war schon völlig fertig. Wenn es zu schlimm wurde, würde er auf dem Sofa im Besprechungsraum ein Nickerchen machen, aber auf keinen Fall würde er ins Hotel zurückfahren. Dafür stand zu viel auf dem Spiel.

Luke meldete sich bei Jacob und wartete in der Nähe von Martys Schreibtisch, während sie das Krankenhaus anrief, um Neuigkeiten von Gil in Erfahrung zu bringen. Eine halbe Stunde später ließ er sich an seinem Schreibtisch nieder. Seine Erleichterung darüber, dass Gil an diesem Morgen bei Bewusstsein und auf dem Weg der Besserung war und dass Zane heute Mittag ins Büro kommen würde, war riesig. Aber die Nachricht von Marty, dass ein Gerücht in der Behördenwelt die Runde machte, beim FBI würden gerade Köpfe rollen, bereitete ihm besonderes Vergnügen. Er konnte es kaum erwarten, Faith zu fragen, was da los war.

Er zweifelte nicht daran, dass sie an den Entwicklungen beteiligt war.

Er hatte Faith eine Textnachricht geschickt, in der er sie gebeten hatte, ihn anzurufen, wenn sie Zeit hatte. Aber wer wusste schon, wann das der Fall sein würde? Jetzt musste er erst einmal herausfinden, wer Park Mi Cha war. Und ob es sein konnte, dass Thads Beziehung zu ihr der Grund dafür war, dass sie beide tot waren.

Er wusste, wen er brauchte, und es dauerte nur eine Minute, die entsprechende Telefonnummer ausfindig zu machen und den Anruf zu tätigen.

„Sabrina Fleming-Campbell." Die Stimme klang neugierig, aber höflich.

„Hallo, Dr. Fleming-Campbell. Mein Name ist Luke Powell vom US Secret Service in Raleigh. Wir waren im letzten Jahr zusammen in einer Taskforce zum Menschenhandel und ich gehe manchmal mit Adam tauchen."

„Ich erinnere mich an Sie, Special Agent Powell. Wie geht es Ihnen?"

„Gerne Luke. Und, also –"

„Es geht Ihnen nicht besonders gut, oder? Ihr Team wurde drastisch dezimiert, jemand hat auf Sie geschossen, Ihre Freunde sind angeschossen, getötet oder in die Luft gejagt worden. Insgesamt eine ziemlich finstere Situation."

Luke hatte vergessen, wie direkt Dr. Fleming-Campbell sein konnte. Die Frau war genial, aber Takt war nicht ihre Stärke. „Das haben Sie sehr treffend zusammengefasst."

„Ich hätte ein bisschen weniger direkt sein können." Ihre Stimme klang unsicher, vielleicht sogar bedauernd. Sie war nicht leicht einzuschätzen, so viel stand fest.

„Nee, ist ja alles wahr, und nichts davon ist ein Geheimnis. Ich bin nicht sicher, wieso jemand glauben sollte, dass es uns gut geht."

„Stimmt. Und ich vermute, Sie haben mich nicht angerufen, um über Nettigkeiten zu plaudern."

Klang das erwartungsvoll? Sie war ein Typ, der am liebsten gleich zur Sache kam. „Nein, das stimmt."

„Was kann ich für Sie tun?"

Luke erklärte die Sache mit Park Mi Cha und ihrer familiären Verbindung zu Thad. Er sprach von seiner Theorie, dass sie die unbekannte Person sein könnte, die bei der Explosion des Wagens getötet worden war, und davon, dass er sich fragte, ob es irgendwo Videoaufnahmen von ihr gab.

Abgesehen von einem gelegentlichen Grunzlaut unterbrach Dr. Fleming-Campbell ihn nicht. Das einzige Geräusch, das Luke durchs Telefon hörte, war das schnelle Klicken, während sie tippte. Nach einer Minute ergriff sie das Wort. „Können Sie mir die Informationen mailen, die Sie von Mrs Baker bekommen haben, ohne gegen irgendeine Schweigepflicht zu verstoßen?"

„Kein Problem. Rose will ja mehr als alle anderen wissen, was los ist."

„Das kann ich mir denken." Wieder hörte Luke die Tastatur klappern. „Ich habe Ihnen eine E-Mail geschickt. Bitte schicken Sie die Informationen von Mrs Baker als Antwort. Dann sage ich Ihnen Bescheid, was ich rausfinde."

Luke überlegte seine nächste Frage. „Dr. Fleming-Campbell –"

„Können Sie mich bitte Sabrina nennen? Oder Dr. Campbell? Ich habe Fleming behalten, weil man mich in der Branche unter dem Namen kennt, aber Fleming-Campbell hat lächerlich viele Silben und ist völlig ineffizient. Und zu förmlich für Freunde."

„Dann gerne Sabrina. Und es ist mir eine Ehre."

„Danke. Gibt es sonst noch was?"

„Ja." Luke wünschte, er hätte vorher Adam angerufen und ihn fragen lassen, aber er hatte keine Zeit, über drei oder vier Ecken zu gehen.

„Ich habe dich angerufen, bevor ich mich mit dem FBI abgesprochen habe oder mit meinem Boss oder irgendjemand anderem."

„Das geht aufs Haus, Luke. Mach dir keine Gedanken. Ich habe gehört, dass Faith Malone für das FBI an dem Fall arbeitet. Sie ist eine fähige Agentin. Eine der besten in dem Team."

„Bis jetzt ist sie klasse. Ich habe ihr eine Nachricht hinterlassen, aber sie hat noch nicht zurückgerufen. Wenn ich mit ihr rede, sage ich ihr, dass du jetzt bei der Sache mitmischst."

„Super. Heute Nachmittag habe ich eine Besprechung, um die ich nicht herumkomme, aber sobald ich wieder am Schreibtisch bin, werde ich mich um diese Angelegenheit kümmern. Ich bin gut, aber selbst ich kann keine Informationen finden, die nicht da sind. Also stell dich darauf ein, dass es ein paar Tage dauert und dass das Ergebnis eventuell nicht befriedigend ausfällt."

„Ich verstehe." Das tat er, aber er wusste auch, dass er eine der besten Computerexpertinnen im Land auf die Suche nach Informationen angesetzt hatte. Wenn es etwas zu finden gab, würde sie es finden.

„Ich melde mich."

Dann wurde die Verbindung unterbrochen.

Luke legte das Telefon auf seinen Schreibtisch und stützte den Kopf auf die Hände. *Herr, wir brauchen ein Wunder. Bitte hilf Sabrina, Park Mi Cha zu finden.*

*

Faith hatte Luke immer noch nicht zurückgerufen. Nicht, weil sie nicht wollte, aber was sollte sie sagen? *Janice ist eine Idiotin und heute ist alles schiefgelaufen?*

Dale Jefferson blieb vor Faiths Schreibtisch stehen. „Komm gleich mal in mein Büro, okay?"

Sie blickte nicht auf, nickte aber.

Herr, ich bin nicht sicher, ob du mich hörst. Oder ob es dich interessiert. Denn wenn wir ehrlich sind, hast du dich in letzter

Zeit ziemlich rausgehalten. Und ich weiß, dass es wahrscheinlich Sünde ist, so zu denken, aber das Gefühl habe ich eben, und es ergibt für mich keinen Sinn, warum ich überhaupt zu einem Gott bete, der nicht groß genug ist, um eh schon zu wissen, was ich denke. Ich meine, wenn du es nicht sowieso schon weißt, dann bist du doch nicht so groß. Aber die einfache Tatsache, dass ich tatsächlich bete, bedeutet wohl, dass ich irgendwo tief drinnen doch glaube, es könnte dir nicht egal sein. Jedenfalls, Faith hier. Und ja, mir ist die Ironie meines Namens unter diesen Umständen durchaus bewusst. Ich wette, du hast gefeixt, als Mom und Dad mich so genannt haben. Du hättest schließlich gewusst, dass mein Glaube 31 Jahre später ziemlich am Boden sein würde und dass ich jetzt an meinem Platz sitze und bete, aber mich gleichzeitig frage, ob ich nicht doch nur mit mir selbst rede. Ich habe eigentlich gar keine Ahnung, was ich hier mache. Ich brauche … Hilfe.

Faith nahm Cherry-Cola Nummer drei, ihr iPad und den dazugehörigen Stift und ging zwischen den Arbeitsplätzen hindurch zum Büro ihres Chefs. Sie klopfte an seine Tür und er winkte sie herein.

„Mach die Tür zu.“ Er blickte nicht auf. War er sauer?

Faith stand hinter den Stühlen, die vor seinem Schreibtisch aufgereiht waren, weil sie nicht sicher war, ob sie sich setzen und es sich bequem machen sollte oder ob dies eine kurze Unterredung sein würde, bei der man gleich zur Sache kam.

Dale sah immer noch nicht von seinem Computerbildschirm hoch, dafür lachte er heiser auf. „Du lieber Himmel, Faith, jetzt setz dich. Grundgütiger … Du machst mich ganz nervös, wenn du da so rumzappelst. Gib mir noch eine Minute, dann können wir reden.“

Faith setzte sich. Versuchte, Gedanken und Glieder still zu halten. Aber wie sollte sie es schaffen, weniger Unruhe auszustrahlen?

Mit einem energischen Knall klappte Dale seinen Laptop zu

und sah sie an. „Du hast heute Morgen ganz schön ins Wespennest gestochen."

Was sollte sie darauf antworten? Faith nickte nur respektvoll.

Dale lachte. Diesmal war es kein belustigtes Schnauben. Kein unterdrücktes Kichern. Sondern ein so herzhaftes Lachen, dass ihm die Tränen kamen. Als er sich wieder einigermaßen im Griff hatte, lehnte er sich auf seinem Stuhl zurück. „Du machst dir doch wohl hoffentlich keine Sorgen deswegen, oder?"

„Ich habe heute Morgen die Beherrschung verloren."

„Und? Ist dir mal aufgefallen, mit was für Leuten du zusammenarbeitest? Alle verlieren die Beherrschung."

„Ich nicht."

„Dann wurde es ja mal Zeit."

Dale verstand das nicht. Die Beherrschung zu verlieren, die eigenen Gefühle nicht unter Kontrolle zu haben, das war inakzeptabel, besonders im beruflichen Kontext.

„Das ist doch kein Weltuntergang, Faith. Du hast also ein paar Agenten angebrüllt."

„Sie hätten –"

„Was? Sich offiziell beschweren können? Deine Personalakte beschmutzen? Ich bitte dich."

„Aber –"

„Hör mal zu." Dale lehnte sich vor. „Hättest du die Sache heute Morgen besser regeln können? Vielleicht. Aber ich bin nicht sicher. Ob es dir klar ist oder nicht – deine Kollegen respektieren dich, weil du mehr arbeitest als sie alle, und sie hassen dich gleichzeitig, weil du sie immer wieder schlecht aussehen lässt. Keiner von ihnen möchte mit dir verglichen werden. Keiner von ihnen will den Druck, den Erwartungen von Faith Malone gerecht werden zu müssen."

„Darum geht es ja."

„Nein." Dale ballte die Hände zu Fäusten und streckte seine Finger dann wieder aus. „Es geht darum, dass du immer alles im Griff hast. Immer effizient und effektiv bist. Du hast Maßstäbe gesetzt, die niemand in diesem Team erfüllen kann. Und heute Morgen, als du Janice wegen des Mülls angebrüllt hast, den sie dir geschickt hat – und ja, es war Müll –, und als du Troy dafür kritisiert hast, weil die Akte von der ATF-Behörde nicht zu dir geschickt wurde; und dann Walker gefragt hast, wie lange er denn noch brauchen will, bis er die Simulation der Attentate fertig hat, weil du zufällig wusstest, dass er gestern Abend mit ein paar Kumpels zum Essen und im Kino war – da waren alle geschockt."

Das war der Tiefpunkt gewesen. Janice und Troy hatten versagt. Sie taten Faith nicht leid. Aber Walker? Wenn sie an seiner Stelle gewesen wäre, hätte sie ihren Freunden gesagt, dass sie was Wichtigeres zu tun hatte, aber sie hatte auch nicht viele Freunde, die sie anriefen und zur Pizza einluden. Und er hatte das Büro auch nicht besonders früh verlassen. Er war erst um zwanzig Uhr zum Essen gegangen und dann um zweiundzwanzig Uhr ins Kino.

Es war unrealistisch zu erwarten, dass wichtige Informationen zwischen acht Uhr abends und Mitternacht hereinkamen. Aber es fühlte sich einfach nicht richtig an. Ihre Agentenkollegen verbrachten die Nacht in einem Versteck und Walker sah einen Film? Es bedeutete vielleicht nicht, dass er deswegen einen schlechteren Job machte, aber es sah nicht gut aus.

„Alle in diesem Büro haben heute Überstunden gemacht." Dale schien das nicht zu stören. „Ich vermute, du bist mit Informationen überschüttet worden. Mehr als du verarbeiten konntest. Habe ich recht?"

„Ja."

„Manchmal brauchen Leute einen richtigen Tritt in den Allerwertesten. Und den hast du ihnen verpasst. Also lass gut sein.

Du bist ein Mensch und du warst frustriert. Ich bin tatsächlich froh darüber, dass du vielleicht doch einen klitzekleinen Schwachpunkt hast, denn ich hatte schon den Verdacht, dass du entweder halb Außerirdische bist oder halb Superheldin."

Faith sträubte sich gegen den Gedanken, dass sie eine Schwäche hatte, fühlte sich aber zugleich geschmeichelt, weil jemand sie für eine halbe Superheldin hielt. „Egal, es wird nicht wieder vorkommen. Jedenfalls nicht vor Publikum."

Dale verdrehte die Augen. „Okay. Was macht der Fall?"

Faith richtete sich auf ihrem Stuhl auf. „Ich kann nur deshalb sagen, dass wir irgendwelche Fortschritte gemacht haben, weil wir eine Menge Dinge ausgeschlossen haben. Wir wissen, dass die Agenten des Secret Service im Büro in Raleigh nichts mit den Anschlägen zu tun hatten."

„Schockierend", kommentierte Dale, ohne eine Miene zu verziehen.

Es war kein Wunder, dass ihn diese Äußerung nicht zu Beifallstürmen verleitete, aber Faith fand es trotzdem wichtig. „Wir mussten sicher sein."

„Das stimmt, aber ich hoffe, du hast noch was Besseres als das."

Oh-oh. „Nichts, was ich beweisen kann."

„Dann erzähl mir was, was du nicht beweisen kannst."

„Ich würde lieber warten, bis ich Bew–"

„Und ich möchte es jetzt hören." Dale rückte keinen Millimeter von seiner Haltung ab, was Faith mit schmerzhafter Deutlichkeit daran erinnerte, dass dies für Dale die Jagd auf den Killer seines besten Freundes war.

Er hatte das Recht zu wissen, wie die Lage aussah, auch wenn sie noch nicht alle Antworten hatte. Also jetzt oder nie. „Ich glaube, dass dieselbe Person hinter allen Anschlägen steckt. Ich glaube, dass es jemand ist, der überwiegend, wenn auch vielleicht nicht komplett, allein arbeitet. Ich glaube, diese Person hat eine militärische Ausbildung. Möglicherweise Spezialeinheit. Ich glaube, der Täter hat es gezielt auf den Secret Service abgesehen und die Agenten Powell, Thacker und Dixon sind immer noch in Gefahr, ihre Familien aber vermutlich nicht. Wenn der Attentäter vom Typ Spezialeinheit ist, operiert er höchstwahrscheinlich mit einem hohen Maß an Integrität."

Dale missfiel ihre Wortwahl offensichtlich.

„Integrität wäre in seinen Augen, dass er nur die Leute aufs Korn nimmt, die er für verantwortlich hält. Nicht ihre Kollegen, nicht ihre Angehörigen. Meinen Beobachtungen zufolge will er nicht unschuldigen Menschen schaden."

Dale runzelte die Stirn, nickte aber.

„Ich vermute, dass die Anschläge unmittelbar mit dem Fall Thad Baker zu tun haben, und ich glaube, wir müssen mehr über die Frau in Thads Auto wissen, bevor wir diesen Fall knacken können." Faith verstummte und atmete tief ein, während sie im übertragenen Sinne die Luft anhielt, weil sie auf Dales Antwort gespannt war.

Dale schwieg länger, als es Faith gefiel. Er starrte auf einen Punkt hinter ihr, sein Blick war vage, die Lippen zusammengepresst, während er den Kopf langsam auf und ab bewegte. „Das", sagte er schließlich, „ist eine Menge *glauben.*"

„Du wolltest es wissen." Es gelang Faith nicht ganz, den Trotz in ihrem Tonfall zu unterdrücken, und an seiner gerunzelten Stirn sah sie, dass es Dale nicht entgangen war.

„Das stimmt. Aber nächstes Mal werde ich besser vorbereitet sein."

Nächstes Mal? Erwartete er, dass sie weiterhin keine Beweise liefern konnte? Oder dass sie in Zukunft weitere schwierige Fälle übernehmen sollte?

„Warum glaubst du nicht, dass Jacob und … wie heißt die neue Agentin noch mal?"

„Tessa Reed."

„Richtig, Reed. Warum glaubst du, dass sie nicht in der Schusslinie sind, die anderen Agenten aber schon?“

„Meiner Meinung nach kann es gut sein, dass der Killer sie nicht auf dem Kieker hat, weil sie in den vergangenen drei Monaten montagmorgens getan haben, was sie montagmorgens immer getan haben.“

„Ich kann dir nicht folgen.“

Faith trank einen Schluck von ihrer Cherry-Cola. „Tessas morgendliche Routine ist berechenbar. Sie steht auf, macht zu Hause ein paar Yogaübungen, macht sich für den Dienst fertig und hält auf dem Weg zur Arbeit bei einem von drei bestimmten Cafés. Sie hat hohe Ansprüche, was ihren Kaffee betrifft, und kauft ihn nicht irgendwo. Sie wechselt durchaus ab, aber montags geht sie immer zum selben Café, weil sie nur montags ihren Lieblingsmuffin mit Zitrone und Mohn haben. An jenem Montag war sie auch dort und ist dann ins Büro gefahren. Ich habe es dreimal überprüft. Wenn der Schütze gewollt hätte, dann wäre es für ihn ein Leichtes gewesen, sie auf seiner Route einzuplanen. Dann wäre sie nie beim Café angekommen.“

Jetzt hatte sie Dales volle Aufmerksamkeit. „Und was ist mit Jacob?“

„Sein Montag ist während des Schuljahres in Stein gemeißelt. Seine Frau geht ins Fitnessstudio und er bringt ihren jüngsten Sohn zur Schule. Jeden Montag, Mittwoch und Freitag nimmt er noch andere Kinder mit, es sei denn, er ist verreist. Immer dieselbe Reihenfolge der Häuser, dieselbe Tageszeit.“

„Und es hätte auf der Route gelegen?“

Faith sah es vor ihrem geistigen Auge. „Wegen der Fahrgemeinschaft war Jacob meist einer der Letzten, die im Büro ankamen. Es wäre knapp gewesen, aber wenn er auf der Abschussliste gestanden hätte, wäre er zuletzt angegriffen worden, nachdem er die Kinder abgesetzt hätte, aber bevor er im Büro eingetroffen wäre.“

„Und wie passt Gil in dieses Konzept?"

„Gil hatte einen ganz untypischen Montag. Er hat mir erzählt, dass er am Montagmorgen meistens beim CVJM schwimmen geht. Wusstest du, dass er auf dem Weg zum Profischwimmer war, bevor er sich die Schulter verletzt hat?"

Dale nickte. „Das hat Michael mir erzählt. Gil hat eine interessante Geschichte."

„Das kann man wohl sagen. Jedenfalls geht er normalerweise um fünf Uhr morgens schwimmen. Ich habe ihn gefragt, wann er diese Routine das letzte Mal hat ausfallen lassen. Und er sagte, das letzte Mal war an Weihnachten."

„Und wo war er am Montag?"

„Er war aufgeblieben, um ein Baseballspiel zu gucken. Das ging über sechzehn Innings oder irgendwas Verrücktes in der Art und er ist erst nach ein Uhr schlafen gegangen. Also hat er seinen Wecker auf sieben gestellt und gepennt."

„Glaubst du, der Plan des Täters könnte gewesen sein, Gil als Ersten zu treffen?"

„Es ist eine Möglichkeit. Wir haben einen Durchsuchungsbeschluss für das Schwimmbad angefordert. Michael Weaver hat woanders Sport gemacht. Aber so hätte der Attentäter eine Kurve fahren können. Gil, dann Luke und Zane, dann Michael, dann Jared. Es war bekannt, dass Jared kein Frühaufsteher war, und er kam nie früh ins Büro. Luke sagt, Jared sei oft zu spät gekommen. Das hat die anderen wahnsinnig gemacht. Für die Jungs vom Secret Service ist alles ein Wettkampf. Alles Alphatiere, von sich selbst überzeugt, irgendwie aggressiv. Luke sagt, sie haben Jared deswegen Stress gemacht, aber der hat sie ignoriert oder ihnen gesagt, sie sollen sich um ihre eigenen Angelegenheiten kümmern. Alles blieb beim Alten."

„Gut, dann sollte Gil also das erste Opfer sein."

„Ich glaube, als Gil aus seiner üblichen Routine ausgebrochen ist, hat das alles durcheinandergebracht, aber vermutlich hatte der Täter für jedes seiner Opfer einen Plan B. Er musste sich nur in Stellung begeben und auf seine Gelegenheit warten. Er hat Zanes Haus abgefackelt, vielleicht weil er dachte, wenn Zane mit Schmerzmitteln zugedröhnt ist, würde er so tief schlafen, dass er nicht rechtzeitig rauskommt. Und so wäre es auch gewesen, wenn er tatsächlich hätte schlafen können. Um sieben Uhr morgens hat er ein Taxi gerufen und ist zum Waffelhaus gefahren, aber anstatt wieder nach Hause zu gehen, ist er zu Luke, als Luke nicht ans Telefon ging. Der Brandinspektor hat mich heute angerufen. Das Feuer bei Zane war eindeutig Brandstiftung und es ging schnell. Wäre Zane zu Hause gewesen, hätte er wahrscheinlich nicht überlebt. Möglicherweise war der Attentäter erschrocken, als wir vor dem Haus hielten und Zane aus dem Wagen stieg. Aber er hatte nicht auf Zane gewartet. Er wollte Gil, und als der rauskam, hat der Täter auf ihn geschossen." Bei den letzten Worten brach ihre Stimme.

Bei der Erinnerung an gestern – den Schuss, das Blut, die Angst – kamen Faith die Tränen. Was war eigentlich mit ihr los? Sie holte tief Luft und schüttelte den Kopf, als ließe sich damit alles verdrängen. „Sorry."

„Du warst dabei, Faith." Dales Stimme war voller Mitgefühl. „Es ist normal, dass du auf das, was mit Gil passiert ist, emotionaler reagierst als auf die anderen Anschläge. Es ist nicht leicht, distanziert und objektiv zu sein, wenn du zugesehen hast, wie einem Mann fast das Gehirn weggepustet wurde."

Es war vielleicht normal, aber Faith gefiel es trotzdem nicht. „Ich habe mich gerade daran erinnert, dass Gil sich runtergebeugt hat." Um mit ihr zu reden. „Er hat sich vorgebeugt und das hat ihm das Leben gerettet. Die Kugel hat sein Gehirn nur knapp verfehlt. Wenn Gil sich in diesem Moment nicht bewegt hätte …"

Dann gäbe es jetzt drei tote Agenten.

16

Faith verließ Dales Büro beruhigt und erleichtert. Sie würde nicht gefeuert werden. Ihr Chef hasste sie nicht.

Sie ging wieder zu ihrem Schreibtisch und sah nach, ob sie irgendwelche Nachrichten erhalten hatte. Nur eine. Von Hope.

Es war Mom. Ich habe die Profile entfernen lassen. Und mit Mom gesprochen. Sie sagt, es wird nicht wieder vorkommen.

Danke. Ich weiß, dass du für so was eigentlich keine Zeit hast.

Du auch nicht. Pass auf dich auf.

Angesichts der verrückten Ereignisse rund um den Anschlag auf Gil hatte Faith keine Zeit gehabt, über diese Partnervermittlungssache auch nur nachzudenken. Bei dem Gedanken, dass jemand sie auf dieser Internetseite gesehen haben könnte, stieg eine heiße Röte in ihre Wangen. Zum Glück hatte Hope das Problem gelöst.

Insgesamt endete der Nachmittag gar nicht so schlecht. War ihr Gebet, wenn man es so nennen konnte, vielleicht erhört worden? Hatte Gott Hilfe geschickt in Gestalt eines verständnisvollen Chefs und einer klugen Schwester?

Es könnte Zufall sein, aber diese Theorie hatte einen Nachteil.

Faith glaubte nicht an Zufälle.

Sie hatte Luke vor zwei Stunden per Textnachricht mitgeteilt, dass sie glaubte, in einer Stunde Feierabend machen zu können. Er hatte geantwortet, er sei im Büro und gehe alle Fälle aus dem letzten Jahr durch, die bei irgendjemandem den krankhaften Drang geweckt haben könnten, alle Agenten zu töten, die mit dem Fall zu tun hatten. Außerdem hatte Luke vorgeschlagen, sie solle ihn anrufen, wenn sie mit der Arbeit fertig war, damit sie sich austauschen konnten.

Stattdessen fuhr sie zu einem Drive-in-Imbiss, verschlang ihr Sandwich mit Hühnchen und fuhr direkt zum Büro des Secret Service. Die Wache ließ sie durch und kurz darauf betrat sie den Besprechungsraum, in dem Luke saß. Auf dem Tisch türmten sich Kartons mit Akten. Ein riesiges Whiteboard an der Wand war mit Fallnummern, Namen und einigen Fotos bestückt.

Faith räusperte sich. Luke drehte sich um und lächelte.

Er hatte ein Lächeln, das sich sukzessive über sein Gesicht ausbreitete. Es begann in den Augen, erreichte seine Mundwinkel und dann entspannten sich seine Lippen innerhalb weniger Sekunden zu einem breiten Grinsen. Es war bezaubernd. Faith konnte nicht erklären, warum dieses allmähliche Lächeln ihr das Gefühl gab, dass es echt war, anders als das schnell aufgesetzte Lächeln, das sie bei anderen so oft sah.

Er steckte die Kappe auf den Whiteboard-Marker, den er in der Hand hielt, und deutete auf einen Stuhl am Kopfende des Tisches. „Setz dich. Dann können wir vergleichen, wie unser Tag war."

Sie zog den Stuhl vom Tisch ab, drehte sich um und setzte sich auf den Tisch, wo sie die Füße baumeln ließ. „Meiner war interessant."

„Habe ich schon gehört." Die Art, wie Luke das sagte, oder vielleicht sein Blick dabei, ließ einen nervösen Schauer über ihren Rücken rieseln.

„Wie meinst du das?"

„Gute Neuigkeiten machen schnell die Runde. Außerdem ist unsere Büroleiterin mit eurer befreundet."

Faith ließ den Kopf in ihre Hände sinken.

„Hast du wirklich zu Janice Estes gesagt, wenn sie nicht aufpasst, könnte sie wegen der Unterschlagung von Beweisen und Mithilfe bei einer Straftat verhaftet werden? Und dass du liebend gerne gegen sie aussagen würdest, weil ihre Bearbeitung des Falls von Thad Baker einen kolossalen Justizirrtum darstellt?“

Faith konnte nur nicken, die Hände noch immer vorm Gesicht.

„Und“ – Luke genoss das Ganze offensichtlich – „hast du einem anderen Agenten erzählt, wenn du den Bericht von der Drogen- und Waffenbehörde direkt bei der ATF anfordern müsstest, nachdem du ihn dreimal darum gebeten hast, würdest du dafür sorgen, dass er den Rest seiner Karriere in Alaska verbringt?“

Sie stöhnte.

Lukes Lachen hallte an den Wänden wider.

„Das ist nicht witzig.“ Sie flüsterte die Worte. Das hier war schlimmer, als zu Dale ins Büro gerufen zu werden. Die Leute redeten über sie. Erzählten ihren Ehepartnern beim Abendessen von der durchgeknallten Agentin, die heute die Nerven verloren hatte.

„Faith Malone, ich könnte dich küssen.“

Das ließ sie aufhorchen.

*

Faiths Kopf fuhr so plötzlich aus ihren Händen hoch wie ein Schachtelmännchen.

Und Luke stand genau vor ihr. Es war nicht seine Absicht gewesen, das mit dem Küssen zu sagen. Nicht, dass er sie nicht küssen wollte. Oder dass er nicht darüber nachgedacht hatte. Mehrmals. Vielleicht hundertmal.

Ihre Augen wirkten in dem müden Gesicht riesig. Stress und etwas anderes, vielleicht Verlegenheit, aber bestimmt keine Angst, rangen in ihrem Blick miteinander.

Vielleicht war die Bemerkung mit dem Küssen unangemessen gewesen. Sie war schließlich eine Art Kollegin. Ein Profi. Agentin einer Bundesbehörde.

Er beugte sich vor, aber nicht zu weit.

„Ich würde dich niemals küssen, wenn du es nicht willst. Ich würde dich niemals so wenig respektieren. Es ist mir einfach rausgerutscht." Er konnte einfach nicht lügen und sagen, er habe es nicht ernst gemeint.

„Ich weiß."

Klang sie enttäuscht? Vielleicht spielte seine Fantasie ihm da einen Streich. Er ging ein paar Schritte zurück, damit sie viel persönlichen Freiraum hatte, und der Seufzer, der ihren Lippen entwich, war eindeutig von Bedauern geprägt.

Ein schwacher Rosaton färbte ihre Wangen. „Mein … mein Ausbruch heute Morgen …" Luke war bewusst, dass Faith versuchte, die Unterhaltung vom Thema Küssen wieder auf den Fall zu lenken. „Das war unprofessionell."

„Ich finde es fantastisch." Luke streckte die Faust aus und Faith gab ihm den halbherzigsten Faustgruß der Geschichte. „Warum ist dir das so unangenehm?"

Faith rutschte mit baumelnden Beinen auf dem Tisch ein Stück zur Seite. „In dieser Welt ist es schon schwer genug, eine Frau zu sein, Luke. Da brauche ich nicht noch Attribute wie *wahnsinnig* oder *hysterisch* oder *launisch* in meinem Lebenslauf."

Er musste einfach lachen. „Was du heute deinem Lebenslauf hinzugefügt hast, ist eine Beschreibung hinter deinem Namen, die besagt: ‚Leg dich nicht mit mir an', und das scheint mir kein Nachteil zu sein. Ich wurde schon häufiger angebrüllt, weil ich eine Dummheit begangen habe. Manchmal ist das nötig, damit die Leute es kapieren. Mach dir deswegen keinen Kopf."

Sie lächelte, aber sie machte sich trotzdem einen Kopf deswegen. Es war deutlich daran zu sehen, wie sie die Tischkante umklammerte.

„Also gut. Was hältst du davon, wenn ich das Thema wechsele? Ich habe Neuigkeiten." Er konnte kaum erwarten, ihr zu erzählen, was er über Thads Cousine in Erfahrung gebracht hatte.

„Okay." Doch bevor Luke noch etwas sagen konnte, klingelte Faiths Handy.

„Moment." Sie warf einen Blick auf das Display und dann schwebte ihr Finger darüber, während es noch zwei Mal läutete.

„Willst du nicht drangehen?"

„Ich bin noch nicht sicher." Dann holte sie tief Luft, schloss die Augen und tippte auf das Display. „Also gut."

Luke wandte sich dem Whiteboard zu und versuchte so auszusehen, als würde er nicht lauschen. Wenn Faith nicht wollte, dass er ihre Unterhaltung mit anhörte, brauchte sie nur den Raum zu verlassen.

„Mom, du hast schon wieder meine dienstliche Nummer angerufen."

„Das liegt daran, dass du an dein privates Telefon nicht drangehst." Luke hörte Faiths Mutter beinahe so deutlich, als hätte Faith sie auf laut gestellt.

„Das liegt daran, dass ich arbeite und du mir in diesem Moment garantiert nichts mitzuteilen hast, was mit meiner Arbeit zu tun hat. Ich weiß nicht, warum du das nicht verstehst. Du hast mir doch beigebracht, im Beruf immer professionell zu sein."

Das war sein Stichwort zu gehen. Luke drehte sich zu Faith um und formte lautlos die Worte „Ich warte draußen".

Sie griff nach seinem gesunden Arm und schüttelte den Kopf. Na gut. Dann blieb er eben.

„Dann ist es also meine Schuld?“ Die Stimme von Faiths Mutter klang jetzt höher als noch vor einem Augenblick.

„Nein. Es ist deine Schuld, dass ich so erzogen wurde, meine Arbeit über jeden anderen Aspekt meines Lebens zu stellen. Es ist mein gutes Recht, Anrufe von dir oder sonst jemandem zu ignorieren, weil ich gerade an dem größten Fall meiner beruflichen Laufbahn arbeite, und wenn ich dabei versage, dann bedeutet das nicht etwa, dass der Welt die neueste angesagte Wandfarbe entgeht. Es bedeutet, dass Menschen, Freunde, *sterben* werden!“

Faiths Mom antwortete nicht.

„Ich melde mich in ein paar Tagen. Bitte ruf mich nicht mehr an, es sei denn, es geht um Leben und Tod.“

„Gut.“

Die Verbindung wurde unterbrochen.

„Tut mir leid.“ Faith legte das Handy auf den Tisch und nahm ihre Cherry-Cola. „Meine Mutter ist eine Nervensäge.“

„Das ist rübergekommen.“

„Das Leben war nicht gut zu ihr. Teils hat sie es sich selbst eingebrockt, weil sie nicht immer kluge Entscheidungen trifft. Aber manches von dem, was sie durchgemacht hat, verdient wirklich niemand. Und sie …“, Faith zuckte mit den Schultern, „sie kann nicht gut loslassen. Mich. Und vor allem Hope.“

„Ich glaube, das Problem haben die meisten Mütter. Meine hat sich am Dienstag so aufgeregt, dass ich ihre Nummer stumm schalten musste.“

„Du bist angeschossen worden.“

Da hatte Faith natürlich recht. „Ich vermute, es geht um Hope und die Profile bei der Dating-Agentur?“

„Wir haben keine Chance. Entweder sie erstellt Profile für die Partnervermittlung und macht Andeutungen, wie gerne sie Enkel hätte, oder sie sagt, wenn wir nicht heiraten, sollten wir wieder zu ihr ziehen. Sie lässt immer mal wieder kleine

Bemerkungen fallen, dass sie einsam ist, dass es doch Geldverschwendung sei und so was."

„Sie nennt es Geldverschwendung, du nennst es eine gute Investition, um nicht wahnsinnig zu werden."

„Genau." Faith hob die Cherry-Cola-Flasche in seine Richtung wie zu einem Toast. „Ich liebe sie. Aber das heißt nicht, dass ich mit ihr zusammenleben kann. Und Hope braucht ihre Unabhängigkeit. Sie ist eine kluge Frau, die nun mal im Rollstuhl sitzt."

„Wo ist dein Dad?" Kaum waren die Worte heraus, da wusste Luke, dass er ins Fettnäpfchen getreten war.

Faith drückte ihre Flasche so fest, dass das Plastik mit einem lauten Geräusch protestierte.

„Sorry." Jetzt war Schadensbegrenzung gefragt. „Geht mich nichts an."

„Mein Vater" – Faith trank einen Schluck, als müsste sie einen schlechten Geschmack aus ihrem Mund spülen – „fand, dass seine erste Familie ein bisschen zu viel Arbeit war. Er ist bei dem Leben mit uns nicht auf seine Kosten gekommen. Schließlich hatte er eine Teenie-Tochter im Rollstuhl und seine Frau versuchte, damit fertigzuwerden, indem sie eine Expertin für Querschnittslähmung wurde und außerdem fünfzig Stunden die Woche als Innenarchitektin arbeitete. Sie hatte keine Zeit, sich um die Zufriedenheit ihres Gatten zu kümmern, und da hat er beschlossen, dass er sich das anders vorgestellt hat."

Was sollte man darauf erwidern?

„Er hat sich ein anderes Leben gesucht und mit Gail hat er es gefunden – einer Frau, die gerade mal zwei Jahre älter ist als ich."

Mist.

„Alles, was wir haben – meinen Beruf, Hopes Beruf –, haben wir uns ohne seine Hilfe erarbeitet. Er konnte schließlich unmöglich Geld entbehren, wo seine neuen Kinder, zwei Jungs, doch den besten Kindergarten und dann eine Privatschule besuchen mussten und außerdem Zahnspangen brauchten. Nicht, dass Hope oder ich so was jemals gebraucht hätten."

Die Säure in Faiths Worten hätte Marmor durchfressen können.

„Wenn du mir von Thad Baker und Michael Weaver erzählst – von Männern, die ihre Frauen geliebt haben, die für ihre Kinder da waren und viel gearbeitet haben, aber ihre Familien dabei nicht verlassen haben –, dann tue ich mich schwer mit dieser Vorstellung. Teilweise, weil ich nicht sicher bin, ob es solche Männer wirklich gibt. Aber wenn es sie gibt, wie kann Gott dann zulassen, dass sie gewaltsam aus diesem Leben gerissen werden, während der Typ, der genetisches Material zur Verfügung gestellt hat, um mich zu zeugen, immer noch wie ein Glückskind durch die Gegend läuft?"

Sie sah Luke an und zwei Jahrzehnte Schmerz schimmerten hinter ihren Wimpern. „Kannst du mir das erklären? Wenn es anständige Kerle gibt, warum dürfen die dann nicht am Leben bleiben und ihre Frauen lieben und Geburtstagsfeiern für ihre Kinder veranstalten? Warum können sie nicht ihre Töchter zum Altar führen? Warum darf ein Typ, dem seine Frau und seine zwei Töchter völlig egal sind, noch eine Familie 2.0 gründen, ohne irgendwelche Konsequenzen? Er ist stark, gesund und hat jede Menge Geld, während Thad Baker unter der Erde liegt und Michael Weaver im Leichenschauhaus. Wie kann das gerecht sein?"

Sie stellte die Colaflasche auf den Tisch und senkte den Kopf.

Luke schloss die Augen. *Herr. Kannst du mir helfen?*

Er öffnete die Augen und sah, dass Faith ihn anstarrte. „Ich erwarte keine Antwort. Ist wohl heute mein Tag für Wutanfälle und dramatische Auftritte. Ich sollte nach Hause fahren und morgen früh wiederkommen." Sie sprang vom Tisch und ging auf der anderen Seite um das Möbelstück herum, wo Luke nicht stand. „Ist halb neun okay? Ich bringe Kaffee und bessere Laune mit."

„Faith. Geh nicht."

Sie lächelte unendlich traurig. „Ist schon gut, Luke. Morgen." Dann verschwand sie zur Tür hinaus und er konnte ihre Schritte hören, als sie den ruhigen Flur hinunterging.

Sollte er ihr folgen? Sie aufhalten? Oder gehen lassen?

Luke rannte um den Tisch und auf den Korridor hinaus. Oder besser, er versuchte zu rennen, aber es war mehr ein krankes Humpeln. Bei der Wache am Ausgang holte er sie endlich ein. „Warte, Faith."

Sie drehte sich um. „Luke, ich will nicht –"

„Ich weiß. Und das müssen wir auch nicht. Ich wollte nur Danke sagen."

Faith runzelte die Stirn. „Wofür?"

„Dafür, dass du nicht aufgegeben hast. Dass du trotz deiner Zweifel an das Beste in den Menschen glaubst." Er zögerte. „Dafür, dass du mir das alles anvertraut hast. Ich kann dir nicht versprechen, dass ich auf alles Antworten habe, aber ich kann versprechen, dass du bei mir einen sicheren Raum hast, um mit diesen Fragen zu ringen."

Sie nickte.

„Und ich mag Kaffee mit Sahne."

Jetzt lächelte sie. Richtig. „Ich weiß. Gute Nacht."

Damit ließ er sie gehen. Aber er selbst verließ das Foyer erst, nachdem der Wachmann unter Faiths Auto nachgesehen hatte und ihre Scheinwerfer vom Parkplatz verschwunden waren. Und den ganzen Weg zurück zum Konferenzraum betete er.

Faith Malone hatte echt Probleme, aber sie war so was von heiß.

Und er war dabei, sich mächtig die Finger zu verbrennen.

17

Luke war ins Hotel zurückgekehrt und hing jetzt mit Zane und Tessa ab. Faith hatte darauf bestanden, in ihrem eigenen Haus zu übernachten, entweder, weil sie nicht glaubte, dass sie in Gefahr war, oder weil sie den Gedanken, ständig von anderen Menschen umgeben zu sein, so wenig ertrug, dass sie das Risiko einging.

Zane und er hatten um zehn Uhr die nötige Bettschwere gehabt und Tessa hatte sie damit aufgezogen, dass sie offensichtlich alt wurden, obwohl sie älter war als ihre beiden Kollegen. Es war Luke egal. Der Schlaf hatte ihm gutgetan, sowohl körperlich als auch mental, und als er aufwachte, war sein Kopf so klar wie seit Montagmorgen nicht mehr.

Tessa hatte Zane und ihn gegen halb acht ins Büro mitgenommen und jetzt waren sie alle in Jacobs Büro versammelt.

Jacob funkelte Zane an. „Was machst du eigentlich hier?"

„Wo soll ich denn sonst sein?", gab Zane zurück. „Mein Haus ist ein Trümmerhaufen. Mein Bett. Mein Kissen. Mein Auto. Alles weg."

Jacobs böser Blick verlor etwas von seiner Eindringlichkeit. „Ich meinte, dass du nicht hier zu sein brauchst. Ich bin sicher, es gibt Dinge, die du erledigen musst, was dein Haus betrifft."

„Das sollte man meinen, aber nein. Mein Haus ist immer noch ein Tatort. Mein Versicherungsmann kümmert sich. Luke hat mir angeboten, dass ich bei ihm wohnen kann, bis ich was Neues gefunden habe. Tessa hat mir geholfen, ein paar Klamotten online zu kaufen, und das Zeug wird hierher geliefert."

„Du brauchtest Hilfe, um was zum Anziehen zu bestellen?" Luke konnte sich den Seitenhieb nicht verkneifen.

„Nein, brauchte ich nicht." Zane fügte nicht das Wort *Idiot* hinzu, aber das war bei seinem Tonfall auch gar nicht nötig. „Aber Tessa ist fast wahnsinnig geworden, als ich versucht habe, ein paar Hosen im falschen Onlineshop zu kaufen, ohne irgendwelche Rabatte oder Gutscheine zu benutzen."

Das ließ Tessa nicht auf sich sitzen. „Egal. Wenn du dein Geld zum Fenster rauswerfen willst, nur zu. Mach doch, was du willst."

„Nein, nein. Schon gut." Zane hob die Hände, als wollte er sich ergeben.

„Wie viel hast du durch Tessa gespart?" Luke wusste, dass es eine Menge sein musste.

„Ungefähr dreitausend."

Jacob stieß einen Pfiff aus. „Kannst du mal mit meiner Frau sprechen, Tessa? Bitte!"

„Klar." Tessa sah aus, als wollte sie Zane die Zunge herausstrecken. „Ich helfe gerne."

Jacob räusperte sich. „Ein paar Dinge, bevor es zu hektisch wird. Erstens hat Karen beschlossen, die Beerdigung hier zu machen, aber es gibt ein Problem."

„Wenn wir zu einer öffentlichen Trauerfeier gehen", begann Zane.

„Sind wir leichte Beute", beendete Tessa den Satz.

„Bingo."

„Irgendwie habe ich mich noch nie als Beutetier betrachtet", sagte Luke.

Zane warf ihm einen mitfühlenden Blick zu und Tessa wollte gerade etwas hinzufügen, aber Jacob kam ihr zuvor. „Die Beerdigung ist erst nächsten Mittwoch. Michaels Schwester ist Missionarin in einem entlegenen Dorf in einer der ehemaligen Sowjetrepubliken. Sie konnten sie erst am Mittwochabend erreichen und vor Montag kann sie nicht in den Staaten sein. Karen weiß von dem Problem, wenn wir teilnehmen, und dass die Trauerfeier zur Zielscheibe werden könnte. Deshalb gibt sie den Termin auch erst am Montag bekannt. Wenn wir den Typen vorher kriegen, können wir vielleicht hingehen."

„Also gar kein Druck." Luke konnte sich nicht vorstellen, bei Michaels Beerdigung zu fehlen.

„Jareds Eltern wollen am Samstag hier eine öffentliche Totenwache veranstalten, gefolgt von einem Gottesdienst im kleinen Kreis am Grab in Milwaukee am Sonntag. Auf keinen Fall können wir bei der Feier hier dabei sein, das wird niemals genehmigt. Aber auch wenn es Bedenken gibt, was die Sicherheit betrifft, sind wir zu dem Gottesdienst in Milwaukee eingeladen, und die Kollegen vor Ort arbeiten an entsprechenden Schutzmaßnahmen. Der Friedhof ist irgendwo in der Pampa und es wird ein Radius von 2 Kilometern abgesperrt, damit niemand gefährdet wird. Charles Campbell hat allen Sicherheitsvorkehrungen zugestimmt, die wir für den Flug treffen wollen. Der Plan ist, dass wir am Sonntagmorgen fliegen, aber behaltet das für euch. Das Ziel ist, zu verschwinden und wiederzukommen, ohne dass jemand überhaupt merkt, dass wir weg waren."

„Was für ein Glück, dass wir wissen, wie man bekannte Leute mit öffentlichen Terminen beschützt." Luke klang nicht so, als wäre er besonders glücklich.

„Der Unterschied ist", sagte Jacob, „dass wir bei einer potenziellen Gefahr die Promis bitten, ihre Pläne zu ändern. Aber warten wir Sonntag ab und entscheiden dann."

Alle nickten zustimmend. Was blieb ihnen auch anderes übrig?

„Zane, schon dich. Luke, schon dich. Tessa, lass dich nicht abknallen." Jacob zeigte nacheinander auf sie. „Ich bin es leid, meine Leute im Krankenhaus zu besuchen. Und jetzt macht euch an die Arbeit."

Tessa sprang von ihrem Stuhl hoch, als hätte eine Sprungfeder sie hochgeschleudert. Luke stützte sich auf die Armlehne seines Stuhls und richtete sich mit ihrer Hilfe auf. Zane stöhnte, beide Hände auf seinen Armlehnen, und zog sich mühsam hoch, während ein Zischen zwischen seinen zusammengebissenen Zähnen entwich.

Jacob rieb sich den kahlen Schädel. „Luke. Hast du einen Moment?"

Luke wartete.

„Ich mach das nicht gern, aber ich muss dich bitten, Zane und Tessa im Auge zu behalten. Tessa ist noch ziemlich unerfahren und Zane ist schwerer angeschlagen, als er wahrhaben will. Ich weiß, dass du auch nicht hundertprozentig fit bist, aber –"

„Kein Problem. Ich kümmere mich drum."

Jacob grunzte. „Wie läuft es eigentlich mit dem FBI? Ich habe gehört, Malone war gestern Abend eine Zeit lang hier."

„Wir kommen gut klar." Luke warf einen Blick auf sein Handy. „Sie wollte gegen halb neun hier auflaufen, damit wir uns gegenseitig auf den aktuellen Stand unserer Erkenntnisse bringen können."

„Haltet mich auch auf dem Laufenden."

Luke verließ Jacobs Büro und ging zum Besprechungsraum. Auf dem Weg blieb er bei Martys Schreibtisch stehen. „Marty?"

„Ja?" Marty war nicht so frech und fröhlich wie sonst. Das musste sich ändern.

„Ich will ja keine Nervensäge sein –"

„Du wurdest als Nervensäge geboren", entgegnete sie.

„Okay, Schlaumeierin. Wo ist mein Kuchen?"

„Was?"

„Du brauchst gar nicht so unschuldig zu gucken, Marty. Wir hatten eine Abmachung. Du schuldest mir einen Schokoladenkuchen. Ich träume schon davon, wie lecker ein schönes Stück Kuchen wäre mit einer heißen –"

Marty griff unter ihren Schreibtisch und holte eine große Dose heraus.

Luke legte eine Hand aufs Herz. „Ist es das, was ich glaube?"

Marty nahm den Deckel ab und der Schokoladenkuchen kam zum Vorschein. „Ich halte mein Wort. Und ich habe sogar daran gedacht, dass du ihn am liebsten ohne Glasur oder auch nur Puderzucker magst." Sie setzte den Deckel wieder auf die Form und reichte sie Luke.

„Ich liebe dich", sagte Luke, während er den Kuchen entgegennahm.

Marty grinste spöttisch. „Meinst du mich oder den Kuchen?"

„Beide." Luke zwinkerte ihr zu und sie wandte sich wieder ihrem Computer zu.

Er hatte noch keine drei Schritte den Flur hinunter gemacht, als sie seinen Namen rief. „Der Kuchen ist noch warm und auch wenn er dir gehört, teilst du besser mit uns, wenn du deinen Job behalten willst. Nervensäge."

„Wer ist eine Nervensäge?" Faiths lachende Stimme drang vom Foyer herüber. Luke drehte sich um und wartete, während Faith zwei Tabletts mit heißen Getränken zu Martys Schreibtisch trug.

„Special Agent Luke Powell. Nervensäge extraordinaire." Marty verdrehte die Augen in seine Richtung. „Wie geht es Ihnen heute, Agent Malone?"

„Faith ist mir lieber. Und danke. Ich wusste nicht, welche Lieblingsgetränke alle haben, also habe ich eine Palette mit verschiedenen Getränken mitgebracht. Hast du Interesse an einem Latte macchiato mit Vanille? Oder einem Mokka?"

Und schon hatte Faith Marty um den Finger gewickelt. So schnell hatte Luke das noch nie gesehen. Aber Marty liebte Großzügigkeit und Faith hatte bei ihrem Kaffeekauf an sie gedacht.

„Ich nehme gerne einen Mokka." Marty stand auf und trat auf Faith zu. „Warte, ich helfe dir damit." Gemeinsam stellten sie die Becher auf die Ablage vor Martys Schreibtisch und suchten die Beschriftung nach einem Mokka ab. „Sieh mal einer an: schwarzer Kaffee mit Sahne, auf dem schon Lukes Name steht."

Luke konnte die Zahnräder in Martys Hirn förmlich rattern hören. Es wurde Zeit, dass er Faith von hier wegbrachte. „Super. Der passt hervorragend zu dem Kuchen, den du für mich gebacken hast."

Vielleicht spürte sie auch, dass Marty gleich zuschlagen würde. Oder sie war wirklich neugierig. Jedenfalls half Faith dabei, Marty abzulenken. „Du hast einen Kuchen für Luke gebacken, Marty? Das ist aber lieb."

Marty musterte Faith und Luke mit unverhohlener Neugier. „Ähm. Also gut. Ja, hab ich. Es ist sein Lieblingskuchen. Und er ist die perfekte Ergänzung zu dem Kaffee, den du extra für Luke geholt hast." Es klang wie eine Herausforderung, aber Faith war so schlau, nicht anzubeißen.

„Toll. Ich nehme den Kaffee mit in den Besprechungsraum." Sie wandte sich an Luke. „Meinst du, Jacob möchte auch einen Kaffee? Ich habe zwei schwarze –"

„Er trinkt auf jeden Fall schwarz. In seinen Augen ist Sahne was für Schwächlinge. Lass uns alles rübertragen, dann bringe ich ihm einen Becher." Auf keinen Fall würde er Faith allein bei Marty zurücklassen, während Marty sich einen Spaß mit zweideutigen Bemerkungen machte.

Sie stellten Kuchen und Kaffee auf den Tisch im Besprechungsraum und Luke holte ein Plastikmesser aus einer der Schubladen in der Anrichte. Er hatte gerade das erste Stück Kuchen auf eine Serviette getan, als Jacob hereingeschlendert kam. „Ich habe gehört, es gibt Kaffee und Kuchen."

Luke schwenkte das Messer in nur halb vorgetäuschter Empörung. „Das ist mein Kuchen!"

„Gib her.“

Luke schob das Stück Kuchen über den Tisch und Jacob nahm es zusammen mit dem Kaffee, den Faith ihm reichte. Mit einem kurzen Dank verließ er den Raum und brüllte dann: „Kaffee und Kuchen im Besprechungsraum“, während er den Flur hinunterging.

„Jetzt werden die Geier über uns herfallen.“ Luke schnitt weitere Kuchenstücke ab.

Und tatsächlich erschienen wenige Augenblicke später Zane und Tessa.

„Danke für den Kaffee, Faith. Das wäre aber nicht nötig gewesen.“ Tessa nahm einen Becher von dem Papptablett, las die Beschriftung und lächelte. „Wie ich ihn am liebsten mag.“

„Nachdem du solche Werbung dafür gemacht hast, musste ich ihn einfach probieren.“ Faith aß einen Bissen von dem Kuchen und verdrehte die Augen. „Du liebe Güte.“ Sie lief auf den Gang hinaus und Luke wollte einerseits wissen, was sie vorhatte, andererseits hätte er sich gerne ebenso schnell bewegt.

Er musste nicht lange warten.

„Marty! Dieser Kuchen! Der ist ein Gedicht!“ Faiths Stimme drang von draußen herein. „Gibst du mir das Rezept? Meine Schwester wird ganz verrückt danach sein. Ihre Blutgruppe ist Schokolade.“

Luke war schon vorhin aufgefallen, dass Faith sie Marty genannt hatte, und weder da noch diesmal hatte Marty sich beschwert. Faith übte ihren Zauber nicht nur auf ihn aus.

*

Faith starrte auf die kleine Papierserviette und den Schokoladenrest darauf, während sie krampfhaft überlegte, wie sie den auch noch verzehren konnte, ohne die Serviette abzulecken.

„Möchtest du noch ein Stück?“ Luke ließ das Messer über dem Kuchen schweben, ein spöttisches Grinsen im Gesicht. „Das schmeckt mit Sicherheit besser als die Serviette.“

Woher wusste er, was sie gedacht hatte? „Nein. Vielleicht später.“ Auf jeden Fall später.

Er packte den Kuchen ein und wischte die Krümel vom Tisch. Das tat er sehr gründlich, indem er sogar eine Serviette nass machte, um einen klebrigen Fleck zu entfernen. Dann warf er die Serviette in den Mülleimer und behauptete, es sei ein Drei-Punkte-Wurf, bevor er sich auf einem Stuhl niederließ und einen zusammengehefteten Stapel Papier aus einer Akte nahm. „Ich hatte gestern einen ergiebigen Tag.“

„Lass hören. Ich will loslegen.“ Faith brauchte gute Nachrichten. Eine Spur in ihrem Fall. Irgendwas, was nicht ihre zunehmende Gewissheit verstärkte, eine Versagerin zu sein.

„Wir wissen möglicherweise, wer die Frau in dem Auto war und warum Thad sich mit ihr getroffen hat.“

„Was? Wie? Wer? Wann?“

Luke berichtete von seiner Unterhaltung mit Rose Baker, den DNA-Ergebnissen, der Tatsache, dass Park Mi Cha Thad Bakers entfernte Verwandte war, und von seinem Telefonat mit Sabrina Campbell.

„Sabrina hat mich gestern Abend zurückgerufen, nachdem du weg warst. Noch keine hieb- und stichfesten Beweise dafür, dass sie an jenem Abend bei Thad war, aber Sabrina konnte mir sagen, dass Park Mi Cha an dem Abend, als Thad getötet wurde, auf einem Nachtflug sein sollte. Sie ist nicht in den Flieger gestiegen und wenn sie nicht unter falschem Namen gereist ist, hat sie die Staaten nicht verlassen, obwohl ihr Visum abgelaufen ist.“

„Das kann kein Zufall sein“, antwortete Faith.

„Das sehe ich auch so. Sabrina hat mir den Namen von Mi Chas Arbeitgeberin gegeben und von einem Bekannten. Wir treffen uns um zehn Uhr mit Ivy Collins, Geschäftsführerin der Hedera, Inc., bei der Mi Cha Praktikantin war.“

„Das ist fantastisch!“ Faith ließ sich von Lukes Begeisterung anstecken. „Ich weiß, dass ihr gut darin seid, Nachforschungen über Ausländer anzustellen, aber wenn es etwas gibt, was das FBI tun kann …“

„Könnte sein.“

Wow. Luke war immer für Überraschungen gut. „Schieß los“

„Sabrina sagt, der Bekannte sei ein Buchhalter namens David Lee, und sie glaubt, dass er in der Nähe von Washington D. C. wohnt. Sie hat Fotos geschickt. Er hat ein markantes Tattoo am Hals. Wir suchen ihn, aber er hat nicht solche Spuren hinterlassen wie Mi Cha. Ein Problem ist, dass unsere Agenten in D. C. gerade bis über beide Ohren in Arbeit stecken, weil der französische Präsident auf Staatsbesuch ist. Und ich kann in meinem jetzigen Zustand nicht da hinfahren und an die Tür klopfen. Aber deine Leute können das.“

„Ich kümmere mich darum. Das sind wirklich sehr gute Neuigkeiten.“ Faith machte sich einige Notizen auf ihrem iPad „Merkwürdig, dass niemand diese Frau Park Mi Cha als vermisst gemeldet hat. Wie ernsthaft wurde überlegt, ob der Anschlag vielleicht der anderen Person im Wagen galt und nicht Thad?“

„Wir haben es hier in Betracht gezogen, aber du musst Agent Estes fragen, wie viel sie von dieser Idee gehalten hat.“ Lukes Abneigung gegen Janice war nicht zu übersehen. „Sie lässt sich nicht gerne in die Karten gucken und sie schien davon überzeugt, dass Thad eine Prostituierte bei sich hatte. Dann wäre sie höchstwahrscheinlich nicht das Ziel des Anschlags gewesen. Und es stimmt natürlich, dass es Thads Auto war, an dem die Bombe angebracht war, und nicht ihres.“

Faith ließ die Informationen über Park Mi Cha und David Lee sacken. Es beantwortete nicht alle ihre Fragen, aber wenigstens war es eine solide Fährte. Endlich.

Luke legte den Kopf ein wenig schief. „Ich habe eine Frage."

Etwas daran, wie er das sagte, machte Faith nervös und sie wappnete sich für das, was er gleich sagen würde. „Okay."

„Warum haben sie dir nicht sofort Thads Fall übergeben?"

„Was?"

„Wenn sie dir unseren Fall übertragen haben, warum weißt du dann so wenig über den Anschlag auf Thad? Warum hast du da nicht ermittelt?"

„Hope war krank. Sie ist sehr selbstständig. Die meisten Dinge ihres Lebens bekommt sie super hin, aber wenn sie krank ist, kann es kompliziert sein. Sie war dehydriert und hatte eine üble Lungenentzündung, deshalb war sie ein paar Tage im Krankenhaus. Als der Anschlag auf Thad verübt wurde, war ich nicht mal im Büro." Warum erzählte sie ihm das eigentlich alles? Und warum konnte sie sich nicht zusammenreißen? „Auf der Arbeit rede ich nicht über Hope, deshalb dachten die meisten Kollegen, ich wäre im Urlaub."

„Warum redest du nicht über Hope?"

„Erstens ist sie ein Mensch, und keine Statistik oder ein Mitleidsobjekt. Es ist ihr Leben und ihr gesundheitlicher Zustand geht meine Kollegen nichts an. Du würdest staunen, was für Fragen Leute für angemessen halten, nur weil jemand im Rollstuhl sitzt. Außerdem ist sie Anwältin und manchmal sind FBI-Agenten nicht scharf auf Juristen."

„Aber dein Boss weiß Bescheid, oder?"

„Dale weiß alles über Hope, aber ich will –"

„Du willst, dass die Leute in deinem Team dich nach deiner Arbeit beurteilen und nicht nach irgendwas anderem." Es war keine Frage, sondern eine Aussage.

„Wenn ich bei der Arbeit bin, zählt sonst nichts."

„Du bist mehr als deine Arbeit, Faith. Du darfst ein Leben haben. Ein echtes."

„Das weiß ich."

„Klar." Luke gab sich keine Mühe, seinen Sarkasmus zu verbergen.

„Ich finde nicht –"

„Schämst du dich für deine Schwester?"

„Nein!"

„Aus deinem Verhalten könnte man schließen, dass du versuchst, deinen eigenen Ruf zu schützen, indem du anderen nichts von Hope erzählst, und das könnte bedeuten, dass dir irgendetwas an ihr peinlich ist. Aber ich glaube nicht, dass das stimmt. Ich vermute eher, dass du befürchtest, wenn du deine menschliche Seite zeigst, könnten sie dir die Arbeit nicht zutrauen und dir keine wichtigen Fälle übertragen."

„Ich –" Faith konnte dieser lächerlichen Vermutung ein Argument entgegenhalten. Mit Sicherheit. Warum fiel es ihr dann nicht ein?

„Du warst nicht im Büro und hast einen großen Fall verpasst. Vielleicht den wichtigsten Fall, den dein Team seit Langem hatte. Und dann hat Agent Estes ihn bekommen. Eine Agentin, die du für inkompetent hältst. Das heißt, du hast nicht nur einen wichtigen Fall verpasst, sondern musstest auch noch zusehen, wie jemand mit weniger Fähigkeiten die Gelegenheit hatte zu glänzen." Luke musterte sie mit nachdenklicher Miene. „Ich wette, sie hat dir das auch gründlich unter die Nase gerieben, oder?"

Autsch. „Mir ist egal, dass jemand anders den Fall bekommen hat. Ich will aber, dass er ordentlich bearbeitet wird."

„Okay." Luke täuschte ein Husten vor. „Natürlich. Ich glaube, dass du deine Schwester mehr als jeden anderen Menschen auf diesem Planeten liebst. Ihr beide wart euch schon immer nahe, aber der Verrat deines Vaters und der" – er suchte nach den richtigen Worten – „ungewöhnliche Erziehungsstil deiner Mutter haben euch gemeinsame Feinde und gemeinsame Ärgernisse geliefert und Hope ist der einzige Mensch, der dich versteht. Ich wette, ihr kannst du alles sagen. Vor ihr brauchst du dich nicht zu verstellen. Aber du fühlst dich auch für sie verantwortlich. Du würdest Karriere, Beziehungen, Arbeitsplatz, einfach alles für sie opfern, aber ich wette, das will sie gar nicht." Luke kratzte sich am Kinn. „Du musst mir nicht bestätigen, dass ich recht habe. Das weiß ich schon."

Das reichte jetzt aber an Psychoanalyse. „Und was hat das alles mit diesem Fall zu tun?"

„Es hat nicht unmittelbar was damit zu tun. Aber ich habe mich gefragt, wie jemand, der offensichtlich so fähig ist, übergangen wurde. Und nur damit du es weißt: Ich bin froh, dass du meinen Fall bekommen hast."

Die Bemerkung war beinahe zu beiläufig. So als wollte er noch mehr sagen, etwas Wichtiges, aber zugleich keine große Sache daraus machen. Aber das war es.

Luke fuhr fort: „Zum einen treibt diese Janice Estes mich in den Wahnsinn. Aber vor allem bin ich froh, weil du so gut bist. Dir sind die Menschen wichtig. Du konzentrierst dich aufs Wesentliche. Du willst deinen Job machen, und zwar gut. Dir reicht es nicht, den Fall nur aufzuklären. Du willst hieb- und stichfeste Beweise. Und das weiß ich zu schätzen."

In diesem Moment klingelte Lukes Handy. Er warf einen Blick auf das Display und riss die Augen auf, während er einen Finger hob und sagte: „Hallo. Alles in Ordnung?"

Faith nutzte die Gelegenheit, um einen großen Schluck Cherry-Cola zu trinken. Warum fühlte sie sich immer emotional durch die Mangel gedreht, wenn sie mit Luke sprach? Vor dreißig Sekunden hätte sie ihn noch erwürgen können. Und jetzt? Sie musterte sein Profil, als er sich am Tisch vorbeugte und eifrig schrieb. Kantige Züge. Ein leichter Bartschatten, angesichts dessen Faith sich fragte, ob er an diesem Morgen vergessen hatte, sich zu rasieren. Oder es absichtlich vergessen hatte. Die Muskeln seines Unterarms traten sichtbar hervor, während er den Stift zwischen seinen langen Fingern hielt. Insgesamt hatte er die Figur eines Läufers. Groß, drahtig, muskulös.

Und dickköpfig.

Nichts von dem, was er über Hope gesagt hatte, gefiel Faith, aber vor allem missfiel ihr, wie viel er aus ihrem Verhalten hatte schließen können. Gegen den letzten Teil hatte sie allerdings nichts einzuwenden.

Er beendete das Gespräch und legte das Telefon auf den Tisch. „Das war Rose Baker. Sie geht gerade Thads Sachen noch mal durch und hat nichts gefunden, aber wenn wir heute Abend vorbeikommen und selbst nachsehen wollen, können wir das gerne tun. Bobby und Betsy haben einen Freund, der bei einem Theaterstück mitspielt, das sie sich ansehen, sodass wir zwischen sechs und neun sturmfreie Bude haben."

Luke tippte mit dem Stift auf den Tisch. „Du solltest wissen, dass sie mir gesagt hat, dass Agent Estes unter keinen Umständen ihr Haus betreten soll."

Faith versuchte, nicht spöttisch zu grinsen, aber es gelang ihr nicht.

Luke lachte nicht. „Außerdem hat sie gesagt, nur ich soll an ihrem Fall arbeiten, und dich will sie auch nicht sehen."

Okay, das war nicht so witzig.

„Das Angebot, dass ich dich mitnehmen kann, ist ein großer Schritt für sie. Wenigstens besteht sie nicht darauf, dass ich allein komme. Könntest du dich heute Abend freimachen?"

Welchen Sinn hätte es, irgendwelche Pläne vorzutäuschen? „Ja."

18

Luke sah auf seine Armbanduhr. Ivy Collins, Park Mi Chas Chef, müsste in einer Stunde hier sein. Faith telefonierte. Er könnte an seinem Schreibtisch arbeiten, aber er wollte nicht an seinen Arbeitsplatz zurück. Es war zu still dort. Zane und Tessa waren da, aber ohne Gil und Jared und Thad fühlte sich das Großraumbüro riesig und leer an. Einsam.

Zu allem Überfluss hatten Zane und Tessa sich gerade gestritten und die Anspannung war spürbar. Vielleicht hatte Faith recht und da war mehr als Freundschaft zwischen den beiden, aber Luke sah das anders. Es fühlte sich mehr wie eine Meinungsverschiedenheit unter Geschwistern an. Außerdem war Tessa ehrgeizig. Anstrengend. Im Vergleich zu ihr wirkte Faith geradezu entspannt. In ihrem Terminkalender war kein Platz für eine Beziehung. Und Zane war auch nicht auf der Suche. Er würde bald gehen. Wenn sie diesen Fall überlebten und Zane die Chance hatte, zum Personenschutz zu wechseln, würde er bereits im Sommer versetzt werden.

Bei dem Gedanken wurde Luke ganz anders. Umzüge gehörten zu diesem Beruf dazu, aber er hatte nicht damit gerechnet, dass er die Art Freundschaften schließen würde, die er hier in Raleigh gefunden hatte. Oder dass er sich wünschen würde, sie könnten als Gruppe zusammenbleiben.

Er warf einen Blick zu Faith hinüber. Oder dass es jemals irgendwelche FBI-Agenten geben könnte, die er mochte. Und zwar sehr. Wie war das eigentlich passiert? Er riskierte noch einen verstohlenen Blick. Obwohl er, wenn sie in diesem Arbeitsmodus war, sie auch offen anstarren könnte, ohne dass sie es bemerkte. Sie wusste nicht einmal, dass er im selben Raum war. Ihre adlerartige Konzentration war beeindruckend und Furcht einflößend.

Und ein bisschen frustrierend.

Was hatte er davon, wenn er sie mochte, sie ihn aber gar nicht auf diese Weise wahrnahm? Und wenn oder falls sie es doch tat, was sollte daraus werden? Abgesehen von der ärgerlichen Tatsache, dass sie beim FBI war, gab es auch noch die Tatsache, dass ihre berufliche Laufbahn sie in unterschiedliche Richtungen führen würde – eher früher als später.

„Luke?" Faith blickte nicht von ihrem Laptop auf.

„Ja?"

„Was weißt du über Ivy Collins?"

„Nicht mehr als das, was auf der Firmen-Homepage steht. Ich hatte vorher noch nie von ihr gehört, aber offenbar ist sie eine große Nummer. Warum? Hattest du schon mal mit ihr zu tun?"

„Ich habe einen Vortrag von ihr gehört. Das war bei einer Benefizveranstaltung, bei der ich mit Hope war. Sie engagiert sich gesellschaftlich. Und ist für eine so verantwortungsvolle Position noch ziemlich jung. Doktor in Biochemie oder Mikrobiologie. Das weiß ich nicht mehr genau. Ihre Firma ist wohl führend in der biomedizinischen Forschung. Sie ist erst Anfang 30, sehr gut betucht, Wissenschaftlerin mit Unternehmergeist." Faith lehnte sich auf ihrem Stuhl zurück. „Ein Familienmitglied hatte eine Menge gesundheitliche Probleme und deswegen ist sie in die Forschung gegangen. Irgendwann hat sie dann festgestellt, dass sie zwar eine gute Wissenschaftlerin ist, aber eine noch bessere Unternehmerin, die mit einer eigenen Firma noch mehr erreichen kann."

„Beeindruckend."

„Schon." Faiths widerwillige Bewunderung verwirrte Luke.

„Meinst du nicht?"

„Doch, natürlich. Sehr beeindruckend."

„Wo ist dann das Problem? Glaubst du, sie ist nicht so gut, wie sie zu sein scheint?“

„Ist dir klar, dass sie ungefähr in meinem Alter ist und die Welt verändert?“ Faith zog eine missmutige Grimasse. „Da komm ich mir wie eine Faulenzerin vor.“

Luke versuchte, sie nicht mit offenem Mund anzustarren. „Jetzt bist du aber wirklich zu streng mit dir selbst. Wer vergleicht euch beide denn? Niemand außer dir.“

Faith schnaubte verächtlich. „Ich habe eben hohe Erwartungen an mich selbst.“

Luke musterte sie, froh über die Gelegenheit, sie anzusehen, ohne es heimlich tun zu müssen. Was ging wohl in ihrem Kopf vor sich? Entspannte Faith sich überhaupt jemals? „Was machst du eigentlich so zum Vergnügen?“

Faiths Finger hielten auf der Tastatur inne. „Warum willst du das wissen?“ In jedem ihrer Worte schwang Misstrauen mit.

Luke hob die Hände. „Ich bin nur neugierig. Abgesehen von der Arbeit und dem, was du mit Hope zusammen machst, was machst du in deiner Freizeit?“

„Ich habe nicht viel Freizeit.“

Sie sagte es nicht wie eine Märtyrerin. Eher wie ein Kreuzritter. „Komm schon, Faith. Tu mir den Gefallen.“

„Ich arbeite.“ Sie sagte nicht: „Lass mich in Ruhe“, aber er war sicher, dass sie genau das dachte.

„Ich auch, aber es ist doch keine komplizierte Frage.“ Er stand auf und ging zu ihr. „Ich zeige dir, wie das geht. Ich heiße Luke und wenn ich ausnahmsweise mal freihabe, tauche ich gerne. Ich habe schon ein paarmal beim Triathlon mitgemacht, aber vor allem laufe ich gerne und fahre Mountainbike. Wenn ich zu Hause bin, lese ich und ich baue gerne Dinge. Mein Haus habe ich bei einer Zwangsversteigerung gekauft und einen Großteil inzwischen renoviert. Wenn ich Raleigh irgendwann verlasse, kann ich es bestimmt mit Gewinn verkaufen.“

Er schnipste mit den Fingern. „Ach ja, und ich gehe gerne mit meinen Neffen ins Kino, aber nicht mit meiner Nichte."

Darüber musste Faith lachen. Sie hatte Lukes Schwester und ihre Familie im letzten Jahr kennengelernt, als sie ihr Team beim Drachenbootrennen angefeuert hatten. „Wieso denn? Magst du keine Prinzessinnenfilme?"

„Ich schon, aber sie nicht."

„Warum gehst du dann nicht gerne mit ihr hin?"

„Sie gibt mir nichts von ihrem Popcorn ab."

Jetzt lachte Faith laut auf. Ein echtes Lachen, das alles an ihr weicher, wärmer und unglaublich attraktiv machte. Luke lehnte sich an den Tisch, einen halben Meter von ihr entfernt. „Siehst du. Ist doch gar nicht so schwer. Jetzt bist du dran."

Faith fuhr sich mit dem Handrücken über die Augen, während das Lächeln auf ihren Lippen blieb. „Ich bin ziemlich langweilig. Ich rudere. Das war's schon."

„Das mit dem Rudern weiß ich bereits. Aber ich frage noch mal. Wenn du abends nach Hause kommst und mit der Arbeit fertig bist …" Als sie nicht antwortete, hakte Luke nach. „Das ist die Stelle, an der du den Satz weiterführst."

Faith wandte sich wieder ihrem Laptop zu. „Ich bin nie mit der Arbeit fertig."

„Hast du keine Hobbys?"

Eine ihrer Schultern hob sich halbherzig.

„Du musst irgendwas haben. Was ist es?"

„Nichts. Ich bin nicht gut in irgendwas anderem."

„Wer hat denn gesagt, dass du gut sein musst? Gibt es nichts, was du gerne machst?"

Wieder das halbe Schulterzucken. „Ich lese."

„Wenn du jetzt sagst, dass du nur Bücher über effizientes Arbeiten und Kriminalwissenschaften liest, kriege ich die Krise."

Faith warf eine aufgerollte Serviette nach ihm. „Und was ist, wenn ich dir sage, dass ich erotische Liebesromane lese?"

„Dann würde ich sie mir ausleihen.“

Faith riss erstaunt die Augen auf. „Luke Powell! Du bist furchtbar.“ Sie warf noch eine Serviette in seine Richtung. Hatte sie einen größeren Vorrat davon angelegt?

Er fing die Serviette auf und warf sie zurück. „Komm schon, Malone. Was liest du?“ *Bitte keine Nackenbeißer.*

„Was spielt das für eine Rolle?“

Luke schoss zurück: „Warum machst du so ein Drama daraus?“

Faith bewegte langsam den Kopf hin und her, ohne ihn anzusehen, während ihre Lippen belustigt zuckten. „So macht es mehr Spaß.“

„Dir vielleicht.“

Jetzt lachte Faith tief und kehlig. „Du bist so leicht auf die Palme zu bringen.“

„Es macht dir also Spaß, mich zu ärgern? Das ist dein Hobby?“ Luke äffte Faith mit einer völlig unnatürlich hohen Stimme nach. „Hi, ich heiße Faith. Zum Spaß versuche ich, Luke so oft wie möglich auf die Palme zu bringen.“

Faith grinste. „Ist als Hobby genauso gut wie jedes andere. Ich mache es noch nicht sehr lange, aber ich habe das Gefühl, dass ich ganz gut werden könnte, wenn ich genug übe. Meine Technik perfektioniere.“

Warum schien die Vorstellung, dass Faith ihn ständig ärgerte, so … attraktiv? Luke konnte es sich nicht verkneifen. Er stieß sich vom Tisch ab und beugte sich vor. „Du musst aufpassen. So ein Hobby kann zu einer dauerhaften Besessenheit werden.“ Er zwinkerte und suchte ihren Blick. *Du bist dran, Malone.*

Er erwartete, dass sie zurückweichen würde, aber sie beugte sich ebenfalls vor, bis ihr Gesicht nur noch wenige Zentimeter von seinem entfernt war. Ihre Stimme war heiser, als sie flüsterte: „Das Risiko muss ich wohl eingehen.“

Würde sie?

Würde er?

Sie starrten einander in die Augen, weil keiner von beiden bereit war, als Erster wegzusehen oder sich zu bewegen.

„Luke, hast du –" Zanes Stimme verstummte plötzlich. „Oh. Entschuldigt. Ich komme später wieder."

Faith saß mit dem Rücken zur Tür, aber sie hatte sich nicht gerührt, als Zane hereingekommen war, und Luke tat es ihr gleich. Jetzt zog sie kaum merklich eine Augenbraue hoch, als wollte sie ihn herausfordern, zu reagieren. Luke ignorierte Zane und beugte sich noch ein paar Millimeter weiter vor. „Diese Unterhaltung ist noch nicht beendet." Er bemerkte einen Anflug von Erstaunen – oder war es Vergnügen? Jedenfalls war das, was er in Faiths Augen sah, keine Angst oder Verärgerung.

„Was kann ich für dich tun, Kumpel?" Luke stieß sich von der Tischkante ab und sprach entspannt und ruhig. Währenddessen ging er zur Anrichte, auf der ein Wasserkrug stand, und schenkte sich ein Glas ein, als wäre es Teil seiner gewöhnlichen Routine, Faith Malone so nahe zu sein, dass er ihr Shampoo riechen konnte.

Zane versuchte nicht, seine Reaktion zu verbergen, und sah Luke mit einer Mischung aus Belustigung und Schock an. „Äh, also, ich …" Zane warf einen Blick auf Faiths Hinterkopf und sah dann wieder Luke an. Dann presste er die Lippen zusammen. Luke war nicht sicher, ob er verhindern wollte, dass er etwas Anzügliches sagte, oder ob er versuchte, nicht zu lachen. Beides war möglich. „Ich habe mich gefragt, ob du meinen Regenschirm gesehen hast."

„Wozu brauchst du einen Regenschirm?"

„Na ja, er gehört mir, das wäre ein Grund, aber außerdem muss ich zum Arzt. Und würde auf dem Weg zum Auto lieber nicht klatschnass werden."

„Ich habe gar nicht gemerkt, dass es regnet."

„Das wundert mich nicht. Du scheinst außerhalb dieses Raums nicht viel zu bemerken.“ Zane grinste spöttisch.

Luke biss nicht an. „Brauchst du eine Mitfahrgelegenheit?“

„Bietest du deine Dienste als Chauffeur an? Soweit ich weiß, hast du kein Auto, und du sollst sowieso noch nicht fahren.“

„Auch wieder wahr. Dein Schirm ist in der Ecke bei Martys Schreibtisch.“

„Danke.“ Zane wandte sich zum Gehen.

„Kommst du wieder hierher?“

Zane blieb an der Tür stehen. „Wo soll ich denn sonst hin?“

Darauf hatte Luke auch keine Antwort und als Zane den Raum verließ, spürte er, dass Faith ihn ansah. Als er sich zu ihr umwandte, war von dem Necken und Flirten von vorhin nichts mehr zu sehen. Sie war wieder ganz sachlich. „Ivy Collins.“

„Ivy Collins.“ Vielleicht konnte sie ihnen erzählen, wer Park Mi Cha war.

*

Eine neue Stimme drang über den Flur herüber. Hell. Weiblich. Südstaatenakzent.

9:55 Uhr.

„Sie ist pünktlich.“ Luke murmelte die Worte, während er sein Glas an den Mund führte.

Seit Zane sich auf den Weg zu seinem Arzttermin gemacht hatte, war Luke ganz sachlich und professionell, und darüber war Faith froh. Na ja, teilweise.

Luke war eine echte Ablenkung. Egal, wie sehr sie sich bemühte, ihn zu ignorieren, wenn er im selben Zimmer war, spürte sie seine Gegenwart. Die Art, wie er den Stift zwischen den Fingern drehte, wenn er auf den Computer starrte. Oder wie er auf seinem Stuhl ständig seine Position veränderte, was ihm wahrscheinlich gar nicht bewusst und vermutlich auch nicht normal für ihn war. Es musste schwierig sein, einigermaßen bequem zu sitzen, wenn seine diversen Verletzungen mit Hose und Poloshirt in Berührung kamen.

Aber es war nicht nur das. Manchmal fühlte sie, dass er sie ansah, und sie musste sich zwingen, nicht aufzublicken und ihn dabei zu ertappen. Es erschwerte die Konzentration ungemein, wenn sie immerzu daran denken musste, wie es wohl wäre, so einen Mann ständig um sich zu haben.

Nicht, dass sie einen Mann brauchte, aber sie hatte auch nie gedacht, dass sie einen wollte – und jetzt war sie da nicht mehr so sicher.

Das Telefon klingelte und Luke ging dran. „Bin gleich da." Er legte den Hörer wieder auf. „Ich gehe sie holen."

Er stand auf und seine ganze Persönlichkeit veränderte sich. Jetzt war er nicht mehr Luke. Er war US Secret Service Special Agent Luke Powell und er war auf Antworten aus.

Zwei Minuten später führte Luke Ivy Collins in den Besprechungsraum. Ihr Gast streckte sofort eine Hand aus. „Sie müssen Special Agent Malone sein."

Faith ergriff die Hand. „Das bin ich. Danke, dass Sie gekommen sind, Dr. Collins." Sie zeigte auf den Stuhl zu ihrer Rechten. „Bitte setzen Sie sich doch."

Ivy Collins war im echten Leben leider noch reizender als im Internet oder am Rednerpult. Schlank. Hellhäutig. Blond. Sie war die personifizierte Weiblichkeit. Und Luke hatte das bemerkt. Natürlich hatte er das.

„Dr. Collins, kann ich Ihnen etwas zu trinken anbieten?" Er stand hinter dem Stuhl links von Faith, gegenüber von Ivy.

„Bitte nennen Sie mich Ivy. Und ja, ich nehme gerne ein Wasser." Ihr Lächeln war sanft und ihre Hand berührte die von Luke, als sie kurz darauf das Glas von ihm entgegennahm.

Na toll. Ivy hatte Luke registriert. Natürlich hatte sie das.

Luke setzte sich und lächelte Ivy an. Ein herzliches Lächeln, das Freundschaft und Freundlichkeit signalisierte. In diesem Augenblick verabscheute Faith die Frau. Es war völlig irrational. Das wusste Faith auch. Später würde sie gründlich darüber nachdenken müssen.

Bevor Faith ihre Gefühle unter Kontrolle bekam und mit ihren Fragen beginnen konnte, beugte Ivy sich vor, ihre Miene ernst und besorgt. „Ich stehe immer noch unter Schock nach dem, was passiert ist. Mir ist klar, dass es nichts geändert hätte, aber wenn ich geahnt hätte, dass sie die unbekannte Frau bei diesem entsetzlichen Attentat war, dann wäre ich natürlich sofort zur Polizei gegangen."

„Das verstehen wir", erwiderte Luke. „Nichts an diesem Fall ist normal."

Faith wollte die Befragung so schnell wie möglich hinter sich bringen. „Dr. Collins, könnten Sie uns sagen, was Park Mi Cha für Sie gemacht hat?"

„Bitte sagen Sie Ivy. Und ja." Ivy griff in ihre Tasche und Faith verspürte einen Anflug von Befriedigung, als Luke auf die Bewegung reagierte, indem er unauffällig eine Hand zu seiner Waffe führte. Er traute dieser Frau auch nicht hundertprozentig. Gut.

Ivy holte etwas gänzlich Ungefährliches heraus, nämlich einen Stapel Papier. „Ich habe alles, was ich über sie finden konnte, ausgedruckt. Ich habe ihre Fingerabdrücke, Visaantrag, die polizeiliche Überprüfung, die wir veranlasst haben – alles hier." Sie schob Luke den Stapel zu.

Faith fing ihn unterwegs ab. Es war immer noch ihr Fall. „Danke. Das dürfte sehr hilfreich sein."

„Beeindruckend, wie schnell Sie das zusammengestellt haben." Luke zeigte auf das Dossier.

„Ich habe eine hervorragende Assistentin", gab Ivy zu. „Sie übernimmt die ganze Arbeit, was unsere Praktikanten betrifft."

„Wie viele haben Sie denn davon?“, fragte Faith.

„Zweimal im Jahr fangen fünf bis zehn Praktikanten an. Sie sind vier Monate bei uns und lernen von uns. Manchmal sind es technisch interessierte Leute, manchmal Studenten der Naturwissenschaften, aber normalerweise absolvieren sie ein Wirtschaftsstudium. Wir haben zehnmal so viele Bewerbungen, wie wir unterbringen können. Ich nehme jedes Jahr nur vier internationale Praktikanten, weil es einfach zu viel Bürokratie erfordert.“

„Sie war also vier Monate hier?“, fragte Luke, während er sich Notizen machte.

„Ja. Sie hat ihr Praktikum hier vollständig absolviert. In der Woche, als der Bombenanschlag verübt wurde, sollte sie wieder nach Südkorea fliegen. Ihr letzter Tag in unserem Büro war am Freitag vorher.“

Ivy trank einen Schluck Wasser, bevor sie weitersprach. „Es ist nicht ungewöhnlich, dass unsere Praktikanten aus Übersee die Chance ihrer Zeit hier in den USA nutzen, um Urlaub zu machen oder sich sogar bei anderen Firmen zu bewerben, also sorgen wir immer dafür, dass bei ihrem Visum noch etwas Luft ist. Mi Cha hat im September bei uns angefangen und Ende Oktober hat sie sich eine Woche freigenommen, um eine Bekannte im Bundesstaat Washington zu besuchen. Das war ihr einziger Urlaub. Sie musste das Land erst Anfang März verlassen, aber sie wollte schon früher nach Hause fliegen.“

„Wissen Sie, warum? Gab es etwas, vor dem sie weggelaufen ist?“, fragte Luke.

„Nein. Nichts Derartiges. Wenigstens weiß ich nicht von irgendwelchen Unannehmlichkeiten oder Schwierigkeiten“, erwiderte Ivy. „Ihre Mutter war krank und während ihre Tochter hier war, hat ihr Gesundheitszustand sich offenbar verschlechtert. Mi Cha stand ihrer Mutter nahe und wollte so viel Zeit wie möglich mit ihr verbringen. Als ich sie das letzte Mal sah, habe ich sie gebeten, sich zu melden, falls sie irgendwann wieder in die USA kommen wolle. Ich habe es nicht gesagt, aber ich dachte, vielleicht könnte sie sich das vorstellen, wenn ihre Mutter nicht mehr leben würde."

„Aber als sie an dem besagten Freitag ging, war der Plan, soweit Sie wissen, in einen Flieger zu steigen? Und Sie haben nicht erwartet, sie noch einmal zu sehen?" Luke tippte mit seinem Stift auf den Rand des gelben Notizblocks, auf den er gekritzelt hatte.

„Genau. Weiß ihre Familie schon Bescheid?"

„Wir konnten noch nicht offiziell bestätigen, dass sie die unbekannte Person von dem Bombenanschlag war. Es gibt einige Indizien, aber keine handfesten Beweise. Wir wissen, dass ihre Mutter im Februar gestorben ist, aber mit ihrem Vater haben wir noch nicht gesprochen."

Faith sah, dass Ivy Collins die Tränen kamen. Na super. Sie sah sogar gut aus, wenn sie heulte.

„Ihr armer Vater."

Luke reichte ihr eine Schachtel mit Papiertaschentüchern und sie nahm eines. „Hat Park Mi Cha viel über ihren Vater gesprochen?"

Ivy tupfte ihre Augen trocken. „Ich gehe mindestens drei Mal mit den Praktikanten essen, während sie hier sind, und wir haben über Familie und Freunde geredet. Sie war ein Einzelkind und beide Eltern haben sie vergöttert. Ich weiß noch, dass sie mit großer Zuneigung von ihnen gesprochen hat. Ihr Vater war bei der koreanischen Armee und als Mi Cha ein Teenager war, ist die Familie viel gereist. Und soweit ich das verstanden habe, hat sie gerne Reisen unternommen. Aber mehr kann ich nicht sagen, fürchte ich." Ivy hob frustriert die Hände.

„Das ist schon sehr hilfreich", sagte Luke mit einem beruhigenden Tonfall.

„Ich habe noch eine Frage, wenn Sie noch einen Moment

Zeit haben." Faith hätte sich am liebsten selbst auf die Schultern geklopft, weil sie so höflich klang.

„Natürlich, ich stehe Ihnen ganz zur Verfügung." Da war sie wieder mit ihrer ernsthaften, hilfsbereiten Art. Es war wirklich schwierig, sie nicht zu mögen.

„Gibt es etwas, das Sie in Ihrem Büro in Raleigh herstellen oder machen, das ein anderes Land interessieren könnte, oder ist bei Ihnen schon mal Industriespionage vorgekommen?"

Ivy nickte und warf Faith einen scharfsinnigen Blick zu, der außerdem – wenn Faith sich nicht völlig irrte – auch Respekt ausdrückte. „Wir sind da tatsächlich immer auf der Hut. Es gibt Sicherheitsvorkehrungen, die intellektuellen Diebstahl verhindern sollen. Vor allem müssen alle, von der Bauarbeitercrew bis zum Vizepräsidenten, einmal im Quartal einen Drogentest machen und auch ihre finanziellen Verhältnisse jederzeit offenlegen, sofern das von der Konzernleitung verlangt wird."

„Sie haben die Erlaubnis, sich die Kontoauszüge Ihrer Angestellten anzusehen?" Wenn Luke versucht hatte, sich seine Überraschung nicht anmerken zu lassen, war es ihm nicht gelungen.

„Ich persönlich natürlich nicht", versicherte Ivy ihm rasch. „Wir haben eine Firma engagiert, die stichprobenartig das Personal überprüft."

„Wonach suchen sie denn dabei?"

„Anomalitäten. Zu viel Geld oder zu wenig, plötzliche größere Anschaffungen et cetera. Wir haben es bei unserer Arbeit mit sehr sensiblen Daten zu tun, die für bestimmte Konkurrenten sehr attraktiv wären – oder auch für einige Staaten."

Luke lehnte sich auf seinem Stuhl zurück und tippte mit dem Stift an seine Lippen. „Hat jemand in letzter Zeit auf die Unterlagen von Park Mi Cha zugegriffen?"

Ivy legte eine Hand auf den Stapel Papier. „Bei den Praktikanten ist es etwas anders. Sie sind nur kurze Zeit hier und hinterlassen in der Regel keine größeren finanziellen Spuren. Aber ja, ihre Daten wurden zwei Mal eingesehen."

Sie zog die Unterlagen wieder an sich, blätterte darin und zog ein paar Seiten heraus, die mit einer Büroklammer zusammengehalten wurden. „Hier sind beide Berichte und dazu Informationen über die Firma, die wir mit diesen Überprüfungen beauftragen."

Faith hatte keine weiteren Fragen, also stand sie auf. Ivy und Luke erhoben sich ebenfalls. „Danke für Ihre Zeit und Ihre Bereitschaft, zu uns zu kommen."

„Unter diesen entsetzlichen Umständen würde ich nicht sagen, dass es mir ein Vergnügen war, aber ich hoffe, ich konnte irgendwie helfen. Sie war ein liebes Mädchen." Dann wandte Ivy sich Luke zu. „Es ist schrecklich, dass sie und Ihr Kollege so sterben mussten."

Lukes Erwiderung beschränkte sich auf ein kurzes Nicken.

„Wenn mir sonst noch etwas einfällt" – jetzt wandte Ivy sich wieder Faith zu – „werde ich mich sofort bei Ihnen melden."

„Danke."

„Ich bringe Sie noch raus." Luke ging um den Tisch herum und blieb an der Tür stehen, um auf Ivy zu warten, die mit eleganten und anmutigen Bewegungen ihre Sachen zusammenpackte.

Luke trat zur Seite, um Ivy vorbeizulassen, aber sie blieb im Türrahmen stehen. „Ich habe überlegt und hoffe, die Frage ist nicht unangemessen."

Super. Wahrscheinlich wollte sie Luke zu irgendeinem Benefizevent einladen, bei dem er in einem Smoking umwerfend aussehen würde.

„Ihr Kollege. Special Agent Dixon. Wird er wieder gesund?"

„Ja." Luke reckte bei seiner Antwort das Kinn ein wenig vor und Faith erkannte seinen Blick. Die Frage gefiel ihm nicht.

Erleichterung machte sich in Ivys Miene breit. „Gut. Ich kannte vor langer Zeit mal einen Jungen namens Gil Dixon. Wahrscheinlich ist er es nicht, aber als ich in den Nachrichten seinen Namen gehört habe, kamen viele Erinnerungen hoch. Ich bin froh, dass es ihm gut geht."

„Wir auch." Luke streckte den Arm aus und Ivy verstand den Hinweis und ging den Flur hinunter.

Faith lauschte angestrengt, um zu hören, was sie sagten. Sie konnte jedoch keine konkreten Worte vernehmen, sondern nur Lukes tiefe Stimme und Ivys melodischen Sopran.

Was ist eigentlich mit mir los? Es ist mir egal. Mir ist egal, dass sie zierlich und reizend und kultiviert ist und ich … nicht. Und wieso brauchte Luke so lange? Wie schwierig konnte es denn sein, sie zu verabschieden und sich wieder an die Arbeit zu begeben?

Luke blieb fünf Minuten fort. Als seine Schritte schließlich wieder auf dem Gang ertönten, vergrub Faith den Kopf in ihren Notizen.

Sie drehte sich nicht um, als er den Raum betrat, aber sie war sich seiner extrem bewusst, als er hinter ihrem Stuhl stehen blieb und sich über ihren Kopf beugte. Was machte er denn da? Sie blickte auf und sah eine Cherry-Cola von seinen Fingerspitzen baumeln.

„Ich hatte gesehen, dass deine Flasche fast leer ist."

Wie konnte er in einen so banalen Satz so viel Zärtlichkeit legen? Faith war es nicht gewohnt, dass andere ihre Bedürfnisse bemerkten – und stillten. Und ihre Wünsche erst recht nicht. Wärme schoss in ihre Wangen und sie nahm die Cola, froh darüber, dass ihre Hände nicht zitterten. „Danke."

„Gern geschehen." Luke setzte sich wieder auf den Stuhl neben Faith. „Ich frage mich, ob Gil diese Ivy kennt. Sie ist total sein Typ."

„Sein Typ?" Im Sinne von: nicht Lukes Typ?

„Ja. Intellektuell. Kultiviert. Sieht aus, als könnte sie bei starkem Wind in der Mitte durchbrechen." Der letzte Teil war nicht als Kompliment gemeint.

„Sie ist sehr hübsch." Faith schraubte den Deckel von ihrer Cherry-Cola und wartete auf Lukes Antwort.

Luke runzelte die Stirn. „Das stimmt. Aber du sagst es, als wäre *hübsch* was Schlechtes. Wahrscheinlich ist es dir lieber, wenn eine Frau die Welt mit ihrem Verstand und ihren Fähigkeiten auf den Kopf stellt und nicht mit ihrem Aussehen." Bevor Faith etwas erwidern konnte, fuhr er fort: „Irgendwas stört mich an der ganzen Sache. Wenn Mi Cha ihren Eltern so nahestand, wie kann es dann sein, dass die ihre Tochter nicht vermisst haben, als sie nicht aus dem Flieger stieg? Warum hat der Vater keinen Kontakt mit Ivy Collins aufgenommen, weil er sich fragte, wo das Mädchen sei? Irgendwas stimmt hier nicht."

Und so einfach waren sie wieder mitten in beruflichen Dingen.

Und das war … gut.

19

Nach einem kompletten Tag mit dem Verfolgen verschiedener Fährten, bei denen im Großen und Ganzen nichts herausgekommen war, saß Luke in Faiths Wagen und beobachtete, wie ein paar Häuser weiter Rose, Betsy und Bobby Baker ihr Haus verließen und wegfuhren – fünfzehn Minuten später als geplant. „Los geht's."

Faith fuhr näher an das Haus heran und parkte am Bordstein vor dem Gartentor. „Das ist ja süß."

Luke versuchte, das Haus mit neuen Augen zu sehen. „Thad wäre wohl nicht glücklich darüber gewesen, dass du es als süß bezeichnest."

„Aber sieh es dir doch mal an. Die Veranda, die Blumen, der Kranz an der Tür. Da sieht man schon von außen, dass es drinnen gemütlich ist."

Dem konnte Luke nicht widersprechen. „Warte, bis du es von innen siehst."

Sie verschwendeten keine Zeit, sondern legten gleich die wenigen Schritte zum Haus zurück. Jeden Augenblick rechnete Luke damit, das inzwischen allzu vertraute Geräusch eines Gewehrs zu hören, aber nichts geschah. Luke öffnete das Garagentor mithilfe des Zugangscodes und schloss es schnell wieder hinter ihnen. Dann ging er voran ins Haus und als sie eintraten, war Faiths Stimme nur noch ein Flüstern. „Das fühlt sich so … falsch an."

„Rose weiß, dass wir hier sind. Wir brechen schließlich nicht ein."

„Ich weiß, aber –" Faith blieb in der Küche stehen und drehte sich im Kreis, ein zufriedenes Lächeln auf den Lippen. „Ich wusste doch, dass es gemütlich sein würde." Sie streckte beide Arme aus, die Handflächen nach oben. „Das hier. Das nenne ich ein Zuhause. Es ist ein Ort, an dem Menschen leben und leben lassen. In diesem Haus muss man sich nicht verstellen. Und man muss auch nicht die ganze Zeit auf Zehenspitzen gehen."

„Wie kannst du all das an einem leeren Haus erkennen?"

„Es ist nicht leer." Faith deutete auf die Dinge im Raum. „Siehst du nicht? Bilder an den Wänden, Schuhe in der Ecke. Hausaufgaben auf dem Tisch. Hier gibt es Leben. Ein gutes Leben."

Ihre Stimme bebte und Luke ging weiter ins Wohnzimmer, um Faith nicht anzusehen. „Das stimmt."

„Sie haben es nicht verdient, ihren Dad zu verlieren."

„Nein, das haben sie nicht."

„Dann lass uns herausfinden, warum sie ihn verloren haben." Faiths Stimme klang jetzt hart wie Stahl.

Zwei Stunden später war Luke voller Bewunderung für Faith und ihre Arbeitseinstellung. Nach einem langen Tag im Büro arbeitete diese Frau ihn förmlich unter den Tisch. Er wollte nur noch die Augen ein paar Minuten zumachen und vielleicht vergessen, dass er seine Freunde verloren hatte.

Faith hingegen war eine Maschine. Methodisch. Zielstrebig. Vielleicht ein bisschen manisch. Sie hatte Thads Büro Blatt für Blatt auseinandergenommen und dann alles wieder zurückgetan, und Betsy oder Bobby würden niemals bemerken, dass jemand dort gewesen war.

„Bist du sicher, dass Thad nirgendwo ein Geheimfach hatte?" Faith stützte den Kopf auf die Hände. Jetzt sah Luke die ersten Anzeichen von Müdigkeit bei ihr.

„Wenn, dann hat er es mir nicht erzählt. Und Rose auch nicht. Sie hat nachgesehen. Wir haben bei jeder Bank in der

Stadt nachgefragt, ob er ein Schließfach dort hatte. Außerdem haben wir die Böden und Wände und Decken abgesucht."

Faith saß an Thads Schreibtisch. Ihr Blick wanderte in einer langsamen Bewegung durch den Raum, vom Boden zur Decke und wieder zurück, so als hätte sie einen Röntgenblick und könnte versteckte Akten in den Wänden entdecken.

Es gab keine Garantie, dass sie irgendetwas fanden. Schließlich hatte Rose ja schon alles durchsucht. Und auch wenn sie das in den letzten Monaten schon zwei Mal gemacht hatten, hatte Luke einen Teil dieses Nachmittags damit zugebracht, Thads Arbeitsplatz im Büro noch einmal genau zu untersuchen, denn der war noch immer so wie vorher.

Sie suchten die sprichwörtliche Nadel im Heuhaufen, und das mit der zusätzlichen Schwierigkeit, dass es diese Nadel vielleicht gar nicht gab. Aber sie mussten trotzdem danach suchen. Fernsehserien wie NCIS erzählten nie von all den Sackgassen, in denen Ermittlungen endeten, von den unzähligen Stunden, die man hinter einer Spur herjagte, ohne etwas zu erreichen. Im echten Leben machten die Sackgassen jedoch einen Großteil der Arbeit aus.

„Hier ist nichts." Faiths Enttäuschung war in jedem ihrer Worte zu hören.

Luke wünschte, es wäre nicht so, aber er war beinahe sicher, dass sie recht hatte. „So oder so müssen wir los." Er zeigte auf die Uhr an der Wand. „Ich will nicht, dass Rose wütend wird."

„Ich auch nicht." Faith riss in gespieltem Entsetzen die Augen auf und schenkte ihm dann ein sanftes Lächeln. „Außerdem würde ich ihr gegenüber nie so respektlos sein. Sorgen wir dafür, dass wir alles so hinterlassen, wie es war."

Sie zog ihr Handy aus der Tasche und scrollte durch die Fotos, die sie gemacht hatte, bevor sie mit ihrer Suche begonnen hatten. Als sie sich davon überzeugt hatte, dass selbst der kleine Briefbeschwerer in Handschellenform genau so lag wie vorher, verließen sie das Haus. „Willst du nach Hause oder zum Hotel?“, fragte Faith, als sie in ihre Limousine stiegen.

„Ins Hotel.“ Luke versuchte, so zu klingen, als sei das kein Problem. Er sollte dankbar dafür sein, dass es einen sicheren Ort gab, an dem er schlafen konnte, aber eigentlich wollte er nach Hause. Er wollte in seinem eigenen Bett schlafen. Er wollte morgens aufstehen und mit seiner eigenen französischen Cafetiere Kaffee machen. Er wollte in seinem Sessel sitzen und den Tag mit seiner Bibel beginnen und mit einem guten Buch beenden.

Aber er wollte auch nicht sterben.

Faiths Hand auf seinem Arm ließ ihn zusammenzucken und verjagte alle negativen Gedanken. „Das ist eine kluge Entscheidung. Dein Team, deine Freunde – keiner von ihnen würde es verkraften, dich zu verlieren. Das weißt du, oder?“ Ihre Finger berührten seinen Unterarm. Sanfter Druck, strategisch platziert zwischen den Verbänden.

„Ich finde es übertrieben.“

„Mach es für Zane und Tessa und für deine Mom und deine Schwester. Sie würden sich Sorgen machen.“

„Stimmt.“ Sie hatte recht, aber bildete er sich das ein oder würde sie sich auch Sorgen machen? „Meine Mutter will nicht, dass ich zu mir nach Hause gehe. Sie will auch nicht, dass ich arbeiten gehe.“

„Wahrscheinlich können wir von Müttern nichts anderes erwarten, als dass sie ihre Kinder am Leben erhalten wollen.“

„Auch wieder wahr.“

„Wo wohnt deine Mutter?“ Faith fuhr aus dem Stadtviertel und bog ab in Richtung Innenstadt.

„Tyler, Texas.“

„Kommst du daher?“

„Ich bin in Plano geboren, in der Nähe von Dallas. Meine Mom und mein Stiefvater sind vor ein paar Jahren nach Tyler gezogen.“

Eine Weile fuhren sie schweigend weiter. „Spielt dein Dad dabei irgendeine Rolle?"

Luke sah zu, wie das Licht der Scheinwerfer die Reflektoren am Autobahnrand aufblitzen ließ. „Nein."

Er konnte sich selbst nicht erklären, warum er so dichtmachte. Schließlich konnte er sie nicht daran hindern, es herauszufinden. Es wäre also sinnvoller, es ihr zu erzählen. Aber wie sollte er die Sache erklären? Er sprach nie über seine Familie. Faith ließ sich auch nicht gern in die Karten schauen, was ihre Familie betraf, aber sie hatte keine Ahnung, wie gut er das verstehen konnte. Er hatte seine eigenen Gründe und könnte wetten, dass viele davon ihren Gründen ähnelten.

Außer in einer wichtigen Hinsicht.

Das Telefon klingelte und der Name „Hope Malone" erschien auf dem Display des Wagens. „Macht es dir was aus?", fragte Faith im gleichen Moment, in dem Luke sagte: „Geh ruhig dran."

Sie lächelte dankbar und nahm das Gespräch über Bluetooth an. „Hi, Hope."

„Fai–" Ein Geräusch, das irgendwie atemlos klang, folgte.

„Hope? Hope! Bist du noch da?"

„Fahr!" Es war nicht Lukes Absicht gewesen, zu schreien, aber das hatte er getan.

„Ich bin unterwegs!" Faiths letztes Wort war beinahe ein Schluchzer.

„Wo wohnt sie?" Luke griff nach dem Funkgerät im Wagen. „Ich setze einen Notruf ab."

„Nicht. Dann bringt sie mich um."

„Er könnte es auf sie abgesehen haben."

Faith umklammerte das Lenkrad noch etwas fester. „Es sind nur fünf Minuten bis zu Hope."

Luke ignorierte sie und stellte den Polizeifunk ein. Widerwillig nannte Faith die Adresse für die Notrufzentrale.

„Die Eigentümerin ist querschnittsgelähmt. Es kann sein, dass sie gestürzt und deshalb hilflos ist, aber sie ist die Schwester einer FBI-Agentin, die an einem wichtigen Fall arbeitet, also seid vorsichtig."

Faith war überhaupt nicht vorsichtig. Sie raste durch die Straßen und hielt dreieinhalb Minuten später mit quietschenden Reifen in Hopes Auffahrt. Sie schob den Schaltknüppel in die Parkposition und umfasste den Türgriff.

„Warte." Luke streckte den Arm aus und hielt ihr Handgelenk fest.

Sie riss sich los und stieß ihn mit dem Ellbogen fort. „Lass mich."

„Du hilfst ihr nicht, wenn du da reinrennst und es ein Hinterhalt oder eine Falle ist." Faiths Arm sank auf ihren Schoß.

„Ich muss zu ihr."

„Ich weiß, aber wir müssen klug handeln." Sirenen ertönten aus mehreren Richtungen. „Die Verstärkung ist gleich da."

„Luke." Die Panik in ihrer Stimme war wie ein Schraubstock um seine eigene Lunge. „Hope." Und dann war sie fort. Aus dem Auto und auf dem Weg zur Haustür.

So viel zu einem strategischen Vorgehen.

Luke humpelte hinter ihr her, so schnell er konnte, und holte Faith ein, als sie den Schlüssel im Schloss drehte. Sie hatte die Waffe gezogen und er folgte ihrem Beispiel, als sie das Haus betraten.

„Hope!"

„Faith?" Die Stimme klang schwach, aber sie kam von rechts, ein Stück den Flur hinunter.

„Wir kommen. Warte!"

Herr, ich hoffe, du beschützt auch Dummköpfe. Wir werden eine doppelte Portion Schutz brauchen. Danke. Luke konnte nicht mit Faith Schritt halten. Sie rannte sofort zum Ende des Ganges und in das hinterste Zimmer. „Hope."

Luke betrat das Zimmer, aber die beiden Frauen waren nirgends zu sehen.

„Hier drin, Luke. Hilf mir."

Er folgte dem Klang der Stimmen und durchquerte vorsichtig das Schlafzimmer, dann das Bad, bis er zu einem begehbaren Kleiderschrank kam. Seine Haut kribbelte an Hals und Armen. Es gefiel ihm gar nicht, in einem Haus zu sein, das er nicht durchsucht hatte, aber dann sah er, was geschehen war.

Rund um einen leeren Rollstuhl lagen Kisten und Kästen verstreut. Die Frau, die daneben auf dem Fußboden lag, hatte eine blutende Platzwunde am Haaransatz. Faith räumte einen Karton beiseite und packte Hope bei den Schultern. „Was ist passiert?" Luke fasste mit an und zog die anderen Kisten von der Frau, die darunter gefangen war.

„Danke", flüsterte sie. „Du musst Luke sein."

„Und du Hope."

„Woran hast du das erkannt?", fragte sie, als Faith ihr half, sich aufzusetzen.

„An den Tattoos."

Hope grinste und wandte sich an ihre Schwester. „Ich mag ihn."

Faith konnte den Humor nicht würdigen. „Du hast keine Tattoos."

„Von denen du weißt." Hope streckte Luke die Faust entgegen und er tippte mit seiner Faust dagegen.

Faith räumte einen letzten Karton aus dem Rollstuhl. „Sie hat keine Tätowierungen."

„Es war ein Witz, Faith. Entspann dich." Hope hob den Arm. „Könntest du bitte die Bremse am Rollstuhl feststellen?"

Luke war nicht sicher, wie er sich in dieser Situation verhalten sollte. Hope war eindeutig eine starke und unabhängige Frau. Aber er wusste nicht, ob er danebenstehen und zusehen konnte, wie sie sich wieder in den Stuhl zog. Also blieb ihm nur, zu fragen. „Ist es okay, wenn ich dir helfe, Hope?“

Hope runzelte die Stirn und zuckte dann mit den Schultern. „Das wäre ganz praktisch, aber gib mir nicht die Schuld, wenn du dir irgendwelche Wunden wieder aufreißt. Verstanden?“

Luke schob einen Arm unter Hopes Knie und stützte ihren Rücken mit dem anderen Arm. Sie half, indem sie die Arme um seinen Hals legte. „Am besten aus den Beinen heben, Special Agent Powell. Ich bin nicht sicher, ob deine Krankenversicherung für einen Bandscheibenvorfall aufkommt.“

Oh ja. Er mochte diese Frau. Ihre Haut war heller als die von Faith, aber sie hatte die gleichen schwarzen Haare, dunklen Augen und ausgeprägten Wangenknochen. Sie war nicht korpulent. Noch zierlicher sogar als Faith, aber trotzdem musste Luke ein beträchtliches Gewicht bewältigen. Aber es gelang ihm, Hope hochzuheben und in den Rollstuhl zu setzen, ohne sie fallen zu lassen, und das würde er unter den gegebenen Umständen als Erfolg verbuchen.

„Du hast Blut am Hemd.“ Hope zeigte in Richtung Bad. „Da drin ist ein Fleckenspray.“

„Kein Problem. Ich bin es gewohnt, Blut an der Kleidung zu haben.“

„Ich behalte mein Blut lieber innen“, entgegnete Hope.

„Wie langweilig.“

*

„Im Moment könnte ich für Langeweile töten“, murmelte Faith, was ihr von den anderen beiden ein Simultanstöhnen einbrachte. Was war denn hier los? Luke und Hope kannten sich gerade mal dreißig Sekunden und hatten sich schon gegen sie verschworen?

„Du bist FBI-Agentin.“ Hope sagte es, als wollte sie einem vierjährigen Kind das Gesetz erklären.

„Echt? Das wusste ich ja gar nicht.“

„Ich glaube, sie meint, dass man normalerweise nicht zum FBI geht, wenn man ein ruhiges Leben haben will.“ Luke hatte ihr jetzt den Rücken zugewandt und stellte ein paar Kisten aufeinander.

Hope zwinkerte Faith zu und formte lautlos die Worte: „Ist der süß!“, bevor sie mit normaler Stimme weitersprach: „Genau. Langeweile ist ein Wort, das im Wörterbuch garantiert nicht neben deinem Namen auftauchen würde.“

Luke räumte eine Kiste auf das Regal, und diesmal begleitete ein kleines Grunzen das Geräusch von Plastik auf Plastik. „Hast du Leichen da drin verstaut?“

„Wir haben einen Notruf erhalten“, drang eine tiefe Stimme vom Bad zu ihnen herüber.

Faith griff nach ihrer Waffe, aber Luke zuckte nicht einmal zusammen. „Kommt hier rein, Jungs – entschuldigt, und Mädels.“ Luke ging zur Seite, sodass ein Rettungssanitäter und seine Assistentin eintreten konnten.

Hopes gerötete Wangen wurden noch röter. „Was habt ihr gemacht?“ Sie spuckte die Worte förmlich aus.

Luke warf Faith einen Blick zu und verzog den Mund zu einem „Oh-oh, erwischt!“. Dann kniete er sich neben Hopes Rollstuhl, wobei er darauf bedacht war, dem Rettungsteam nicht im Weg zu sein. „Ich weiß, dass du weißt, woran wir im Moment arbeiten.“

Sie funkelte Luke immer noch wütend an, bestätigte seine Vermutung aber mit einem knappen Nicken.

„Faith hat gesagt, dass mit dir bestimmt alles in Ordnung ist, aber das Risiko konnte ich nicht eingehen. Sei ihr nicht böse. Das hier ist meine Schuld. Ich habe diese Woche Freunde verloren und ich war noch nie so paranoid wie jetzt.“

Hope sah Faith an und Faith murmelte: „Na ja … stimmt." Nicht, weil sie Luke die Schuld in die Schuhe schieben wollte, sondern weil sie schockiert darüber war, dass es ihm irgendwie gelungen war, gleichzeitig unter den Bus zu kriechen und sich dabei selbst zu überfahren.

Luke verlagerte sein Gewicht auf die Fersen, dann stand er auf, die Hände in die Hüften gestemmt, und musterte die Regalborde. „Hope, könntest du dich vielleicht ins Bad oder am besten gleich in dein Schlafzimmer zurückziehen?"

Die junge Sanitäterin nickte. „Geht klar."

„Okay." Hope runzelte die Stirn und betrachtete ihren Rollstuhl und die vier Personen, die sich um sie herum drängten. „Ist schon ein bisschen eng hier."

Sie mussten zuerst drei Kisten wegräumen, bevor der Weg breit genug war, um Hope mit dem Rollstuhl herausfahren zu lassen.

„Geh mit Hope." Luke zeigte auf den Ankleideraum. „Ich versuche, alles auf die andere Seite zu räumen, damit wir das hier reparieren können."

Faith zögerte im Türrahmen. „Ich bin gleich wieder da."

„Weißt du was?" Luke stand zwischen den Kisten und Kästen. „Ich kann das Regal heute Abend reparieren. Wenn ich zum Baumarkt fahre, können wir den Schrank wieder richten. Aber wenn du mich nicht hier haben willst, verstehe ich das total."

Faith sah sich in dem begehbaren Kleiderschrank um. Dieser Baustil war für Hope einer der Hauptgründe gewesen, dieses Haus zu kaufen. Dieser Raum hatte die Größe eines kleinen Schlafzimmers und war rundum mit Gitterregalen ausgestattet. Dazwischen war Platz genug, sodass Hope sich mit ihrem Rollstuhl darin bewegen konnte, und weil auf beiden Seiten Regale waren, konnte sie den Großteil ihrer Sachen unten verstauen.

Auf den Borden darüber lag Kleidung, die sie saisonbedingt nicht brauchte, und ganz oben waren Kisten mit Erinnerungsstücken gestapelt, die Hope nie anrührte, von denen sie sich aber auch nicht trennen wollte. Aber jetzt? Der ganze obere Teil des Regals hatte sich von der Wand gelöst. Die meisten Kleider hingen noch auf ihren Bügeln, aber die Kisten waren von oben heruntergerutscht und hatten Hope getroffen, als sie zu Boden gefallen waren.

Von Luke irgendwelche handwerklichen Tätigkeiten zu erwarten, war nicht richtig. Für sich selbst würde sie nicht darum bitten. Aber für Hope? „Ich bin eigentlich auch ganz praktisch veranlagt."

„Super! Wenn wir es zusammen machen, wird es noch schneller gehen." Er scheuchte sie aus dem Raum. „Aber jetzt geh und sieh nach, ob Hope ins Krankenhaus muss. Dann entscheiden wir, was wir als Nächstes tun."

Das war doch albern. Warum musste Luke sich nur als anständiger Kerl erweisen? Sie wollte ihn nicht gernhaben. Erst recht wollte sie nicht in seiner Schuld stehen. Und auf gar keinen Fall konnte sie den Gedanken ertragen, ihn irgendwie zu brauchen. Das war nicht vertretbar.

Sie schob die Finger durch ihre Haare, um ein paar Knoten auszukämmen. Ein schneller Blick in den Spiegel, als sie durchs Bad ging, verbesserte ihr Selbstbewusstsein auch nicht. Sie sah aus wie jemand, der schon seit vierzehn Stunden arbeitete. Faith blieb vor der Tür zu Hopes Schlafzimmer stehen und lehnte sich an die Wand, wo sie den Kopf zweimal langsam kreisen ließ. Sie hatte nicht die Kraft, noch ein paar Stunden aufzubleiben und an dem Wandschrank zu arbeiten. Sie konnten die Kleidung herausholen, die Hope für morgen brauchte. Aber was war mit übermorgen? So wie dieser Fall sich entwickelte, konnte niemand wissen, wann sie Zeit haben würde, zurückzukommen und Hope zu helfen. Vielleicht sollten sie den Raum wenigstens halbwegs in Ordnung bringen, sodass ihre Schwester ihn benutzen konnte.

Konnte Luke das Regal wirklich reparieren? Er war so erschöpft, dass er wahrscheinlich kaum einen klaren Gedanken fassen konnte, aber er strahlte Gelassenheit aus. Stärke. Geborgenheit.

Es war ein gewisses Risiko, hier zu sein, aber insgesamt war das Risiko minimal. Oder? Wenn ihre Theorie stimmte, war sie nicht in Gefahr. Und Hope auch nicht. Und der Attentäter würde nicht wollen, dass ihr oder ihrer Schwester etwas zustieß. Luke war vielleicht noch in Gefahr, aber wenn er in ihrer oder Hopes Nähe war, könnte er dann sicherer sein?

Luke war die Erhörung eines Gebets, das sie nicht einmal bewusst gebetet hatte. Hope hatte wahrscheinlich gebetet, dass ein praktisch veranlagter, kluger, gut aussehender Typ in ihr Leben plumpste. Aber Faith nicht.

„Okay, Ma'am." Der ausgeprägte Südstaatenakzent der jungen Sanitäterin drang durch die Tür und Faith stieß sich von der Wand ab und betrat Hopes Zimmer. Hope saß in ihrem Rollstuhl und drückte ein großes weißes Tuch auf ihre Stirn. „Ich fürchte, die Wunde an Ihrem Kopf muss genäht werden. Sie ist zu tief, als dass wir sie mit einem Pflaster versorgen könnten. Ein guter Arzt wird es so nähen, dass Sie die Narbe am Haaransatz nicht einmal sehen werden."

Hope warf Faith einen besonders missmutigen Blick zu. „Das ist alles deine Schuld."

„Dein Kleiderschrank bricht über dir zusammen, du wirst von mehreren schweren Gegenständen am Kopf getroffen und hast eine Platzwunde an der Stirn. Du kannst mir für viele Dinge die Schuld geben, aber dafür nicht." Faith wandte sich an das Rettungsteam. „Wenn ich verspreche, sie ins Krankenhaus zu bringen, können wir ihr dann die Fahrt im Rettungswagen ersparen?" Faith tippte auf die FBI-Marke an ihrem Gürtel.

„Ich glaube, das geht ausnahmsweise." Der ältere Sanitäter grinste Faith und Hope an. „Sie beide erinnern mich an meine Töchter. Die zanken sich ständig, aber wenn's drauf ankommt, können sie sich aufeinander verlassen."

Hope machte eine wegwerfende Handbewegung. „Die da würde mich am liebsten in Watte packen."

Der Sanitäter lachte. „Na ja. Es gibt Schlimmeres, als jemanden zu haben, der einen liebt, Fräulein." Er zwinkerte Hope zu, tätschelte Faiths Arm und ging mit seiner Tasche hinaus.

Seine Kollegin sammelte noch die letzten Utensilien ein und sah Hope eindringlich an. „Lassen Sie das nähen. Wenn Sie es nicht tun, werden Sie es bereuen."

„Mach ich."

„Macht sie", sagte Faith im selben Augenblick.

„Heute Abend noch. Jetzt gleich." Die Sanitäterin sprach mit einer Autorität, die man einer jungen Frau, die aussah, als hätte sie gerade noch die Schulbank gedrückt, kaum zutrauen würde.

„Ja, Ma'am." Hope salutierte und streckte dann die Hand aus. „Danke." Die Sanitäterin schüttelte ihre Hand und ging.

Als sie fort war, drehte Hope sich in ihrem Rollstuhl zu Faith um. „Jetzt gerade hasse ich dich."

„Ich weiß."

„Aber wir bringen es besser hinter uns."

„Jap."

„Mein Auto?" Hope hätte nicht zu fragen brauchen. Bei ihrem eigenen Wagen konnte sie leichter ein- und aussteigen, sodass es eine logische Entscheidung war.

„Schlüssel?" Faith rechnete damit, dass Hope protestieren würde, aber auf keinen Fall würde Faith ihre Schwester ans Steuer lassen.

„In der Küche." Hope rollte zu der Kommode, auf der ihr Telefon lag. „Nehmen wir Luke mit?"

„Ich weiß nicht." Was sollte sie mit Luke machen? Ihn hierlassen? Ihm ihr eigenes Auto geben, obwohl er nicht fahren sollte? Er sollte auch keine schweren Kisten tragen oder Schränke reparieren, also spielte es vielleicht keine Rolle mehr.

„Er mag dich." Trotz des Flüstertons klang Hopes Aussage zuversichtlich.

„Er ist nur ein Freund."

„Im Moment. Das wird nicht mehr lange so bleiben."

Faith musste unwillkürlich an Lukes „Ich-könnte-dich-küssen"-Bemerkung denken. Gar nicht so sehr wegen der Worte. Es war eine beiläufige Sache gewesen, kein offizielles Statement mit ernsthaften Absichten. Aber als ihm klar geworden war, was er da gesagt hatte, war er ganz ernst geworden. Auf der Stelle. Und er hatte nicht gesagt, dass er sie nicht küssen wollte. Nur, dass er es niemals ohne ihre Zustimmung tun würde.

Jetzt gerade, wo alles schieflief, fragte sie sich, wie es wohl wäre, einen Partner zu haben. Einen Menschen, mit dem sie durch dick und dünn gehen konnte und auf den sie sich in jedweder Lage verlassen konnte und der nicht das Weite suchte, wenn die Dinge schwierig wurden.

„Darf ich mich kurz zu euch gesellen, meine Damen?", rief Luke aus dem begehbaren Kleiderschrank.

„Natürlich." Hope senkte die Stimme und fügte hinzu: „Was für ein Gentleman."

Luke kam durchs Bad und betrat zögerlich das Schlafzimmer. „Und, wie lautet das Ergebnis?"

20

„Nähen“, kam es von den Schwestern wie aus einem Munde. Faiths Tonfall hatte einen Hauch von „logisch“.

Luke klatschte in die Hände. „Super.“ Er wandte sich an Hope. „Hat Faith schon erwähnt, dass ich deinen Schrank heute Abend reparieren könnte?“

Hope und Faith wechselten einen Blick, der Luke so schmerzlich wie lange nicht mehr daran erinnerte, wie sehr er seine Schwester vermisste. In diesem Blick lag eine ganze Unterhaltung, die er nicht hören konnte. Nach ein paar Sekunden lächelte Hope ihn an. „Nein, davon hat sie bisher noch nichts gesagt. Arbeitest du schwarz als Handwerker?“

Er versuchte, nonchalant zu wirken. „Ich nehme jeden Job, den ich kriegen kann. Ist ein hartes Geschäft.“

Hope lachte. Faith lachte nicht, aber sie warf ihm auch nichts an den Kopf. Und im Moment verbuchte er auch das als Sieg.

„Ich habe eine Idee, falls ihr einverstanden seid.“

Hope bedeutete ihm mit einem Nicken, er solle fortfahren. Faith stand hinter ihrer Schwester, die Arme verschränkt.

„Ich darf ja nicht ans Steuer, aber ich könnte mit dem Taxi zum Baumarkt fahren. Der hat freitags bis Mitternacht auf. Wenn ich mich jetzt auf den Weg mache, kann ich kaufen, was ich brauche, mich zu meinem Haus bringen lassen und mein Werkzeug holen und dann wieder herkommen. Ein Regal und eine Kleiderstange kann ich in ein paar Minuten zusammenbauen. Vielleicht bin ich schon fertig, wenn ihr zurückkommt.“

Hope antwortete nicht sofort. Luke konnte sich vorstellen,

wie hart erkämpft ihre Unabhängigkeit war, und ein Augenblick wie dieser konnte sich so anfühlen, als wollte man ihr diese Unabhängigkeit nehmen. Aber was er anbot, waren Freundschaft und Freundlichkeit. Würde sie annehmen?

Sie richtete sich in ihrem Rollstuhl auf und sah ihn an. Er konnte in ihren Augen sehen, wie sie mit sich rang, und wartete geduldig das Ergebnis dieses Kampfes ab.

„Okay."

„Okay?" Faiths Stimme klang gepresst, so als hätte sie eine Peperoni geschluckt und brauchte dringend etwas zu trinken – halb schockiert, halb jammernd.

„Okay." Hope wandte sich zu Faith um. „Er ist hier. Er will es machen. Er wird mich nicht ausrauben, während wir weg sind. Er wird nicht verschwinden, bevor ich wiederkomme, und du hast den Rest des Abends zu tun, also kann er genauso gut was machen, während er wartet. Wenn er im Krankenhaus auftaucht, könnte er für sich selbst oder für andere eine Gefahr sein, aber wenn er unberechenbar bleibt, überlebt er die Nacht vielleicht."

„Hope!" Faith blickte zwischen ihrer Schwester und Luke hin und her. „Warum sagst du so was?"

„Wir wissen doch alle, dass es stimmt. Warum dann um den heißen Brei herumreden? Außerdem muss ich in den Schrank können, wenn ich morgen wieder alleine bin. So ist es am sinnvollsten. Und jetzt lass uns fahren, bevor ich verblute."

Und mit diesen Worten wendete sie den Rollstuhl und verschwand durch ihre Schlafzimmertür.

Faith blieb zurück, den Mund halb offen. „Tut mir leid."

„Warum?"

„Du solltest nicht –"

„Was sollte ich nicht? Fünf Minuten eine Bohrmaschine schwingen? Das schaffe ich schon. Der Ausflug zum Baumarkt wird länger dauern als die eigentliche Arbeit."

„Faith! Komm schon!“ Hopes Stimme hatte einen neckenden Unterton.

„Sie wartet.“

Faith schloss die Augen, offensichtlich frustriert. „Bitte lass dich nicht umbringen.“

Ihre Worte enthielten keinerlei Humor oder emotionalen Ausdruck und er reagierte ebenso. „Ich verspreche, dass ich mir Mühe geben werde.“

Neunzig Minuten später kehrte Luke zu Hope Malones Haus zurück. Faith hatte ihm eine Textnachricht geschickt, dass Hopes Wunde genäht war und sie wieder auf dem Rückweg waren, was Luke sehr ungewöhnlich fand. Niemand kam an einem Freitagabend so schnell wieder aus der Notaufnahme raus. Faith hatte bestimmt ihre Dienstmarke gezückt. Eine andere Erklärung gab es nicht. Und er konnte es ihr nicht verdenken. Er hätte es ebenso gemacht.

Faith hatte gesagt, er solle schon mal reingehen, also betrat er das Haus durch die Garage und machte sich sofort an die Arbeit. Seine Bewegungen waren langsam. Arme und Rücken taten ihm weh und sein Kopf hämmerte. Aber sein Herz brauchte diese Aktivität. Seine toten Freunde konnte er nicht zurückholen. Er konnte weder Zanes Haus wiederaufbauen noch Gils Kopf heilen, aber er konnte diesen Kleiderschrank reparieren und besser machen als vorher.

Er baute das alte Regal ab und markierte an der Wand mit Bleistift die Stellen, an denen er die neuen Halterungen anbringen wollte. Wenn er fertig war, würde das neue Regalsystem mit Bolzen befestigt werden und sich nie wieder von der Wand lösen.

Fünfzehn Minuten später ertönte der Alarm und Faiths Stimme drang über die Holzfußböden in Hopes Haus zu ihm herüber. „Wir sind’s. Nicht schießen.“

„Ich bin hier drinnen." Die Worte klangen undeutlich, weil er ein paar Schrauben zwischen den Lippen eingeklemmt hatte.

Als Hope an der Tür erschien, dicht gefolgt von Faith, war Luke gerade in einer etwas unbequemen Position, eine Schiene an der Wand und eine Schraube an der Spitze seiner Bohrmaschine. Er warf ihnen einen kurzen Blick zu und sein Gruß klang eher wie ein Grunzen, bevor er die Metallschiene an die Wand schraubte.

„Äh, Faith?" Hope sprach in einem gespielten Flüsterton, der selbst durch den Klang der Bohrmaschine noch zu hören war.

„Was?"

„Können wir ihn behalten?"

Luke ließ zwei Schrauben fallen.

Faiths entsetztes „Hope!" konnte Hopes reueloses Lachen nicht dämpfen. „Entspann dich, Schwesterherz."

Faith betrat den kleinen Raum und begutachtete Lukes Arbeit.

Er kletterte von dem Hocker herunter, den er in der Garage gefunden hatte, und wartete auf ihr Urteil.

„Du warst ganz schön fleißig. Danke."

„Gern geschehen. Obwohl" – er riskierte einen Blick in ihre Richtung – „ich schon fertig wäre, wenn meine Helferin sich nicht aus dem Staub gemacht hätte."

Hope schüttelte in gespielter Bestürzung den Kopf. „Es ist heutzutage wirklich schwierig, gute Arbeiter zu bekommen."

„Ihr zwei seid echt witzig." Faith trat um Hope herum und schob die Ärmel ihres Pullovers die Arme hoch. „Jetzt bin ich hier und du stehst rum und hältst Maulaffen feil."

Hope fuhr herum. „Dann will ich euch nicht im Weg sein. Ich bin in der Küche und in zehn Minuten gibt es Kaffee. Koffeinfrei?"

„Klingt super“, antwortete Luke in Hopes Richtung, bevor er sich an Faith wandte. „Ist sie in Ordnung?“

„Ja. Morgen wird es wehtun.“

„Mit Sicherheit.“ Er kannte das Gefühl.

„Was soll ich machen?“

Faith hatte es ernst gemeint, als sie gesagt hatte, sie könne helfen. Sie wusste immer schon im Voraus, was er brauchte, und reichte ihm Schrauben und Wasserwaage an. Noch bevor Hope zurückkam, hatten sie die neuen Schienen an der Wand befestigt und die Regalborde eingehängt.

„Das ist ja genial!“

„Gib uns noch fünf Minuten, dann sind die Kisten auch wieder oben.“

Aus den fünf Minuten wurden zehn, weil sie noch den Boden fegten und das alte Regal in die Garage brachten, um es irgendwann auf den Sperrmüll zu stellen. Als sie fertig waren, saß Luke an Hopes kleinem Küchentisch und nippte an seinem Kaffee. Faith hatte auch eine kleine Tasse vor sich stehen.

„Ich dachte, du magst keinen Kaffee“, sagte Luke.

„Das“ – Hope zeigt auf Faiths Tasse – „ist kein Kaffee. Das ist heißer Kakao. Manche Leute werden eben nie erwachsen.“

Luke versuchte, sein Lächeln hinter seiner Tasse zu verbergen. Die beiden Schwestern zogen sich gegenseitig auf, aber es bestand kein Zweifel daran, dass sie einander sehr liebten. „Ich will ja nicht zu neugierig sein, Hope, aber mich interessiert schon, wie das“ – er zeigte den Gang hinunter – „eigentlich passiert ist. Wolltest du Klimmzüge an den Regalbrettern machen?“

Sie lachte. „Nein. Auf der unteren Ablage sind einige Notizbücher von mir und ich habe ein bestimmtes gesucht, als das obere Regal eingestürzt ist.“

„Es ist eingestürzt, weil du auf dem erbärmlichen Drahtregal mehr verstaut hast, als es jemals halten konnte. Das Regal auf der anderen Seite müssen wir auch verstärken. Aber ich glaube nicht, dass du in unmittelbarer Gefahr bist."

„Noch einmal meinen ergebensten Dank. Euch beiden." Hope blickte zwischen Faith und Luke hin und her. „Ich darf morgen auf keinen Fall zu spät kommen und mir war nicht klar, wie ich aus dem Schrank wieder rauskommen sollte."

Faith sah Hope misstrauisch an und Luke dachte, sie würde etwas über die Tatsache sagen, dass Hope allein lebte oder dass sie den Notruf hätte wählen können, aber was sie schließlich sagte, ging in eine ganz andere Richtung. „Morgen ist Samstag. Warum darfst du nicht zu spät kommen? Wieder ein großer Fall?"

Hope fuhr sich mit einer Serviette über die Lippen. „Nicht groß. Aber wichtig. Ich war die ganze Woche bei Gericht, aber ich habe einen Fall, den ich unentgeltlich vertrete und an dem ich schon länger arbeite. Meine Mandantin hat eine Pension hier in Raleigh. Ihre Klientel ist beinahe ausschließlich aus Asien. Sie ist koreanischer Abstammung, die Eltern sind Einwanderer und sie ist mit einem Mann verheiratet, der Japaner und Taiwanese ist. Sie versteht die Kulturen und sie kann genial kochen. Bei all der Forschung und Technologiebranche hier hat sich das rumgesprochen. Sie hat Gäste, die ein paar Tage bleiben, wenn sie für eine Sitzung hier sind, aber manche bleiben auch ein paar Monate, wenn sie ein Projekt betreuen oder vielleicht sogar auf Dauer herziehen und nicht sofort eine Wohnung finden."

Luke hatte noch nie von dieser Pension gehört. Nicht, dass es wichtig war, aber wenn ein Politiker aus dem Teil der Welt auf Staatsbesuch in der Gegend war, wäre es eine gute Idee, sich anzusehen, wer in dieser Unterkunft wohnte.

„Und was ist das Problem?", wollte Faith wissen.

„Es geht um Immobilienrecht. Ihr Haus steht in einem historischen Bezirk. Es ist schön und ziemlich viel wert. Es gibt eine große Firma in der Stadt, die versucht, den ganzen Häuserblock zu kaufen. Die Bewohner und Geschäfte dort haben sich zusammengetan, um das zu verhindern. Vor etwa einem Monat hat meine Mandantin ihre Pension zugemacht und Angehörige in Kalifornien besucht. Vor zwei Tagen ist sie nach Hause gekommen und hat mich angerufen. Sie war ganz aufgelöst. Im Haus stank es und als sie nachsah, hat sie eine Leiche gefunden. Sie hat den Mann nicht erkannt, bis die Polizei seinen Ausweis gefunden hat. Er hatte bei ihr in der Pension gegessen und sie dachte, er wäre mit einem ihrer Gäste befreundet."

„Hatte er ihr Haus besetzt, während sie weg war, und dann einen Herzinfarkt oder so was gehabt?" Faith lehnte sich auf ihrem Stuhl zurück und schloss die Augen. Sie sah unglaublich müde aus und Luke musste sich zusammenreißen, um nicht eine Haarsträhne aus ihrem Gesicht zu streichen.

„Nein." Hopes Stimme klang rau. „Es sah aus wie ein Suizid."

Faith ließ den Kopf hängen. „Wie furchtbar."

Luke konnte spüren, wie seine Ohren brannten. Er sollte den Mund halten. Das alles ging ihn nichts an.

Er nippte an seinem Kaffee und versuchte, sich nicht auf die Unterhaltung zwischen Faith und Hope zu konzentrieren, aber es nützte nichts. Sie sprachen über einen Toten und darüber, was die Polizei bis jetzt unternommen hatte. Mit jedem Augenblick wuchs seine Unruhe, bis er nicht mehr schweigen konnte. „Hope, tu mir bitte einen Gefallen. Wenn du den Polizeibericht über diesen Typen bekommst, kannst du ihn überprüfen, um sicher zu sein, dass es ein Suizid war und kein Mord? Und finde heraus, ob es noch andere Probleme gab, abgesehen von Depressionen oder psychischen Erkrankungen. Vielleicht etwas anderes, was dazu geführt haben könnte."

„Okay."

Luke hatte versucht, leidenschaftslos und distanziert zu klingen, aber Hopes Miene verriet ihm, dass ihm das nicht gelungen war. Typisch, dass er für einen deprimierenden Ausklang des Abends sorgte. Er musste hier raus, bevor er noch mehr vermasselte. Noch zwei Sätze und er würde anfangen, sich alles von der Seele zu reden, von Vätern und Selbstmorden und seinem Hass auf das FBI.

„Danke." Er leerte seinen Kaffee in einem Zug und stellte die Tasse mit mehr Schwung ab, als er beabsichtigt hatte. „Ich rufe mir jetzt ein Taxi zum Hotel." Faith protestierte, aber nicht so sehr, wie er es vielleicht erwartet hätte. „Schickst du mir eine Nachricht, wenn du zu Hause bist, damit ich weiß, dass alles in Ordnung ist?"

Sie nickte, aber er konnte die Fragen in ihren Augen sehen. Fragen, die er nicht beantworten wollte.

Aber früher oder später würde sie es erfahren.

Und wie würde sie dann reagieren?

Und warum war ihm das nicht egal?

*

Als Lukes Uber-Taxi abfuhr, schloss Faith die Tür und wandte sich ab, um Hope beim Aufräumen zu helfen.

„Was sollte das denn?" Hope stellte ihre Tasse auf die Arbeitsplatte in der Küche. „Luke ist cool, aber er kann einem ganz schön die Laune verderben."

Das hatte Faith auch bemerkt. „Ich vermute, dass er jemanden durch Suizid verloren hat und bei diesem Thema sensibler ist, als ihm selbst vielleicht bewusst ist."

Hope grinste schelmisch. „Vielleicht braucht er ja jemanden, der ihn tröstet. Wenn Mom von Luke gewusst hätte, ich wette, sie hätte sich die Mühe mit dem Profil bei der Partnervermittlung geschenkt."

„Sei still."

„Wieso denn? Du magst ihn. Er mag dich. Das ist doch offensichtlich."

„Das bildest du dir ein."

„Nee, tu ich nicht. Ich glaube, Gott wusste, dass du niemals aktiv nach einem Mann suchen würdest, also hat er dir einen sehr netten Typen genau vor die Nase gesetzt." Hope wackelte mit den Augenbrauen. „Du kannst mir nicht erzählen, dass du ihn nicht attraktiv findest."

„Natürlich finde ich ihn attraktiv. Das tust du auch. Warum verabredest du dich nicht mit ihm zu einem Date?"

Hope grinste spöttisch. „Nicht mein Typ."

„Er ist total dein Typ. Ihr beide habt euch auf Anhieb –"

„Für mich ist er der Bruder-Typ. Nicht der Lover-Typ."

„Es gibt einen Mann für dich, Hope. Warum nicht Luke?"

Hope tätschelte ihren Arm. „Weil er schon dir gehört."

„Hör auf, das zu sagen. Ich bin nicht –"

„Ich weiß, dass du mich nicht anlügen wirst. Du hast es versprochen."

Das hatte Faith tatsächlich. Als ihre Welt um sie herum zusammengebrochen war und es sich angefühlt hatte, als wären sie die einzigen beiden Menschen, denen sie trauen konnten, hatte Faith das versprochen. Das hatten sie beide getan. Keine Lügen. Und niemals die Wahrheit verschweigen. Faith war es gewesen, die Hope von der Affäre ihres Vaters erzählt hatte, und Hope hatte ihr gesagt, dass ihr Dad wieder heiraten würde. Sie waren ein Team. Verbunden durch Blut und tragische Erlebnisse und, was vielleicht noch wichtiger war, durch eine bewusste Entscheidung.

Faith ließ sich in einen Sessel fallen. „Er ist ein anständiger Kerl und ich fühle mich zu ihm hingezogen. Aber jedes Mal, wenn ich das Gefühl habe, dass wir Fortschritte machen, hin zu einer echten Freundschaft oder Beziehung oder was auch immer, errichtet er eine Mauer."

„Dann ist es ja gut, dass du keine Höhenangst hast." Hope lachte über ihren eigenen Witz.

„Du bist unmöglich."

„Und du bist total defensiv." Hopes Grinsen verwandelte sich in etwas Nachdenklicheres. „Du hast keine Angst vor irgendwas. Hattest du noch nie. Warum versuchst du es nicht mit ihm?"

„Ich kann nicht. Nicht im Moment."

„Bitte."

„Ich arbeite an einem Fall –"

„Wo ist das Problem?"

Mit Hope zu diskutieren, war noch nie einfach gewesen. Und besonders schwierig war es, wenn sie recht hatte. „Ich werde darüber nachdenken."

„Ich wette, du denkst schon die ganze Zeit darüber nach – und zwar ständig." Hope streckte die Arme aus und Faith beugte sich vor, um sie zu umarmen. „Fahr nach Hause. Geh schlafen. Und morgen kannst du herausfinden, was in seinem Herzen vor sich geht. Ich glaube, du wirst damit klarkommen – was auch immer es ist."

Faith fuhr nach Hause und schickte Luke eine Textnachricht, so wie sie es versprochen hatte. Er antwortete sofort, beinahe so, als hätte er auf ihre Message gewartet, und dann schrieben sie noch ein paar Minuten hin und her, bevor Faith schlafen ging.

Wie würde ihr Leben wohl sein, wenn der Fall vorbei war und sie nicht mehr jeden Abend Nachrichten an Luke Powell schickte?

Erstaunlicherweise schlief Faith tief und fest. Es war ein traumloser Schlaf. Und sie wachte mit einem neuen Gefühl der Zielstrebigkeit auf.

Hopes Überzeugung, dass Luke „der" Mann für sie war,

machte ihr Angst. Hope besaß eine gute Menschenkenntnis und eine beinahe unfehlbare Intuition. Faith hatte sich nicht immer auf das Bauchgefühl ihrer Schwester verlassen. Hätte sie es getan, dann wäre ihr eine Menge Liebeskummer wegen verschiedener Typen im College erspart geblieben. Aber sie hatte ihre Lektion gelernt. In den letzten Jahren hatte sie bei den wenigen Malen, die sie mit jemandem ausgehen wollte, immer zuerst Hope gefragt, die sie gut beraten hatte.

Aber dies war das erste Mal, dass Hope sich ausdrücklich für einen Mann ausgesprochen hatte. Es wäre für Faith viel einfacher, die Sache abzutun, wenn sie aufhören könnte, an Luke zu denken, was angesichts der Tatsache, dass er ein fester Bestandteil ihrer aktuellen Arbeit war, ganz und gar unmöglich war.

Faith holte eine Cherry-Cola aus dem Kühlschrank. Nur noch zwei Flaschen Vorrat. Sie musste auf dem Heimweg heute Abend im Supermarkt vorbeifahren.

Ihre Fahrt ins Büro war ereignislos und das Gebäude nahezu menschenleer. Auf ihrem Schreibtisch lag ein Stapel Berichte, der gestern noch nicht dort gelegen hatte. Das bedeutete, dass einige Kollegen am Abend zuvor ebenfalls fleißig gewesen waren, und dies war das Ergebnis ihrer Mühen.

Sie nahm den ersten Bericht in die Hand. Die ATF, die für Alkohol, Tabak und Schusswaffen zuständig war, glaubte, bei der Bombe, mit der Thad Bakers Wagen in die Luft gejagt worden war, Hinweise auf ein professionelles Design erkennen zu können, aber auch Anzeichen dafür, dass ein Amateur sie gebaut hatte. Unterm Strich wussten sie nicht, womit sie es zu tun hatten.

Aber eine Information war interessant: Der Sprengstoff in der Bombe, die Jared Smiths Wohnung zerstört hatte, war der gleiche wie beim Fall Thad Baker. Es würde noch etwa eine Woche dauern, bis sie die genaue chemische Zusammensetzung kannten und beurteilen konnten, ob beide wirklich identisch waren, aber es war wohl keine weitverbreitete Sorte …

und was bedeutete es, wenn beide Bomben genau den gleichen Sprengstoff enthalten hatten?

Sie schob den Gedanken für den Moment beiseite und nahm die nächste Akte. Die Stevskys hielten sich bedeckt, seit ihr Patriarch im Gefängnis gestorben war – es sei denn, man zählte das Attentat auf Thad Baker, obwohl es keine Beweise dafür gab, dass sie für diesen Anschlag verantwortlich waren. Mehrere Agenten hatten in der letzten Woche mit den Mitgliedern der Familie gesprochen. Alle leugneten, etwas mit Thads Tod oder den jüngsten Anschlägen zu tun zu haben. Steckten sie trotzdem dahinter? Die Kollegen, die den Bericht geschrieben hatten, kamen zu dem Schluss, dass die Unschuld der Stevskys eine echte Möglichkeit war. Na ja, nicht unschuldig allgemein, sondern nicht schuldig in diesen speziellen Fällen.

Es wäre schön, wenn man irgendwie beweisen könnte, dass sie nichts mit den Morden zu tun hatten. Aber wie? Faith tat die Frage zu den anderen, über denen ihr Unterbewusstsein brüten würde.

Die nächste Mappe enthielt den Bericht des Brandmeisters zu Zanes Haus. Brandstiftung. Keine Überraschung. Der Feuerwehrbeamte hatte Faith schon am Telefon die wesentlichen Punkte erläutert und der offizielle Bericht brachte keine neuen Erkenntnisse.

Dann die Ballistik zu dem Schuss auf Gil. Die war interessant, wenn auch nicht überraschend. Dieselbe Waffe, mit der auf Zane und Luke geschossen worden war, hatte auch den Schuss auf Gil abgefeuert. Und das bedeutete, dass ihr Täter ein Scharfschütze war. Die Agenten hatten die Stelle gefunden, von der aus der Schuss auf Gil abgegeben worden war. Es bestätigte Faiths Theorie, dass der Schütze ganz gezielt handelte. Nicht willkürlich. Er wollte niemanden töten, der zufällig in die Schusslinie geriet.

Ein Killer mit Moral? Was bedeutete das nun wieder?

21

Luke war früh zur Arbeit gegangen, nachdem er in einer langen Nacht mehr als einmal schweißgebadet aufgewacht war. Er hatte sich zwingen müssen, Faith nicht um drei Uhr morgens eine Nachricht zu schicken, um zu hören, ob bei ihr alles in Ordnung war. Frühlingsstürme hatten während der Nacht getobt und der trübe Tag passte zu Lukes Stimmung.

Er war gerade dabei, weitere Informationen über Park Mi Cha zu recherchieren, als sein Telefon sich mit einem markanten Klingelton bemerkbar machte.

Bill. Nicht sein Lieblingsinformant, aber auch niemand, den er ignorieren sollte.

Luke griff zum Telefon. „Hallo."

„Hast du eine Minute?" Bills Stimme klang rau – zu rau für jemanden, der gerade erst 22 geworden war.

„Kommt drauf an. Hast du was für mich?"

„Könnte sein."

„Ich höre."

„Ihr seid auf der falschen Fährte." Bills Worte waren eindringlicher als sonst.

„Welche Fährte meinst du?"

„Die Stevskys."

„Die Stevskys haben jahrelang behauptet, wir wären auf der falschen Fährte. Waren wir aber gar nicht. Warum sollte es diesmal anders sein?"

„Sie waren es nicht." Ein Anflug von Verzweiflung schwang in seiner Stimme mit. „Und auch keiner von ihren Rivalen."

„Nur, damit wir uns richtig verstehen: Was genau waren sie

nicht?“ Luke hatte schon vor langer Zeit gelernt, dass es wichtig war, Bill auf Einzelheiten festzunageln.

„Du, deine Kumpels, Baker. Nichts davon geht auf ihr Konto. Die bringen keine Agenten um. Agenten umzulegen, ist dumm, und die Stevskys sind alles Mögliche, aber dumm sind sie nicht.“

„Stevsky war nicht dumm, das stimmt. Aber ich bin nicht sicher, ob das auch für seine Nachfolger oder für eventuelle Konkurrenten gilt. Woher weißt du, dass sie nichts mit der Sache zu tun haben?“

„Ist doch egal, woher ich das weiß.“

Das reichte Luke nicht. „Nehmen wir mal an, ich würde dir glauben, was die Stevskys betrifft. Wie kann ich sicher sein, dass es nicht ihre Konkurrenz ist, die ihnen die Schuld in die Schuhe schieben will?“

„Weil sie sich getroffen haben. Die werden alle von einem Typen bedroht, den sie den Tiger nennen.“

„Den Tiger?“

„Es gibt da einen asiatischen Typen. Er schleicht rum wie eine Raubkatze. Und er hat ein Tiger-Tattoo. Irgendwann hat jemand ihn Tiger genannt und der Name ist hängen geblieben.“

„Hat dieser Tiger Thad getötet?“

„Keine Ahnung. Vielleicht. Dieser Typ ist jedenfalls ein Problem. Er hat ein paar interessante Dinge gekauft. Ein paar Leute haben ihn gesehen. Ich aber nicht“, fügte Bill schnell hinzu.

„Warum erzählst du mir das?“

„Alle fühlen den Druck. Jeder Beamte in North Carolina ist in Alarmbereitschaft. Die Bullen vor Ort sind nervös. Polizisten und Agenten umbringen, das macht man hier nicht.“

Da hatte Bill nicht unrecht. In manchen Teilen der USA war es durchaus üblich, Beamte umzulegen, aber hier eigentlich nicht. Jedenfalls war es das bis zu dieser Woche nicht gewesen.

„Wie gesagt, Agenten umzulegen, ist idiotisch. Alle wissen, dass das Stress bringt. Das will niemand."

Sagte er die Wahrheit oder war das ein ausgeklügelter Trick, um den Verdacht von den Stevskys abzulenken? „Wo hängt dieser Tiger denn rum? Und wenn ihr alle solche Angst vor ihm habt, warum zieht ihr ihn dann nicht aus dem Verkehr?"

„Na, das wäre doch illegal." Bill tat so, als wäre er schockiert.

„Nee, klar." Als hätte das die Verbrecher schon einmal davon abgehalten, unliebsame Personen umzubringen. „Also, wo ist er?"

„Das weiß keiner mit Sicherheit. Er ist aufgetaucht und hat angefangen, Agenten umzulegen. Wir dachten, ihr habt euch irgendwie unbeliebt gemacht. Und wenn ich ehrlich bin, ist es uns auch ziemlich egal. Aber der Druck ist echt heftig und wir haben genug davon."

„Wie lange weißt du schon, dass dieser Typ in der Stadt ist?"

„Ein paar Wochen."

Luke atmete durch die Nase ein und ließ die Luft dann langsam wieder entweichen. *Nicht aufregen, Powell. Zähl ganz ruhig bis zehn.*

„Du hättest am Montag anrufen können. Warum hast du bis jetzt gewartet?" Obwohl Luke wusste, warum. Sie wollten, dass dieser Kerl erst die Drecksarbeit für sie erledigte, sodass sie anschließend davon profitieren konnten. Aber die Freude würde nur so lange anhalten, bis Luke den gesamten Staatsapparat auf sie hetzte und es für sie zu heiß wurde.

Bill musste gemerkt haben, in welche Richtung Lukes Gedanken wanderten, denn er reagierte schnell und – möglicherweise – zum ersten Mal ganz ehrlich. „Hör zu, wir wussten nicht, wer er war oder was er vorhatte. Okay? Keiner wusste das. Es gibt vielleicht ein paar irre, kranke Typen, die sich an dem, was am Montag passiert ist, aufgeilen, aber das hat keiner erwartet."

„Ich weiß nicht, Bill. Stevskys Leute sind total sauer auf uns, seit wir den alten Mann hinter Gitter gebracht haben. Und sie sind durchgedreht, als der Mann das Zeitliche gesegnet hat. Sie haben jede Menge Drohungen ausgestoßen. Woher willst du wissen, dass die Stevskys nicht diesen Tiger angeheuert haben, damit er ihre Drecksarbeit erledigt?"

Bill senkte die Stimme. „Ich war dabei, Mann. Als die Stevskys und die anderen sich getroffen haben. Dieser Tiger ist total unberechenbar. Der ist für keinen von uns gut. Und wir legen keine Agenten um. Das hab ich doch schon gesagt."

Moment mal. Plötzlich ergab eines der vielen Puzzleteile einen Sinn. „Weißt du, wer den alten Stevsky auf dem Gewissen hat?"

Bill zögerte etwas zu lange.

„Du weißt es, oder?"

„Woher soll ich wissen, wer ihn umgelegt hat?"

Zum ersten Mal in diesem Gespräch war Luke sicher, dass er eine Lüge gehört hatte. Das könnte alles ändern. Wenn die Stevskys schon wussten, wer ihren Senior umgebracht hatte, war ihnen klar, dass es niemand vom Secret Service oder von einer anderen Bundesbehörde gewesen war. Sie würden sich rächen, aber das hier war etwas anderes.

Luke könnte Bill unter Druck setzen, aber er hatte, was er brauchte. Jedenfalls etwas davon. „Dieser Tiger? Wie sieht er aus?"

„Was weiß ich, Mann. Ich weiß nur, dass die Leute ihn als Asiaten beschreiben."

„Größe? Statur?"

„Wie ich gehört habe, nicht besonders groß. Und drahtig und flink und er stalkt Leute wie ein Tiger."

„Er stalkt Leute? Wie merkt man denn, dass man gestalkt wird?"

„Du weißt es, wenn der Typ plötzlich aus dem Nichts auftaucht und anfängt, Fragen zu stellen."

Luke war nicht überzeugt, aber wenn jemand ihm tatsächlich begegnet war, gab es ihn vielleicht. „Was hat er denn gefragt?“

„Er brauchte ein Gewehr.“

Das konnte Luke glauben. „Akzent?“

„Eigentlich nicht. Sein Englisch war gut.“

„Hat er dich gestalkt?“

„Nee, einen Kumpel von mir. Der hatte echt Schiss und er ist nicht gerade schreckhaft, wenn du verstehst.“

Luke verstand. Einige von Stevskys Männern waren die übelsten Verbrecher, von denen Luke jemals gehört hatte. Um ihnen einen Schreck einzujagen, musste man schon einiges tun.

„Ich wiederhole noch mal. Du sagst, die Stevskys haben den Secret Service nicht auf dem Kieker, weil ihr schon wisst, dass wir den Senior nicht umgelegt haben, und weil ihr sowieso keine Agenten tötet. Du sagst, ihr habt Thad nicht ermordet und seid auch nicht für das verantwortlich, was diese Woche geschehen ist. Und außerdem sagst du, dass keiner der üblichen Verdächtigen hier in Raleigh was damit zu tun hat, und ihr wollt, dass die Polizei euch in Ruhe lässt. Und zu diesem Zweck seid ihr bereit, diesen Tiger ans Messer zu liefern, damit wir ihn uns schnappen.“

Bill schnaubte. „Keine schlechte Zusammenfassung.“

„Woher weiß ich denn, dass du diesen Tiger nicht einfach erfunden hast? Ihr seid ein überschaubares Risiko eingegangen, habt ein paar Agenten aus dem Verkehr gezogen und jetzt wird euch die Sache zu heiß. Ihr wollt uns loswerden, vielleicht sollen wir auch leichtsinnig werden, also habt ihr euch diesen Typen ausgedacht.“

„Mann, ich würde an eurer Stelle nicht leichtsinnig werden, bevor ihr diesen Kerl gefunden habt.“ Bills schnelle Antwort klang echt. „Wir sind jedenfalls weiter auf der Hut.“

„Sucht ihr ihn denn auch?“

„Nur, um ihm aus dem Weg zu gehen, aber es gibt Gerüchte, dass er aus dem Verkehr gezogen werden soll. Er schadet uns."

Das war das Unterstatement des Jahres. „Rufst du mich an, wenn ihr eine Ahnung habt, wo er ist?"

Bill zögerte und sagte dann: „Ja. Mach ich."

„Warum?"

„Wenn wir ihn umlegen, ist es vorbei, aber ihr gebt keine Ruhe. Ihr gebt nie Ruhe. Nicht nach so einer Sache. Aber wenn die Behörden ihn kriegen, kommt er in den Knast und alle können entspannen. Dann sind die Dinge wieder wie vorher."

Luke dachte über diese Logik nach. Die meisten Banden in der Stadt würden nicht so denken, aber Stevsky war immer ein Stratege gewesen. Vielleicht waren seine Söhne ja auch keine Idioten. Könnte es sein, dass sie ihre Rivalen überzeugt hatten?

*

Faiths Handy vibrierte.

Luke.

Warum entspannten ihre Schultern sich eigentlich, sobald sie seinen Namen auf dem Display sah, nur um sich dann wieder total zu verspannen, während sie den Anruf entgegennahm, weil alle Nervenenden in ihren Armen und Fingern kribbelten?

„Hi." Das klang doch ganz locker. Oder?

„Bist du gerade beschäftigt?" Luke klang überhaupt nicht locker.

„Was ist denn?"

„Hast du heute schon Mittagessenspläne?"

Faith warf einen Blick auf ihre Uhr. Es war halb elf. „Jetzt?"

„Nein." Sie konnte die Belustigung in Lukes Stimme hören. „Es sei denn, du hast nicht gefrühstückt und willst lieber brunchen gehen."

Sie hatte nicht viel gegessen, aber das würde sie nicht sagen.

„Wir müssen reden."

Ging es um gestern Abend? Um den Fall? Beides? Keins von beidem? „Okay. Mein Büro oder deins?"

„Ich kann zu dir kommen. Aber wir müssen irgendwo ungestört reden können."

Faith überlegte. Wenn Luke ins FBI kam, würde er Aufmerksamkeit auf sich ziehen. Wenn sie in sein Büro ging, waren sie nur im Besprechungsraum halbwegs ungestört, und niemand wusste, wie lange. „Was hältst du davon, wenn ich dich abhole und wir im Wagen essen?"

Luke antwortete nicht gleich.

„Ist das ein Problem?"

„Nein." Luke zog das Wort in die Länge. „Ich überlege nur gerade, wie gefährlich es für dich wäre, mit mir im Wagen durch die Gegend zu fahren."

Also, das war sehr … ritterlich. Und deprimierend.

„Ich denke, uns passiert nichts, solange wie unberechenbar bleiben."

„Vielleicht."

„Dann hol ich dich in einer Stunde ab."

„Gut. Ruf an, wenn du da bist, dann komme ich raus. Ich will nicht, dass du aussteigst."

„Warum nicht?"

„Wir wissen nicht, ob der Täter unser Büro beobachtet. Er darf dich nicht erwischen oder verletzen oder …"

„Ich bin kein hilfloses kleines Mädchen, Luke."

„Gil ist auch nicht hilflos. Dasselbe gilt für Zane. Oder mich. Und ich kann dir versichern, dass Michael und Jared zwei der mutigsten Männer auf diesem Planeten waren."

Wenn er das als jemand sagte, der in einer Behörde voller Alphatiere arbeitete, dann wollte das was heißen.

„Es hat überhaupt nichts mit der Tatsache zu tun, dass du eine Frau bist, und das habe ich auch nicht behauptet. Es ist auch kein Urteil über deine Fähigkeiten oder irgendwelche potenziellen Schwächen. Ich bin es einfach leid, Menschen zu verlieren, die ich liebe, und deshalb will ich nicht, dass du irgendeinem Risiko ausgesetzt bist."

Faith hätte beinahe ihr Telefon fallen lassen. Was? Nein. Er hatte nicht gemeint, dass er sie liebte. Nur, dass er keine Menschen mehr verlieren wollte, die ihm wichtig waren. Oder? „Luke –"

„Abgesehen davon ist mit Hope nicht zu spaßen und ich will ihr keine Munition liefern."

„Okay." Faith registrierte Lukes Versuch, die Unterhaltung von einer gefährlichen Klippe wegzusteuern. Das war ein Sprung, den sie beide nicht machen konnten. „Wir sehen uns in einer Stunde."

Als sie auf den Parkplatz bog, war Luke nirgends zu sehen. Aber als sie den Wagen am Bordstein ausrollen ließ, kam er hinter einer niedrigen Mauer hervorgesprintet. Er sprang über ein paar Pfützen, stieg ein und schlug mit der flachen Hand auf das Armaturenbrett. „Los!"

Sie gab Gas, sodass die Räder auf dem nassen Pflaster durchdrehten, und stellte keine Fragen, bis sie den Parkplatz hinter sich gelassen hatten und wieder auf der Straße waren. „Äh, was war das gerade?"

„Sorry. Verfolgungswahn. Ich habe irgendwie diese Vorstellung, dass unser Schütze auf der Lauer liegt, um uns auszuschalten, wenn wir das Büro verlassen."

„Und mit ‚wir' meinst du dich."

„Na ja. Zane ist vor etwa zehn Minuten reingekommen und

auf ihn hat niemand geschossen, aber ja, vor allem meine ich mich."

Auf dem Asphalt stand das Wasser, sodass Faith die Fahrbahn wechselte und langsamer fuhr. „Wie geht es Zane?"

„Er sagt, die Schmerzen hat er mit Ibuprofen gut im Griff. Aber sein ganzes Leben bereitet ihm im Moment Kopfschmerzen."

„Klar. Und Gil?" Zane und Gil waren Faith egal – sie wollte vor allem über etwas reden, was nichts mit der Frage zu tun hatte, ob er sie liebte oder nicht.

„Ich habe ihn heute Morgen angerufen. Er hofft, dass er heute entlassen wird. Tessa versucht, ihn davon zu überzeugen, mit Zane im Hotel zu wohnen, aber Gil sagt, es wäre nicht gut, wenn sie nachts am selben Ort wären. Er meint, dann wären sie die perfekte Zielscheibe."

„Er will doch wohl nicht nach Hause, oder?"

„Es spielt keine Rolle, was er will. Wir haben nicht die Leute, um ihn zu Hause zu beschützen, also ist das keine Option."

Sie fuhren eine Weile schweigend weiter. „Ich dachte wirklich, er wäre tot." Die Worte waren heraus, bevor Faith sie aufhalten konnte. Sie hatten nie über den furchtbaren Nachmittag gesprochen. Die Schüsse. Der Freund, der zu Boden gesunken war. Die Angst.

„Ich auch." Luke streckte den Arm über die Mittelkonsole und drückte einen Augenblick lang ihre Hand. Dann ließ er sie wieder los. „Ich glaube, ich habe mich noch gar nicht bei dir bedankt. Nicht so richtig. Aber du … du warst umwerfend. Einfach umwerfend."

Etwas Warmes breitete sich in Faith aus. Es fing in den Fingerspitzen an, die Luke berührt hatte, und schlug dann über ihr zusammen in einem Gefühl von Zugehörigkeit und etwas, das sie nicht näher untersuchen wollte.

Sie stand am Rand eines … eines Sees? Eines Meeres? Was

auch immer es war – Strömungen und Kräfte zogen an ihr, so wie die Wellen den Sand unter nackten Zehen wegspülten. Sie konnte hineingehen und vielleicht fühlte es sich wunderbar an. Sie konnte weggehen und sich in alle Ewigkeit fragen, was hätte sein können. Aber das Einzige, was sie nicht konnte, war dort verharren, wo sie war, am selben Fleck stehen bleiben. Je länger sie es versuchte, desto prekärer wurde ihr Griff nach … ja, was? Woran klammerte sie sich eigentlich? Warum wehrte sie sich? Es wäre viel einfacher, hineinzuwaten und sich von den Wellen tragen zu lassen.

Sie riskierte einen Blick in Lukes Richtung und ging davon aus, dass er aus dem Fenster sah. Stattdessen blickte er Faith an.

Und irgendwo in ihrem Herzen machte sie einen Schritt vorwärts.

Sie richtete den Blick wieder auf die Straße, aber die Hitze in seinen Augen ließ ihre ganze Haut kribbeln. Hatte er das bemerkt?

Sie fuhr zu dem Drive-in-Schalter eines Delikatessengeschäfts. „Ist das in Ordnung?“ Sie hatte vorher gar nicht daran gedacht, Luke zu fragen.

„Wenn du glücklich bist, bin ich es auch.“ Er tat es schon wieder. Meinte er das Essen? Oder mehr als das?

Sie bestellten und er half ihr, das belegte Baguette auszupacken, sodass sie es beim Fahren mit einer Hand halten konnte. „Okay. Schieß los. Worüber wolltest du mit mir reden?“

Zwischen den Bissen in seinen Burger erzählte Luke ihr von dem Gespräch mit seinem Informanten. Zwischendurch arrangierte er das Papier um ihr Baguette neu, sodass Faith beim Fahren weiteressen konnte, ohne Hühnchen auf ihrem Schoß zu verteilen.

„Was hältst du davon?“, wollte Luke schließlich wissen.

„Ich finde, wir müssen die Fühler ausstrecken und versuchen, seine Geschichte zu verifizieren. Wenn jeder Verbrecher in Raleigh vor diesem Tiger Angst hat, wird dein Informant nicht der Einzige sein, der uns von ihm erzählen kann."

„Stimmt." Luke warf einen Blick auf sein Handy. „Würde es dir etwas ausmachen, mich am Krankenhaus abzusetzen anstatt beim Büro? Ich will nach Gil sehen und hören, was er zu der Sache zu sagen hat."

„Kein Problem." Sie wartete ein paar Sekunden und versuchte, ein Gefühl für das Wasser zu bekommen, in dem sie jetzt stand. „Hast du was dagegen, wenn ich mitkomme?"

„Das wäre mir total lieb." Er ließ die Worte so lange in der Luft hängen, dass sie den Eindruck bekam, er könnte sie tatsächlich ernst meinen. Dann fügte er hinzu: „Gil würde sich mit Sicherheit auch freuen. Er hat heute einen Pfleger. Und ist alles andere als begeistert."

Erleichterung und Resignation trafen aufeinander. Erleichterung, weil sie sich mit diesem Thema wieder auf weniger heiklem Terrain befanden. Resignation, weil es zwar etwas länger gedauert hatte als sonst, die Mauer aber da war. Wieder einmal.

Wie oft musste sie ihm noch eine Brücke bauen? Wie lange würde es dauern, bis er einen Schritt auf sie zumachte?

Würde er es überhaupt jemals tun?

Und wenn nicht, wollte sie dann noch auf ihn zugehen?

„Gil weiß es nicht, aber Jacob will nicht, dass er das Krankenhaus verlässt. Da, wo er im Moment ist, kann man ihn gut beschützen. Aber er scharrt mit den Hufen, weil er unbedingt rauswill."

Eine Viertelstunde später hatten sie geparkt und im Krankenhaus ihre Ausweise vorgezeigt. Faith blieb auf dem Gang stehen. „Ich warte. Er –"

„Oh nein, das wirst du nicht. Er will dich sehen. Rein da." Luke packte ihre Hand und zog daran. Sie hätte sich leicht losreißen können. Es war keine aggressive oder auch nur fordernde Berührung, sondern spielerisch und erschreckte Faith so sehr, dass sie sich von Luke in Gils Zimmer ziehen ließ.

Gils zerschundenes Gesicht erhellte sich, als er sie sah. „Faith! Meine liebste FBI-Agentin! Komm rein und drück mich." Sie konnte seiner Begeisterung nicht widerstehen und folgte seiner Einladung. Er drückte ihre Hände, sah ihr in die Augen und sagte ohne Schalk oder Melodramatik nur ganz schlicht und ernsthaft: „Danke."

„Ich habe doch gar nichts gemacht." Sie versuchte, von sich selbst abzulenken und sich zurückzuziehen, aber Gil hielt sie fest.

Dann schüttelte er den Kopf. „Du brauchst gar nicht kleinzureden, was du getan hast, Faith. Mir gegenüber nicht und dir selbst gegenüber auch nicht. Du warst mutig. Du warst energisch. Als es drauf ankam, hast du alles gegeben und mich rausgeholt. Du hast mir das Leben gerettet. Und das von Luke auch. Er hätte mich niemals dort liegen lassen und dann wären wir beide eine leichte Beute gewesen."

Faith erschauerte bei dem Bild, das Gils Worte vor ihrem geistigen Auge entstehen ließen, während er ihre Hände drückte und damit das Gesagte unterstrich.

„Das hättest du nicht tun müssen." Er warf einen Blick zu Luke hinüber. „Er schon. Wir sind Freunde. Es wäre besser gewesen zu sterben, als ins Büro zurückzugehen und so zu tun, als hätte er mich dem Typen nicht als Schießübung ausgeliefert. Aber du warst außen vor und hast dich reingestürzt."

„Ich habe nicht –"

Gil ließ sie nicht ausreden. „Du bist umwerfend. Hör niemals auf, das zu glauben. Gott lässt dich mit deiner typisch starken und wilden Art für ihn wirken. Das ist ein Geschenk und es ist mir eine Ehre, dich zu kennen."

Jede Faser in Faiths Körper flehte darum, sich losreißen zu

können. Vor diesem Mann zu fliehen, der keine Angst hatte zu sagen, was er fühlte, und allein durch seine Willenskraft Gefühle in ihr auslöste, die ihr panische Angst machten. Nicht um ihn. Nicht seinetwegen.

Sondern ihretwegen.

22

Luke lehnte an der Tür. Er konnte jedes Wort hören. Und er konnte Faiths Profil sehen. Bis zu diesem Augenblick hätte er nicht geglaubt, dass sie vor irgendetwas Angst haben könnte, aber ihre Furcht vor Gils Worten war spürbar.

„Ich bin nicht sicher, ob ich es genauso sehe, Gil, aber ich danke dir." Ihre heisere Stimme rührte an Lukes Herzen.

„Das wirst du schon noch." Gil grinste Faith an und ließ sie los. Sie trat zurück. Es war beinahe ein Sprung. So als brauchte sie Abstand und vielleicht war es auch so. Faith schien ihm niemand zu sein, der gerne über Gefühle redete.

„Habt ihr mir eigentlich was zu essen mitgebracht?"

„Nee. Aber ich glaube, was ich stattdessen habe, wird dir gefallen." Luke berichtete Gil von den Ereignissen des Tages. „Meinst du, du könntest dich bei deinen Informanten umhören, ob sie irgendwas davon bestätigen können?"

Gil zögerte nicht. „Klar."

„Moment mal! Du arbeitest nicht an diesem Fall, schon vergessen?" Faith hob die Hände zwischen den beiden Freunden. Hätte jemand das gesehen, hätte er meinen können, Gil und Luke wollten sich prügeln und Faith wäre dazwischengegangen.

„Wir arbeiten nicht an dem Fall." Jedenfalls nicht, wenn man es genau nahm. „Wir verhaften niemanden. Wir verfolgen Spuren, die potenziell für eine Menge Fälle des Secret Service wichtig sein können." Luke sah Gil an, damit der ihn unterstützte.

„Luke hat es gesagt. So ist es." Gil grinste wieder und ruinierte damit den Vorwand, den Luke konstruiert hatte.

Aber Faith regte sich nicht auf. „Ich kann euch natürlich nicht daran hindern, Kontakt mit euren Informanten zu haben. Aber seid vorsichtig."

Gil streckte die Arme aus, die Hände geöffnet, und schüttelte mit verwirrter Miene den Kopf. „Ich weiß gar nicht, warum du meinst, wir sollten vorsichtig sein. Ich gebe zu, dass ich verwundet wurde. Ich habe ein Loch. Im. Kopf." Er machte eine Pause, um seine Worte wirken zu lassen, dann zeigte er auf Luke. „Mr Schönling hier, der hat keine Löcher. Nur Kratzer. Aber immerhin stammen die von echten Geschossen, also …"

Luke wandte sich an Faith. „Was habe ich dir gesagt? Löcher. Ich wusste, dass er irgendwann auf die Löcher zu sprechen kommt."

Faith lachte und ihr Lachen war ansteckend. Sie lachten alle, bis Faiths Handy klingelte. Sie warf einen Blick auf das Display. „Das ist Dale. Ich bin gleich wieder da." Mit diesen Worten schlüpfte sie zur Tür hinaus.

Die Tür fiel hinter ihr ins Schloss und Gil lehnte sich auf seinem Kissen zurück, die Arme hinterm Kopf verschränkt. Seine abrasierten Haare wirkten … seltsam. „Sag schnell."

„Was soll ich sagen?"

„Faith."

„Was ist mit ihr?" Kaum hatte er die Worte ausgesprochen, wusste er, dass es ein Fehler gewesen war.

Gil beugte sich im Bett vor und seine Augen blitzten vor Belustigung und Genugtuung. „Ich wusste es doch."

„Da gibt es nichts zu wissen." Noch ein Fehler. Er war schließlich kein Schüler mehr, der leugnete, dass er in Lizzie Sullivan verknallt war.

„Seit wann seid ihr beide ein Team? Und wann hast du aufgehört, das FBI zu hassen?"

„Wir sind kein Team. Wir ermitteln zusammen in diesem Fall."

„Klar. Wie ein … wie sagt man noch mal? Ach ja. Ein Team."

„Sehr witzig."

„Ich warte."

„Worauf?"

„Auf die Antwort auf meine Frage, die du ignoriert hast. Hast du sie schon vergessen?"

Luke hatte sie nicht vergessen. Faith und er hatten eine Verbindung, die immer tiefer wurde. Er wusste nicht mehr, was sie für ihn war, aber sie nur als Kollegin zu bezeichnen, traf es ganz und gar nicht. „Ich hasse das FBI noch immer."

„Für mich sieht es eher so aus, als wärest du in das FBI verliebt." Gil grinste spöttisch.

Das war eine Provokation und Gil war sich dessen durchaus bewusst. „Du kannst froh sein, dass du ein Loch im Kopf hast."

„Ich wäre dir trotzdem gewachsen. Das wissen wir beide. Aber ich habe mit einer Frage angefangen, auf die ich eine Antwort will. Wie sieht es aus? Hast du sie schon geküsst?"

„Geküsst?"

Die Tür wurde aufgerissen. Kein Klopfen als Warnung. Faith stand im Türrahmen. „Luke. Wir müssen los."

„Warum?" Luke hatte sich schon in Bewegung gesetzt, weil er wusste, dass die Antwort auf seine Frage nichts an der Tatsache ändern würde. Faith sagte, dass sie losmussten. Dann ging er.

„Hopes Suizidopfer? Es war kein Suizid. Der Mann wurde ermordet."

„Okay." Mord war schlimm, aber was hatte das mit ihm zu tun?

„Der Tote war ein Bekannter von David Lee."

Dem Freund?

„Hopes Mandantin kannte Park Mi Cha und David Lee. Sie ist jetzt bei Hope in der Kanzlei und wartet auf uns."

So schnell er konnte, ging Luke zu Gils Bett. Er legte eine Hand auf die Schulter seines Freundes und der erwiderte die Geste.

„Passt auf euch auf“, sagte Gil.

„Du auch.“

*

Faith fuhr. Luke widersprach nicht, aber er schnallte sich an, sobald er auf dem Beifahrersitz saß, und murmelte die ganze Zeit etwas davon, dass es ab Montag anders laufen würde, wenn er wieder fahren durfte.

Offenbar hatte er vergessen, dass er noch immer kein Auto hatte. Nicht, dass Faith ihn jetzt an diese schmerzliche Tatsache erinnern würde.

Sie konzentrierte sich aufs Fahren und haderte mit den roten Ampeln und dem Unwetter, das einfach nicht nachlassen wollte. Beide waren Hindernisse auf ihrem Weg zu Hopes Büro und zu einem möglichen Durchbruch in ihrem Fall.

Sie hatte damit gerechnet, dass Luke sie mit Fragen löchern würde, aber abgesehen von seinem Murmeln und einem scharfen Luftholen, das er durch ein Husten zu überspielen versuchte, schwieg er. Dachte er über den Fall nach oder hatte er solche Angst, wenn sie fuhr, dass er sie lieber nicht ablenken wollte?

Als sie bei Hopes Kanzlei parkten, war das Unwetter noch heftiger geworden. Luke machte keine Anstalten, aus dem Wagen zu steigen. Stattdessen wandte er sich Faith zu und fragte: „Was wissen wir?“

„Hope hat sich deine Worte gestern Abend zu Herzen genommen. Sie ist ganz früh ins Büro gefahren und hat alle Akten, die sie finden konnte, herausgezogen, bevor sie sich mit ihrer Mandantin getroffen hat. Sie hat mit dem Ermittler in dem Fall gesprochen und entdeckt, dass die Autopsie für heute terminiert war. Das fand sie merkwürdig – normalerweise machen sie samstags keine Autopsien – und wollte ihm deshalb einen Floh ins Ohr setzen. So nach dem Motto: ‚Könnte es sein, dass es gar kein Selbstmord war?' Aber er kam ihr zuvor. Sagte was davon, dass bei dem Fall irgendwas nicht stimme. Zuerst dachte sie, er spräche über ihre Mandantin, aber er hat Hope versichert, dass er nicht an der Unschuld ihrer Mandantin zweifele."

„Wenn sie auf der entgegengesetzten Seite des Landes war, dürfte es schwierig sein, ihr den Mord anzuhängen." Lukes Bemerkung war trocken, aber nicht sarkastisch.

„Genau. Aber als Hope nachgehakt hat, wollte er nur sagen, dass nicht alles zu einem Suizid passen würde und er bei der Autopsie dabei sein werde. Sie hat ihn gebeten, ihr Bescheid zu sagen, wenn irgendwas gegen Suizid spräche."

„Und was war das?"

„Deshalb war Hope ganz aufgedreht. Als der Detective sie angerufen hat, sagte er, der Bericht der Gerichtsmedizinerin sei heute Abend auf dem Server abrufbar und sie habe vor, ‚ungeklärte Todesursache' anzugeben. Wegen der Verwesung der Leiche konnte sie ein paar Dinge nicht mit Sicherheit sagen, aber sie glaubt, dass der Mann sich nicht selbst erhängt hat. Der Ermittler sieht es auch so, obwohl er zugegeben hat, dass es zum Teil nur ein Gefühl ist und er keine Beweise hat."

„Und wie ist die Verbindung des Opfers zu David Lee?"

„Hopes Mandantin sagt, sie hätten mehrmals zusammen zu Abend gegessen, während Park Mi Cha dort war."

„Muss ich sonst noch was wissen, bevor wir reingehen?"

„Ja. Hope sagt, die Frau ist ein Engel und wenn wir nicht nett zu ihr sind, redet sie nie wieder mit uns."

Lukes Schultern sackten ein wenig herunter und sein ganzer Körper entspannte sich, als er ihr ein ganz echtes Lächeln schenkte. „Deine Schwester ist gleichzeitig total witzig und total furchterregend. Ich werde mich benehmen."

„Danke."

Sie saßen dort und lächelten einander an und die Atmosphäre im Auto knisterte wegen etwas, das sie nicht erklären konnte.

Ein Blitz zerriss die Luft und das Fahrzeug bebte von der Wucht des Donners, der ihn begleitete. Bevor Faith wusste, wie ihr geschah, hatte Luke ihren Kopf nach unten gedrückt und sich über sie geworfen. Sie konnte seinen keuchenden Atem hören. „Luke?"

Er fuhr hoch und Faith lehnte sich wieder zurück. „Sorry. Mein Körper hat auf das Geräusch reagiert, bevor mein Gehirn begriffen hat, was es war." Er streckte die Hand nach ihrem Gesicht aus und bewegte es mit sanftem Druck in seine Richtung. „Alles in Ordnung? Ich hab dir nicht den Schaltknüppel ins Gesicht gehauen, oder?"

„Alles heil." Abgesehen von ihrem verräterischen Herzen. Ob er wohl merkte, was seine Berührung in ihrem Gesicht mit ihr machte?

„Abgesehen von meinem Stolz." Luke ließ die Hand sinken und den Kopf auch. „Alberne Überreaktion."

Jetzt war sie an der Reihe. Sie nahm seine Hand und drückte sie. „Das war nicht albern. Ein unbekannter Attentäter hat es auf dich abgesehen. Und es klang wirklich wie ein Schuss."

Er kaufte es ihr nicht ab. Sie konnte sehen, wie sein Hals rot wurde und die Röte dann in seine Wangen stieg.

„Luke?"

„Hm?"

„Danke."

„Wofür? Dafür, dass ich dich vor einem Gewitter beschützt habe?"

„Dafür, dass du mich beschützen wolltest, egal wovor." Jetzt war es raus. Er starrte sie an und sie konnte nicht mehr zurücknehmen, was sie gesagt hatte und wie sie es gesagt hatte. Also konnte sie genauso gut ganz ehrlich sein. „Ich bin es nicht gewohnt, dass Männer mich beschützen wollen oder bereit sind, sich für mich zu opfern."

Luke schüttelte frustriert den Kopf. „Du warst doch gar nicht in Gefahr."

„Aber das wusstest du nicht."

Er lächelte halbherzig. „Du weißt ja, wie das ist. Hope würde mich umbringen, wenn du auf dem Parkplatz vor ihrer Kanzlei umgelegt wirst."

Faith drückte seine Hand. „Nee, klar." Dann beugte sie sich vor und drückte einen sanften, langen Kuss auf seine Wange.

Als sie sich wieder ein wenig zurücklehnte, hinterließen die Bartstoppeln an Lukes Kinn ein Kribbeln auf ihren Lippen. Sie konnte seinen Atem in ihrem Gesicht spüren und sah eine Ader an seinem Hals pochen.

„Faith." Ihr Name war ein leises Stöhnen und das Begehren darin jagte einen wohligen Schauer durch ihren ganzen Körper. Ein Verlangen, das sie überraschte, sodass sie sich nicht dagegen wehren konnte. Und sie tat das einzig Vernünftige, was sie tun konnte.

Sie presste ihre Lippen auf seine.

23

Lukes Gehirn war komplett ausgeschaltet. Er dachte nicht ans FBI oder daran, dass er die Zielscheibe eines beunruhigend entschlossenen Killers war.

Es gab nur Faith.

Er legte die Hände um ihr Gesicht und küsste sie – so, als wäre es ihr letzter Kuss und nicht ihr erster.

Um sie herum tobte der Sturm, aber der Regen schirmte sie ab und sie waren allein.

Er hatte keine Ahnung, wie lange der Kuss dauerte, aber irgendwann setzte sein Verstand wieder ein und zügelte ihn. Er zog die Lippen zurück und lehnte die Stirn an ihre. Noch konnte er sie nicht ansehen. Er war noch nicht bereit für das, was er in ihren Augen sehen würde. Überraschung? Verwirrung? Angst? Oder etwas anderes? Vielleicht genau das, was in seinem Innern tobte und was er nicht definieren konnte.

Was auch immer zwischen ihnen war, er war immer noch Agent beim Secret Service. Sie war immer noch beim FBI. Sie hatten beide ihren Beruf, der sie bald voneinander trennen würde.

Nichts hatte sich geändert.

Und doch würde nichts wieder so sein wie vorher.

Faith lehnte sich auf ihrem Sitz zurück und er folgte ihrem Beispiel. „Luke?"

Jetzt endlich sah er sie an. „Ja?"

Ihr ratloses Lächeln löste etwas von seiner Anspannung. „Das war … ich meine … wow."

Das konnte man wohl sagen. *Wow* war massiv untertrieben.

Sie stieß einen Seufzer aus. „Ich bin nicht sicher, was wir jetzt machen."

„Ich auch nicht." Es war nicht romantisch, aber es war die Wahrheit.

Sie saßen schweigend da und starrten beide in den Regen hinaus, der so weit nachgelassen hatte, dass Luke die Tür zu Hopes Büro sehen konnte.

„Wir sollten reingehen." Faith klang so, als wäre es das Letzte, was sie wollte. Aber wenn sie nicht hineingingen, würden sie sich wieder küssen. Luke wusste es und er war ziemlich sicher, dass Faith es auch wusste.

„Ja."

„Kommst du an den Regenschirm hinter meinem Sitz dran?"

„Kein Problem." Während er hinter ihren Sitz griff, klappte sie die Sonnenblende herunter, schob die Abdeckung des Spiegels beiseite und fuhr mit einem Finger über ihre Lippen. Dann klappte sie die Blende wieder hoch, als er ihr den Schirm gab. Er konnte nicht widerstehen, sie ein bisschen aufzuziehen. „Dein Lippenstift ist in Ordnung. Wie ist meiner?"

Zu seiner Erleichterung lachte sie und inspizierte sein Gesicht. „Äh … darf ich?" Sie streckte zögernd die Hand aus.

Mensch, so hatte das Ganze vor ein paar Minuten angefangen. Sie fuhr mit dem Daumen über seine Wange, wo sie ihn geküsst hatte. „So."

Luke zwinkerte. „Das heißt, Hope wird es nicht merken?"

Faith ließ den Kopf sinken, aber er konnte ihr Grinsen sehen. „Ich weiß nicht, wie sie das macht, aber sie wird es merken." Sie gab Luke keine Chance, etwas zu erwidern, sondern öffnete ihren Schirm ein Stück und machte Anstalten, die Tür zu öffnen. „Bei drei?"

„Bei drei." Er zog seine Kapuze über den Kopf.

„Eins, zwei, drei." Dann stiegen sie beide aus. Faith spannte den Schirm auf und hielt ihn hoch, damit Luke darunterschlüpfen konnte. Sie drängten sich aneinander, während sie Pfützen auswichen, und lachten, als sie am Eingang angekommen waren. Luke hielt die Tür für Faith auf, während sie den Regenschirm ausschüttelte und hineineilte. Sie ließ den Schirm in eine Ecke fallen und Luke zog seine Regenjacke aus und hängte sie an eine Garderobe.

„Da seid ihr ja endlich." Hope kam um die Ecke, die Miene besorgt. „Ich dachte schon, es wäre was passiert."

Luke hatte ein schlechtes Gewissen. Was sollte er sagen? „Sorry, Hope, ich habe auf dem Parkplatz mit deiner Schwester rumgeknutscht" schien irgendwie nicht die richtige Antwort.

„Es sah ja so aus, als würde der Regen gar nicht mehr nachlassen. Ihr seid im richtigen Moment erschienen. Kommt mit." Hope wandte sich wieder dem Flur zu, von dem sie gekommen war.

Luke blickte zu Faith hinüber und sie biss sich auf die Unterlippe, offenbar bemüht, nicht zu lachen. Sie schüttelte sich ein wenig und er konnte sehen, wie ihre professionelle Seite wieder die Oberhand gewann, während sie Hope folgte. Bestimmt konnte er sich ebenso schnell zusammenreißen.

Sie betraten einen gemütlichen Bereich, der eher einem Wohnzimmer glich als einem Besprechungsraum. Sofas und Sessel standen um einen niedrigen Couchtisch und gaben Gästen das Gefühl, gut aufgehoben zu sein. Dass der Raum so luftig möbliert war, musste Absicht sein, aber es bedeutete auch, dass Hope sich mit ihrem Rollstuhl darin bewegen konnte, ohne irgendwo anzuecken.

Eine zierliche Frau saß in einem Ohrensessel und nippte an einer Teetasse. Als Luke und Faith eintraten, stellte sie die Tasse auf der dazugehörigen Untertasse ab.

„Mrs Lin", sagte Hope, um sie einander vorzustellen. „Das ist meine Schwester, Special Agent Faith Malone vom FBI."

Faith trat vor und gab der Frau die Hand. „Und Special Agent Luke Powell vom Secret Service." Luke verneigte sich ein wenig, als er Mrs Lins Hand ergriff. Sie war warm vom Tee und die Haut war faltig und an einigen Stellen rau. Sie hatte die Hände einer Frau, die ihr ganzes Leben lang fleißig gearbeitet hatte, und als sie ihm ein zittriges Lächeln schenkte, war ihre Angst greifbar.

Sie setzten sich und Hope nahm einen Notizblock vom Couchtisch. „Mrs Lin, Sie müssen nicht mit diesen beiden Agenten sprechen."

Mrs Lin nahm ihren Tee und trank einen Schluck. „Ich habe keine Angst vor *ihnen,* Hope."

Luke war nicht sicher, ob das die reine Wahrheit war, aber er bewunderte den Mut der Frau. „Mrs Lin, bis jetzt haben wir nur Indizienbeweise, aber wir glauben, dass Park Mi Cha im Februar zusammen mit meinem Freund Thad Baker in einem Wagen saß und von einer Autobombe getötet wurde. Wir sind dabei, die Puzzleteile zusammenzufügen, und glauben, dass sie ihn durch eine Internetseite für Genealogie gefunden hat und wusste, dass sie durch ihren Großvater miteinander verwandt waren. Aber abgesehen davon wissen wir fast nichts über die junge Frau und wir können weder ihren Vater ausfindig machen noch irgendjemand anderen, der sie gut kannte." Er erwähnte Ivy Collins nicht. „Alles, was Sie uns sagen können, wäre uns eine große Hilfe."

Sie nickte und richtete sich in ihrem Sessel auf. „Park Mi Cha." Ihre Augen wurden feucht und sie blinzelte.

Faith zog ein Papiertaschentuch aus einer Schachtel auf dem Tisch und reichte es Mrs Lin.

„Danke." Sie betupfte ihre Augen. „Mi Cha war ein liebes Mädchen. Ganz aufgeregt, weil sie in Amerika war. Sie hatte für ihre ganze Zeit hier ein Zimmer bei mir gebucht. Ihre Eltern wollten, dass sie gut isst und von einer vertrauten Kultur umgeben ist. Ich weiß nicht, wie sie von mir gehört hat, aber sie hatte ihr Zimmer schon von Korea aus gebucht."

Faith schrieb auf ihrem iPad mit und Luke verließ sich darauf, dass sie die Einzelheiten mitbekam. Er wollte sich darauf konzentrieren, ganz genau auf jedes Wort zu achten. War es von Bedeutung, dass Mi Chas Eltern von Mrs Lins Pension gewusst hatten? Vielleicht. Vielleicht auch nicht.

„Als sie ankam, war sie nervös, was ihre Arbeit betraf. Sie wollte einen guten Eindruck machen und ihre Eltern sollten stolz auf sie sein. Ihre Mutter war krank gewesen, aber jetzt war ihr Gesundheitszustand stabil. Mi Cha wäre niemals hergekommen, wenn sie gewusst hätte, dass der Zustand ihrer Mutter sich während ihrer Abwesenheit so drastisch verschlechtern würde."

„Haben Sie viel mit ihr gesprochen?", wollte Faith wissen.

„Ja, das habe ich. Ihre Mutter hatte Krebs. Sie hofften, es würde sich ein Spender für eine Transplantation finden, aber das erwies sich als schwierig, weil der leibliche Vater ihrer Mutter Amerikaner war. Er war selbst halb Koreaner und bei der US-Armee gewesen. Ihre Großmutter wurde schwanger, wusste es aber erst, als er wieder in den Staaten war. So wie Mi Cha die Geschichte erzählt hat, wurde ihre Großmutter zu Verwandten in ein entlegenes Dorf geschickt. In dem Dorf haben sie allen erzählt, ihr Mann sei gestorben. Sie müssen verstehen, dass ein uneheliches Kind als Makel empfunden wurde, aber von einem Amerikaner ein Kind zu bekommen, war noch schlimmer, auch wenn er selbst halber Koreaner war."

Mrs Lin sah sie reumütig an. „Ihre Eltern wollten, dass sie das Baby zur Adoption freigab, aber sie weigerte sich. Sie hatte den Amerikaner geliebt und sie liebte das Baby. Im Dorf wurde das Baby, Mi Chas Mutter, akzeptiert. Sie sah koreanisch aus und hatte beinahe keine westlichen Züge, also wusste niemand etwas von ihrer Herkunft. Mi Chas Mutter selbst erfuhr die Wahrheit erst, als sie schon über 20 war."

„Hat ihre Großmutter geheiratet?"

„Ja. Sie hat einen Jungen aus dem Dorf geheiratet und er hat Mi Chas Mutter wie sein eigenes Kind angenommen. Ich bin nicht sicher, ob Mi Cha jemals die Wahrheit erfahren hätte, wenn ihre Mutter nicht krank geworden wäre. Aber als die Suche nach Spendern begann, erzählte ihre Mutter ihr die ganze Geschichte. Mi Cha hat sich bei verschiedenen Internetanbietern registriert, die aufgrund von DNA-Tests die Abstammung ermitteln, und auf ein Wunder gehofft. Und sie hat ihr Wunder bekommen. Sie fand einen Verwandten, der irgendwo im Westen lebte, und dieser Verwandte hatte einen Bruder in Raleigh. Sie war furchtbar aufgeregt, als sie ihn gefunden hatte. Aber sie hatte auch Angst. Mir hat sie das alles erzählt, aber ich musste ihr versprechen, es niemandem zu sagen."

„Sie hat Thad gefunden." Luke wünschte, Thad hätte es ihm erzählt.

„Ich glaube, am Anfang hat er ihr nicht geglaubt. Da war dieses koreanische Mädchen, das ihm sagte, sie hätten denselben Großvater. Sein Großvater hat nie jemandem gegenüber erwähnt, dass er sich damals in eine Koreanerin verliebt hat, auch seiner amerikanischen Frau nicht, aber natürlich wusste er auch nicht, dass er eine Tochter in Korea hatte."

Faith wandte sich an Luke. „Lebt Thads Großvater noch?"

„Nein. Er starb, bevor die Zwillinge geboren wurden. Ich weiß noch, dass Thad sagte, er wünschte, sein Opa hätte die beiden noch gesehen."

„Was ist mit seiner Großmutter?"

„Sie lebt auch nicht mehr."

Hope räusperte sich und Faith und Luke setzten sich schuldbewusst wie ungezogene Schulkinder ein wenig aufrechter hin und richteten ihre Aufmerksamkeit auf sie. „Wir müssen über die Person sprechen, die vielleicht versucht, euch zu töten, und über die Verbindung zu dem Toten in Mrs Lins Pension", sagte sie und wandte sich Mrs Lin zu. „Können Sie den beiden von David Lees Beziehung zu Mi Cha erzählen?“

Mrs Lin knetete ein Papiertaschentuch auf ihrem Schoß. „Sie war so ein liebes Mädchen.“ Die Worte klangen defensiv, entschuldigend. „Ich weiß nicht, was sie in ihm gesehen hat. Ich bin nicht einmal sicher, ob sie ihn mochte.“

„Mochten Sie ihn denn?“, fragte Faith.

„Nein.“ Mrs Lins Miene verdüsterte sich. „Er war ein Tunichtgut. Zu besitzergreifend. Sie kannten sich erst seit wenigen Wochen und er tauchte schon unangekündigt auf, schrieb ihr ständig irgendwelche Nachrichten und wurde wütend, wenn sie sich nicht mit ihm treffen konnte, wann er es wollte.“

„Was hat Mi Cha dazu gesagt?“

„Sie hat mir gesagt, ich solle mir keine Gedanken machen. Sie sagte, er sei nett und würde mit ihr in schicke Restaurants gehen und sie hätte viel Spaß. Und außerdem spiele es keine Rolle, denn sie würde bald wieder in Korea sein und ihn nie wiedersehen.“

„Dieser David Lee. War er Koreaner?“

„Ja, aber er ist in den USA aufgewachsen. Seine Eltern kamen hierher, als er zwei Jahre alt war. Jedenfalls hat er mir das erzählt. Ich weiß nicht, ob es stimmt. Ich habe ihm nicht getraut.“

„Hat Mi Cha mit ihm über Thad gesprochen?“

„Nein.“ Mrs Lin schüttelte energisch den Kopf. „Sie hat mich ein paarmal gebeten, ihn abzuwimmeln und zu sagen, sie hätte ein Arbeitsessen, obwohl sie in der Zeit ihren Cousin getroffen hat.“

„Wissen Sie, warum sie nicht wollte, dass er davon erfährt?“

„Sie hat mir gesagt, sie wolle den Wunsch ihrer Mutter respektieren. Ihre Mom wusste, was Mi Cha tat, aber sonst niemand. Nicht einmal ihr Vater. Ich bin nicht sicher, ob er überhaupt wusste, dass seine Frau nicht hundertprozentige Koreanerin war.“

„Hatte Mi Cha Angst vor dem, was passieren könnte, wenn er es erfährt?“

Mrs Lin zuckte mit den Schultern. „Wer weiß? Liebe. Ist eine komische Sache. Manchmal spielen die Dinge, die man vorher für wichtig gehalten hat, keine Rolle mehr, wenn man sich verliebt. Die Liebe verändert Menschen.“

Luke zwang sich, nicht zu Faith hinüberzusehen.

„Die Leute sagen, es sei das Beste, sich in jemanden zu verlieben, der einem sehr ähnlich ist. Manchmal ist das bestimmt so. Aber manchmal passiert die Liebe einfach und das Schöne daran ist, dass man entdeckt, wie man jemanden lieben kann, der ganz anders ist als man selbst.“ Ihre Miene wurde weicher. „So war es bei mir. Ich habe meinen Mann kennengelernt und es war mir egal, dass er taiwanesischer und japanischer Abstammung war. Und ihm hat es nichts ausgemacht, dass ich Koreanerin war. Wir haben einander geliebt, und das war alles, was zählte. Es war nicht leicht. Meine Familie mochte ihn nicht. Seine Eltern haben sich sogar zehn Jahre lang geweigert, mich kennenzulernen. Aber es war all das wert.“

Sie strich das Papiertaschentuch glatt. „Ich habe zu Mi Cha gesagt, dass ihr Vater kein Narr ist. Nach allem, was sie mir erzählt hatte, hat ihr Vater ihre Mutter vergöttert und hatte schreckliche Angst, sie zu verlieren. Ich war sicher, er würde mit diesen Neuigkeiten fertigwerden. Aber sie wollte nicht, dass er es erfährt, bevor sie den genetischen Beweis dafür hatte, dass Thad oder jemand anders aus dem amerikanischen Zweig ihrer Familie mit ihr verwandt war.“

„Das hätte aber gedauert“, sagte Luke.

„Ja, aber sie dachte, sie hätten genügend Zeit. Dann verschlechterte sich der Zustand ihrer Mutter ganz plötzlich. Mi Cha hatte vorgehabt, noch eine Woche in den USA zu bleiben, aber ihre Mutter rief an und bat sie, sofort zu kommen. Sie hat alles gepackt, einige Sachen per Post nach Hause geschickt und sollte an dem Abend, an dem sie Ihren Freund traf, einen Flieger nehmen. Deshalb habe ich mir auch keine Sorgen gemacht, als sie nicht zurückkam. Ich habe sie gar nicht erwartet."

Faith tippte auf ihr iPad. „Wissen Sie, wo sie diesen David Lee kennengelernt hat?"

„In meinem Haus." Mrs Lin ließ den Kopf hängen. „Meine koreanischen Gerichte sind berühmt. Das Essen freitagabends ist ein gutes Geschäft für uns. Da sind nicht nur meine Gäste dabei, sondern Leute aus der ganzen Stadt kommen dann. Er hat sie am Tisch sitzen sehen und sie haben sich unterhalten. Geflirtet. Das war in der ersten Woche, nachdem sie angekommen war."

„Und der Mann, der letzte Woche in Ihrem Hotel gefunden wurde?"

Wieder hatte Mrs Lin Tränen in den Augen. „Als die Polizei mir gesagt hat, wer er war, habe ich den Namen nicht erkannt. Aber als sie mir ein Bild gezeigt haben, wusste ich, dass es dieser Freund von David Lee war. Er hat nie bei mir übernachtet. David auch nicht. Ich habe keine Ahnung, wieso er dort war. Tot."

„Er hieß Jesse Thomas." Hope überflog ihre Notizen. „32 Jahre alt. Er wurde letzte Woche von seinem Chef als vermisst gemeldet. Die Polizei in Raleigh hat ihn gesucht, als der Bericht reinkam, konnte ihn aber nirgends finden. Der zuständige Detective sagte, es sei, als wäre er einfach verschwunden."

„Was hat er beruflich gemacht?", fragte Faith.

„Er war Buchhalter. Alleinstehend. Keine Kinder. Keine Verwandten in der Stadt."

Lukes Telefon vibrierte. Ein kurzer Blick verriet ihm, dass Zane versuchte, ihn zu erreichen. Er stand auf und nickte den anderen zu. „Entschuldigt mich bitte kurz."

Er nahm das Gespräch an, sprach aber erst, als er auf dem Gang war. „Hallo?"

„Luke, ist alles in Ordnung?“

„Ja, mir geht’s gut. Ich bin im Büro von Hope Malone und spreche mit einer Dame, die Park Mi Cha kannte. Sie wusste von Thad und –“

„Super, aber hat Faith in letzter Zeit einen Anruf bekommen? Den sie vielleicht ignoriert hat?“

Jetzt schrillten die Alarmglocken in Lukes Körper. „Was ist passiert?“

„Janice Estes wurde angegriffen.“

„Was heißt *angegriffen?*“

„Von der Straße abgedrängt. Und dann hat jemand auf sie geschossen. Sie hat ihren Wagen stehen lassen und ist in ein Waldstück gerannt. Sie war in der Nähe von Carrington und konnte einen Notruf wählen. Die Bezirkspolizei hat reagiert.“

„Wer hat den Fall übernommen? Jemand, den wir kennen?“

„Gabe Chávez.“ Gabe war bei der Mordkommission und außerdem Taucher in Carrington County. Luke und Zane waren schon mehrmals zusammen mit ihm Tauchen gewesen. „Janice hat die Anschläge auf uns erwähnt, als er das Büro angerufen hat, um mehr Infos zu erhalten.“

„Ich hätte das sicher gleich fragen sollen, aber ist Janice okay? Wurde sie verletzt?“

„Gabe sagt, körperlich geht es ihr gut, aber es sei gewesen, wie eine nasse Katze zu fangen. Sie hat ihn angezischt, als er sie gefragt hat, ob dieser Anschlag ihrer Meinung nach etwas mit ihren Ermittlungen zu Thads Tod zu tun hat.“

„Hast du ihn beruhigt, dass sie immer so ist?“

„Habe ich. Er sagt, die Schüsse auf sie hätten ihre Persönlichkeit eindeutig nicht angenehmer gemacht.“

„Ich bin nicht sicher, ob der Anschlag auf mich eine positive Veränderung bewirkt hat, deshalb kann ich ihr das nicht übel nehmen.“

„Stimmt auch wieder." Zane klang nicht überzeugt. Er verachtete die FBI-Agentin noch mehr, als Luke es tat.

„Was hat sie eigentlich in Carrington gemacht?"

„Sie hat ein kleines Haus mit zwei Morgen Land an der Bezirksgrenze. Sie pendelt jeden Tag nach Raleigh rein."

„Vielleicht ist das Teil ihres Problems. Carrington ist toll, aber so ein Weg zur Arbeit würde jeden verrückt machen."

„Ich glaube nicht, dass sie eine Ausrede braucht. Sie ist einfach ein schrecklicher Mensch." Zane stieß einen langen Seufzer aus.

„Ein schrecklicher Mensch zu sein, reicht normalerweise nicht, um Ziel eines Anschlags zu werden, aber vielleicht ist sie ja die Ausnahme." Luke hatte schon mehrmals beim Gedanken an Janice Estes Mordgelüste gehabt. „Hat sie den Angreifer gesehen? Ist er gefasst worden?"

„Sie haben ihn nicht gefasst, aber Janice behauptet steif und fest, dass er jung ist und Asiate und dass sie ihn schon mal gesehen hat."

„Wo denn?"

„Das ist der interessante Teil."

24

Wo war Luke?

Dieser Anruf musste wichtig gewesen sein und er war jetzt schon fünf, oder nein, sechs Minuten weg.

Faith plauderte noch mit Mrs Lin, erfuhr aber nicht mehr viel Neues. Mrs Lin hatte keine Überwachungskameras, obwohl ihr Sohn jetzt gleich welche anbringen würde. Die Spurensicherung hatte in der Pension nichts Ungewöhnliches gefunden. Das Zimmer, in dem Jesse Thomas gefunden worden war, hatte schon eine Grundreinigung erhalten und die Pension war seit gestern wieder geöffnet. Alle Beweise, die es gegeben hatte, waren entweder beseitigt oder von Dutzenden Fingerabdrücken, Fußspuren und Haar- und Hautpartikeln verwischt worden.

Luke blieb in der Tür stehen. Endlich. Als ihre Blicke sich begegneten, tippte er auf seine Armbanduhr und gab ihr zu verstehen, dass alles in Ordnung war, aber sie das Gespräch mit der Zeugin beenden mussten. Sie wusste nicht, woher sie wusste, dass er ihr all das sagen wollte. Sie wusste es einfach.

Als Luke sich wieder setzte, wirkte er ganz entspannt. Er unterbrach Mrs Lin nicht, als sie erklärte, sie habe normalerweise vier Mieter, die eine Woche oder länger bleiben wollten. Die anderen vier Zimmer waren für Leute reserviert, die weniger als eine Woche blieben.

„Das heißt, bei Ihnen gehen im Monat zwischen fünfzehn und fünfzig Gästen ein und aus. Und die zusätzlichen Essensgäste“, fasste Luke zusammen. „Erinnern Sie sich an alle diese Menschen?“

Mrs Lin schüttelte den Kopf. „Ganz sicher nicht. Obwohl

ich auch deshalb so gut im Geschäft bin, weil ich mir Gesichter und Namen gut merken kann."

„Wenn wir ein paar Verdächtige haben, wären Sie dann bereit, sich die Fotos anzusehen und zu sehen, ob die Bilder irgendwelche Erinnerungen wecken?"

„Natürlich. Was immer Ihnen hilft. Mi Cha war ein besonderes Mädchen. Ein helles Licht mit einer leuchtenden Zukunft. Sie hatte es nicht verdient zu sterben." Mrs Lin fröstelte.

„Ich verstehe, Mrs Lin. Das tue ich wirklich." Er blickte von Faith zu Hope und dann wieder zu Mrs Lin. „Wir wissen sehr zu schätzen, dass Sie uns helfen, und wollen nicht noch mehr von Ihrer Zeit in Anspruch nehmen. Sie haben wahrscheinlich ein volles Haus."

Sie warf Luke einen anerkennenden Blick zu. „Sie sollten zum Essen kommen. Ich würde Ihnen etwas Besonderes zubereiten."

„Wenn die ganze Sache vorbei ist, werde ich das Angebot gerne annehmen, Mrs Lin." Luke erhob sich und streckte ihr die Hand entgegen. Sie schlug ein und stand ebenfalls auf. Faith folgte und Hope fuhr ihnen voran in den Eingangsbereich des Büros. Der Regen war inzwischen einem dichten Nebel gewichen, aber mit den dicken Wolken wirkte der Spätnachmittag dunkler als normal.

Luke bot an, Mrs Lin zum Wagen zu begleiten. Die Tür war noch nicht ganz hinter ihnen ins Schloss gefallen, da wandte Hope sich schon an Faith. „Was hatte es denn mit diesem Anruf auf sich?"

„Du weißt genauso viel wie ich."

„Was hältst du von Jesse Thomas?" Hope ließ den Kopf langsam kreisen und an einem Punkt zog sie eine Grimasse. Wahrscheinlich hatte sie Verspannungen von ihrem Zusammenstoß mit ihrem Regal.

„Instinktiv würde ich sagen, dieser David Lee weiß mehr

über Mi Chas Tod, als er irgendjemandem erzählt hat. Und Jesse Thomas wusste möglicherweise auch mehr. Ich weiß nicht, ob David Lee ein Opfer oder ein Verdächtiger ist, aber so oder so müssen wir mit ihm reden."

Sie sah, dass Luke über den Parkplatz eilte, halb laufend, halb humpelnd, und spürte ein Druckgefühl auf der Brust. War er sicher? Würde er es bis ins Haus schaffen? Und würde sie jemals aufhören, sich Sorgen um ihn zu machen?

„Eine Frage noch." Hope kam näher und senkte die Stimme. „Kann er so gut küssen, wie ich vermute?"

„Was?" Faith hatte es vermasselt. Das wusste sie, sobald das Wort über ihre Lippen gekommen war. Sie hätte genauso gut sagen können: „Ja, er ist sogar noch besser, als ich dachte."

„Wusste ich's doch!", kreischte Hope verzückt.

„Was wusstest du?", fragte Luke, als er hereingestürmt kam.

„Nichts." Faith funkelte ihre Schwester an, während Luke ihnen den Rücken zuwandte, um seine Regenjacke wieder an die Garderobe zu hängen. „Was hatte es mit dem Anruf auf sich?"

Luke drehte sich mit leuchtenden Augen zu ihnen um. „Du wirst es nicht glauben."

Er hatte recht. Zwei Stunden später versuchte Faith noch immer, die Nachricht zu verdauen. Janice Estes war von David Lee überfallen worden. Sie war sicher, dass er es gewesen war. Aber …

„Glaubst du, Janice würde lügen, was den Attentäter betrifft?", stellte Luke an ihrer Stelle die Frage, als sie in Richtung Carrington fuhren, um mit Janice zu sprechen.

Faith antwortete nicht sofort. Sie wollte nicht schlecht von einer Kollegin sprechen, aber …

„Es wäre nicht das erste Mal, dass ein FBI-Agent lügt, um den Verdacht auf die Person zu lenken, die er für ein Verbrechen verantwortlich macht." Die Verbitterung in Lukes Worten fuhr wie ein elektrischer Schock durch Faiths müde Glieder.

„Wovon redest du?"

„Glaubst du ihr?" Die Worte waren eher Anklage als Frage. Offenbar hatte sie Lukes Abneigung gegen Janice Estes unterschätzt.

„Ich weiß nicht." Es war die Wahrheit.

„Typisch." Luke murmelte das Wort in Richtung Fenster.

„Was ist dein Problem?" Eigentlich wollte sie wissen, was mit dem Typen passiert war, der sie erst vor wenigen Stunden in diesem Auto mit seinen Küssen um den Verstand gebracht hatte. Der Luke jetzt war wütend. Streitlustig. Misstrauisch.

Er sah sie nicht an, aber sie hatte das Gefühl, dass er Mühe hatte, sich zu beherrschen. Ein Kampf, den er nicht zu gewinnen schien. So wie Faith das sah, gab es dafür nur eine Erklärung. Sie hatte gewusst, dass Luke das FBI hasste. Das wusste sie schon lange. Und etwas an diesem Fall weckte Erinnerungen und Gefühle, die vermutlich seit Jahren gärten.

Zwei tiefe Seufzer später versuchte sie es noch einmal. „Es ist noch eine halbe Stunde bis zum Büro des Sheriffs. Ich finde, das wäre eine super Gelegenheit für dich, mir zu erzählen, warum du das FBI so hasst."

„Es spielt keine Rolle."

„Ich glaube doch."

Er antwortete nicht.

„Soll ich dir die Geschichte erzählen, die ich mir zusammengereimt habe?" Immer noch keine Antwort. „Ich habe ein bisschen nachgeforscht."

Wenn Lukes Anspannung noch mehr wuchs, würde er Funken sprühen, aber diese Unterhaltung war längst überfällig. Na ja, nicht längst. Sie war schließlich erst seit ein paar Tagen involviert, aber diese Tage waren voller Emotionen gewesen.

Bestand wirklich die Hoffnung, dass sie eine Beziehung haben könnten? Faith hatte keine Ahnung. Aber eins wusste sie sicher: Wenn sie dieses Problem nicht lösten, wären alle anderen Probleme mit ihren unterschiedlichen beruflichen Plänen irrelevant.

„Ich weiß von deinem Dad."

Luke starrte aus dem Fenster.

„Ich habe die Berichte gelesen. Dein Vater war ganz und gar unschuldig, aber er hat alles verloren."

Luke reagierte nicht.

„Die Agenten haben versucht, den großen Fisch dahinter zu kriegen, und konnten nicht sagen, was sie über deinen Dad und seinen Geschäftspartner wussten, ohne den Fall zu vermasseln und die Identität eines Undercoveragenten auffliegen zu lassen."

Luke zuckte. Endlich eine Reaktion. Faith hatte sich gefragt, ob er überhaupt jemals von dem Undercoveragenten erfahren hatte. Jetzt hatte sie ihre Antwort.

„Der Agent hatte eine Frau und drei Kinder. Sie haben ihn geschützt. Aber dabei ist dein Dad auf der Strecke geblieben. Es gab eine Menge Diskussionen darüber, wie sie das Problem lösen könnten. Aber …"

„Genau. Aber. Aber da hatte mein Dad sich schon das Leben genommen. Er konnte nicht sehen, dass er *nicht* alles verloren hatte. Er hatte immer noch mich. Und meine Schwester. Meine Mom."

„Luke –"

„Ich weiß. Okay." Lukes Stimme hallte im Wagen wider. „Ich weiß Bescheid über psychische Erkrankungen. Ich weiß, was Depressionen sind. Ich weiß, dass er uns geliebt hat. Ich weiß, dass er uns nicht verlassen wollte. Ich weiß das jetzt." Die Wut verflog so schnell, wie sie gekommen war, und die nächsten Worte kamen nur als heiseres Flüstern heraus. „Aber wenn du acht Jahre alt bist und dein Dad sich umbringt, verstehst du nicht den Schmerz und die Verzweiflung, die er durchgemacht hat. Du fragst dich nur, warum du nicht Grund genug für ihn warst, um weiterzuleben."

Sollte sie ihn berühren? Sollte sie anhalten und ihn in den Arm nehmen? Würde er das überhaupt zulassen? Würde er ihr glauben, wenn sie ihm sagte, dass sie – wenn auch unter anderen, nicht annähernd so tragischen Umständen – ebenfalls den Verlust ihres Vaters hatte verarbeiten müssen? Dass sie sich oft fragte, warum er nicht um ihretwillen geblieben war?

„Das FBI", sagte Luke und spuckte die Buchstaben förmlich aus, „hat ihn benutzt und dann sich selbst überlassen. Sie haben alle in dem Glauben gelassen, er wäre schuldig. Mein Großvater dachte, sein Sohn hätte alle diese Menschen bestohlen. Stand in dem Bericht, den du gelesen hast, irgendwas davon, wie mein Großvater geweint hat, als er die Wahrheit erfahren hat? Dass er zum Grab meines Vaters gegangen ist und ihn um Vergebung angefleht hat? Dass er für den Rest seines Lebens Schuldgefühle hatte?"

Nein, das hatte in dem Bericht nicht gestanden.

„Als ich meiner Familie gesagt habe, was ich beruflich machen wollte, weißt du, was meine Mom da gesagt hat? Sie sagte, das sei in Ordnung, solange ich nichts mit dem FBI zu tun hätte."

Oh nein.

„Und das war ernst gemeint. Die meisten Eltern hoffen, dass ihre Kinder gesetzestreue Bürger werden. In meiner Familie wären ein paar gewaltlose kriminelle Machenschaften besser, als zum FBI zu gehen."

„Ich bin sicher, das ist –"

Jetzt sah Luke sie an. In seinen Augen lag eine Verzweiflung, die Faith erschütterte.

„Das ist nicht übertrieben. Ich habe gelernt, das FBI zu

dulden. Aber meine Familie hasst das FBI. Und wird es auch weiterhin tun."

Die Worte fielen wie ein Todesurteil in ihr Herz.

Tränen brannten in ihren Augenwinkeln, aber sie blinzelte sie zurück. Es war inzwischen dunkel geworden und sie fuhren den restlichen Weg in bedrückendem Schweigen, das nur von den Anweisungen des Navis unterbrochen wurde.

Faith schob den Schaltknüppel des Wagens in die Parkposition und ließ den Kopf aufs Lenkrad sinken. *Herr? Ich dachte, du wolltest mir helfen. Das hier fühlt sich aber nicht wie Hilfe an. Was soll ich denn jetzt machen?*

Luke räusperte sich. „Thad hat mir immer gesagt, dass meine Wut irgendwann mein Leben ruinieren würde. Dass sie meine Beziehung zu Gott stört. Meine Beziehung zu … zu anderen. Ich dachte, ich hätte die Sache an Gott abgegeben. Ich dachte, ich hätten den Leuten vergeben, denen ich jahrzehntelang die Schuld gegeben habe. Ich dachte, ich hätte das alles hinter mir gelassen. Aber jetzt sitzen wir hier."

Seine Worte waren voller Schmerz. Und sie klangen resigniert.

„Es tut mir leid, Faith. Du hast keine Ahnung, wie leid es mir tut." Er öffnete die Tür und stieg aus in die Dunkelheit.

25

Luke wartete beim Wagen und atmete die vom Regen gereinigte Luft ein. Nach Hause würde er mit dem Taxi fahren müssen. Gut. Er hatte verdient, was ihn das kostete – und mehr noch.

Aber jetzt mussten sie erst einmal mit Janice Estes reden und herausfinden, was passiert war. Janice Estes hatte nichts mit dem Stevsky-Fall zu tun. Sie hatte Thad in einem dienstlichen Kontext gekannt, aber Luke konnte sich nicht erinnern, dass Thad sie jemals erwähnt hätte. Und wenn sie Mi Cha gekannt hätte, hätte sie dann nicht etwas gesagt?

Es sei denn, sie hatte tatsächlich etwas mit der Sache zu tun. Aber wie konnte das sein? Er musste zugeben, dass es unwahrscheinlich war.

Die Tür auf der Fahrerseite ging auf und die Faith, die aus dem Wagen stieg, war ein Profi. Zielstrebig. Konzentriert. Und in keiner Weise freundlich.

Er hatte es verdient. Und erwartet.

Aber er hatte nicht erwartet, dass es so wehtun würde, als sie ihm kühl zunickte und ins Büro des Sheriffs ging, während er ihr humpelnd folgte.

Als sie das Gebäude betraten, wurden sie von einem bekannten Gesicht begrüßt. „Luke, Mann, wie gut, dich zu sehen." Investigator Ryan Parker drückte ihn in einer männlichen Umarmung und wandte sich dann an Faith. „Sie müssen Special Agent Malone sein." Er streckte die Hand aus und Faith ergriff sie. Schnell und effizient. „Freut mich, Sie kennenzulernen. Ich bin Ryan Parker. Als Gabe angerufen hat, bin ich gleich hergekommen. Ich registriere euch eben und bringe euch dann zu unserem Besprechungsraum. Gabe hat mit Agent Estes gesprochen, also ist es besser, wenn er euch alles erzählt."

Sie gingen zum Empfangstresen und zeigten ihre Dienstausweise und Waffen vor, bevor sie eintreten durften.

„Irgendwelche Neuigkeiten über den Schützen?", fragte Faith, während sie auf den Aufzug warteten.

Ryan schüttelte frustriert den Kopf. „Nee. Ihre Agentin lebt mitten im Nirgendwo. Und so wie das vorhin geregnet hat? Da werden wir keine Spuren finden. Wir können nur hoffen, dass er die Gegend nicht gut kennt und sich deshalb verirrt. Wir haben ihn auf jeden Fall zur Fahndung ausgeschrieben."

„Warum? Damit lassen wir uns doch in die Karten schauen." Faith war nicht glücklich.

„Wir müssen unsere Bewohner schützen." Ryan verstand ihre Sicht der Dinge, verteidigte die Entscheidung aber, ohne sich zu entschuldigen. „Ein bewaffneter Schütze ist zu Fuß in einem Teil des Countys unterwegs, in dem die Leute ihre Türen nicht abschließen und nicht erwarten, dass von einem Fremden Gefahr ausgeht. Sie müssen gewarnt werden. Unsere Beamten sind von Tür zu Tür gegangen und haben den meisten Leuten in der Umgebung gesagt, dass sie anrufen sollen, wenn sie etwas Verdächtiges bemerken."

„Von wie vielen Personen reden wir hier?"

„Ungefähr einhundert. Die Gegend ist nicht sehr dicht besiedelt. Vor allem Geflügelfarmer und ältere Ehepaare, die schon ewig da leben. Es kommt öfter vor, dass diese Leute fünfzig bis hundert Morgen Land besitzen. Das meiste davon Weiden oder Wald. Carrington ist ein großes County und abgesehen von der Stadt und vom See gibt es viel Freiland."

Faith atmete hörbar aus. „Er könnte überall sein."

„Ich weiß, dass Sie lieber was anderes hören würden, aber das stimmt leider."

Ryan blieb an der Tür zum Besprechungsraum stehen,

klopfte zweimal und trat dann ein, ohne auf eine Antwort zu warten. Luke zögerte und Faith ging zuerst hinein. Dies war ihr Fall. Ihre Kollegin.

Trotz allem, was geschehen war, wäre Luke am liebsten zwischen die beiden Frauen getreten, als er den Blick sah, den Janice Faith zuwarf. Er war voller Hass und kalter Wut. „Was machst *du* denn hier?" Janice hielt es offenbar nicht für nötig zu verbergen, dass sie Faith nicht leiden konnte.

„Das ist mein Fall." Es klang nicht unfreundlich und auf dem Wort *mein* lag nur eine ganz leichte Betonung, aber es war klar, was Faith sagen wollte. Es war ihr gutes Recht, hier zu sein. Sie wusste das. Janice wusste es. Alle wussten es. Und Janice konnte kooperieren oder ihr Vorgesetzter würde es erfahren.

„Ich bin es leid, wie irgendein normaler Bürger behandelt zu werden." So wie Janice die Worte ausspuckte, erinnerte sie Luke an einen Alligator. Sie hatte etwas Hinterhältiges an sich und wenn sie die Zähne in jemanden schlug, würde sie diese Person vernichten.

Hatte sie vor, Faith zu vernichten? Könnte sie das alles vorgetäuscht haben? Gab es überhaupt einen Schützen?

Gabe stand auf und streckte die Hand aus. „Special Agent Malone, nehme ich an?" Als Faith nickte, grinste er. „Es ist mir ein Vergnügen. Willkommen in Carrington. Wenn Sie was brauchen, sagen Sie einfach Bescheid. Wir haben auch was zu essen. Er zeigte auf ein Tablett mit verschiedenen Snacks, das auf dem Tisch stand. „Kann ich Ihnen einen Kaffee bringen? Tee? Kakao?"

„Gibt es hier vielleicht irgendwo Cherry-Cola?" Mit der Frage erntete Luke einen finsteren Blick von Faith, aber es war ihm egal.

„Vielleicht. Ich sehe mal im Automaten nach." Gabe ging zu Luke und boxte ihm spielerisch gegen die Schulter. „Wie geht es dir, Mann?“ Er sagte es leise und mit einem ernsthaft besorgten Unterton. Und das wollte bei Gabe schon was heißen. Er gab meistens den Klassenclown, aber in Wirklichkeit konnte man sich hundertprozentig auf ihn verlassen.

„Mir geht es gut. In ein paar Wochen kann ich wieder tauchen, wenn alles verheilt ist. Ihr müsst mir Bescheid sagen, wenn ihr mal wieder ein Training durchführt.“

„Machen wir.“ Gabe zeigte auf die Tür. „Willst du einen Kaffee?“

„Kann man den trinken?“

„Hey!“ Gabe reckte die Nase in die Luft. „Wir haben eine Espressomaschine. Ich mache dir einen. Bin gleich wieder da.“ Gabe und Ryan verließen den Raum und Luke fragte sich, ob er ebenfalls gehen sollte.

„Janice, du musst mir erzählen, was passiert ist. Von Anfang an.“ Faith setzte sich, iPad und Stift in der Hand. Sie hatte Luke nicht hinausgeschickt, also blieb er auf seinem Platz an der Tür.

Janice nahm einen Keks vom Teller und brach ihn in zwei Hälften. Ihr Imponiergehabe war mit ihrem Publikum geschrumpft. Ihre Feindseligkeit blieb jedoch. „Ich war auf dem Weg nach Hause. Kein Problem. Ist schließlich Samstagabend. Wir haben alle rund um die Uhr gearbeitet“ – sie warf einen Blick zu Luke hinüber – „seit Montag.“

Hatte sie ihn gerade vorwurfsvoll angesehen? So als wäre es seine Schuld, dass ein Irrer in Raleigh herumlief und Agenten abknallte?

„Ich war müde. Die Fahrt nach Hause dauert etwa eine Dreiviertelstunde. Samstags ein bisschen weniger. Es war ein ekliger Tag gewesen und ich hatte es nicht eilig. Meist höre ich Audiobooks auf der Fahrt. So lese ich jeden Monat vier oder fünf Bücher.“

Wollte sie Fleißkärtchen dafür?

„Ich habe nicht aufgepasst. War entspannt. Habe zugehört." Sie sah den Keks an und runzelte die Stirn. „Wenn er nicht den Motor hätte aufheulen lassen, bevor er mich angerempelt hat, hätte ich den Angriff nicht kommen sehen."

„Er hat beschleunigt?"

„Vermutlich. Muss er ja. Ich hatte bis dahin nichts bemerkt. Und dann habe ich gehört, wie ein Pick-up auf mich zugerast kam. Bei dem Regen konnte ich Marke und Modell nicht erkennen. Nur groß, laut, dunkel. Ich dachte, es sei irgendein Idiot, der beweisen will, wie toll er ist, also bin ich langsamer gefahren. Wollte ihn ein bisschen ausbremsen und keine 2 Kilometer weiter wäre ich sowieso abgebogen."

Wie bescheuert, jemanden zu provozieren, der sowieso schon aggressives Fahrverhalten an den Tag legte.

„Aber er hat nicht aufgehört. Ist nicht langsamer geworden. Als er mich das erste Mal gerammt hat, dachte ich, er wäre einfach nur ausgerastet. Dann habe ich ein bisschen beschleunigt und erwartet, dass er sich zurückfallen lässt, weil ihm bewusst geworden ist, was er da gemacht hat. Aber stattdessen ist er noch mal aufgefahren. Diesmal heftiger. Und da wusste ich, dass er es mit voller Absicht gemacht hat."

Sie biss in den Keks. Kaute. Schluckte. Sprach weiter. „Ich dachte immer noch, dass es sich um einen Straßenrowdy handelt. Vielleicht ein Betrunkener. Erst wollte ich noch langsamer werden, aber ich war nicht in der Stimmung, mich mit dem Typen anzulegen. Also wurde ich schneller. Inzwischen war ich fast an meiner Abzweigung, aber ich bin weiter geradeaus gefahren. Nicht sehr clever, einen Irren zu meiner Haustür zu führen."

Da hatte sie allerdings recht.

„Aber als ich beschleunigt habe, hat er es auch getan. Irgendwann hat er mich so heftig gerammt, dass ich von der Straße gerutscht bin. Ich bin eine gute Fahrerin und konnte den Wagen halten. Jeder andere hätte die Kontrolle verloren."

Abgesehen von ihrer Arroganz hatte sie wahrscheinlich auch damit recht.

„Dann habe ich nach einer Stelle Ausschau gehalten, um von der Straße runterzukommen. Ich dachte, ich könnte anhalten, er würde vorbeifahren und ich könnte mir das Nummernschild merken, den Vorfall melden und anschließend nach Hause fahren. Sollte die Polizei sich darum kümmern. Er würde ins Röhrchen pusten müssen und das war's dann. Ich bin kaum langsamer geworden und dann auf einen kleinen Parkplatz gefahren. Da wollte ich wenden und zurückfahren, bevor er merkt, was los ist. Aber er ist in die nächste Einfahrt, hat ebenfalls gewendet und ist genau auf mich zugefahren." Sie aß noch einen Bissen von dem Keks. „Die sind gut."

Faith antwortete nicht. Sie hatte bisher kaum auf das reagiert, was Janice gesagt hatte, außer immer schneller zu schreiben.

„Er hat mich am hinteren Kotflügel erwischt. Ich habe versucht, Gas zu geben, aber der Wagen hat nicht reagiert."

„Du warst in dem Fahrzeug, als er es gerammt hat. Dann bist du ausgestiegen?" Faith sprach mit einer solchen Förmlichkeit, dass man meinen könnte, Janice wäre eine völlig Fremde.

„Genau. Und da hat er angefangen zu schießen."

Endlich sah Faith ihre Kollegin an. „Hat er dich getroffen?"

„Nein."

„Dicht daneben?"

Janice zuckte mit den Schultern. „Schwer zu sagen. Ich bin schließlich nicht dumm. Als die Schüsse anfingen, bin ich in den Wald gerannt. Ich bin davon ausgegangen, dass er dann wegfährt."

„Aber das hat er nicht getan."

„Nee. Er hat den Wagen abgestellt und ist hinter mir hergelaufen."

„Womit hat er geschossen?"

„Pistole. Weiß nicht, was für eine. Eindeutig kein Gewehr. Ich habe mich in einem dichten Gebüsch versteckt und den Notruf gewählt. Dann habe ich der Polizei gesagt, dass ich FBI-Agentin bin, habe ihnen meinen Standort genannt und ihnen gesagt, dass auf mich geschossen wird. Danach habe ich auf die Polizei aus Carrington gewartet."

„Ein Glück für dich, dass sie in der Nähe waren."

„Ja. Das muss man ihnen lassen. Sie waren deutlich schneller da, als ich für möglich gehalten hätte."

„Wann hast du den Typen gesehen? Du hast ihn Gabe ja beschrieben."

„Nachdem ich mich versteckt hatte, konnte ich ihn im Licht einer Straßenlaterne sehen, bevor er hinter mir her in den Wald ist. Es war David Lee."

„Wie sicher bist du dir da?"

„Ich bin mir sicher."

„Wie sicher?", beharrte Faith.

Janice verzog den Mund, antwortete aber. „David Lee hat ein Tattoo. Das sieht man klar und deutlich auf all den Fotos, die ihr von ihm gefunden habt. Eine Art Tierschwanz. Vielleicht ein Tiger. Nicht sicher, wo die Tätowierung anfängt, aber sie reicht über den Kragen bis zu seinem Hals und noch ein Stück eine Wange rauf."

Luke hatte das Tattoo gesehen. Es war ziemlich auffällig. Er hatte aber nicht an einen Tigerschwanz gedacht. Er war davon ausgegangen, dass es sich um eine Schlange handelte. Aber wenn Janice recht hatte und es war ein Tiger – konnte dieser David Lee dann der Mann sein, von dem Bill ihm erzählt hatte?

„Irgendeine Idee, warum er es auf dich abgesehen hatte?" Faith stellte die Frage mit einem beiläufigen Tonfall, als würde sie nach dem Wetter fragen und nicht nach einem Mordversuch.

„Woher soll ich das wissen? Ist doch *dein* Fall. Finde du es heraus." Janice erhob sich. „Ist das dann alles, Special Agent Malone?"

„Noch nicht ganz. Ich wüsste gerne, wo du Fotos von David Lee gesehen hast. Woher kennst du seinen Namen und weißt von seinem Tattoo?"

Janice warf ihre Haare über die Schultern zurück. „Du lässt Sachen auf deinem Schreibtisch liegen. Solltest du nicht."

Faith sah nicht so überrascht aus, wie Luke erwartet hatte. Vielleicht hatte sie längst den Verdacht, dass Janice in ihrem Schreibtisch herumschnüffelte. „Eins noch. Warum hast du die Daten von der Gerichtsmedizin und der forensischen Anthropologie nicht veröffentlicht? Hättest du bekannt gemacht, dass wir eine vermisste Frau asiatischer Abstammung von 29 bis 35 Jahren suchen, hätten wir vielleicht schon vor einem Monat einen Treffer gelandet."

Janice sah Luke an und ihre Augen funkelten heimtückisch. „Ich dachte, sie wäre eine Nutte. Niemand hätte sie vermisst. Und selbst wenn, hätte sich niemand gemeldet."

„Warum dachtest du, dass Thad Baker mit einer Prostituierten zusammen war?" Faith stellte die Frage, bevor Luke reagieren konnte.

„Männer wie er sind doch so, oder?" Janice genoss ihren Auftritt ganz offensichtlich. „Superfromme Christen. Haben keine normalen Affären, aber lieben ausgefallene Sachen."

„Es gibt keine Informationen über Thad Baker, die eine solche Schlussfolgerung rechtfertigen würden." Es war gut, dass Faith Thad verteidigte, denn wenn Luke den Mund aufmachte, würde das, was herauskam, alles andere als christlich sein.

„Sollte man meinen." Janice wandte sich Luke zu. „Vielleicht kanntet ihr Thad einfach nicht so gut, wie ihr dachtet."

Irgendwas regte sich in Lukes Erinnerung. Vielleicht vor sechs Monaten. Jedenfalls weniger als ein Jahr war das her.

Thad war von der Besprechung einer Taskforce zurückgekommen und hatte sich gewundert, dass er dort von einer Frau angebaggert worden war. „Hat sie meinen Ring nicht gesehen?", hatte Thad gesagt und die Hand ausgestreckt.

„Vielleicht waren Sie ja scharf auf ihn und er hat Sie abblitzen lassen und jetzt tut es Ihnen gar nicht leid, dass er tot ist." Es war halb geraten. Als Thad ihm davon erzählt hatte, war Luke nicht sicher gewesen, ob er von Janice gesprochen hatte, aber jetzt *war* er sicher.

Sie wurde leichenblass, abgesehen von der Röte, die ihren Hals hinaufstieg. „Ich … er …"

Faith hatte nicht einmal gezuckt, als Luke gesprochen hatte. Nun beugte sie sich zu Janice. „Hat Special Agent Powell recht?"

Jetzt fielen Luke auch die Einzelheiten wieder ein. „Sie *waren* es. Sie haben Thad angebaggert. Mehr als einmal. Irgendwann musste er Ihnen sagen, dass Sie aufhören sollen, sonst würde er eine offizielle Beschwerde einreichen." Thad hatte ihm nie erzählt, wer die betreffende Agentin gewesen war. Aber jetzt, wo er Janice Estes ansah, konnte Luke es sich vorstellen. Janice war groß, blond und sehr selbstsicher in ihrem Auftreten. Single, nicht liiert und ohne Interesse, daran etwas zu ändern. Sie wollte lediglich ihren Spaß haben. Und sie hatte es auf Thad abgesehen.

„Janice." Dieses eine Wort sprach Bände. Verständnislosigkeit und Ekel mischten sich mit einem Anflug von Wut. Faith war kurz davor zu explodieren.

Janice zwinkerte Luke zu. „Er hatte ein Hausmütterchen und zwei Blagen am Hals. Mit mir hätte er sich vergnügen können. Aber er wollte nicht. Selbst schuld. Jedenfalls hat sich über mich noch niemand beklagt und keiner meiner Liebhaber wurde bis jetzt in Stücke gerissen."

„Wir wissen, wer Park Mi Cha war. Sie war keine Prostituierte. Sie war Wissenschaftlerin und hat an einer Dissertation gearbeitet und hier in Raleigh war sie vier Monate lang als Praktikantin." Faiths Stimme klang so scharf, wie Luke es noch nie gehört hatte. „Du hast eine falsche Schlussfolgerung gezogen, und zwar wegen deiner eigenen Vorurteile und deiner Abneigung gegen den Mann. In meinem Bericht werde ich betonen, dass du diese Ermittlungen behindert hast, und meine Überzeugung ausdrücken, dass deine Inkompetenz zum Tod von zwei Agenten des Secret Service geführt hat und zu Mordanschlägen auf drei weitere Agenten."

26

Faith stand auf. Sie musste aus diesem Raum raus. Weg von Janice. Weg von Luke. Weg von allen. „Du kannst gehen, Janice." Sie versuchte, ihre Verachtung nicht zu zeigen.

Aber ihr wurde schnell klar, dass es ihr nicht gelungen war.

Als sie sich zur Tür umdrehte, hatte Luke diese schon geöffnet. „Zufrieden?" Ihre Stimme klang messerscharf. „Mal wieder hat jemand vom FBI seine Arbeit nicht richtig gemacht und deswegen sind Menschen gestorben."

Luke sah bestürzt aus. Er streckte die Hand in Faiths Richtung aus, ließ sie dann aber wieder sinken, so als hätte er sich eines Besseren besonnen. Kluge Entscheidung.

Die beiden Ermittler aus Carrington warteten ein Stück entfernt. Faith winkte sie zu sich. „Sind wir eigentlich sicher, dass auf sie geschossen wurde?"

Gabe und Ryan wechselten einen überraschten Blick, bevor Gabe antwortete. „Es hat auf jeden Fall eine Schießerei gegeben. Niemand hat es gesehen, aber ein Bewohner in der Nähe hat die Schüsse gehört. Und sie gemeldet. Auf dem Parkplatz waren leere Patronenhülsen. Und der Pick-up steht immer noch da. Schäden vorne, die zu den Beschädigungen an ihrem Wagen passen. Wir haben Straßensperren errichten lassen, die als Alkoholkontrollen getarnt sind, aber bis jetzt gab es nur ein paar Knöllchen für fehlende Führerscheine."

Jemand hatte also auf Janice geschossen. Aber wer? „Was ist mit dem Pick-up? Gehört er David Lee?"

Diesmal übernahm Ryan die Antwort. „Nein. Gestohlen."

„Wo wurde das Fahrzeug gestohlen?"

„Richmond, Virginia. Das heißt, ihr glaubt ihre Geschichte nicht?“ Gabe stellte die Frage vorsichtig, aber sie traf trotzdem.

Luke starrte zu Boden und Faith konnte sich beim besten Willen nicht entscheiden, ob sie froh darüber war, dass er sich heraushielt, oder ob sie sich wünschte, er würde ihre Partei ergreifen. Vielleicht von beidem etwas. „Wenn ich Sie wäre, würde ich alles, was Agent Estes sagt, mit Vorsicht genießen. Sie hat nicht bewiesen, dass man ihr trauen kann.“

„Okay, das werde ich im Hinterkopf behalten.“ Ryan verschränkte die Arme. „Heißt das, wir sollten nicht davon ausgehen, dass wir nach David Lee suchen? Keiner von uns hat ihn gesehen. Sie könnte die Suche in eine falsche Richtung lenken.“

Wie war es nur so weit gekommen? Die Ermittlungen waren eine einzige Katastrophe.

„Ehrlich gesagt? Ich weiß es nicht. Ich hatte schon öfter Schwierigkeiten mit der Kollegin, aber ich hätte nicht gedacht, dass sie so tief sinken kann. Ich habe mich geirrt.“ Die Worte fühlten sich auf ihrer Zunge wie Essig an.

„Ich halte Sie auf dem Laufenden.“ Gabe streckte die Hand aus und als sie einschlug, drückte er sie unerwartet. „Das wird schon, Agent Malone. Wir sind nicht vom FBI, aber wir machen gute Arbeit und *uns* können Sie vertrauen. Und auch wenn ich weiß, dass es schwer zu glauben ist, aber wir mögen den da“ – er deutete mit dem Kopf in Lukes Richtung – „und wir würden ihn gern noch eine Weile am Leben erhalten.“

„Danke.“

Sie tauschten Telefonnummern aus und vergewisserten sich, dass alle Kontaktdaten korrekt waren, dann brachten Gabe und Ryan sie zum Ausgang. Als sie zum Empfang kamen, verabschiedeten die Männer sich mit Handschlag und Faith zwang sich, Ruhe zu bewahren. Sie hatte immer noch eine Stunde Fahrt mit Luke im Auto vor sich. Und wegen seiner Verletzungen war sie es, die am Steuer sitzen musste.

Faith wollte nur noch nach Hause. Sie wollte diesen Tag – diesen endlosen Tag – aus ihren Haaren und vielleicht, wie durch ein Wunder, auch aus ihren Gedanken waschen.

Luke hielt die Tür auf und sie ging hinaus. Die Nacht war dunkel, kalt und neblig. Durch die Wolken drang kein Sternenlicht. Als die Tür hinter ihnen ins Schloss gefallen war, blieb Luke auf der oberen Stufe der Treppe stehen.

Sie drehte sich nicht um. Hielt auch nicht an. „Ich lass dich nicht hier stehen."

„Ich kann mir ein Taxi nehmen."

Verlockend. Sehr verlockend. „Das ist doch albern." Sie war beinahe bei ihrem Wagen. „Steig ein."

„Warte!" Luke eilte die Treppe wieder hinauf. Soweit man bei ihm derzeit von *eilen* sprechen konnte.

„Was denn?"

Er war nur kurz drinnen verschwunden und kam dann mit einem langen Teleskopgegenstand in der Hand zurück. Er sagte nichts, während er damit den Unterboden ihres Wagens nach einer Bombe absuchte.

Als er schließlich zurücktrat, seufzte er erleichtert. „Alles in Ordnung. Ich bringe das hier nur schnell zurück. Wenn du sicher bist, dass es kein Problem für dich ist, nehme ich das Angebot an und fahre mit dir nach Raleigh zurück."

„Im Moment bin ich zu müde, um mich über irgendwas aufzuregen. Ich will nur was essen und schlafen. Fahren wir."

Eine Viertelstunde und eine Tankstelle später fuhren sie auf die Autobahn auf und waren unterwegs nach Raleigh. Wenigstens sollte der Verkehr um diese Uhrzeit kein Problem sein.

Sie sprachen erst, als sie den Stadtrand erreicht hatten. „Glaubst du, es war David Lee?" Luke stellte die Frage, die Faith die ganze Zeit durch den Kopf ging, seit sie das Büro des Sheriffs verlassen hatten.

„Ich weiß nicht." Es passte ihr gar nicht, das zuzugeben, aber es war die Wahrheit.

„Wenn du mich fragst, war ich nicht der Meinung, dass sie gelogen hat. Zumindest nicht am Anfang. Erst als sie ihr wahres Gesicht in Bezug auf Thad gezeigt hat, habe ich angefangen, alles infrage zu stellen. Aber … mal angenommen, es war David Lee – heißt das dann, David Lee ist unser Mann? Und er rächt sich durch die Morde, weil er aus irgendeinem Grund glaubt, der Secret Service sei für Mi Chas Tod verantwortlich? So wie Mrs Lin ihn beschrieben hat, könnte er der Typ dafür sein."

„Aber angeblich ist er Buchhalter", hielt Faith dem entgegen. Nicht, weil sie der Meinung war, dass Luke sich irrte, sondern um die Theorie auf die Probe zu stellen. „Woher sollte ein Buchhalter die Fertigkeiten haben, Jareds Haus in die Luft zu jagen, Michael mit einem Dartpfeil zu treffen oder so professionell auf dich und Zane zu schießen? Ich will nichts gegen Buchhalter sagen, aber das würde man nicht erwarten."

„Und was ist, wenn er gar kein Buchhalter ist? Oder jetzt ist er einer, war aber früher bei einer Spezialeinheit?"

Das konnte Faith nachvollziehen. „Sagen wir mal, es war David Lee, der Janice angegriffen hat, und er ist kein Buchhalter. Er ist Verbrecher oder ehemaliger Soldat oder in einer Miliz groß geworden und kennt sich mit Waffen und Bomben aus. Selbst wenn es so wäre, wofür wir im Übrigen null Beweise haben, warum hat er dann Janice auf dem Kieker? Sie hilft uns doch gar nicht, den Fall zu lösen. Und wenn meine Theorie stimmt, dass Mi Chas Kontakte zum Secret Service das Motiv hinter den Anschlägen sind, dann wäre das noch ein Grund, Janice in Ruhe zu lassen. Janice ist Mi Cha nie begegnet und wusste bis diese Woche nicht mal, dass sie bei Thad im Auto war."

„Da hast du recht", stimmte Luke ihr zu, wenn auch widerwillig.

„Könntest du morgen mit Sabrina sprechen? Ihr erzählen, was wir wissen, und herausfinden, ob das irgendwas an ihrer Suche ändert? Sie hat David Lee bis jetzt in der Gegend um Washington D. C. und Raleigh gesucht. Vielleicht kann sie ihre Suche auf Carrington ausweiten."

„Ja, kann ich machen."

Luke war sehr höflich und sie spürte, dass er versuchte, die unangenehme Atmosphäre zwischen ihnen zu verbessern. Aber wie konnte ihre Beziehung anders als unangenehm sein? Er hatte ihr eine Menge zugemutet – erst hatte er sie geküsst, bis ihr schwindelig war, dann hatte er ihr im übertragenen Sinne einen Dolch ins Herz gestoßen. Aber sie durfte nicht an den Kuss oder an ihre Wut denken. Dazu hatte sie einfach nicht die emotionale Kraft.

Faith hielt vor dem Hotel und Luke stieg aus. „Danke fürs Fahren."

Sie nickte und fuhr so schnell weiter, dass er gerade noch die Wagentür schließen konnte.

Sie fuhr nach Hause. Durchsuchte ihr Haus mit gezogener Waffe, bevor sie die Alarmanlage einschaltete und ihre Schuhe abstreifte.

Sie duschte.

Sie kroch in ihr Bett.

Sie schickte keine Textnachricht an Luke.

27

Luke dankte den Agenten und Beamten, die für ihre Sicherheit sorgten, und schlich dann auf Zehenspitzen in sein Zimmer. Zane schnarchte. Tessa schlief nebenan, die Tür einen Spaltbreit offen. Luke schluckte seine Tabletten, duschte und kroch ins Bett. Ihm war zuwider, was er getan hatte. Wie dumm er gewesen war. Dass sein Körper so schmerzte und nach Ruhe schrie. Dass sein Telefon stumm blieb.

Als er am nächsten Morgen aufwachte, lag er im Bett und erinnerte sich einen herrlichen Augenblick lang an den Kuss. Dann fiel ihm wieder ein, dass er alles vermasselt hatte.

Und er erinnerte sich daran, dass heute Sonntag war und am Nachmittag Jareds Beerdigung stattfinden würde.

Zane drehte sich im Bett nebenan auf die andere Seite. „Bist du wach?"

„Ja."

„Erzählst du mir, was war?"

„Nein."

„Ach, so gut gelaufen, ja?"

„Du hast ja keine Ahnung."

Zane stand auf und verbrachte ein paar Minuten im Bad. Luke nutzte die Gelegenheit, um nachzusehen, ob jemand ihm eine Nachricht geschickt hatte.

Ein Anruf von seiner Mutter. Einer von seiner Schwester, der aber mit größter Wahrscheinlichkeit von seiner Nichte kam. Sie klaute gerne das Handy ihrer Mutter und rief ihn zu allen möglichen Zeiten an, wenn ihre Mom nicht wusste, dass sie das Telefon hatte.

Keine Anrufe, Textnachrichten oder E-Mails von Faith.

Zane kam aus dem Bad zurück. Sporthose, T-Shirt, nackte Füße und einen Kaffee im Pappbecher. „Spuck's aus."

Luke ignorierte ihn. „Woher hast du den?"

„Hat der Personenschutz vorhin gebracht. Ist im Flur."

„Hm." Er hatte so fest geschlafen, dass er nichts davon mitbekommen hatte.

„Los, spuck's aus."

„Ich brauche Kaffee."

„Wir haben nicht den ganzen Tag Zeit."

„Du bist ja mal wieder richtig nett zu mir, Mann." Luke öffnete die Tür und sah im Flur ein kleines Tablett vom Zimmerservice mit mehreren Kaffeegetränken, seine schwarze Lieblingsvariante war auch dabei. Er nickte dem Polizisten zu, der Wachdienst hatte, nahm sich den Becher und ein Schokocroissant und ging wieder in sein Zimmer zurück. Er trank mehrere Schlucke und setzte sich dann neben Zane an den kleinen Couchtisch in der Ecke ihres Zimmers. „Ich hab's vermasselt."

„Was hast du gemacht?" Zane widersprach nicht, wenn man zugab, ein Idiot zu sein, und er war auch nicht der Typ, der einen tröstete, wenn man Mist gebaut hatte. Eher der Typ, der einem half, es nicht noch mal zu tun.

„Meine Wut auf das FBI rausgelassen."

Zanes Reaktion beschränkte sich darauf, einen Schluck Kaffee zu trinken und Luke anzustarren.

„Ich habe ihr gesagt, dass ich dem FBI nicht traue, und damit angedeutet, dass ich *ihr* auch nicht traue. Und zu allem Überfluss habe ich auch noch erwähnt, dass es meiner Familie lieber wäre, ich würde Verbrecher, als dass ich zum FBI gehe."

Das brachte ihm eine hochgezogene Augenbraue ein.

„Ich habe mich entschuldigt."

Zane verdrehte die Augen.

„Aber der Abschied war ziemlich unterkühlt."

Zane deutete mit dem Kaffeebecher in Lukes Richtung.

„Ich würde sagen, diese Unterhaltung übers FBI war längst überfällig. Deine Gefühle gegenüber dieser Behörde sind allgemein bekannt. Sie muss deine Meinung kennen, bevor aus der Sache mehr wird. Es sei denn …"

Jetzt war es so weit.

„Oder *ist* aus der Sache zwischen euch schon mehr geworden?" Es war keine Neugier, die Zane fragen ließ. Nicht einmal freundschaftliches Interesse.

Das machte es einfacher, die Wahrheit zu sagen. „Wir haben uns geküsst."

„Oft?"

„Nein."

„Reden wir von mehr als einem schnellen Küsschen?"

„Ja."

„Wer hat angefangen?"

„Sie hat mich auf die Wange geküsst. Ein Dankeschön. Aber dann …" Luke stellte den Kaffee auf den Tisch und fingerte an den Enden seines Croissants herum. „Ich bin ein Idiot."

„Das wussten wir schon, aber was ist nach dem Kuss passiert?"

„Wir sind zu Hope in die Kanzlei, um mit ihrer Mandantin zu sprechen. Die mit der Pension."

„Und dann?"

„Dann hast du mich angerufen, um mir von Janice Estes zu erzählen. Und auf dem Weg nach Carrington bin ich ausgerastet."

„Hat sie dir gestern Abend eine Nachricht geschickt?"

„Nein." Luke konnte die Gereiztheit in seiner eigenen Stimme hören. Er klang wie ein launischer Teenager.

„Hast du ihr geschrieben?"

„Nein. Der Ball liegt in ihrem Feld."

„In welchem Universum?"

„Ich hab's vermasselt. Ich habe mich entschuldigt. Sie zeigt mir die kalte Schulter."

„Sie hat ja auch allen Grund dazu." Zane hatte eine Gabe, das Offensichtliche hervorzuheben.

„Warum sollte ich sie dann –"

„In dem Glauben lassen, dass du wirklich so ein Trottel bist wie gestern? Du könntest natürlich recht haben. Dass es nicht lohnt, um sie zu kämpfen. Dass sie etwas Demütigung nicht wert ist." Zane nahm eine Denkerpose ein – eine Hand am Kinn, den Blick gen Zimmerdecke gerichtet. „Wenn sie herausgefunden hat, wer versucht, uns umzubringen, wird sie in ihre FBI-Welt zurückgehen und du in deine Secret-Service-Welt und dann wirst du nie wieder an sie denken. Oder nervös werden, wenn ihr in der Taskforce zusammenarbeiten müsst. Oder dir selbst in den Hintern treten, wenn sie irgendwann mit einem Ring am Finger auftaucht. Oder, noch besser, wenn sie überhaupt nicht mehr auftaucht, weil sie befördert wurde und in New York ist."

Das Bild, das Zane da zeichnete, war das deprimierendste Szenario, das Luke sich vorstellen konnte. „Was soll ich denn machen?"

„Betteln wäre ein guter Anfang. Du müsstest zu deinen Gefühlen stehen. Und riskieren, dass sie auf deinem Herzen herumtrampelt und dich fertigmacht. Lohnt sich vielleicht nicht."

„Ich kann meine Familie nicht ändern."

„Warum machst du dir Gedanken darüber, ob sie mit deiner Mom auskommt?"

„Wie kann ich ihr mein Herz auf Gnade und Ungnade ausliefern, wenn ich ihr nicht mal ein Happy End bieten kann? Ich würde ihr ein Leben bieten, bei dem meine Verwandten vom ersten Tag an gegen sie sein werden."

„Erstens weißt du das nicht. Du projizierst deine eigenen Probleme mit dem FBI auf alle anderen. Zweitens hat Faith *dich* rumgekriegt. Wieso glaubst du, dass sie deine Verwandtschaft nicht genauso um den Finger wickelt? Deine Mutter wird jeden lieben, der dir das Leben rettet, und wenn Faith diesen Fall irgendwann gelöst hat, kannst du sie als die Frau vorstellen, die dafür gesorgt hat, dass dein Herz weiterschlägt. Deine Mom und deine Schwester werden sie lieben."

Wieso war er nicht selbst darauf gekommen?

„Und außerdem kann niemand im echten Leben irgendein Happy End versprechen. Ehe ist keine ewige Glückseligkeit. Gott hat viele Gründe gehabt, als er die Ehe erfunden hat, aber wenn du jemanden suchst, mit dem du dich nie streitest oder anderer Meinung bist, dann kannst du das getrost vergessen."

„Wow, du machst aber richtig gute Werbung fürs Heiraten, was?"

Zane ignorierte ihn. „Weißt du nicht mehr, wie Thad uns erzählt hat, wie schwierig es war, Rose dazu zu bringen, dass sie mit ihm ausgeht? Die CIA und das FBI kommen ungefähr genauso gut miteinander aus wie der Secret Service und das FBI, und das auch ohne eine Familientragödie. Bei den Bakers hat es funktioniert. Warum sollte es bei euch nicht funktionieren?"

„Warum bist du eigentlich so erpicht auf Faith? Du kennst sie doch kaum."

„Aber ich kenne *dich*. Du magst sie. Du bist gerne in ihrer Nähe. Ich glaube, sie könnte die Richtige sein. Thad war auch der Meinung." Er hob eine Hand, als Luke etwas sagen wollte. „Ich sage nicht, dass es dir gelingen wird, den angerichteten Schaden wiedergutzumachen, aber wie willst du es wissen, wenn du es nicht versuchst?" Zane stand auf. „Ende der Therapiestunde. Ich hole mir eine Banane. Und dann will ich, dass du mir von dem Fall erzählst."

Tessa klopfte an die Zwischentür. Ihre Augen waren blutunterlaufen und sie sah aus, als hätte sie eine schlaflose Nacht hinter sich. Sie hatte schon einen Kaffee in der Hand, aber so, wie sie aussah, würde sie mehr als einen brauchen, um den Tag zu überstehen.

„Alles in Ordnung?"

„Kopfschmerzen." Sie setzte sich auf den Stuhl, von dem Zane soeben aufgestanden war.

Als Zane zurückkam, runzelte er die Stirn in Tessas Richtung, setzte sich aber auf die Bettkante. „Dann lass hören."

„Warte!" Tessa rannte in ihr Zimmer und kam mit ihrem Telefon zurück.

Zehn Sekunden später drang Gils Stimme durch den Lautsprecher. „Ich bin nicht sicher, wer dafür gesorgt hat, dass ich noch eine Nacht hierbleiben musste, aber es war nicht schön."

„Sei still und hör zu, was Luke über gestern Abend zu berichten hat, oder ich werde nicht mit deiner Schwester den Anzug holen." Tessas Drohung ergab für Luke keinen Sinn, aber Gil musste sie verstanden haben, denn er verstummte.

Luke begann mit dem Anruf seines Informanten. Dann erzählte er von der Leiche. Dem Angriff auf Janice Estes. Und von der Verbindung zwischen Janice und Thad.

„Wenn die Sache vorbei ist, schulden wir den Jungs in Carrington ein Steak." Zane fuhr sich mit der Hand übers Gesicht.

„Und was machen wir jetzt?" Gils Frage war nicht rhetorisch gemeint, aber niemand hatte eine Antwort.

Zane warf Luke einen vielsagenden Blick zu.

„Ich werde Faith anrufen und sie fragen, ob wir etwas Bestimmtes tun sollen. Und ich rede mit Sabrina. Gestern Abend habe ich eine Nachricht auf ihrer Mailbox hinterlassen, aber es war schon ziemlich spät. Ich bin nicht sicher, ob sie heute an dem Fall arbeitet. Schließlich ist Sonntag."

Tessa und Zane sahen so verwirrt aus, wie Luke sich fühlte. War es wirklich erst eine Woche her, dass sie bei den Bakers gewesen waren und den Geburtstag der Zwillinge gefeiert hatten? Dass Michael und Jared noch am Leben gewesen waren und auf niemanden geschossen worden war? Wie hatte in so kurzer Zeit so viel schiefgehen können?

Zane beugte sich zu Tessas Handy vor. „Gil, bist du sicher, dass du fit genug bist für die Reise? Wissen die Ärzte, dass du in einen Flieger steigen willst?"

„Das wissen sie, meiner Schwester mit der großen Klappe sei Dank. Es gibt hier einen guten Doc. Marine. Er versteht mich. Und er hat mir die Erlaubnis gegeben."

„Unter bestimmten Bedingungen", warf Tessa ein.

„Hat meine Schwester mit dir gesprochen?" Gils Empörung wurde durch seine Belustigung gemildert.

„Jemand muss schließlich dafür sorgen, dass die Jungs in diesem Team nicht sterben, und so wie ich das sehe, sind die Frauen die Letzten, die übrig bleiben. Ich habe mit deiner Schwester gesprochen" – Tessa wandte sich an Luke – „und auch mit Faith."

„Heute?" Seine Stimme klang hysterisch und Zane schnaubte amüsiert.

„Habe ich was verpasst?", wollte Gil wissen.

„Luke ist ein Idiot." Zane antwortete, bevor Luke die Gelegenheit hatte, sich zu verteidigen.

„Das ist doch nicht neu."

„Aber diesmal hat er bei Faith den Idioten gegeben." Der Blick, den Tessa Luke zuwarf, war nicht direkt böse, aber viel fehlte nicht. Sie war eindeutig auf Faiths Seite.

„Wann habt ihr –", fing Luke an.

„Was hast du gemacht?", fiel Gil ihm ins Wort. „Du hast sie geküsst, oder? Und das ist schiefgegangen?"

„Können wir bitte über was anderes reden? Ich habe zu tun, Gil muss aus dem Krankenhaus geholt werden und wir alle müssen zum Flughafen."

„Schon gut." Selbst über die Telefonverbindung konnte Luke erkennen, dass Gil etwas im Schilde führte. „Du kannst mir alles im Flieger erzählen, Tessa. Bis dann."

Bevor Luke antworten konnte, hatte Gil das Telefonat beendet. Zane stand auf und klatschte in die Hände. „Dann haben wir einen Plan." Dann schlug er sich mit der Hand auf die Stirn. „Oh nein."

„Was ist, Mann?"

Zane sah aus wie ein Welpe, den jemand ausgesetzt hat. „Ich habe keinen Anzug."

Tessa stand auf, tätschelte seinen Arm und ging zu ihrem Zimmer. „Schon geregelt."

„Was?"

„Wie?"

Sie sah die beiden Männer an. „Ich habe Anfang der Woche mit Jacob gesprochen. Dann habe ich den Schneider angerufen, zu dem du alles bringst. Der Anzug ist seit gestern fertig. Jacob hat ihn. Er bringt ihn mit zum Flugplatz." Tessa klang sowohl selbstgefällig als auch leicht aggressiv und sie ging, ohne eine Erwiderung von Zane abzuwarten. Sie schlüpfte durch die Tür, schloss sie und drehte den Schlüssel im Schloss herum.

Luke wandte sich Zane zu. „Was hast *du* denn gemacht?"

Zane wich seinem Blick aus. „Ich habe gar nichts gemacht."

„Und wieso weißt du dann nicht, dass sie dir einen Anzug bestellt hat? Und ihn hat anpassen lassen? Und warum hat sie es dir nicht erzählt? Was läuft da eigentlich zwischen euch beiden?"

Zane sah ihn immer noch nicht an. „Nichts. Überhaupt nichts."

Luke starrte auf Zanes Rücken. Er hatte seinen Freund noch nie mit so viel Bitterkeit sprechen hören. Oder war es Kummer? War da mehr als Freundschaft zwischen Tessa und ihm gewesen? „Willst du darüber reden?"

„Nein."

Luke wartete.

Schließlich drehte Zane sich um. „Wenn das hier vorbei ist. Nicht jetzt."

Okay. „Ich bin da, wenn du reden willst, Kumpel."
„Ich weiß." Zane legte sein Pistolenhalfter an. „Konzentrieren wir uns darauf, diesen Tag zu überleben."
„Gute Idee."

28

Faith hatte nicht besonders gut geschlafen, aber trotzdem hatte sie ihren erschöpften Körper aus dem Bett gehievt und war zum Fluss gefahren, um eine Runde zu rudern. Auf dem Weg war sie bei Hope vorbeigefahren, um nach ihrer Schwester zu sehen. Als Faiths Telefon um halb elf klingelte, nahm sie das Gespräch nicht an. Luke Powell konnte seine Textnachrichten und seine Witze und seine starken Arme und sein handwerkliches Geschick und seine weichen Lippen und seine –

„Wenn du nicht drangehst, tu ich es." Hope rollte an ihr vorbei. „Hör auf, dich wie ein Teenie zu benehmen. Gib ihm eine Chance."

„Ich hätte ihm schon die erste Chance nicht geben sollen, und eine zweite kriegt bei mir niemand."

„Das solltest du vielleicht ändern."

Wieder klingelte das Telefon. Hope warf sich über den Tisch und griff danach, bevor Faith es tun konnte. Ihr Finger tippte auf das Display, aber anstatt das Smartphone an ihr Ohr zu halten, streckte sie es Faith entgegen. „Rede mit ihm." Ihre Lippen formten die Worte lautlos, aber die Drohung darin war nicht zu übersehen. Wenn Faith es nicht tat, würde Hope es tun.

Faith nahm das Telefon. „Special Agent Malone hier."

Hope verdrehte die Augen und schüttelte den Kopf, bevor sie den Anstand hatte, das Zimmer zu verlassen.

„Guten Morgen, Faith." Lukes tiefe Stimme ließ einen Schauer über ihren Rücken laufen. Drei Worte und schon war sie ganz durcheinander. „Ich werde dich nicht lange aufhalten, aber ich muss dir zwei Dinge sagen. Vorhin habe ich mit Sabrina gesprochen. Sie dehnt den Radius für ihre Suche nach David Lee aus und versucht, Mi Chas Vater zu finden. Sie meldet sich wieder."

„Danke für die Info." Das war gut. Professionell. Kein Anflug von aufsteigenden Tränen, wenn Lukes inzwischen so vertraute Stimme diesen formellen Tonfall hatte.

„Und das bringt mich zu der zweiten Sache. Ich habe sie gebeten, dich zu informieren." Da war das Messer, das er ihr in die Eingeweide rammte. „Und nicht über mich zu gehen." Und herumdrehte.

Er räusperte sich. „Ich werde den größten Teil des Tages keinen Handyempfang haben und will nicht, dass irgendwas verloren geht."

Moment mal. Er versuchte nicht, ihr aus dem Weg zu gehen? Warum dann –?"

„Wenn wir unterwegs zum Flughafen sind, müssen wir uns nach dem Personenschutz richten. Sie kriegen kein Geld dafür, dass sie unseren Hintern retten – freiwillig natürlich –, und wir wollen nichts tun, was ihnen die Arbeit noch erschwert."

Flughafen? Personenschutz? Dann kam die Erleuchtung. Nicht eine einzelne Glühbirne. Eher das Flutlicht eines ganzen Fußballstadions. „Ihr fliegt zu Jareds Beerdigung?"

Das Kreischen. Die Panik. Die konnte er unmöglich überhören. Aber es war ihr egal. „Das … das könnt ihr nicht machen! Ihr alle zusammen? Da seid ihr doch eine leichte Beute. Er könnte irgendwas machen, um das Flugzeug abstürzen zu lassen. Du weißt besser, wie so was geht. Das Risiko kannst du nicht eingehen. Es tut mir leid, dass Jared tot ist. Aber es hat keinen Sinn, dass du stirbst, nur weil du zu seiner Beerdigung gehen willst. Ich bin sicher, das würde er nicht wollen."

Hope war wieder hereingekommen und starrte sie mit weit aufgerissenen Augen an.

„Faith." Als er ihren Namen sagte, klang es wie eine Liebkosung. Sie sank auf den Sessel. „Stimmt, wir wissen, wie das geht, denn wir machen so was ständig und bei sehr realen Gefahren."

„Ihr habt aber nicht das volle Programm. Keine Air Force One. Keine gepanzerten Fahrzeuge. Wir wissen ja nicht mal, nach wem wir suchen. Wie könnt ihr ihn dann aufhalten?"

„Ich kann am Telefon keine Einzelheiten sagen, aber wir haben einen guten Plan. Jacob arbeitet schon die ganze Woche daran und Jacob ist der Beste. Ich schicke dir eine Nachricht, wenn wir wieder da sind." Es folgte eine lange Pause. „Wenn du willst."

Sie wollte nicht, dass er sie über seine Rückkehr informierte. Sie wollte nicht, dass er flog. Sie wollte nicht dieses Gefühl der Panik spüren, das sich bei dem Gedanken, dass Luke in einem brennenden Flugzeug starb, in ihren Körper krallte. Sie hielt das Handy ein Stück weiter weg, während sie tief Luft holte. „Ja", brachte sie schließlich heraus. „Bitte."

„Hör zu, Faith."

Jetzt kommt's. Die „Vergessen-wir-die-Sache-gestern-und-lass-uns-Freunde-sein"-Rede. Sie wappnete sich.

„Wenn das alles vorbei ist, können wir dann reden?"

Das war etwas besser als Freunde-Sein, aber was sollte dieser „Wenn-das-alles-vorbei-ist"-Unsinn? Würde das jemals vorbei sein? Wie lange sollte sie auf diese Unterhaltung warten? Und was wäre, wenn er heute sterben würde? Reiß dich zusammen. „Klar. Das wäre schön."

„Ich muss los. Aber eins noch."

„Ja?"

„Ich vermisse d–"

Die Verbindung wurde unterbrochen. Sollte sie ihn zurückrufen? War es eine Störung gewesen? Hatte er gesagt: „Ich vermisse dich."? Was sonst hätte er sagen sollen? „Ich vermisse die Unterhaltungen mit dir."? Eher unwahrscheinlich. Obwohl

„Ich vermisse die Unterhaltungen, die wir bis fünf Uhr gestern Nachmittag hatten“ akzeptabel wäre.

„Was hat er gesagt?“ Hope streckte die Hand nach dem Telefon aus und Faith gab es ihr.

„Sie fliegen zu der Beerdigung.“

„Das habe ich mitgekriegt.“

„Und er will reden.“ Bei dem Wort *reden* malte sie mit den Fingern Anführungszeichen in die Luft. „Was auch immer das bedeutet.“

Sie hatte Hope an diesem Morgen alles erzählt. Von dem Kuss. Dem Streit. Der Verletzung.

„Klingt so, als wollte er reden.“ Hope tätschelte ihren Arm. „Die Frage ist, ob du hören willst, was er zu sagen hat.“

„Was soll das denn heißen?“

„Er hat ein Kindheitstrauma –“

„Ich habe mein eigenes Kindheitstrauma, da hat er kein Monopol.“

„Aber du bist wegen seines Kindheitstraumas und den damit verbundenen Vorurteilen und Einstellungen wütend auf ihn, während du selbst an deinen festhältst. Siehst du nicht, wie inkonsequent das ist?“

„Unser Vater hatte keinen Grund zu gehen.“

Hope deutete auf ihren Rollstuhl.

„Dein Unfall war für ihn nur eine Ausrede. Er konnte nicht damit umgehen. Und ich glaube, er hat Mom sowieso nicht geliebt. Es war die Ausrede, die er brauchte, um sich einzureden, dass es okay ist, fremdzugehen und eine neue Familie zu gründen. Und Mom hat ihn nicht aufgehalten. Das ist nicht dasselbe. Lukes Vater hat die Hölle durchgemacht. Die Anschuldigungen und der Verlust waren nicht seine Schuld und er konnte es nicht ändern. Sein Tod war eine Tragödie. Dass unser Dad verschwunden ist, lag an seinem Egoismus. Ich weiß nicht, wie du ihn überhaupt ertragen kannst.“

Hope neigte den Kopf zur Seite. „Wann hast du das letzte Mal mit Dad gesprochen?“

Faith hatte keine Ahnung. „Irgendwann letztes Jahr vielleicht?“

„Eher vor drei Jahren.“

„Ich zähle die Jahre nicht.“

„Er aber.“

Faith fuhr Hope an: „Wage es bloß nicht, mir ein schlechtes Gewissen zu machen. Er ist derjenige, der Mist gebaut hat. Er ist im Unrecht. Nicht ich.“

Hope zuckte nicht einmal. Sie hatte ihre Anwaltsmiene aufgesetzt. Ungerührt. Nachdenklich. Wenn Faiths Worte sie verletzt hatten, ließ sie es sich nicht anmerken. „Gut. Dann rede nicht mit Dad. Aber lass nicht an Luke aus, was unser Vater vor fünfzehn Jahren getan hat. Luke ist ein anständiger Kerl. Er hat einen Fehler gemacht. Er will reden. Ich finde, du solltest ihn anhören, vor allem, weil du ihn liebst.“

Faith prustete, konnte aber kein richtiges Wort herausbringen, bevor Hope weitersprach. „Versuch erst gar nicht, zu widersprechen. Du bist total zerflossen, als er angerufen hat. Und als er dir erzählt hat, dass er in einen Flieger steigen will, hast du den Verstand verloren.“

„Das ist einfach dumm. Ein albernes Risiko. Er wird dabei umkommen.“

„Warum macht dir das was aus?“ Hope stellte die Frage ganz leise.

„Wieso sollte es nicht? Er ist ein Freund. Gil, Zane, Tessa. Sie alle. Sie sind jetzt Freunde. Es wäre eine Tragödie, wenn sie –“

„Es wäre eine berufliche Tragödie, ganz sicher. Aber wäre es eine private Tragödie? Bis vor einer Woche kanntest du diese Leute noch gar nicht. Mir scheint, die eine Person, deren Verlust du nicht ertragen könntest, ist Luke. Und deshalb bist du es dir selbst und ihm schuldig, dass du ihm wenigstens zuhörst, wenn er reden will. Wenn er nicht begreift, dass er Mist gebaut hat, dann solltest du ihn vergessen. Es hat keinen Sinn, dein Herz an einen Typen zu hängen, der nicht weiß, wie man sich entschuldigt."

Er hatte sich schon entschuldigt. Das hatte Faith allerdings nicht erwähnt, als sie Hope alles erzählt hatte.

„Du wirst es bereuen, wenn du es nicht tust." Mit dieser düsteren Prognose verließ Hope den Raum. „Ich gehe in die Kirche", rief sie, während sie zur Tür rollte. „Bis später. Ich hab dich lieb."

„Ich dich auch." Faith flüsterte die Worte in die Luft.

Dann sank sie auf die Knie. „Gott? Ich bin's, Faith. Mal wieder. Luke. Er … Ich weiß nicht …" Von irgendwo in den tiefsten Tiefen ihres Verstandes stieg die Erinnerung an eine Sonntagsschulstunde auf. Die Lehrerin hatte ihr gesagt, der Heilige Geist, vor dem Faith schreckliche Angst gehabt hatte, könne Tränen und Seufzer und Gefühle in Worte übersetzen. Und sie brauche nie zu befürchten, dass Gott ihre Gebete nicht verstand – denn das tue er. Faith hoffte, dass es stimmte, denn ihre sprachlichen Fertigkeiten hatten sie verlassen. Sie konnte nur auf dem Boden knien und hoffen, dass Gott wusste, was er mit ihr anfangen sollte.

Sie kniete so lange dort, dass ihre Knie irgendwann schmerzten, aber sie stand nicht auf. Stattdessen zog sie die Beine vor und schlug sie im Schneidersitz übereinander. Hatte Hope recht? Und was war mit Luke?

Sie konnte ihm nicht verdenken, dass er das FBI im Allgemeinen hasste, und auf keinen Fall hasste er sie im Besonderen. Faith konnte seine Hände noch auf ihren Wangen spüren, seine Lippen auf ihren. Dieser Kuss. Er war unerwartet gewesen, aber kein Fehler.

Luke war ihr wichtig und sie war ziemlich sicher, dass er für sie auch etwas empfand.

„Gott? Ich weiß immer noch nicht, wie ich meinem Dad vergeben kann. Er hat es einfach nicht verdient. Aber vielleicht kann ich damit anfangen, dass ich Luke verzeihe, weil er so blöd war? Und vielleicht könnte ich wegen all dieser Dinge nicht so wütend auf dich sein? Ich bin nicht sicher, wie ich das anstellen soll. Ich bin schon so lange wütend, aber ich will es eigentlich nicht sein."

Sie saß dort, bis ihre panischen Gedanken sich beruhigten und Erinnerungen wichen. Guten Erinnerungen.

Er war immer da gewesen. Und er war noch immer da. Hier. Jetzt.

Ein Frieden überkam Faith und eine Weile saß sie noch da und genoss dieses Gefühl. Aber irgendwann ließ eine Dringlichkeit, die keine Panik war, sondern zielgerichtet, sie aufstehen.

Es wurde Zeit, dass sie einen Killer aufhielt.

Als sie bei der Arbeit ankam, ging sie direkt zu Dales Büro. Sie wunderte sich nicht darüber, dass sie ihn an seinem Schreibtisch sitzen sah. Er schäumte vor Wut. Wäre er eine Trickfilmfigur gewesen, wäre Dampf aus seinen Ohren gekommen. So knurrte er nur: „Rein mit dir", als er sie im Türrahmen stehen sah.

„Guten Morgen." Faith nahm auf dem Stuhl Platz, der ihm gegenüberstand.

„Du bist ja furchtbar gut gelaunt. Hast du was genommen? Wie viel Cola hast du heute schon getrunken?"

„Eine Flasche." Die zweite hatte sie in der Tasche.

Sie brachte ihn auf den aktuellen Stand, was den Fall betraf. Während sie redete, kaute Dale auf einem Zahnstocher. Er unterbrach sie nicht, aber noch bevor sie fertig war, hatte er den Zahnstocher durch.

Zum Schluss sagte sie ihm, was sie von Janice Estes hielt. Und sie nahm kein Blatt vor den Mund.

Dale schüttelte den Kopf. „Ich bin immer noch ganz fassungslos, dass sie das so vermasselt hat."

„Hast du mit ihr geredet?"

„Nur, um ihr zu sagen, dass ich sie am Montagmorgen in meinem Büro erwarte. Heute Nachmittag habe ich ein Treffen mit einem unserer Juristen. Kannst du das glauben? Aber so ist es heutzutage eben. Ich kann sie nicht einfach feuern."

Janice hatte Thad, Mi Cha und alle ihre Angehörigen im Stich gelassen. Ihre Vorurteile und ihre Befangenheit waren unter Umständen für zwei weitere Tote und für all die Zerstörung verantwortlich, die auf die Agenten des Secret Service eingeprasselt war. Verletzungen und Explosionen und Schüsse und der Verlust von Zanes Haus. Es war einfach zu viel.

Faith konnte nichts davon ungeschehen machen. Aber sie konnte dafür sorgen, dass es aufhörte. Sie musste einfach.

Fünf Minuten später saß sie wieder an ihrem Schreibtisch. Sie wählte Sabrinas Nummer.

Sabrina ging nach dem zweiten Klingeln dran. „Guten Morgen, Faith. Ich habe noch keine neuen Informationen, aber ich verfolge eine Spur, die Potenzial hat."

„Das ist die beste Neuigkeit seit Langem. Ich hatte gehofft, wir könnten uns ein bisschen austauschen. Ich frage mich nämlich, ob David Lee vielleicht gar nicht der ist, für den wir ihn halten."

„Wie meinst du das?"

„Von Mrs Lin wissen wir, dass er ein Kontrollfreak war. Besitzergreifend. Ich habe nichts gegen Buchhalter, aber so würde ich so jemanden normalerweise nicht beschreiben, es sei denn, es geht um Steuern."

„Ich kann dir nicht folgen, Faith." Sabrina wollte nicht unhöflich sein, aber sie war niemand, der die Dinge schönredete. „Jeder kann jederzeit alles sein. Einige der schlimmsten Psychopathen unserer Geschichte hatten normale Jobs und niemand hatte den Verdacht, dass sie Verbrecher waren."

„Ich weiß, aber was wäre, wenn in diesem Fall der sanfte Buchhalter nur eine Tarnung ist?"

„Warum glaubst du das?"

„Ich weiß nicht. Etwas, was Mrs Lin darüber gesagt hat, wie involviert Mi Chas Eltern waren. Dass sie sich gekümmert haben. Das sind keine Leute, die nicht bemerken, dass ihre Tochter nicht nach Hause gekommen ist. Und solche Leute würden Himmel und Hölle in Bewegung setzen, um sie zu finden. Sie würden mit der Botschaft sprechen und jedem, den sie befragen könnten." Faith wartete darauf, dass Sabrina ihre Theorie widerlegte.

„Ich verstehe, was du meinst."

Faith lehnte sich erleichtert auf ihrem Stuhl zurück. Wenn Sabrina ihre Gedanken nachvollziehen konnte, war es keine völlig abwegige Idee.

„Ich weiß, dass du schon auf der Suche nach David Lee und Park Mi Chas Vater bist, aber während du versuchst, sie ausfindig zu machen, könntest du vielleicht ein bisschen nachforschen, wer sie in Wirklichkeit sind? Irgendwas stimmt hier nicht."

Sabrinas einzige Reaktion war ein hastiges Tippen auf der Computertastatur, das Faith über die Leitung hören konnte. Sie wartete. Und wartete. Schrieb Sabrina ein Buch?

„Fertig. Ich habe eine Kontaktperson in Seoul. Außerhalb der offiziellen Kanäle. Er ist mir was schuldig und wird schnell antworten. Ich melde mich wieder." Sabrina legte auf und Faith starrte das Telefon an.

„Danke", sagte sie ins Leere.

Es war zwölf Minuten nach vier und trotz seiner gespielten Tapferkeit von vorher war Luke erleichtert, als der Flieger sicher auf einer Landebahn nördlich von Raleigh aufsetzte.

Und noch erleichterter, als sie hörten, dass das zweite Flugzeug auf einem anderen Rollfeld im Osten gelandet war.

Jetzt mussten sie nur noch alle sicher ins Hotel kommen.

Die Beerdigung war deprimierend gewesen. Trauerfeiern waren nie ein Vergnügen, aber nicht alle waren so voller Verzweiflung. Jareds Beerdigung hatte so wenig Hoffnung vermittelt. Seine Ex-Frau war erschienen und hatte eine Szene gemacht. Jareds Eltern waren am Boden zerstört gewesen. So wie Thads Eltern bei dessen Beerdigung. Und was konnte er schon sagen, um sie zu trösten? Er konnte ihnen nicht einmal sagen, dass der Mörder ihres Sohnes gefasst war. Oder dass sie wussten, warum Jared gestorben war. Konnte ihnen keine Gerechtigkeit versprechen.

„Und am Mittwoch müssen wir da noch mal durch?", murrte Zane, als sie nach Raleigh zurückfuhren.

„Das wird noch schlimmer." Jacob fuhr mit der Hand über seinen kahlen Kopf. „Kinder."

Kinder. Michaels Kinder. Sofort fühlte Luke sich schuldig, als ihm bewusst wurde, dass er weder Karen noch die Kinder seit dem Mordanschlag gesehen hatte. Dann fiel ihm wieder ein, dass er in dieser Zeit versucht hatte, selbst am Leben zu bleiben – und sich mit der Zielscheibe auf seinem Allerwertesten von der Familie fernzuhalten.

Er schaltete sein Handy wieder ein und es funktionierte. Endlich. Das Team, das sich um ihre Sicherheit gekümmert hatte, war gut gewesen, aber knallhart. Sie hatten darauf bestanden, dass keinerlei elektronische Kommunikation erlaubt war, für den Fall, dass eins der Handys geknackt worden war. Die Idee war nicht schlecht gewesen, aber es war ein merkwürdiges Gefühl, auf dieser Seite der Sicherheitsvorkehrungen zu sein. Wenn Luke überlebte, bis er in die zweite Phase seiner Agententätigkeit im Personenschutz gelangte, würde er versuchen, sich an das Gefühl zu erinnern.

Als Erstes setzte er eine kurze Nachricht an Faith ab. Wie er es versprochen hatte.

Sind gelandet.

Luke hatte freundliche Worte erwartet oder Erleichterung oder sogar Tränen. Was er bekam, war ein knapper Befehl.

Fahr in dein Büro. So schnell wie möglich.

Gefolgt von:

Check dein Handy.

Na, das war ja eine herzliche Begrüßung. Vielleicht hatte sie sich überhaupt keine Sorgen gemacht.

Um ihn herum erklangen Signaltöne, während die anderen im Wagen ebenfalls Kontakt zur Außenwelt aufnahmen. Luke hatte mit der einen oder anderen Nachricht gerechnet, aber er hatte mehr davon bekommen als erwartet. Er überflog die Liste und hielt dann inne, um langsamer zu lesen. Dann sah er in seine E-Mails. „Wir müssen zum Büro. Nicht ins Hotel."

„Okay." Jacob stellte keine Fragen. Während er dem Fahrer Anweisungen zu der geänderten Route gab, zeigte Luke sein Telefon Zane. Als Jacob fertig war, berichtete Luke ihm. „Sabrina hat Videoaufnahmen von David Lee gefunden."

„Wo?"

„An verschiedenen Orten in und um Raleigh. Er hat sein Aussehen verändert und ist in irgendeinem Stundenhotel abgestiegen. Die Fahndung läuft und die gesamte Stadtpolizei sucht nach ihm. Faith hat ein paar Informanten angerufen und die suchen mit."

„Was noch?", wollte Jacob wissen.

„Keine Einzelheiten, aber Faith sagt, Sabrina hat eine große Sache entdeckt. Sie bildet sich eine Meinung und will uns berichten, wenn wir im Büro sind. Vielleicht eine Videositzung oder so. Wer weiß?"

Jacob blickte nicht von seinem Telefon auf, als er sprach. „Der Wagen soll uns beim Büro absetzen und dann Zane ins Hotel bringen."

„Kommt nicht infrage." Zane beugte sich auf seinem Sitz vor. „Ich komme mit. Für die Fahrt ins Hotel kann ich später ein Taxi nehmen. Wenn eine Chance besteht, dass dies der Typ ist, der mich für seine Schießübungen benutzt hat, dann will ich ihm in die Augen sehen."

Luke konnte es Zane nicht verdenken und er hatte nichts dagegen, seinen Kumpel dabeizuhaben. Gil würde ausrasten, wenn er erfuhr, dass sie ihm nichts von ihrem Plan gesagt hatten, aber so war es besser.

Zehn Minuten später trafen sie bei ihrem Büro ein.

„Wird aber auch Zeit", sagte Gil von Martys Schreibtisch aus, während Tessa auf der Tischkante saß. „Ihr habt doch nicht ernsthaft geglaubt, dass ich ins Hotel fahre, oder?"

Luke hatte keine Zeit, mit ihm zu diskutieren. „Wo ist Faith?"

„Schon im Konferenzraum. Sie spricht mit jemandem vom FBI. Und sie weiß, dass wir hier sind." Gil grinste spöttisch. „Aber danke, dass du dir Sorgen um mich machst. Weil ich im Büro bin, obwohl ich es ruhig angehen lassen soll und so. Tessa hat gesagt, du würdest dich aufregen, aber man sieht ja, wie es ist."

Luke antwortete nicht, sondern lief den Gang hinunter, um wenige Schritte vor dem Besprechungsraum stehen zu bleiben. Er musste sich vorbereiten. Er war ein Profi. Faith war ein Profi.

Faith kam auf den Gang heraus, den Kopf gesenkt, Telefon in der Hand, und stieß gleich darauf mit Luke zusammen. Automatisch hob er die Arme, um Faith zu stützen, und einen Augenblick lang berührte sie seinen Brustkorb. Als sie aufblickte, ihr Gesicht nur wenige Zentimeter von seinem entfernt, wurde er von dem Verlangen überwältigt, sie zu küssen.

So viel zum Thema Profi sein.

Aber er konnte es nicht tun. Würde es nicht tun. Sie musste den ersten Schritt machen.

Aber das tat sie nicht. Stattdessen wich sie ein wenig zurück und er ließ die Arme sinken. Ihre Miene war angespannt, als sie die Arme verschränkte und flüsterte: „Das gefällt mir nicht, Luke."

Beinahe hätte er sich entschuldigt, aber dann beherrschte er sich. Hier ging es nicht um sie beide oder darum, dass er sie angefasst hatte. Hier ging es um den Fall. „Was denn?"

„Ich weiß nicht." In ihren Worten schwang ein Anflug von Verzweiflung mit. „Die Puzzleteile liegen vor mir und ich kann sie nicht zusammensetzen."

Sie standen dicht voreinander, die Köpfe gesenkt, sodass sie sich beinahe berührten. Luke legte die Hände um ihre Ellbogen und drückte sie sanft. „Du musst das Puzzle nicht allein zusammensetzen, Faith. Hören wir uns an, was Sabrina zu sagen hat, und dann arbeiten wir zusammen. Wir werden die Lösung finden."

Luke ließ sie los, aber ihr Arm fuhr an seinem entlang, als er sich zurückzog, und ihre Hand fand seine. „Luke?"

„Ja?"

„Ich bin froh, dass du nicht tot bist."

Ihre Worte bedeuteten nicht, dass sie ihm vergeben hatte, aber zumindest bestand Hoffnung. „Ich auch." Er drückte ihre Hand und das kleine Lächeln, das sie ihm zuwarf, als sie in den Raum zurückging, erfüllte ihn mit Wärme.

Vielleicht würde sie ihm ja doch vergeben. Vielleicht konnten sie wie Erwachsene miteinander reden, sodass die Entscheidungen ihrer Väter nicht ihre Zukunft bestimmten.

Luke drehte sich um und sah unmittelbar in die Augen eines dankbaren Publikums. Zane lehnte an einer Wand, Gil an der anderen. Tessa stand in der Mitte. Wischte sie sich etwa über die Augen? Jacob stand ein Stück entfernt, Telefon in der Hand, und beachtete das Schauspiel, das die anderen so fesselte, gar nicht.

Als Luke näher kam, applaudierten Zane, Gil und Tessa ihm lautlos. Er ignorierte sie. „Besprechungsraum. Alle. Jetzt."

Sie folgten ihm und Jacob bildete die Nachhut. Faith telefonierte und stand in der hinteren Ecke des Raumes, während die anderen sich setzten.

„Habt ihr euch versöhnt?", flüsterte Tessa.

„Ich weiß nicht, Tess. Frauen sind kompliziert. Ich arbeite dran."

„Aus meinem Blickwinkel sah es aus, als hättest du kurzen Prozess gemacht." Gil beugte sich auf seinem Stuhl vor und fuhr sich mit der Hand über den Kopf. Er dürfte eigentlich gar nicht hier sein. Sobald Faith alle auf den aktuellen Stand gebracht hatte, würde Luke versuchen, ihn ins Hotel zurückzubringen. Puh. Es war höchste Zeit, dass sie nach dieser endlosen Woche wieder ein einigermaßen normales Leben führen konnten.

Faith drehte sich um. Ihre Züge waren von Erschöpfung gezeichnet, ihre Augen skeptisch. „Ich habe das Gefühl, dass ich mich bei euch allen entschuldigen muss. Luke hat euch inzwischen bestimmt von Agent Estes erzählt und davon, dass sie komplett dabei versagt hat, ihre Arbeit auf professionelle Weise zu machen."

„Sie sind nicht verantwortlich für Janice' Dummheit", sagte Jacob. „Und Dale auch nicht Ich habe schon zweimal mit ihm gesprochen." Er blickte in die Runde. „Ihr könnt euch nicht vorstellen, was für Schuldgefühle er mit sich herumträgt. Er hat das Gefühl, Michaels Tod sei seine Schuld."

Jacob sah jedem Einzelnen im Raum in die Augen, bevor er weitersprach. „Michaels Tod, Jareds Tod, die Schüsse, die Brandstiftung – jemand ist für diese Dinge verantwortlich, aber sie sind nicht Janice' Schuld. Oder die Schuld des FBI. Es gibt jemanden, der hinter diesen Dingen steckt, und wenn wir ihn finden, werden wir wissen, wer Schuld hat."

Luke hörte Jacob zu, beobachtete dabei aber Faith. Sie hatte den Kopf gesenkt und blickte zu Boden, ohne mit irgendjemandem Blickkontakt aufzunehmen.

„Hätten die Ermittlungen besser geführt werden können? Natürlich. Hätten wir den Mord an Thad dann vielleicht schon aufgeklärt? Ja. Kann es sein, dass in dem Fall der Tod von Michael und Jared hätte verhindert werden können? Vielleicht. Vielleicht auch nicht. Wenn wir uns darüber in die Haare kriegen, nützt das niemandem etwas. Wir müssen Morde aufklären. Ein Attentäter ist auf freiem Fuß. Wir kennen sein Motiv nicht, und auch wenn wir Vermutungen anstellen können, wissen wir nicht, auf wen er es als Nächstes abgesehen hat."

Jacob fuhr sich mit der Hand über den Schädel. „Wenn jemand von euch ein Problem mit dem FBI hat oder mit den Ermittlungen bisher, könnt ihr gerne zu mir kommen. Aber wir werden das nicht hier diskutieren und ganz sicher werden wir nicht Agent Malone für Dinge die Schuld geben, die andere Personen getan haben. Ist das klar?"

Alle fünf Agenten, vier vom Secret Service und eine vom FBI, sagten: „Ja, Sir."

Dann sagte Gil mit aufgesetzter Flüsterstimme: „Das war ja mal eine ordentliche Gardinenpredigt", und die anderen lachten leise. Und auch wenn Faith nicht einstimmte, sah sie wenigstens nicht mehr so aus, als würde sie alle ihre traumatischen Erlebnisse auf den Schultern tragen.

Jacob lächelte und nickte dann Faith zu. „Wir sind ganz Ohr."

Faith erzählte ihnen von ihrer Unterhaltung mit Sabrina, von ihrem Verdacht in Bezug auf David Lee und von ihrer Sorge um Mi Chas Vater, der immer noch unauffindbar war. Als sie ihren Bericht gerade beendet hatte, klingelte das iPad, das vor ihr lag. „Perfektes Timing." Faith tippte auf das Display und das Gesicht von Sabrina Campbell erschien. Faith stellte das iPad auf ein kleines Stativ, damit alle Sabrina sehen konnten. Und während sie arbeitete, wurde Luke das Gefühl nicht los, dass etwas nicht stimmte. Sabrina saß an einem Schreibtisch und trug ein T-Shirt mit Superheldenmotiv. Die Brille war auf ihrer Nase ein wenig nach unten gerutscht und sie hatte die Haare unordentlich aus dem Gesicht gebunden. Wie bei den wenigen Gelegenheiten, bei denen Luke ihr begegnet war, sah sie aus wie ein typischer Computernerd, der sie ja auch war, und trotzdem hübsch, deshalb brauchte er ein paar Sekunden, um zu erkennen, was ihn bei Sabrinas Anblick beunruhigte.

Sabrina hatte Angst.

„Hallo, Faith. Mit wem rede ich noch?" Sabrina sah sich im Raum um. „Luke. Wie geht's?"

„Gut. Und dir?"

Sie antwortete nicht. Stattdessen nahm Faith den Faden auf. „Sabrina, ich habe hier den Leitenden Agenten des Ortsbüros, Jacob Turner, und die Special Agents Gil Dixon", Gil winkte, „Zane Thacker", Zane salutierte, „und Tessa Reed." Tessa lächelte.

„Sind alle auf dem gleichen Informationsstand? Wir haben nämlich keine Zeit für Erklärungen."

Faith runzelte die Stirn. „Ja, ich habe sie informiert. Was hast du herausgefunden?"

„Ich wünschte, ich könnte euch das alles persönlich zeigen. Es gibt ein paar Bilder, die ich mailen kann, wenn wir fertig sind. Ich werde nicht im Detail erläutern, woher ich die Infos habe, aber sie sind alle auf legale Weise beschafft und können vor Gericht verwendet werden, sollte das nötig sein."

Jacob schien Sabrinas Gründlichkeit zu gefallen, aber Luke war inzwischen egal, mit welchen Mitteln sie den Schuldigen fanden. Er wollte, dass dieser Kerl gefasst wurde, und er hatte das Gefühl, dass der Mann nicht kampflos aufgeben würde, wenn sie ihn gefunden hatten.

Sabrina hatte nur kurz Luft geholt. „Du hattest recht, was David Lee betrifft, Faith. Er ist ganz eindeutig kein Buchhalter und er ist auch kein Amerikaner. Ich habe keine schlüssigen Informationen darüber, wo er vor Juli letzten Jahres war, aber man hat mir bestätigt, dass er im Juli in Seoul war. Dann ist er im August in den USA aufgetaucht."

„Wie ist er ins Land gekommen?", wollte Gil wissen.

„Keine Ahnung. Aber ich weiß, dass David Lee in Südkorea bei einer Spezialeinheit war."

„Nichts für ungut, Dr. Campbell, aber wie sicher sind Sie, was diese Infos betrifft?", fragte Jacob.

„Ich verstehe Ihre Skepsis, aber ich bin hundertprozentig sicher. Das Tattoo hat geholfen und ich konnte ein Foto aus Mi Chas Cloudspeicher herunterladen. Zusammen mit den Informationen, die Mrs Lin Agent Malone gegeben hat, bin ich sicher, dass es sich um denselben Mann handelt."

„Ist er aktiver Soldat?"

„Nein. Und er ist älter, als wir dachten. Er ist 39. Ich habe die Beamten in Raleigh darüber informiert, dass dieser Mann ausgesprochen gefährlich ist. Ich weiß, dass ihr ihn lebend haben müsst, aber die Beamten, die ihn jagen, müssen wissen, dass es potenziell tödlich sein kann, ihn zu fassen."

Luke wurde das Gefühl nicht los, dass Sabrina in diesem Augenblick nicht als Professorin oder Beraterin sprach. Sie sprach als Frau eines Ermittlers. Sie würde nicht wollen, dass jemand das Leben ihres Mannes aufs Spiel setzte, und sie würde auch nicht zulassen, dass irgendein anderer Ehepartner unbekannten Gefahren ausgesetzt war, wenn es nach ihr ging.

„Ich kann David Lee nicht direkt mit der ersten Autobombe oder den Anschlägen dieser Woche in Verbindung bringen und ich warte noch auf eine Rückmeldung meiner Quelle in Seoul, was Mi Chas Vater betrifft. Aber wir müssen David Lee finden, das steht fest." Sabrina nahm ihre Brille ab. „Noch irgendwelche Fragen?"

Ganz viele, aber keine, die Sabrina beantworten konnte. Als niemand antwortete, sagte sie: „Dann habe ich erst mal nichts anderes. Und ich muss wieder an die Arbeit. Ich melde mich. Passt auf euch auf."

Die Videoverbindung wurde beendet.

„Ist die echt?", fragte Tessa. Es war nicht abfällig gemeint. Eher bewundernd.

„Eindeutig echt. Okay, dann erstellen wir eine Zeitschiene." Faith sah sich bei dem Whiteboard um. „Wo versteckt ihr denn die Stifte?"

Luke stand auf und zog eine Schublade in der Anrichte hinter ihm auf. „Marty sorgt dafür, dass wir aufräumen, wenn wir fertig sind. Wir sind gut erzogen." Allgemein zustimmendes Murmeln. „Soll ich schreiben?"

„Gern." Faith lehnte sich auf ihrem Stuhl zurück und wartete, bis Luke an der Tafel stand. „Okay. David Lee war im Juli in Südkorea und im August in Raleigh. Wir müssen Ivy Collins fragen, wann Mi Cha dieses Praktikum bekommen hat. Es spielt vielleicht keine Rolle, aber ich wüsste gerne, wann sie angefangen hat, ihren Aufenthalt in den Staaten zu planen."

„Darum kümmere ich mich", bot Gil an.

„Super. Wir wissen, dass Mi Cha ihr Zimmer bei Mrs Lin mindestens einen Monat vor ihrer Ankunft in Raleigh gebucht hat. Und wir wissen, dass David Lee im August in Raleigh war, aber er hat nicht bei Mrs Lin gewohnt."

Luke zog eine waagerechte Linie über die Tafel und fügte die Beschriftung *Juli* hinzu. Darunter notierte er Faiths Anmerkungen. Dasselbe machte er für August.

Faith wartete, bis er alles aufgeschrieben hatte, bevor sie weitersprach. „Wir wissen, dass Mi Cha ihr Praktikum im September angetreten hat. Ivy Collins hat uns erzählt, dass sie den Praktikanten Urlaubstage gibt, damit sie im Land herumreisen können, aber Mi Cha hat nur einmal die Gelegenheit genutzt, um einen Freund der Familie in Seattle zu besuchen. Das war Ende Oktober und laut Mrs Lin hat David Lee sie begleitet."

„Wissen wir, wer dieser Freund der Familie ist? Vielleicht kann er uns helfen, Mr Park zu finden." Zane tippte auf die Tischkante. „Ich habe einen Kumpel in unserem Büro in Seattle. Den kann ich bitten, mal nachzuforschen."

„Klingt gut."

Zane schob seinen Stuhl zurück. „Ich hole meinen Laptop."

„Das ist eine gute Idee." Gil schob seinen Stuhl ebenfalls nach hinten.

Tessa sprang auf und hob eine Hand in Gils Richtung, während sie die andere auf Zanes Schulter legte. „Lasst mich das machen. Ich hole sie alle."

Die Tatsache, dass weder Zane noch Gil Tessa widersprach, verriet Luke, wie viel es die beiden kostete, hier zu sein. Nicht, dass ihnen in diesem Stadium etwas anderes übrig blieb. Zuerst mussten sie David Lee finden – oder darauf warten, dass er sie fand.

Zwei Minuten später kam Tessa mit vier Laptops und einer Cherry-Cola zurück. „Du bist ein Engel." Faith nahm die Flasche entgegen und schraubte den Deckel ab. Dann trank sie mehrere Schlucke, während alle ihre Rechner hochfuhren.

„Woher kommt denn die Cola?", fragte Gil.

Tessa grinste. „Leslie hat letzte Woche den Kühlschrank aufgefüllt. Sie sagte, wenn Faith ständig hier ist, muss sie ihr Lieblingsgetränk zur Hand haben."

Faith legte eine Hand auf ihr Herz. „Sie ist total lieb. Ich werde mich morgen bei ihr bedanken." Faiths Miene verdunkelte sich und Luke wusste, was sie dachte. Würde es ein Morgen geben? Wie lange würde dieser Fall noch dauern?

Zane und Gil tippten etwas, bedeuteten Faith aber, sie solle weitermachen.

„Wir sind nicht sicher, wann Mi Cha sich an Thad gewandt hat, aber wir haben Gründe anzunehmen, dass sie sich mehr als einmal getroffen haben. Das schließe ich aus Mrs Lins Bemerkung, dass sie mehrmals für Mi Cha Ausreden vorgebracht hat."

„Was halten wir denn von diesem David Lee?", fragte Tessa. „Hatte Mi Cha keine Ahnung und wusste nicht, dass er gar kein Buchhalter war? Und was, glauben wir, hat er mit ihrem Tod zu tun? Denken wir, dass er die Ereignisse beobachtet hat und untergetaucht ist? Und jetzt, wo wir wissen, wer sie ist, will er … was? Uns alle töten? Was für einen Sinn hätte das? Und haben wir irgendwelche Beweise, dass er unser Attentäter ist?"

Luke konnte nicht schnell genug schreiben, um mit Tessas Fragen mitzuhalten.

„Ich hasse diesen Typen", sagte Tessa.

„Willkommen im Klub", erwiderte Gil.

Als Luke glaubte, den Kern von Tessas Fragen erfasst zu haben, trat er ein Stück zurück und sah die Tafel an. „Ich weiß, dass es nicht so aussieht, aber wir sind viel weiter, als wir es heute Morgen waren."

Faith ließ den Kopf auf den Tisch sinken. „Stimmt. Es sieht wirklich nicht so aus." Ihre Worte klangen gedämpft, aber ihr Frust war unverkennbar. Sie setzte sich wieder auf und sah Tessa an. „Ich hasse ihn auch."

Die nächsten zwei Stunden verbrachten sie damit, Ideen zu sammeln. Irgendwann musste Jacob Marty eine Nachricht geschickt haben, denn gegen sieben Uhr kam sie mit zwei großen Thermobehältern herein. „Ihr müsst was essen. Wisst ihr das denn nicht?"

Sie zog mehrere Warmhalteboxen heraus und stellte sie auf den Tisch. „Ihr könnt nicht gesund werden, wenn ihr euch nur von Zucker und Koffein ernährt." Luke erkannte das Essen von seinem thailändischen Lieblingsrestaurant, ein paar Gerichte von dem Inder, den Gil und Tessa am liebsten mochten, und etwas, das aussah wie ein Dutzend Tacos von dem Mexikaner, zu dem Zane gerne ging. „Und für dich gilt das auch, junge Frau." Sie warf Faith einen vielsagenden Blick zu. „Hast du heute schon was gegessen?"

Faith wurde rot. „Ich war beschäftigt."

Marty reichte ihr einen Pappteller und eine Plastikgabel. „Ohne mich kommt ihr gar nicht klar. Vergesst das nicht. Und jetzt esst."

Es war genug für alle da und noch mehr. Nachdem alle etwas zu essen auf dem Teller hatten – eine Mischung, die jeden Magen-Darm-Trakt ruinieren musste –, setzten sie ihre Unterhaltung fort. Während der ganzen Zeit gab es nur eine neue Information. Mrs Lin rief Faith zurück und nannte ihr den Namen des Freundes in Seattle, sodass Zane ihn dem Agenten, den er vorher angeschrieben hatte, weitergeben konnte.

Danach drehten sie sich eigentlich nur noch im Kreis. Immer wieder kehrten sie zum Ausgangspunkt zurück. Sie wussten immer noch nicht, ob der Bombenanschlag Thad oder Mi Cha gegolten hatte. Und sie hatten immer noch kein Motiv, warum jemand hinter ihnen her war.

Sie brauchten einen Durchbruch in diesem Fall, bevor noch jemand getötet wurde.

30

Faith hatte jegliches Zeitgefühl verloren. War es immer noch Sonntag? Und wirklich erst eine Woche her, dass sie diesen Fall übernommen hatte?

Die Gesichter um diesen Tisch herum hatte sie lieb gewonnen. Vor allem eines.

Herr, hast du ihn deshalb in mein Leben geschickt? Damit ich meine eigenen Probleme durch seine deutlicher erkenne? Kann es sein, dass wir unsere Neurosen zusammenpacken können und dadurch irgendwie besser klarkommen? Faith nahm sich noch einen Taco. Sie hatte zweimal hineingebissen, als Zanes Telefon klingelte.

Alle hörten auf zu reden und zu essen und starrten Zane an, als er das Gespräch annahm.

„Thacker." Er hörte einen Moment lang zu. Dann fing er an, wie wild zu tippen. „Echt? Was?" Wieder tippen. „Wen kennst du bei der ATF da draußen?" Nicken. „Genial." Zane lehnte sich auf seinem Stuhl zurück. „Bist du sicher? Diese Woche? Okay. Ja. Ich schulde dir was, du hast mir das Leben gerettet. Vielleicht im wahrsten Sinne des Wortes. Sag mir morgen Bescheid, wenn die Gerichtsmedizin fertig ist. Ja. Mach ich. Danke."

Zane legte das Smartphone auf den Tisch und schüttelte den Kopf. Was auch immer der Grund für diesen Anruf gewesen war, er hatte ihn schockiert. Faith verstand, dass er Zeit brauchte, um das Gehörte zu verarbeiten und ihnen dann mitzuteilen, aber wenn er sich nicht beeilte –

„Spuck's aus, Mann. Wir halten hier die Luft an." Luke saß rechts von Faith und sie warf ihm ein dankbares Lächeln zu.

„Das war mein Kumpel in Seattle. Er hat meine Nachricht bekommen, sich einen befreundeten Ermittler vom Sheriffsbüro geschnappt und gemeinsam sind sie los, um Mi Chas Freund einen Besuch abzustatten. Aber er lag tot in seiner Wohnung. Der Pathologe schätzt den Zeitpunkt des Todes auf irgendwann am Freitag."

„Ein hübscher natürlicher Tod?" Gil erwartete eindeutig nicht, dass die Antwort Ja lauten würde.

„Nicht mal annähernd. Hinweise auf Folter." Alle um den Tisch herum zogen eine Grimasse. „Als sie das Haus durchsucht haben, sind sie auf eine Werkstatt gestoßen – aber nicht die normale Bastelwerkstatt. Dort wurden Bomben hergestellt."

Ein kollektives Einatmen war zu hören.

„Und?", drängte Faith.

„Mein Kumpel hat einen Freund bei der Behörde für Alkohol, Tabak und Waffen. Die sind auch involviert. Er konnte seinen Kollegen von der möglichen Verbindung zu unserem Fall erzählen. Es würde mich nicht wundern, wenn wir bald was von ihnen hören. Sie suchen schon nach übereinstimmenden Elementen mit der Bombe, die Thad und Mi Cha getötet hat – falls sie es war –, der Bombe, die Jared in die Luft gesprengt hat, und den Sprengsätzen an unseren Autos. Er sagte, wir bekommen eventuell noch diese Woche ein vorläufiges Ergebnis."

Faith hätte laut schreien können. *Eventuell noch diese Woche.* Wenn sie sehr, sehr viel Glück hatten. Wahrscheinlich eher nächste Woche oder sogar nächsten Monat. Sie verstand die Vorschriften und Methoden und wie wichtig es für die Labore war, ihre genormten Abläufe beizubehalten, aber so viel Zeit hatten sie schlichtweg nicht.

„Er hatte aber schon eine hilfreiche Information für mich."

„Du spannst uns wirklich auf die Folter." Luke funkelte seinen Freund an.

„Ich warte auf die E-Mail."

„Kannst du uns nicht wenigstens schon einen Hinweis geben?" Tessa stellte die Frage mit einer so lieben Stimme, dass man nur vom Hören meinen könnte, sie sei das sanfteste Wesen auf Erden. Aber wenn man ihr Gesicht sah, so wie Faith jetzt, bekam man es mit der Angst zu tun. Hinter der Fassade lauerte etwas, das an Wahnsinn grenzte, und daran, wie Zane beschwichtigend die Hände hob, konnte Faith erkennen, dass er genau wusste, wie unangenehm es werden konnte.

„Moment." Zane sah Tessa mit großen Augen an. „Kommt sofort."

Tessa beugte sich zu Faith hinüber und flüsterte so laut, dass alle es hören konnten: „Wenn das noch lange dauert, bringe ich ihn eigenhändig um."

Zane jauchzte triumphierend – oder erleichtert? –, als ein Bild auf seinem Monitor erschien. „Das hab ich doch schon mal gesehen."

Alle standen auf und versammelten sich um Zanes Laptop. Es war eine Bombe. So viel konnte Faith erkennen.

„Ich auch." Lukes Bestätigung wurde von einem leichten Schauder begleitet, aber Faith war sicher, dass außer ihr niemand diese Reaktion bemerkt hatte.

„Was ist so besonders daran?" Jacob nahm seine Brille ab und sah Luke und Zane an.

„Das ist die Bombe, die unter Zanes Wagen steckte." Luke sagte es mit einem Ausdruck der Gewissheit.

„Woher weißt du das?", entgegnete Jacob. „Sieht aus wie ein Block aus C4 mit ein paar Drähten."

„Ja, aber sie sieht haargenau so aus wie die unterm Auto. Und deshalb" – Luke zeigte auf eine Stelle auf dem Bildschirm, wo ein besonders dichtes Kabelbündel zu sehen war – „war mir klar, dass wir uns so schnell wie möglich von dem Wagen entfernen müssen."

Gil streckte den Arm aus und zoomte den Ausschnitt mit den Kabeln näher heran. „Was ist denn das für ein verrückter Sprengsatz? Ich dachte, die meisten Bombenbauer wären hypergenau. Wie soll man denn hierbei wissen, welches –"

„Genau", nickte Zane. „Ich glaube, darum geht es. Wenn das Ding erst mal gezündet war, konnte man es nicht mehr aufhalten. Luke hat richtig entschieden, als er mich und sich in die Mitte zwischen den Autos geschleppt hat. So weit wie möglich weg von beiden Bomben."

„Ich kann nicht behaupten, dass ich so logisch gedacht habe", gab Luke zu. „Ich habe einfach reagiert."

„Aber du hast richtig reagiert und jetzt seid ihr beide am Leben." Tessa stand hinter Zanes Stuhl, die Knöchel ihrer Hand weiß von dem krampfhaften Griff um die Lehne.

Einer nach dem anderen setzten sich alle wieder.

Gil war der Erste, der sprach. „Wenn dies der Typ ist, bei dem Mi Cha in Seattle war –"

„Mi Cha *und* David Lee", sagte Luke.

„Ja, das meine ich ja. Wenn die gleiche Bombe, die eure Autos in die Luft gejagt hat, in der Werkstatt dieses Bombenbauers in Seattle entstanden ist und wir wissen, dass David Lee dort war – kann es dann sein, dass er Thad getötet hat?"

„Aber warum hätte er dann riskiert, dass er Mi Cha ebenfalls tötet?" Lukes Stirnrunzeln machte deutlich, dass diese Theorie ihn nicht überzeugte.

„Das hätte er nicht. Er hätte es auf Thad abgesehen. Und dass sie in sein Auto steigen würde, wusste er ja nicht. Weißt du noch, was Mrs Lin euch erzählt hat? Dass Mi Cha ihre ganzen Habseligkeiten Richtung Heimat geschickt hat und an jenem Abend abreisen sollte? Sie hatte nur einen Rucksack und eine Handtasche und wollte sich ein Uber-Taxi zum Flughafen nehmen. Ich wette, Thad hat angeboten, sie dorthin zu fahren. Vielleicht hatte er sogar vor, bei sich zu Hause vorbeizufahren und sie Rose vorzustellen. Aber wenn Mi Cha David Lee nichts über Thad erzählt hat, konnte Lee unmöglich ahnen, dass sie in Thads Wagen steigen würde."

„Okay, gut. Nehmen wir also an, dass David Lee den Wagen, in dem Thad und Mi Cha saßen, in die Luft gejagt hat. Dass er die Bombe geholt hat, als sie nach Seattle geflogen sind. Obwohl das nicht erklärt, wie er das Ding nach Hause befördert hat, ohne dass Mi Cha etwas davon gemerkt hat, aber darauf kommen wir später zurück." Luke ging vor dem Whiteboard auf und ab, während er sprach. „Wenn er sie getötet hat, warum ist er dann noch hier? Warum hat er das Land nicht verlassen? Wir hatten doch nichts gegen ihn in der Hand. In den ersten paar Stunden nach der Explosion wussten wir nicht mal, dass noch eine zweite Person in dem Fahrzeug saß, geschweige denn, wer sie war. Das hätte das perfekte Verbrechen sein können."

Luke schrieb „Warum ist David Lee hier?" an die Tafel. Wenn sie diese Frage beantworten konnten, verstanden sie vielleicht, was los war.

„Gut, aber was hat all das damit zu tun, wer auf euch geschossen hat?" Tessa hob eine Hand, während Luke, Zane und Gil sie verwirrt ansahen. „Ich sehe die Verbindung, aber ich verstehe nicht, warum. Wenn dieser Typ Thad nicht mochte, okay. Aber was hattet ihr ihm getan? Ihr wusstet ja nicht mal von Mi Cha, bis er sie getötet hat." Tessa wandte sich an Faith. „Und ich verstehe auch nicht, warum er Janice an den Kragen will."

„Ich schon", murmelte Gil.

Tessa ignorierte ihn. „Welchem Zweck dient es, sie anzugreifen, außer dass wir ihn dann wieder im Visier haben? Wir dachten, er wäre in D. C. Dann taucht er hier auf und versucht, die Agentin zu töten, die …" Sie runzelte die Stirn und starrte auf den Tisch. „Was ist, wenn es das ist?"

„Ich weiß nicht, was du meinst, Tess.“ Zanes Worte klangen nicht wie eine Kritik, sondern eher wie eine Frage.

„Okay, David Lee tut sich mit Mi Cha zusammen und fährt mit ihr nach Seattle. Kommt mit einer Bombe nach Hause. Jagt sie in die Luft. Dreht durch. Vielleicht tötet er den einen Kumpel, der ihn an Janice verpfeifen könnte. Es könnte auch sein, dass Mrs Lin in Gefahr ist – wissen wir's? Sie wusste so viel über ihn, dass sie uns sagen konnte, wer er war und was es mit ihm und Mi Cha auf sich hatte.“

Faith hörte weiter zu, schrieb aber parallel eine Textnachricht an Hope.

SCHLIESS ALLES AB. SEI VORSICHTIG.

Du musst Mrs Lin warnen. Vielleicht reagiere ich zu heftig, aber Vorsicht ist besser als Nachsicht.

Tessa sprach noch immer. „Vielleicht wissen wir etwas über den Fall, ohne dass es uns bewusst ist. Und jetzt versucht David Lee, alle umzubringen, die ihn mit Mi Cha und ihrem Tod in Verbindung bringen können.“

„Das wäre logisch gewesen, solange nur Mi Cha und Janice und sein Kumpel betroffen waren.“ Zane sah sich im Zimmer um. „Jetzt, nachdem wir den Fall bekommen haben, ist dieser Zug abgefahren. Er kann nicht jeden einzelnen Agenten vom Secret Service und FBI im Land umlegen. Das auch nur zu versuchen, ist sinnlos. Wir übersehen irgendwas.“

Der Frust hing in der Luft wie ein Virus, das die Gedanken infizierte und das Herz entmutigte. Faith konnte spüren, wie dieser Frust auf sie einwirkte und sie dazu bringen wollte aufzugeben. Aber das würde sie nicht. Sie konnte nicht. Nicht, wenn sie wollte, dass sie alle am Leben blieben.

„Das sehe ich auch so.“ Sie stand auf. „Es ergibt keinen Sinn und es muss etwas geben, was wir übersehen haben, aber wir können nicht aufgeben. Was auch immer es ist, ihr habt einen Anschlag überlebt und werdet auch weiter überleben. Diese Sache mit dem Bombenbauer ist ein Riesenschritt. Vielleicht haben wir jetzt genau den Fokus, den wir brauchen. Wir werden David Lee finden und wenn wir ihn haben, werden wir in Erfahrung bringen, warum er getan hat, was er getan hat."

Sie beendeten die Besprechung mit dem Plan, sich am Montagmorgen wieder zusammenzusetzen. Marty, die Liebe, war an ihren Schreibtisch zurückgekehrt, um etwas Papierkram zu erledigen. Jacob überprüfte ihren Wagen, bevor sie nach Hause fuhr. Als er das Gebäude wieder betrat, ließ er keinen Zweifel daran, dass niemand gehen durfte, bis alle ihm versprochen hatten, sich zu melden, wenn sie in ihren eigenen vier Wänden angekommen waren oder – im Fall der Agenten vom Secret Service – in einem anderen Hotel als dem, in dem sie die letzten Nächte verbracht hatten. Ihre Sachen waren gepackt und in die neue Unterkunft gebracht worden, während sie bei der Beerdigung gewesen waren.

„Ich finde, wir sollten getrennt fahren", schlug Gil vor. „Mehr Zielscheiben. Bessere Überlebenschancen."

„Wow. Der Schuss in den Kopf hat dich ja in den reinsten Optimisten verwandelt." Luke setzte den Whiteboard-Markern die Kappen auf und verstaute sie wieder in ihrer Schublade.

„Ich habe trotzdem recht." Gil gab nicht nach. „Auch wenn ich einsehe, dass wir nur eine begrenzte Anzahl an Agenten und Beamten haben, die Personenschutz geben können, bin ich nicht davon überzeugt, dass wir heute Abend am selben Ort sein müssen."

„Wir wussten ja nicht mal, dass wir umziehen, bis wir in der Luft waren", fügte Zane hinzu. „Für heute ist das in Ordnung, aber ich stimme zu, dass wir uns eventuell aufteilen sollten, wenn das Ganze noch länger dauert. Und ich würde Gil auch recht geben, dass wir mit getrennten Autos fahren sollten. Selbst wenn uns jemand folgt, kann er nicht allen folgen."

Faith stand daneben, als sich alle bei verschiedenen Taxiunternehmen Wagen bestellten. Sie sollte gehen. Dies war nicht ihr Büro und für heute waren sie fertig. Aber sie konnte sich nicht vorstellen, irgendjemanden allein hier zurückzulassen.

Die Tatsache, dass Jacob noch nicht ging, schwächte ihre innere Argumentation ein wenig, aber es war besser, als sich einzugestehen, dass sie erst gehen wollte, wenn Luke es auch tat.

Die Wagen für Zane und Gil kamen innerhalb von sechs Minuten. Tessas Taxi erschien zwei Minuten später. Luke hielt sein Telefon hoch, um Faith die App zu zeigen. „Zwölf Minuten. Das ist mal wieder typisch, wie im Supermarkt. Ich stehe immer in der langsamsten Schlange."

Keiner sagte viel. Was sollten sie auch sagen? „Hey, ich hoffe, du stirbst heute nicht."? Es stimmte, war aber nicht dazu angetan, eine hoffnungsfrohere Stimmung zu verbreiten.

Während Luke der Letzte war, der noch wartete, überprüften Jacob und er dessen Wagen ebenso wie Faiths Auto auf Sprengsätze. „Ich werde noch von dieser dämlichen Bombe träumen", sagte Luke zu ihr, als er um ihren Kofferraum herumging.

Faith war sicher, dass es kein Witz war, und sie wünschte, sie könnte etwas tun, um ihm zu helfen. Sie war noch nie persönlich angegriffen worden. Jedenfalls nicht, dass sie wüsste. Wie wäre es wohl, eine Bombe anzustarren und zu wissen, dass man nur eine Chance hatte: aufs offene Gelände zu rennen, den Freund mitzuschleifen und dabei zu riskieren, von der Druckwelle der Bombe oder herabregnenden Wrackteilen getötet zu werden, während einem bewusst war, dass man auch erschossen werden konnte. Es war eine Situation, in der man nicht gewinnen konnte.

Aber Luke hatte gewonnen.

Faith wusste nicht, ob sie so viel Glück hätte.

31

Lukes Fahrer fuhr auf den kreisförmigen Parkplatz und wartete. Faiths Wagen war in Ordnung. Der von Jacob auch.

Er musste los, aber er konnte sich einfach nicht dazu durchringen, Faith zurückzulassen. Er wollte sich vergewissern, dass sie in Sicherheit war. Nicht, weil sie es brauchte, sondern weil es ihm wichtig war. Er konnte sich nicht einfach über Nacht bei ihr zu Hause einnisten, aber es gab eine Alternative. „Komm mit uns." Die Worte waren heraus, bevor er sie aufhalten konnte. „Übernachte im Hotel. Da gibt es jede Menge Security. Und du kannst gut schlafen."

„Ich werde in meinem eigenen Bett gut schlafen."

Er wusste, dass er den Kampf verloren hatte. Sie war entschlossen und es hatte keinen Sinn, sie mit seiner Paranoia anzustecken. „Schickst du mir bitte eine Nachricht, wenn du zu Hause angekommen bist?" Er versuchte, es beiläufig zu sagen, als spielte ihre Antwort keine Rolle für ihn. Aber es gelang ihm nicht. Seine Stimme hatte einen verzweifelten Unterton und er wusste, dass sie es bemerkt hatte, als sie die Stirn runzelte und den Kopf ein wenig zur Seite neigte.

„Besorgt um mich?" Ihre Stimme war locker und freundlich, aber ihre Augen sprachen eine andere Sprache. Wenn sie ihn weiter so ansah, würde er in Schwierigkeiten geraten.

„Ja." Es hatte keinen Sinn zu lügen. „Ich weiß, dies ist nicht der richtige Zeitpunkt ..."

Ihre Blicke begegneten sich. Verharrten. Hatte sie sich ihm genähert?

„Luke ..."

„Also das, so, ich weiß nicht. Wenn du meinen Namen so

sagst, dann werde ich –“ Er schluckte das Ende des Satzes gerade noch rechtzeitig herunter.

Sie riss überrascht die Augen auf, schien aber nicht verärgert. Was war denn hier los? Waren sie dabei, sich zu versöhnen? Oder spielte sie mit ihm? Er hatte keine Ahnung.

Der Fahrer hupte und Faith scheuchte Luke mit einer Handbewegung fort. „Geh. Schreib mir, wenn du ankommst, wo sie dich hinbringen.“

Er zwinkerte. „Ja, Ma'am.“

Drei Minuten später schickte er eine Nachricht ab.

Ich bin im Wagen und werde vor dir ankommen.
Ruf doch in etwa zehn Minuten an, ja?

Ihre Antwort kam für seinen Geschmack etwas zu schnell. Er wurde gefahren, aber sie sollte nicht gleichzeitig in ihr Handy tippen und am Steuer sitzen. Das war gefährlich.

Okay.

Wenigstens war es nur ein Wort. Vielleicht hatte sie eine Diktierfunktion. Oder sie stand an einer roten Ampel.

Oder er wurde langsam verrückt, weil er sich Sorgen machte, Faith könnte beim Autofahren mit ihrem Telefon spielen. Was war nur mit ihm los? Er war doch kein Schüler mehr, der hoffte, dass sein Schwarm ihm beim Essen ein Lächeln zuwarf.

Er war Agent bei einer Bundesbehörde. Und sie auch.

Sie waren Erwachsene mit einem Erwachsenenjob in einer Erwachsenenwelt. Sie wussten, wie böse die Welt war, und versteckten sich nicht davor. Im Gegenteil, sie stürzten sich direkt hinein. Und Vorstellungen von Liebe und einer Beziehung zu jemandem, der einen den ganzen Lebensplan infrage stellen ließ, waren lächerlich.

So tickte er nicht. Er sollte über den Fall nachdenken. Über David Lee. Über den ermordeten Bombenbauer in Seattle. Den toten Mann in der Pension in Raleigh. Sie hingen zusammen. Sie mussten was miteinander zu tun haben. Das taten sie garantiert. Und mit Mi Cha.

War sie so unschuldig gewesen, wie alle angenommen hatten?

Könnte es sein, dass sie etwas im Schilde geführt hatte? Wo Janice voreilige Schlüsse gezogen hatte, hätten sie selbst da schneller reagieren müssen? Mi Cha hatte behauptet, aus Südkorea zu kommen, aber Nordkorea war dafür bekannt, dass es Spione in den USA hatte. Ihre Mutter war tot und ihr Vater wurde vermisst. Was, wenn es sie gar nicht erst gegeben hatte?

Er fuhr sich mit der gesunden Hand durch die Haare. Sein anderer Arm tat nicht mehr so weh wie noch vor ein paar Tagen und morgen hatte er einen Arzttermin, der ihn endlich wieder in seinen normalen Alltag entließ.

Morgen war Montag, aber sie würden nicht laufen gehen. Sorry, Thad.

Der Uber-Fahrer war nicht sehr gesprächig und Luke war so damit beschäftigt gewesen, an Faith und an den Fall zu denken, dass er ihre Ankunft am Hotel erst registrierte, als der Fahrer die Parkposition einrasten ließ und sich umdrehte.

„Alles in Ordnung?“ Der Mann war nicht viel jünger als er selbst, aber sein Gesicht hatte einen unschuldigen Ausdruck, um den Luke ihn beneidete.

„Ja. Sorry. Ich war mit den Gedanken woanders.“ Jetzt war er aber wieder ganz bei der Sache. Jedes Nervenende kribbelte. „Danke.“ *Ich hoffe, du musst nicht mit ansehen, wie ich in den nächsten dreißig Sekunden umgebracht werde.*

Luke rannte so schnell zum Hoteleingang, wie seine noch immer schmerzenden Beine es zuließen, und erreichte die Drehtür mit einem hörbaren Atemzug, der halb Erschöpfung, halb Erleichterung war. Er gab nicht zu erkennen, dass er den Beamten der Stadtpolizei von Raleigh bemerkt hatte, der an seiner Seite erschien und dann mit ihm in den Aufzug trat. Luke wählte den vierzehnten Stock und stellte sich dann in eine Ecke.

Der Polizist stand auf eine Weise vor ihm, die unter normalen Umständen merkwürdig gewesen wäre. Aber jetzt war Luke froh über den menschlichen Schutzschild, als die Türen in vier Stockwerken aufgingen und jedes Mal Leute eintraten oder den Aufzug verließen. Als sie endlich in der vierzehnten Etage angekommen waren, stand Luke der Schweiß auf der Stirn. Der Beamte blieb am Aufzug stehen.

„Bin ich als Letzter vom Team zurück?“

„Ja, Sir.“

„Danke.“

„Jederzeit.“

Zane streckte den Kopf auf den Gang hinaus und atmete erleichtert aus, als er Luke sah. „Gab's Probleme?“

„Nein.“ Luke betrat das Zimmer und Zane schloss die Tür hinter ihnen ab. „Bei euch?“

„Nichts.“ Zane tat Eis aus einem Behälter in ein Glas.

„Wo ist Gil?“ Luke sah sich um.

„In seinem Zimmer. Er ist gleich nebenan, aber es gibt keine Verbindungstür. Unser Zimmer ist mit dem von Tessa verbunden, so wie in dem anderen Hotel.

„Ist Gil okay?“

„Er hat Schmerzen und ist k. o. Er hat gesagt, wir sehen uns morgen früh.“ Zane hielt das Glas in der Hand und starrte hinein, ohne etwas zu sehen. „Es ist schon seltsam. Ich weiß, dass David Lee da draußen ist. Darauf zu warten, dass er angreift, macht mich noch verrückt.“

„Stimmt.“ Tessa sagte es aus der gegenüberliegenden Zimmerecke und ohne jeden Humor.

„Lass gut sein, Tess." Zane schüttete eine halbe Flasche Wasser in das kleine Glas und trank einen großen Schluck. Tessa stapfte um sie herum durch die Zwischentür und in ihr eigenes Zimmer.

„Das musst du mir erklären." Luke streifte seine Schuhe ab und sah sich im Zimmer um. Es war viel größer als das vorige und auch besser ausgestattet.

Zane füllte sein Wasserglas auf und ließ die Flüssigkeit kreisen. „Später."

„Alles runterzuschlucken, ist ungesund." Luke musterte seinen Freund. „Es war eine schlimme Woche, aber dich hat es am schlimmsten getroffen. Es ist okay, wenn du –"

„Wenn ich was?" Zane knallte das Glas auf die Arbeitsplatte der kleinen Küchenzeile. „Nur weil mein Leben gerade einem brennenden Müllcontainer gleicht, heißt das nicht, dass ich meinen Job nicht mehr machen kann, und es bedeutet auch nicht, dass ich die Wahrheit nicht mehr von einer Lüge unterscheiden kann."

Luke fragte sich nicht, wem der letzte Satz gegolten hatte. Zane hatte ihn praktisch in Tessas Richtung gebrüllt. Ohne eine Antwort zu erhalten.

Zane drehte den Kopf nach links und dann nach rechts. „Ich will nicht darüber reden. Musst du ins Bad? Ich will duschen."

Luke winkte ab.

Zane nahm eine kleine Tasche und stapfte ins Badezimmer. Kurz darauf hörte man, wie die Dusche anging, und nur wenige Sekunden später klopfte es leise an die Verbindungstür.

Luke machte auf und Tessa fuhr zurück, bevor sie sich entspannte, als sie Luke sah. „Ich habe mein Ladegerät bei euch liegen lassen."

Luke trat einen Schritt zurück und Tessa kam herein. „Tessa?"

„Hm?" Als wüsste sie nicht, was er wissen wollte.

„Tessa." Diesmal war es keine Frage, sondern eine Aufforderung zu reden.

„Hat nichts mit dem Fall zu tun. Du brauchst dir keine Sorgen zu machen."

Sie kannte ihn offensichtlich nicht sehr gut. „Ich mache mir nun mal Sorgen um meine Freunde und Zane ist ein Freund. Und du eine Freundin. Es hat vielleicht nichts mit dem Fall zu tun, aber ich glaube nicht, dass es kein Grund für Besorgnis ist."

Sie zog das Ladegerät aus der Steckdose, drehte sich um und ging in ihr Zimmer zurück, als hätte sie von dem, was er gesagt hatte, kein Wort gehört. „Gute Nacht." Die Tür schloss sich.

Luke starrte überrascht auf die Tür. Was fiel ihr eigentlich ein? Aber bevor er an die Tür hämmern und mit Tessa schimpfen konnte, klingelte das Telefon. Er schenkte sich ein Hallo. „Faith."

„Weißt du, wenn du ständig meinen Namen so sagst …" Faith lachte so tief und rau, dass Luke nicht mit dem rechnete, was dann kam. „… dann könnte es sein, dass ich mich daran gewöhne."

Und jetzt konnte er keine zusammenhängenden Sätze mehr bilden.

„Bist du noch da?"

„Ich versuche zu atmen. Und du?"

Sie lachte wieder. Wenn Luke es nicht besser wüsste, würde er sich fragen, ob sie was getrunken hatte. „Ich bin schrecklich müde, Luke. Und ich habe Angst. Ich habe Angst, dass du umkommst, und ich kann nicht weiter wütend auf dich sein – und das macht mir zusätzlich Angst."

„Ich habe auch Angst." Es stimmte. Obwohl es sonst niemanden im Universum gab, vor dem er das zugeben würde. „Ich habe viele gute Gründe zu leben und ich würde gerne herausfinden, was daraus wird."

Schweigen. Zu viel, zu schnell? Es war kaum ein heißer Liebesschwur gewesen. Aber er hatte es ernst gemeint.

„Ich weiß auch nicht, was daraus werden könnte“, sagte Faith.

„Wir werden es schon mit der Zeit herausfinden.“

„Ich mag aber Pläne.“ Faith gähnte, während sie sprach, aber Luke glaubte einen neckischen Unterton in ihren Worten zu hören.

„Du könntest doch planen, es auf dich zukommen zu lassen. Oder? Bitte sag Ja.“

„Ja. Das wäre ein Plan.“ Das Zugeständnis klang weich. Luke bezweifelte, dass viele Menschen diese Seite an ihr kannten.

„Bist du zu Hause?“

„Bin ich.“ Noch ein Gähnen.

„Hast du das Haus durchsucht?“

„Ja.“

„Irgendwas Ungewöhnliches gesehen?“

„Nein.“

Luke bezweifelte, dass sie etwas bemerkt hätte. Sie schlief ja fast am Telefon ein. „Ich rufe dich morgen früh an und dann …“ Er hatte keine Ahnung, was sie dann tun würden. Aber sie würden es schon noch erfahren.

„Ja.“ Sie verstand ihn. „Gute Nacht.“

„Nacht.“

32

Faith war nicht sicher, was sie geweckt hatte. Sie schob die Hand unter die Bettdecke – langsam, leise – in Richtung Waffe, die sie unter dem Kopfkissen links von ihr deponiert hatte.

Sie war nicht da.

Faith lag still, die Augen geschlossen, hellwach. Hatte sie die Pistole wirklich dort hingelegt? Bei ihrer Ankunft zu Hause war sie vollkommen erschöpft gewesen. Aber nicht zu müde, um daran zu denken, die Waffe unters Kopfkissen zu legen, wenn so viel auf dem Spiel stand.

„Ich habe nicht vor, Ihnen wehzutun, Agent Malone." Die Stimme war leise. Und der Tonfall bewusst sanft, um ihr keine Angst zu machen.

Als wäre es nicht beängstigend, dass jemand sich in ihr Schlafzimmer geschlichen, ihre Waffe genommen und sich, dem Klang nach, zwischen ihrem Bett und der Tür positioniert hatte. *Herr, ich will nicht sterben. Hilf mir. Bitte.*

Es gab noch so viel, was sie tun wollte. So viel, was sie noch erleben wollte.

So viele Menschen, die sie lieben konnte. Vor allem einen.

„Ich habe gehört, dass Sie mich suchen, und ich muss ein paar Missverständnisse aus dem Weg räumen." Die Stimme war nicht näher gekommen, aber das war ein schwacher Trost.

Faiths Augen waren jetzt weit offen und sie hoffte, dass sie sich schnell an die Dunkelheit gewöhnte und einen Eindruck davon bekam, wer ihr Besucher war. Es musste entweder David Lee sein oder der geheimnisvolle Tiger. Es sei denn, es war jemand völlig anderes. „Ich hätte mich jederzeit im Büro mit Ihnen unterhalten." Faith versuchte, so ruhig und leise zu klingen wie er, so als wollten sie beide nicht, dass ein schlafendes Baby wach wurde.

„Tja, Ihr Büro ist für Leute wie mich nicht der ideale Ort."

„Und warum das?"

„Ihr Geheimdienstler werdet dann immer ganz nervös. Dabei laufe ich ja nicht mit einer Atombombe durch die Gegend."

Atombombe? Ein neuerlicher Schrecken erfüllte Faith und sie konnte das Zittern, das ihren Körper erfasst hatte und das Bettgestell an der Wand klappern ließ, nicht kontrollieren. Hatte der Mann den Bombenbauer getötet? Was für Bomben waren noch in der Werkstatt gewesen?

„Das war ein Witz, Agent Malone. Ich bin nicht derjenige, der versucht, die Kollegen vom Secret Service zu töten."

Sie war sich da nicht so sicher, aber sie würde ihm nicht widersprechen. „Wer ist es dann?"

„Jemand, der verletzt wurde."

„Was für eine Art Verletzung?"

„Die Art, die nur durch Rache zu heilen ist."

„Mi Cha." Irgendwie führte alles zu Mi Cha.

„Und damit sind wir beim Thema." Die Stimme klang jetzt näher und leiser.

Faith holte Luft und atmete wieder aus, langsam und gleichmäßig. *Denk nach.* Wenn er sich jetzt auf sie stürzte, konnte er sie unter der Bettdecke fangen und mit ihrem eigenen Kopfkissen ersticken. Oder er könnte sie in den Kopf schießen. So oder so konnte sie nicht viel tun, um sich zu schützen.

Sie musste wachsam sein und auf jede schnelle Bewegung reagieren können. „Haben Sie was dagegen, wenn ich mich hinsetze?" Faith wartete seine Antwort nicht ab. Wenn er sie jetzt angriff, hatte sie wenigstens die Arme frei und konnte sich wehren. Sie richtete sich auf und rutschte zur Bettkante.

„Bitte sehr." Er sprach höflich. Hätte jemand ihre Unterhaltung belauscht, hätte er niemals erraten, dass dieser Mann in ihr Haus eingebrochen war und sie in ihrem eigenen Schlafzimmer als Geisel hielt.

„Danke." Sie schlug die Beine übereinander und schob die Decke von ihren Knien, so als täte sie das ganz unbewusst. Wenn er ein Nachtsichtgerät hatte, konnte er jede ihrer Bewegungen sehen.

Ihr Telefon war in den Falten der Bettdecke versteckt. Als sie eingeschlafen war, hatte es zwischen Laken und Steppdecke gelegen und jetzt war es links von ihr.

„Ich will Ihnen wirklich nichts tun, Agent Malone. Wenn er überlebt, würde dieser Agent Powell, mit dem Sie sich auf dem Parkplatz so gut verstanden haben, mich jagen. Und ich würde mir lieber nicht die Mühe machen, ihn umzubringen."

Der Eindringling hatte sie beobachtet? Aber wie? Niemand hatte sie im Wagen sehen können. Nicht bei dem Regen. Woher wusste er das? Niemand wusste es. Na ja, Hope wusste davon.

Faith spielte mit der Decke und ihren Falten und hoffte, er würde es ihrer Nervosität zuschreiben und als Stressbewältigung einordnen. Wenn er wusste, dass sie immer wieder die Einschalttaste ihres Handys betätigte, hatte sie ein Problem.

„Sie sagen ständig, dass Sie mir nichts antun wollen, aber dass Sie mir folgen, mich belauschen und mitten in der Nacht in mein Haus einbrechen, erfüllt mich nicht gerade mit einem Gefühl der Sicherheit."

Er lachte. „Es ist Ihnen nur peinlich, dass Sie wie ein Teenager beim Knutschen auf dem Parkplatz erwischt wurden. Keine Angst, ich habe nichts gesehen. Ich habe nur eins und eins zusammengezählt." Er kicherte. „Ihr seid ein hübsches Paar." Es klang versöhnlich. „Ich bin sicher, ihr werdet zusammen glücklich sein und ganz reizende Kinder bekommen. Wenn er überlebt."

„Das sagen Sie jetzt schon zum zweiten Mal. Wenn Sie nicht

hier sind, um mich zu töten, und wenn Sie nicht versuchen, die Agenten vom Secret Service umzubringen, warum führen wir dann diese nette Unterhaltung? Wenn Sie uns einen Hinweis geben wollten, könnten Sie auch anonym anrufen. Und ich vermute mal, dass Sie auch meine Handynummer haben. Sie hätten mir einfach eine Nachricht schreiben können."

Der Fremde lachte wieder. „Ich mag Sie, Agent Malone. Wirklich."

„Warum sagen Sie mir nicht Ihren Namen?"

„Sie haben ihn noch nicht erraten?"

„Raten ist bei meinem Job keine gute Idee."

„Ach, kommen Sie. Tun Sie mir den Gefallen."

„Also gut. Aber ich muss sagen, Sie gehen mir auf die Nerven, David."

*

Luke hatte keine Ahnung, wieso er neben seinem Bett stand, die gezogene Waffe auf die Tür gerichtet. Aber im Dämmerlicht, das zwischen den schweren Vorhängen hindurchkroch, konnte er Zane in der gleichen Haltung sehen.

Ein Klopfen, nein, ein Hämmern an der Tür weckte ihn vollends auf. „Agenten." Der Leibwächter draußen brüllte durch die Tür. „Aufwachen! Wir haben ein Problem."

„Wir sind wach!", rief Zane zurück. „Was ist los?"

„Checken Sie Ihre Handys und kommen Sie dann raus."

„Sieh du nach", sagte Luke zu Zane. „Ich bleibe, wo ich bin."

Zane schaltete das Licht nicht ein, aber Luke konnte hören, wie er mit den Händen über Bett und Kissen fuhr. „Ich hab's." Das Licht vom Display erleuchtete Zanes Gesicht und Luke versuchte, die Tür im Blick zu behalten und gleichzeitig zu Zane hinüberzuschielen.

„Nein.“ Zane flüsterte das Wort.

„Was ist?“

„Nimm die Waffe runter und zieh dich an.“ Zane schaltete das Licht ein. „Es geht um Faith.“

David lachte wieder. Eher ein langes Kichern. Wenn Faith überlebte, würde sie diese Lache in ihren Albträumen hören. Daran zweifelte sie nicht.

„Ach, Faith. Da wir schon bei den Vornamen sind, darf ich dich doch so nennen, oder? Ich wusste, dass dir klar ist, wer ich bin. Aber ich bin neugierig. Wer sonst sollte es sein?“

„Ich verfolge im Moment nur zwei Personen aktiv, David. Sie und den Mann, den sie den Tiger nennen.“

„Wer sagt denn, dass ich nicht der Tiger bin?“

„Ich habe nie behauptet, dass Sie es nicht sind. Warum haben Sie den Bombenbauer umgebracht?“

„Wie bitte?“

„Ich habe gehört, jemand von der Spurensicherung musste sich am Tatort übergeben. Es war nicht nett, was Sie mit ihm gemacht haben. Vor allem, nachdem er Ihnen all die hübschen Bomben gegeben hat, um Luke und Zane und Jared in die Luft zu jagen.“ Sie improvisierte. Stocherte im Wespennest. Buchstäblich ein Tappen im Dunkeln.

„Du hast alles durcheinandergeworfen.“

„Dann war es der Tiger?“

„Nein.“

Konnte es sein, dass David Lee der Tiger war? Vielleicht hatte er eine Persönlichkeitsstörung. Faith hatte im Laufe der Jahre schon mit einigen kranken Hirnen zu tun gehabt, aber sie wusste nicht viel über multiple Persönlichkeiten.

„Er wurde gestern von einem Agenten des Secret Service und einem Ermittler vom Sheriffsbüro in Seattle tot aufgefunden. Die Leiche wird heute obduziert. Die Bombenlegerwerkstatt wurde den Leuten von der ATF übergeben und sie stellen eigene Ermittlungen zu den dort verwendeten Sprengstoffen an. Bald werden wir wissen, ob es Übereinstimmungen gibt. Aber eine Bombe in der Werkstatt trug eine deutliche Handschrift."

Warum erzählte sie ihm das? Sie wusste es nicht, aber irgendetwas drängte sie dazu. Vielleicht half Gott ihr ja wirklich und gab ihr die Worte ein. Sie sprach weiter. „Luke und Zane haben sie erkannt. Die gleiche Art Bombe wurde benutzt, um sie am Montag zu töten. Außerdem überprüfen wir, ob mit diesem besonderen Typ Sprengsatz auch Special Agent Baker getötet wurde. Und Mi Cha natürlich."

David Lee antwortete nicht.

„Wir wissen, dass es eine Verbindung gibt, und wir werden sie finden. Und wenn Sie mich jetzt töten, haben Sie recht – dann wird jemand Sie jagen. Selbst wenn Sie Thad und Mi Cha wirklich nicht auf dem Gewissen haben, würde Ihnen wahrscheinlich niemand glauben. Dann brauchen Sie einen sehr guten Anwalt."

Sie plapperte jetzt. Um Zeit zu schinden. Sie hatte keine Ahnung, ob ihr Telefon getan hatte, was es tun sollte. Immer noch drückte sie mit der linken Hand mehrmals auf die Einschalttaste, wann immer sie es tun konnte, ohne unnatürlich zu wirken. Und sie hörte weiter zu. Als nichts außer Stille und Dunkelheit an ihre Ohren drang, sprach sie weiter. „Was ich nicht verstehe, ist, warum Sie Agent Estes angegriffen haben."

„Was?" Es klang überrascht.

Sie hatte ihn überrumpelt. Interessant. „Ich weiß, dass Sie wissen, wer Agent Estes ist. Aber sie so zu attackieren? Das verstehe ich nicht. Ich meine, ich bin auch kein großer Fan von ihr, aber sie ist die Verbindung, die in meinen Augen keinen Sinn ergibt."

„Ich habe Agent Estes nicht angegriffen."

Allmählich ergab zumindest die Theorie einer gespaltenen Persönlichkeit einen Sinn. „Sie hat Sie gesehen."

„Sie lügt."

„Warum sollte sie das tun?"

„Ich war das nicht."

„Das sagen *Sie,* aber Janice hat Ihre Tätowierung gesehen. Es gibt in North Carolina nicht sehr viele Menschen, die mit so einem Tattoo herumlaufen, David. Das hätten Sie bedenken sollen."

„Ich bin nicht der Einzige mit so einem Tattoo. Sie hat mich nicht gesehen. Ich war nicht dort."

„Wen hat sie denn dann gesehen?"

„Den, den ihr suchen müsst."

„Den Tiger?"

„Was für ein blöder Name." Gereiztheit und Ekel und Frust und Angst lagen in den Worten.

Faith war immer noch nicht sicher, ob sie von zwei verschiedenen Personen sprachen oder von zwei Erscheinungsformen eines sehr kranken Hirns. „Wenn Sie den Bombenbauer nicht umgebracht haben und auch nicht für den Angriff auf Agent Estes verantwortlich sind und außerdem nicht versuchen, die ganzen Agenten zu töten, warum sind Sie dann hier?"

„Ich bin nicht euer Mann. Ihr müsst woanders suchen. Mich werdet ihr niemals finden und ihr verschwendet nur eure Zeit, wenn ihr mich jagt. Zeit, von der ihr nicht sehr viel habt, wenn ich das hinzufügen darf."

Sie glaubte nicht, dass dies sein wahrer Grund war. „Niemand schleicht sich ins Schlafzimmer einer FBI-Agentin, nur um ihr zu sagen, dass er unschuldig ist. Sie sind hier, um was zu beweisen."

Er lachte wieder, und diesmal schwang ein Anflug von Bewunderung für ihre Worte darin mit. „Du hast recht, Faith. Ich wusste ja, dass du schlau bist, aber ich habe nicht damit gerechnet, dass du ganz so scharfsinnig bist. Ich habe unsere kleine Unterredung genossen, aber jetzt muss ich wieder gehen. Vorher will ich aber noch eine letzte Warnung loswerden."

Faith wartete. Lauschte, ob sie Sirenen hörte. *Kommt schon, Leute.*

*

Luke legte die Waffe aufs Bett und schnappte sich sein Handy. Zane hatte schon eine Hose angezogen und stieß die Tür zwischen ihrem Zimmer und dem von Tessa auf. Er blieb aber auf seiner Seite und rief: „Tess? Nicht schießen. Steh auf. Wir haben eine Krise."

„Ich bin auf", antwortete Tessa sofort und ihre Stimme klang angespannt. „Ruf Gil an und guck, ob er wach ist."

„Mach ich."

Luke nahm wahr, was um ihn herum vor sich ging, aber zugleich las er ungläubig die Nachricht auf seinem Smartphone. Jacob hatte ihm geschrieben.

Dale hat angerufen. Es gibt einen Notruf von Faith Malones Haus. Kaum Einzelheiten, FBI ist vor Ort. Ich sage nicht, dass du nicht hinfahren sollst, aber sei vorsichtig und kontaktiere das FBI, bevor du da bist. Ich mach mich auch auf den Weg.

Luke las die Nachricht zweimal, dann warf er das Handy aufs Bett und griff nach seinen Anziehsachen. Zwei Minuten im Bad und er war angezogen und bereit für … ja, was? Was auch immer er tun musste, um Faith zurückzubekommen. Was danach geschah, war ihm egal.

Gil, Zane und Tessa standen zusammengedrängt in der Ecke des Zimmers. Sie alle waren angezogen und bewaffnet. Wie er hatten sich alle aufs Nötigste beschränkt. Gils schwarze Haare standen an so vielen Stellen hoch, dass er bei einem Casting für eine Punkrockband hätte mitmachen können. Zanes Haare sahen aus, als hätte ein Frettchen darin genistet. Und Tessa war … Tessa sah furchtbar aus. Ihre langen Haare hingen lose und wirr herunter und fielen ihr in die Stirn. Sie schob sich eine Strähne hinters Ohr und als sie Luke ansah, entdeckte er in ihren Augen die Spiegelung seines eigenen Entsetzens.

„Ich finde, wir sollten beten." Tessa hatte Angst, aber in ihren Worten lag eine Stärke, die er nicht erwartet hatte.

Gil schnaubte. „Mensch, Tessa, wir haben nicht viel Zeit –"

„Wir haben keine Zeit, uns zu streiten." Tessa funkelte Gil an und streckte die Hände aus. Zane nahm eine und Gil widerstrebend die andere. „Komm her, Powell. Gebetsrunde."

Luke gesellte sich zu ihnen und ergriff die Hände von Gil und Zane.

„Jesus. Hilf uns. Hilf Faith. Mach ihr Mut. Amen." Tessa flüsterte die Worte und als sie Amen sagte, kam von allen ein Echo.

„Diese Gebetsrunde hat mir gefallen", sagte Gil, während er seine Waffe überprüfte. „Kurz. Zur Sache."

„Gott braucht keine langen, wortreichen Gebete", erwiderte Zane. „Die sind meistens für das Publikum, nicht für Gott." Er lächelte Tessa zu. Es war nicht feindselig. Es war … traurig.

Der Anblick tat Luke in der Seele weh. Sein Freund hatte Kummer, aber das musste warten. „Gehen wir."

Derselbe Beamte, der Luke am Abend zuvor in den vierzehnten Stock begleitet hatte, stand dort und fuhr jetzt mit ihnen hinunter. „Hat jemand einen Schlüssel?", fragte Gil.

Die Wagen von Luke und Zane waren vor einer Woche in die Luft geflogen. Gils Auto stand noch bei ihm zu Hause. Tessa griff in ihre Tasche und holte ein Schlüsselbund heraus.

„Du hast Schlüssel. Aber hast du auch einen Wagen?", wollte Gil wissen. „Du bist doch wie wir alle direkt vom Büro hierhergefahren."

„Stimmt." Tessa ließ die Schlüssel vor Gils Nase klimpern. „Aber im Gegensatz zu euch wollte ich mobil sein und habe einen der Beamten gestern Abend gebeten, mein Auto herzuholen."

Der Polizist im Aufzug bot Tessa die Faust zum Gruß. „Gut gemacht, Agent Reed. Ihr Wagen steht am Bordstein. Und ein Kollege wartet dort auf Sie."

„Danke, Freddie. Falls wir uns später nicht sehen – Sie waren klasse." Sie tätschelte seinen Arm und verließ dann als Erste den Aufzug, dicht gefolgt von Zane, Gil und Luke.

*

David Lee trat einen Schritt näher. „Du hast deine Umgebung im Blick und bist dazu ausgebildet, dich zu wehren." Er senkte die Stimme zu einem Flüstern. „Und ich bin trotzdem reingekommen. Ich hätte dich im Schlaf töten können. Deshalb wirst du mir sicher glauben, wenn ich dir sage, dass deine Schwester –"

„Hände weg von meiner Schwester!" Faith sprang auf, während sie sprach, erstarrte aber sogleich, als sie spürte, wie der Lauf einer Waffe unsanft an ihrer Schläfe kratzte.

Seine linke Hand griff in Faiths Haare, als er sich vorbeugte und ihr ins Ohr flüsterte: „Es liegt an dir, Faith. Hope ist eine schöne Frau. So voller Lebendigkeit und Lebensfreude, trotz ihres Zustands. Es wäre doch eine Schande, wenn diese makellose Haut in Fetzen an so umwerfenden Wangenknochen hinge."

Faith spürte, wie die Galle in ihr aufstieg. Sie zitterte – nicht vor Angst, sondern vor Wut.

Davids Hand wanderte über ihren Rücken und ihren Arm, bevor er zurücktrat und dann die Waffe wegzog. „Du bist selbst auch eine schöne Frau. Ich würde ja liebend gerne bleiben und dich besser kennenlernen. Aber unter den gegebenen Umständen treffen wir uns vielleicht doch besser nie wieder, oder?“ Er lachte und wandte sich der Tür zu.

Faith blinzelte die Tränen fort, die gegen ihren Willen kullerten, aber ansonsten blieb sie reglos und still sitzen.

Ihre Augen hatten sich inzwischen an die Umgebung gewöhnt und sie folgte der dunklen Silhouette namens David Lee, als er zur Tür ging. Sie versuchte angestrengt, seine Schritte zu hören, aber da war nichts. Dann holte sie zitternd Luft und unterdrückte einen Schrei, als der dunkle Umriss wieder in der Tür erschien.

„Ich habe etwas vergessen. Nur für den Fall, dass du glaubst, ich wäre nicht fähig zu tun, was ich gesagt habe, lasse ich ein Begrüßungsgeschenk für deine Freunde hier. Ich hoffe, es gefällt ihnen.“ Diesmal verließ er den Raum im Laufschritt und sein Lachen drang noch zu ihr herüber, als er den Flur hinunterrannte. Faith wartete nicht, um sicher zu sein, dass er das Haus verlassen hatte. Hektisch wühlte sie zwischen den Decken, um ihr Telefon herauszuholen.

Als sie an der Decke zog, hörte sie etwas auf der anderen Seite des Bettes zu Boden fallen. Sie warf sich übers Bett und streckte die Hand zu dem schwachen Licht des Displays aus und griff nach dem Telefon.

Sie wählte den Notruf. Die Zentrale könnte die anderen –

Eine Explosion erschütterte das Haus und vor dem Fenster stieg ein Feuerball in den Himmel.

33

Tessa trat das Gaspedal durch, während Zane ihr Anweisungen gab. „An der nächsten Kreuzung rechts. Zweite Straße links …"

Auf der Rückbank wählte Luke Faiths Nummer, aber immer wieder sprang die Mailbox an.

Er schlug mit dem Handy auf seinen Oberschenkel. „Sie geht nicht ran."

„Wir sind gleich da."

„Aber warum nimmt sie nicht –"

Sie bogen um eine Ecke und das Heck des Wagens rutschte weg, als Tessa in die Eisen stieg und ein beeindruckendes Bremsmanöver vollführte, damit sie nicht in die Streifenwagen rasten, die ihnen den Weg versperrten. Ein uniformierter Polizist, der aussah, als sollte er in der Schülerband spielen und nicht eine Straßensperre organisieren, kam auf sie zu. Tessa fuhr das Fenster herunter. „US Secret Service. Wir müssen da rein. Ich hole meine Dienstmarke heraus."

Der Beamte nahm die Marke und betrachtete sie. „Wetten, der hat noch nie so ein Ding gesehen?", murmelte Gil.

„Einen Moment bitte", sagte der Polizist.

„Wir haben keinen Moment", brüllte Luke von hinten. „In dem Haus ist eine FBI-Agentin in Schwierigkeiten und wir müssen hin."

„Ich verstehe, Sir."

„Nein, tun Sie nicht!" Luke zog am Türgriff, aber Gil packte seinen Arm und Tessa betätigte die Zentralverriegelung, bevor er die Tür aufreißen konnte. „Lass. Mich. Raus!"

Zane drehte sich auf dem Beifahrersitz um. „Wir wissen nicht, was uns da erwartet."

„Genau", zischte Luke ihn an. „Wir wissen nicht, was genau in diesem Augenblick mit Faith geschieht."

Gil stieß ihm den Ellbogen in die Seite und zeigte Luke sein Handy. Eine Nachricht von Jacob.

Wir durchsuchen alles. Wartet.

Nachdem sie eine Zeit lang gewartet hatten – gefühlte Stunden, obwohl es nur wenige Minuten waren –, kam der Beamte zurück. „Sorry, Leute." Er zeigte auf einen Bereich an der Bordsteinkante, etwa 3 Meter weiter. „Parken Sie dort." Tessa gehorchte und sie stiegen aus dem Wagen. Der Polizist redete immer noch. „Sie haben gesagt, ich soll niemanden ohne Genehmigung reinlassen. Sie wollen nicht noch jemanden verlieren."

Die Worte trafen Luke wie ein Tritt gegen den Solarplexus. Er stolperte und legte eine Hand auf den Wagen, um sich abzufangen. Bevor er einatmen konnte, waren Gil und Zane an seiner Seite. Tessa stand vor ihm.

„Luke." Tessas sanfte Stimme machte ihm mehr Angst als die Worte des Polizisten, denn sie bedeutete, Tessa glaubte auch, dass Faith tot war.

Er stieß sich von dem Fahrzeug ab. „Ich muss da hin."

„Okay." Tessa rührte sich nicht. „Aber wir gehen mit. Ich halte dir den Rücken frei." Sie sah erst Zane an, dann Gil, bevor sie sich umdrehte und mit einer Geschwindigkeit ausschritt, die alle drei nach Luft schnappen ließ.

„Sollen wir sie daran erinnern, dass jemand uns diese Woche aufs Korn genommen hat?", keuchte Gil.

„Streng genommen ist heute Montag, also wurde letzte Woche auf euch geschossen", sagte Tessa ungefähr 3 Meter vor ihnen. Aber sie wurde langsamer. Ein bisschen.

Luke sah sich um. Wohngebiet. Ältere Häuser. Große

Grundstücke. Er war noch nie bei Faith zu Hause gewesen, aber wegen der Polizei drum herum war nicht zu übersehen, welches ihr Haus war. Wer hatte hier das Sagen? Wo war Jacob? Was war los? Und vor allem, wo war Faith?

„Da." Tessa zeigte nach links. Sie hatte die Kommandozentrale als Erste entdeckt. Luke riss sich von seinen Begleitern los und diesmal ließen sie ihn gehen.

Er sah Jacob und Dale, die sich hinter einer Reihe Vans unterhielten. „Wo ist Faith?"

Beide Männer sahen erst ihn an und dann einander.

Nein. Das konnte nicht wahr sein.

*

Faith wollte nie wieder irgendjemanden sehen.

Sie saß auf der Liege im Rettungswagen. Der Sanitäter hatte die Tür geschlossen, damit sie einigermaßen ungestört waren, während sie alle seine Fragen beantwortete. Nein, sie war nicht körperlich angegriffen worden. Der Täter hatte ihr den Lauf seiner Waffe an die Schläfe gedrückt. Er hatte sie an den Haaren gezogen. Sie hatte sonst keine Verletzungen. Nichts tat ihr weh, abgesehen von einem stechenden Kopfschmerz.

Sie würde nicht ins Krankenhaus fahren.

Die Spurensicherung hatte Proben von ihrer Haut genommen, obwohl sie keine Ahnung hatte, was das bringen sollte. Sie wusste, was geschehen war. Und sie wusste, wer es getan hatte. Es gab hier kein Rätsel.

Sie hatte versagt und zwei Menschen waren gestorben.

Sie war so sicher gewesen, so eingebildet und von ihrer Theorie überzeugt, dass sie nicht in Gefahr sei. Sie hätte im Hotel absteigen sollen. Sie hätte nicht glauben dürfen, dass der Terror, der die Agenten des Secret Service verfolgte, ihr nichts anhaben könne.

Und jetzt? Zwei Beamte würden nicht mehr nach Hause zurückkehren. Ihr Einsatz war für immer beendet.

Und Faith war schuld daran.

„Sind wir fertig?“ Sie versuchte, die Frage beiläufig klingen zu lassen und nicht wie eine flehende Bitte, entlassen zu werden.

„Ich glaube schon.“ Der Sanitäter war älter als sie und musterte sie mit einer Mischung aus Mitgefühl und Verständnis. „Aber Sie können so lange bleiben, wie Sie –“

Ein Hämmern an der Tür ließ sie beide aufschrecken. „Faith? Faith? Bist du da drin?“

Luke!

„*Sind* Sie hier drin?“, fragte der Sani.

Sie wusste die Geste zu schätzen. „Er wird die Türen aus den Angeln heben, um es herauszufinden.“

„Faith!“

„Partner oder Freund?“ Der Sanitäter griff nach der Tür. Kaum war sie nicht mehr verschlossen, wurde sie von außen aufgerissen.

„Faith!“

Luke kletterte in den Krankenwagen – die Augen wild und panisch. „Bist du –“ Er sank vor ihr auf die Knie und seine Hände zitterten, als er ihr Gesicht berührte. Seine Finger waren sanft und vorsichtig, als er eine Haarsträhne hinter Faiths Ohr schob.

Sie hätte einen Witz über Löcher machen sollen und dass Gil einen Kratzer nicht als echte Verletzung zählen würde, aber sie konnte nicht.

Sein Atem ging so flach und keuchend, während er ihr Gesicht und ihre ganze Gestalt absuchte, offenbar auf der Suche nach Einschusslöchern oder Schnittwunden. Als er den Kratzer an ihrer Schläfe entdeckte, war sein „Oh, Faith“ zu viel für sie. Vor allen anderen konnte sie so tun, als gehe es ihr gut, aber bei Luke würde das nicht funktionieren. Ein paar Tränen zwängten sich zwischen zusammengekniffenen Lidern hindurch und sein Daumen wischte sie fort.

Mit einem gemurmelten „Ich lass Sie mal kurz allein" stieg der Sanitäter aus dem Rettungswagen.

Als die Tür hinter ihm zufiel, konnte Faith ihre Gefühle endgültig nicht mehr verbergen. Ein Schluchzer stieg aus ihrer Kehle auf und sie ließ den Kopf an Lukes Stirn sinken. „Es ist meine Schuld."

„Ist es nicht." Sein Kopf bewegte sich an ihrer Stirn hin und her.

„Zwei Beamte sind gestorben."

„Du hast sie nicht getötet."

„Ich hätte es genauso gut tun können."

„Nein."

Sie saßen noch einige Augenblicke so da, während ihr die Tränen übers Gesicht liefen.

„Kannst du mir erzählen, was passiert ist?", flüsterte Luke. Es war kein Befehl. Es war die Bitte, ihm zu vertrauen.

Und das tat sie. Irgendwann waren ihre Finger ganz mit seinen verflochten, aber abgesehen davon bewegte er sich kaum. Es half, dass sie ihn nicht ansehen musste. Stattdessen starrte sie auf den obersten Knopf seines Polohemdes, während sie ihm alles erzählte, sogar den Teil mit den reizenden Babys, die sie sich mit ihm wünschte, bis zu dem Punkt, an dem ihr Notruf von der Explosion unterbrochen wurde.

„Sie haben mir gesagt, dass in meiner Auffahrt eine Sprengfalle war. Der erste Wagen, der zum Haus fuhr –" Sie konnte es nicht aussprechen. Aber das musste sie auch nicht. Luke wusste, was geschehen war. „Ich musste im Haus bleiben, während sie die Spürhunde reinbrachten, um alles nach weiteren Bomben abzusuchen. Ich musste in der Leitung bleiben. Und ich habe mich die ganze Zeit gefragt, wer noch in die Luft fliegen würde, damit ich das Haus verlassen kann."

*

Luke saß auf der Bank im Rettungswagen und wurde die Hilflosigkeit nicht los, die sein Herz und seine Gedanken wie ein Schraubstock umklammerte. *Herr, wie kann ich ihr helfen?*

„Ich wünschte, ich wäre bei dir gewesen", sagte er. „Ich hätte dich beinahe gefragt, ob ich heute Nacht hierbleiben darf."

„Wirklich?"

„Ich hätte auf mein Bauchgefühl hören sollen."

„Das ist nicht deine Schuld", sagte sie. „Du hast vorgeschlagen, dass ich auch ins Hotel gehe. Ich habe das alles zu verantworten."

„Nein, das stimmt nicht. Du hast das nicht gewollt. David Lee ist pervers. Er hat sich eingeredet, dass manche Morde gerechtfertigt sind und andere nicht. Er kommt in dein Schlafzimmer –"

Luke musste einen Moment innehalten, als das Bild, das Faiths Worte gezeichnet hatten, sich in seinem Kopf einnistete. Wie viel hatte sie in dieser Nacht durchgemacht? Wie viel würde sie in den kommenden Tagen noch verkraften müssen? Würde sie sich jemals wieder irgendwo sicher fühlen?

Er räusperte sich. „Er kommt in dein Schlafzimmer und stößt alle möglichen Drohungen aus, aber er tötet dich nicht, weil er in seiner verdrehten Logik glaubt, das wäre falsch. Aber es ist nicht falsch, eine Bombe in deiner Auffahrt zu platzieren, mit der die Insassen des ersten Fahrzeugs getötet werden, das darüberfährt. Das ist krank – und nicht deine Schuld."

„Ich hätte nicht um Hilfe rufen sollen. Er wusste, dass ich das tun würde. Es war von Anfang an von ihm so geplant."

„Du hast richtig gehandelt. Das war genial. Ich wusste nicht einmal, dass man einen stillen Notruf absetzen kann, indem man die Einschalttaste immer wieder drückt."

„Aber –"

Ganz sanft legte er einen Finger auf ihre Lippen. „Ich verspreche dir, dass ich mir anhören werde, wie du dir Luft machst und dich aufregst und grämst, sooft du es in den nächsten Tagen und Wochen brauchst, aber ich werde dir niemals zustimmen, dass du einfach nur hier hättest sitzen und nichts tun sollen."

Er drehte seine Hand und legte sie auf Faiths Wange. „David Lee ist böse. Er ist furchterregend. Es macht ihm nichts aus, Unschuldige zu töten, um zu bekommen, was er will. Und wir wussten nicht viel über ihn bis wann? Gestern? Oder vorgestern?" Er konnte sich nicht erinnern. „Was ich meine ist: Er hat diese Angriffe und Strategien seit Wochen oder vielleicht sogar seit Monaten geplant. Er ist uns mehrere Schritte voraus, aber jetzt wissen wir, dass er da draußen ist, und wir wissen, wozu er fähig ist. Wir kriegen ihn."

*

Faith schmiegte ihren Kopf in Lukes Hand. Sie wollte glauben, was er sagte. Musste es glauben.

Aber sie konnte nicht. Noch nicht.

Ein leises Klopfen ertönte an der Tür. Luke zog seine Hand zurück und legte sie auf die Waffe in dem Halfter an seiner Brust.

„Agent Malone?"

Sie kannte die Stimme. „Das ist der Sani", flüsterte sie Luke zu. Es war ihr unangenehm, dass sie seinen Namen nicht kannte.

„Herein." Luke sagte es mit Autorität, während er mit der

Linken ihre Hand hielt und seine Rechte noch immer auf der Waffe ruhte.

„Es tut mir leid, Agent Malone." Der Sanitäter grinste vielsagend. „Alles in Ordnung?"

„Ja. Darf ich jetzt gehen?"

Der Sanitäter stieg auf der anderen Seite der Liege ein und sah Luke an. „Sie scheinen in guten Händen zu sein, also sage ich Ja. Aber gehen Sie zum Arzt, wenn die Kopfschmerzen nicht nachlassen."

„Okay."

Luke kletterte als Erster aus dem Rettungswagen und hielt ihr dann die Hand hin, damit sie heruntersteigen konnte. Als sie auf dem Boden stand, drückte er ihre Hand. Dann grinste er schief, weil sie seine Hand ein paar Sekunden länger festhielt als nötig. Den restlichen Abend wich er nicht von ihrer Seite. Oder Morgen. Sie wusste nicht mehr, was von beidem es war.

Sie beantwortete Fragen und trank eine Cherry-Cola, für deren Beschaffung höchstwahrscheinlich Luke verantwortlich gewesen war.

Als der schwarze Himmel der Morgendämmerung wich, stand sie an einen Streifenwagen gelehnt und sah zu, wie Luke auf und ab ging und redete und sich mit den Händen durch die Haare fuhr, während er sich davon überzeugte, dass Faiths Familie den nötigen Personenschutz hatte. Und sie versuchte, sich seine Gesichtszüge einzuprägen und sich nicht vorzustellen, wie ein Leben ohne ihn aussehen würde.

David Lee würde nicht verschwinden. Hope war in Gefahr. Ihre Familie war in Gefahr.

Und etwas wurde ihr bewusst: David Lee hatte gewusst, dass der Tod der Beamten sie fertigmachen würde – und dass sie, wenn sie begriffen hatte, wie vernichtend es war, den Tod anderer Menschen verursacht zu haben, alles tun würde, um

Hope, ihre Mutter, ja, sogar ihren Dad, Gail und die Jungs zu beschützen.

Luke hatte recht. David Lee war böse und genial. Ein Furcht einflößender Gegner, der ihr bislang nicht bewusst gewesen war.

Aber jetzt kannte sie ihn.

34

Es war offiziell. Faith hasste Montage.

Sie hatte getan, was sie tun musste. Sie hatte vorn gestanden, während Dale der Welt von David Lee erzählt und die Bevölkerung gebeten hatte, ihn an die Polizei auszuliefern.

Jetzt saß sie an ihrem Schreibtisch und wiederholte immer wieder dasselbe Gebet. *Beschütze sie. Beschütze sie.*

Mit *sie* meinte sie Luke und alle Agenten, die an diesem Fall arbeiteten, ihre Mutter, Hope, ihren Vater, Gail und die Jungs. Es war das erste Mal, dass sie für Gail und die Kinder betete. Und es war ärgerlich, dass durch dieses Beten, und sei es nur für etwas so Grundlegendes wie Bewahrung, ihre Wut auf die zweite Familie ihres Vaters nachließ. Sie hatte die Anrufe getätigt und sie alle hatten ihre Häuser verlassen und standen jetzt unter Polizeischutz. Im Moment jedenfalls.

Hatte sie richtig gehandelt? Die richtigen Entscheidungen getroffen?

Eine Cherry-Cola tauchte in ihrem Blickfeld auf und die Hand, die sie hielt, wanderte zu ihrer rechten Schulter. „Du bist umwerfend." Lukes andere Hand erschien auf der linken Seite und öffnete sich vor ihr. Ein kleiner USB-Stick lag in seiner Handfläche. „Und wir müssen wissen, was hier drauf ist. Sofort."

Sie drehte sich um und Lukes Gesicht war so nah, dass sie ihren Kopf nur mit Mühe daran hindern konnte, an seine Schulter zu sinken. Er roch sauber und frisch. Wie konnte das eigentlich sein? Sie waren alle mitten in der Nacht aus ihren Betten gerissen worden. Zeit für eine Dusche hatte es nicht gegeben. Dass sie überhaupt Make-up trug, war der Pressekonferenz geschuldet, bei der sie um neun Uhr morgens einigermaßen vorzeigbar hatte sein müssen, aber ihre Haare sahen auch nur von vorn gut aus.

Konzentrier dich, Faith. Haare sind nicht wichtig. „Woher kommt das denn?"

„Von Sabrina."

Das verdrängte alle Gedanken an Haare und Hände und Lippen aus ihrem Kopf. Faith steckte das Speichermedium in ihren Computer und wartete, während der Bildschirm sich mit den Informationen füllte, die Sabrina zusammengestellt hatte.

Die erste Datei trug den Namen: „LIES MICH ZUERST", also klickte sie darauf. Luke sah ihr noch immer über die Schulter, sodass sie gemeinsam lasen.

Ihr bekommt nicht alle Daten, die ich habe, weil die Datei sonst zu groß würde. Ich habe alles dokumentiert - alles vor Gericht zulässig. Für einen Teil davon habe ich übers Wochenende einen Durchsuchungsbeschluss beantragt.

Unterm Strich: Mi Chas Vater, Park Jae-ho, wurde seit dem Tod seiner Frau nicht mehr in Südkorea gesichtet. Ich habe ein paar Fotos angehängt. Zwei Bilder zeigen, dass er, als er jünger war, möglicherweise das gleiche Tattoo hatte wie David Lee. Auf aktuellen Fotos sieht man es nicht, aber eine Stelle, die aussieht wie ein Muttermal, könnte ein Hinweis auf eine entfernte Tätowierung sein.

Es gibt auch ein Bild des ganzen Tattoos - nicht von Mr Park oder David Lee -, aber wenn ihre Tätowierung unter dem Hemd genauso aussieht, dann ist das der Beweis dafür, dass beide mit einer sehr geheimen Abteilung der koreanischen Sondereinsatzkräfte zu tun haben. Meine Quelle war sicher, dass Mr Park bei einem Einsatzkommando war, und wenn er in die Staaten reisen wollte, hatte er Mittel und Wege, das zu bewerkstelligen, ohne dass jemand Verdacht schöpft.

Faith klickte auf die Fotos. Da war Mi Cha mit zwei Personen, offenbar ihren Eltern. Dann öffnete sie ein Bild von David Lee. Und noch ein Foto, das geteilt war und die Tattoos nebeneinander zeigte mit einer Notiz, dass das Design mit neunzigprozentiger Sicherheit identisch war. Dann das Bild von dem ganzen Tattoo. Bei diesem unbekannten Mann begann es unter dem linken Ohr und zog sich über die Schulter bis auf die Brust hinunter. Es war ein Tiger und der winzige Teil, den man am Hals sehen konnte, war das Schwanzende.

„Fragst du dich, ob Mr Park der Tiger sein könnte?" Lukes geflüsterte Worte ließen einen Schauer über ihren Rücken wandern und das lag nicht nur daran, dass seine Lippen ihr Ohr berührten.

„Ja. Und ich glaube, dass er der Mann ist, von dem David Lee mir erzählt hat, und dass er hier ist, um Mi Chas Tod zu rächen."

„Aber wir haben sie nicht getötet. Wir wussten nicht einmal von ihrer Existenz."

„Ich glaube nur, das weiß er nicht."

*

Würde dieser Tag niemals enden?

Luke hakte die nächste Nummer auf der Liste ab, die vor ihm lag. Seit der Pressekonferenz erhielten sie jede Menge

Hinweise und jedem dieser Hinweise musste nachgegangen werden.

Alle arbeiteten. Die Sache war zum größten gemeinsamen Unterfangen geworden, das Luke jemals erlebt hatte. Zwei ihrer eigenen Leute zu verlieren, hatte die Polizei vor Ort in einer Weise motiviert, die sowohl beeindruckend als auch herzzerreißend war.

Zane, Tessa, Gil, Jacob und sogar Marty waren im Büro und riefen Informanten an und folgten Hinweisen, um dann Polizeibeamte und FBI-Agenten loszuschicken, damit sie den Hinweisen nachgingen.

Aber nicht Luke. Er würde nicht von Faiths Seite weichen. Er konnte genauso gut vom FBI-Büro aus arbeiten und auch wenn das nicht den Vorschriften entsprach, störte es niemanden.

Vor allem nicht Faith.

Sie hing halb auf ihrem Schreibtisch und er hätte ihr am liebsten gesagt, sie solle sich hinlegen, aber das konnte er nicht. Alle waren bei der Arbeit und würden weitermachen, bis David Lee – und jetzt auch Mr Park – gefunden waren.

Faiths privates Handy klingelte. Sie fuhr auf ihrem Stuhl herum, sodass ihre Knie seine Beine berührten. Als sie die Nummer sah, runzelte sie die Stirn und stellte das Telefon laut, bevor sie das Gespräch annahm, damit Luke mithören konnte.

„Charles?" Faiths Hand zitterte und Luke ergriff sie.

„Uns geht es gut." Die tiefe Stimme des Agenten, der bei Hope war, klang ruhig und unaufgeregt.

Nach dieser Zusicherung beugte Faith sich vor und legte die Stirn an Lukes gesunde Schulter. „Du hast mir einen Schreck eingejagt."

„Tut mir leid. Aber ich habe eine Nachricht für dich."

Faith setzte sich ruckartig auf. „Okay."

„Wir haben Hopes Telefon in Raleigh gelassen, damit sie

nicht so leicht aufzuspüren ist, und es gibt einen Agenten, der ihre E-Mails und Nachrichten abruft. Vor einer Weile hat sie eine Textnachricht von Mrs Lin erhalten."

„Und was steht da drin?"

„Hier steht: ‚Der Mann, den Sie suchen, ist hier.'"

Faith legte das Telefon auf Lukes Knie und griff nach ihrem iPad und Stift. „Um wie viel Uhr ist die Nachricht eingegangen?"

„Etwa um zwei Uhr Ostküstenzeit."

Luke warf einen Blick auf seine Uhr. Vor zwei Stunden.

„Wir melden uns." Faiths Finger schwebte über dem Display, um das Gespräch zu beenden.

Charles sprach schnell weiter. „Eins noch."

„Ja?"

„Hope sagt, du sollst vorsichtig sein, denn auch wenn sie dich immer davon überzeugen will, dass sie alleine mit ihrem Leben zurechtkommt, will sie nicht ohne dich leben."

Faith spürte Tränen aufsteigen. „Mach ich. Pass gut auf sie auf."

„Mit meinem Leben."

Die Verbindung wurde beendet.

Luke nahm ein Papiertaschentuch aus der Schachtel auf Faiths Schreibtisch. „Hier."

Die Tränen waren nicht heruntergetropft und Faith tupfte ihre Augenwinkel trocken, während sie zitternd Luft holte. Als sie wieder zu Luke aufblickte, hatte sie alle Emotionen in ihrem Innern verstaut, wo sie in der Regel gut damit umgehen konnte.

„Komm, wir finden David Lee."

35

Drei Stunden später stand Faith allein am Rand einer Polizeiabsperrung. Ihre FBI-Windjacke verbarg die dicke schusssichere Weste, die sie trug. Ihre Haare hatte sie zu einem Pferdeschwanz zurückgebunden und hinten durch ihre Schirmmütze gezogen. So konnte der Wind ihr nicht die Haare ins Gesicht wehen, aber der Regen schlug ungehindert gegen ihre Wangen.

Dies war das erste Mal an diesem Nachmittag, dass sie eine Pause hatte. Alles tat ihr weh. Die Augen, der Kopf, der Hals, Hände und Füße. Alles Dinge, die mit achtundvierzig Stunden Tiefschlaf wieder zu richten waren. Vor allem mit einem anschließenden Wellnesstag. Oder einem Urlaub in der Karibik.

Sie vermutete jedenfalls, dass diese Dinge helfen würden. Nicht, dass sie sich jemals Zeit für so etwas nahm. Sie war kein Wellnessfan und hatte ihren Urlaub für nichts anderes als Familienbesuche benutzt seit … also … seit sie berufstätig war.

Faith ließ den Blick wandern, um Luke mit einzuschließen, ohne den Eindruck zu erwecken, dass sie ihn anstarrte. Was zwischen ihnen war, würde niemals funktionieren, und die Realistin in ihr wusste das auch, aber sie würde ihn schrecklich vermissen, wenn diese Sache ausgestanden war. Sie musste den Fall aufklären, damit er am Leben blieb, aber zugleich würde es bedeuten, dass sie ihn verlor. Er würde wieder zu seinem Leben zurückkehren und sie an ihre … Arbeit.

Die Arbeit hatte ihr nie etwas ausgemacht. Aber jetzt? Sie würde sich immer fragen, wie es wohl wäre, an Wochenenden nicht zu arbeiten. Vielleicht würden die Jungs in Carrington ihr den besten Tauchlehrer in der Gegend vermitteln. Sie würde ihren Tauchschein machen und dann könnten Luke und sie gemeinsam zu den Outer Banks rausfahren und Schiffswracks erkunden. Oder vielleicht könnte sie das Haus renovieren. Faith konnte es sich vorstellen. Luke mit Farbe im Gesicht oder lachend, während sie die alten Küchenmöbel rausrissen oder –

Luke blickte auf und ertappte sie dabei, wie sie ihn anstarrte. Ein Lächeln machte sich auf seinem Gesicht breit und sein Gang war betont lässig, als er auf sie zukam. Er blieb ganz dienstlich ein, zwei Meter entfernt stehen und lehnte sich an Faiths Auto. „Na, siehst du was, das dir gefällt?"

„Allerdings. Kannst du mich mit dem Beamten bekannt machen, mit dem du gerade gesprochen hast? Er ist wirklich süß."

Luke blickte finster drein, aber seine Augen funkelten. „Er ist doch noch ein Kind. Du brauchst einen echten Mann in deinem Leben."

„Kennst du einen?"

„Jetzt bist du gemein." Er trat einen Schritt näher und sein Arm berührte ihren. „Mir gefällt das Warten nicht." Die entspannte Fassade war verschwunden. „Der Kleine da drüben" – er zeigte mit dem Kopf auf den Polizisten, mit dem er gesprochen hatte – „hat mir erzählt, dass alle Häuser zwischen uns und Mrs Lins Pension leer sind."

„Gott sei Dank." Sie hatte auf einem weiten Umkreis bestanden. David Lee – und vielleicht auch Mr Park – waren große Fans von Sprengsätzen und womöglich hatten sie Mrs Lins Haus so verkabelt, dass jeden Moment der ganze Häuserblock in die Luft fliegen konnte.

„Faith." Luke wandte sich ihr zu. „Ich muss dir was sagen."

„Malone!" Der Ruf ertönte unmittelbar hinter Luke. Seine Miene verzog sich in Frustration und er ließ die Schultern hängen.

Sie drückte seinen Arm, während sie um ihn herumtrat und auf Dales Ruf antwortete. „Ja, Sir!"

Es war an der Zeit.

*

Idiot. Was für ein Depp entscheidet sich denn, seine unsterbliche Liebe zu verkünden, kurz bevor sie versuchten, einen teuflischen Mörder zu fassen? Er war erleichtert gewesen, als Dale ihn unterbrochen hatte. Wenn alles gut ging, würde Faith ihn also nicht ihr Leben lang daran erinnern, dass er ihr in dem romantischen blauen Licht eines Streifenwagens seine Liebe gestanden hatte.

Mrs Lin war sicher im Gewahrsam des FBI. Als David Lee an diesem Nachmittag erschienen war und nach einem Zimmer gefragt hatte, war sie nicht in Panik geraten oder geflohen. Sie hatte ihm ein Eckzimmer gegeben und dann den Angestellten in der Küche gesagt, sie sollten den Abend freinehmen und sofort nach Hause gehen. Sobald die anderen die Pension verlassen hatten, war Mrs Lin selbst auch gegangen. Und als sie das Gefühl hatte, dass sie gefahrlos durchatmen konnte, war sie in ein Café gelaufen und hatte Hope die Textnachricht geschickt. Dann hatte sie ihre beiden Pensionsgäste angerufen und ihnen gesagt, sie sollten nicht zurückkommen, bevor sie ihnen Bescheid gesagt hätte.

Ein Agent hatte Mrs Lin abgeholt und zum FBI-Büro gebracht, wo man sie einem Lügendetektortest unterzogen hatte, den sie mit Bravour bestanden hatte. Es konnte durchaus sein, dass sie für ihr Verhalten eine Belobigung erhielt. Sie waren nicht sicher, warum David Lee in ihre Pension zurückgekehrt war, aber die Theorie war, dass er Mrs Lin vielleicht umbringen wollte, da er bestrebt schien, jeden zu eliminieren, der wusste, dass er und Mi Cha befreundet gewesen waren. Abgesehen von seinem Motiv hatte David Lee eindeutig unterschätzt, wie sehr Mrs Lin ihn verachtete, und jetzt hatten sie ihn umzingelt.

Nachdem der Aufenthaltsort aller Pensionsgäste und Angestellten festgestellt worden war, hatte das Spezialeinsatzkommando eine Drohne mit Wärmekamera eingesetzt. Ein ziemlich cooles Ding. Wenn es richtig funktionierte, war nur noch eine Person im Haus.

Die Herausforderung war nun, ihn da herauszuholen.

Es wurde jetzt schnell dunkel und die dichte Wolkendecke tat ihr Übriges.

Luke freute sich darüber, dass sie vielleicht schon heute Abend die Morde aufklären und dem ganzen Wahnsinn ein Ende machen konnten – und zugleich hatte er schreckliche Angst, dabei Freunde zu verlieren.

Sie hatten die Möglichkeit diskutiert, dass vielleicht alles eine Falle war, aber sie konnten nicht ewig warten. Sie konnten nicht noch mehr unschuldige Menschen in Gefahr bringen, während sie zögerten.

Faith winkte ihn zu sich. „Wir ziehen die Schlinge zu. Das SWAT-Team ist bereit zu stürmen."

Das FBI hatte die Anwesenheit der Agenten vom Secret Service nicht begeistert aufgenommen, und um ehrlich zu sein, war ihr Argument nicht von der Hand zu weisen. Sie waren die Zielscheibe und sollten mehrere Kilometer von hier entfernt sein.

Andererseits brauchte das FBI alle Hilfe, die es kriegen konnte, also hatten die Agenten bleiben dürfen – vorausgesetzt, sie hielten sich von der Pension fern und verteilten sich. „Wir wollen es ihnen nicht leichter machen als nötig, euch alle umzulegen", hatte Dale gesagt.

Sehr ermutigend, der Typ.

Fünfzehn Minuten später konnten sie das Haus sehen. Das SWAT-Team war bereit. Faith stand etwa 10 Meter von ihm entfernt an einen Streifenwagen gelehnt, Megafon in der Hand.

Herr, beschütze uns. Pass auf uns alle auf.

„David Lee!“ Faiths Stimme hallte in der feuchten Luft wider. „David Lee, kommen Sie mit erhobenen Händen heraus.“

Nichts geschah. Etwas anderes hatte auch niemand erwartet.

Faith sah auf ihre Uhr und Luke warf einen Blick auf seine. Eine Minute verstrich, dann sprach Faith wieder. „David Lee! Machen Sie es nicht schlimmer, als es ist. Kommen Sie mit erhobenen Händen heraus.“

Noch eine Minute.

Dann explodierte eine Ecke des Hauses.

Schreie und Rufe erfüllten die Nachtluft. Wenn er woanders hingesehen hätte, zum Beispiel zu dem brennenden Haus wie jeder normale Mensch, hätte er es nicht gesehen.

Aber er sah Faith an.

Und sein Atem stockte.

*

„Versuchen Sie nicht mal, die Waffe zu ziehen, junge Frau.“ Die kalte Stimme klang kurz angebunden und selbstbewusst. Und es war nicht die Stimme von David Lee.

Das Messer an Faiths Kehle war scharf und hatte schon ihre Haut geritzt. Später würde das wehtun, aber im Moment spürte sie keinen Schmerz.

Er griff unter ihre Windjacke und zog ihre Pistole heraus. Sie hatte noch eine kleine Schusswaffe an ihrem Knöchel, aber die nützte ihr im Moment nicht viel.

„Ich will Ihnen nicht wehtun.“

„Ja klar.“ Sie flüsterte die Worte.

„Los.“ Er hatte einen Arm um ihren Hals gelegt, das Messer flach auf ihrer Haut, und drückte eine Pistole, wahrscheinlich ihre eigene, mit der anderen Hand in ihre Seite. Sein Knie stieß von hinten gegen ihren Oberschenkel und sie stolperte vorwärts. Einen Schritt. Zwei.

„Weiter."

Was machte er? Noch zwei Schritte und sie waren nur noch 7 oder 8 Meter vom Haus entfernt. Die Kakofonie, die der Explosion gefolgt war, verstummte, als hätte ein unsichtbarer Dirigent sie plötzlich mit seinem Taktstock abgewunken.

Der Mann, der sie im Griff hielt, rief etwas auf Koreanisch. Wenigstens vermutete Faith, dass es Koreanisch war. Jedenfalls verstand sie es nicht. Sie hoffte, dass jemand die Ereignisse aufzeichnete und sie später eine Übersetzung erhalten würden.

Er wechselte zu Englisch und sprach so laut, dass die versammelten Agenten und Polizisten ihn hören konnten. „Ich will nicht, dass noch jemand stirbt. David und ich werden von hier verschwinden. Agent Malone wird uns begleiten. Wenn wir weg sind, werden wir sie freilassen."

Seine Worte trafen auf Schweigen. Niemand rührte sich.

„Mr Park! Warum decken Sie ihn? Er hat Ihre Tochter getötet!" Lukes Stimme hallte in der angespannten Stille wider.

Die Messerklinge drückte fester an Faiths Kehle. Das war also Mi Chas Vater. Faith war so gut wie tot. Jetzt konnte sie höchstens noch dafür sorgen, dass sonst niemand mehr starb.

Und dann trat Luke zwischen sie und das Haus.

*

Luke stand so, dass Faith und Mr Park links von ihm waren und das Haus zu seiner Rechten. „Nehmen Sie mich stattdessen. Sie wollen doch eigentlich mich. Faith hat nichts damit zu tun. Lassen Sie sie gehen."

Der Arm um Faith drückte fester zu und Mr Park zischte. Luke konnte die Frustration in seinen Augen erkennen und die Versuchung, sein Angebot anzunehmen.

„Ich komme freiwillig mit. Ich weiß nicht, warum Sie unseren Tod wollen, aber ich weiß, dass Sie Faith nicht töten wollen."

„Ihr habt meine Tochter getötet."

„Wir haben Ihre Tochter nicht getötet. Wir wussten nicht einmal von ihr. Wir wussten nicht, dass sie mit unserem Agenten verwandt war, und wir haben erst vor ein paar Tagen erfahren, dass sie in dem Wagen war."

„Wovon redet er?" Mr Park knurrte die Frage in Faiths Richtung, aber Luke antwortete an ihrer Stelle.

„Von Ihrer Frau. Der Vater Ihrer Frau war halb Koreaner, halb Amerikaner. Mi Cha hat Thad Baker, einen entfernten Cousin, hier in den Staaten gefunden. Sie hatte gehofft, jemand in ihrer amerikanischen Verwandtschaft könnte bei einer Transplantation für ihre Mutter helfen."

Faith antwortete mit einem kaum merklichen Nicken auf eine Frage, die Mr Park ihr stellte.

Und dann bebte der Boden, als die nächste Ecke des Hauses explodierte.

36

Das Messer lag noch immer an ihrem Hals, aber mit der flachen Klinge auf ihrer Haut.

Luke stand weiterhin zwischen ihr und dem Haus.

„Warum haben Sie den Bombenbauer getötet?"

„Ich weiß nicht, wovon Sie reden."

„In Seattle." Luke schob sich ein Stückchen vor. „Ich dachte, er wäre ein Freund der Familie. Mi Cha und David haben ihn im Oktober besucht. Nach allem, was ich gehört habe, ist er von Ihnen gefoltert worden. Keinerlei Gnade. Warum haben Sie das gemacht?"

„Das war ich nicht." Er schaltete auf Koreanisch zurück und brüllte wieder etwas. Faith zwang sich, nicht zusammenzuzucken.

„Wir können es noch nicht beweisen" – Lukes Tonfall war engagiert, freundlich – „aber wir sind ziemlich sicher, dass David Ihre Tochter umgebracht hat."

„David hatte nichts damit zu tun. Er war hier, um sie zu beschützen."

Luke zog eine Grimasse. „Na ja. Ich glaube, dass er die Bombe, die Ihre Tochter getötet hat, bei Ihrem Freund in Seattle besorgt hat. Und dann hat er sie damit umgebracht. Ich weiß nicht, warum. Vielleicht hat sie sich geweigert, mit ihm zu schlafen, und er war sauer? Oder vielleicht hat er versucht, sich wegen irgendeiner Angelegenheit an Ihnen zu rächen. Und dann ist er diese Woche nach Seattle, um Ihren Freund dort zu töten, bevor er Ihnen erzählen konnte, dass er David die Bombe gegeben hatte. Sind Sie sicher, dass Ihnen von

David keine Gefahr droht? Er ist auf jeden Fall ziemlich unberechenbar und jagt überall Dinge in die Luft."

„Ist das wahr?"

Die kalte Stimme an ihrem Ohr klang jetzt nicht mehr so sicher. Faith nickte nicht, sondern flüsterte nur: „Ja. Alles."

Ein Triumphschrei ertönte beim Haus. Sie mussten David Lee in Gewahrsam genommen haben. Es sei denn, der Ausruf war von David selbst gekommen.

Fünfzehn endlose Sekunden später hatte sie ihre Antwort.

*

David Lee öffnete die Haustür, Hände in die Luft gestreckt, eine Waffe fest in einer erhobenen Faust. Er sah sich um und seine Miene wandelte sich von Triumph zu Verwirrung.

Dann sagte er auf Koreanisch etwas zu Mr Park.

Mr Park antwortete und seine Stimme war kalt und voller Wut. Die Männer stritten sich, aber es war nicht zu erkennen, was sie sagten. Klar war nur, dass sie beide nicht mehr für Vernunft zugänglich waren.

Wenn im Fernsehen Chaos ausbricht, ist es wie in Zeitlupe. Aber im echten Leben funktionierte das nicht so.

Alles verschwamm. Mr Park stieß Faith in Lukes Richtung und zielte im selben Augenblick auf David Lee. Der senkte seine Waffe. Beide feuerten.

Beide sanken zu Boden.

37

Faith lag bäuchlings auf der Erde. Luke hatte sich über sie geworfen und die Arme schützend um ihren Kopf gelegt. Sie hob den Kopf und spähte durch die Lücken in dem Kokon, den Luke um sie herum gebildet hatte.

David Lee und Mr Park lagen beide auf dem Boden. Eine Menge Blut war zu sehen. Keiner von beiden rührte sich.

Einen Herzschlag lang verharrten auch alle anderen bewegungslos. Dann liefen Dale und Jacob zu den reglosen Körpern und sicherten die Waffen, die neben David Lee und Mr Park auf dem Boden lagen.

Anschließend suchten sie nach einem Lebenszeichen bei den beiden Männern und es war wie in einem Stummfilm, bis Dale rief: „Ich habe einen Puls!"

Und gleich darauf ertönte Jacobs New-Jersey-Akzent: „Ich auch!"

Irgendwie hatten beide Männer überlebt.

Und dann brach die Hölle los. Sanitäter eilten herbei, während alle anderen sich so weit wie möglich vom Haus entfernten.

In dem Chaos berührte Luke ihre Wange. „Faith?" Seine Stimme zitterte. „Kannst du dich bewegen?"

Als Antwort drehte sie sich auf den Rücken und boxte Luke gegen die unverletzte Schulter. „Was hast du dir denn dabei gedacht? Du hättest draufgehen können!"

Luke lächelte – jenes langsame, sanfte Lächeln, bei dem sie vergaß, dass sie auf dem nassen Boden lag, während der Geruch von Rauch und Blut in der Luft hing. Sein Daumen fuhr über ihre Wange. „Ich liebe dich, Faith."

Bevor sie antworten konnte, waren sie umzingelt. Dale, Jacob, Tessa, Gil und Zane standen um sie herum und redeten alle gleichzeitig.

„Alles in Ordnung?"

„Ist dir was passiert?"

„Die Sanitäter müssen sich Faiths Hals ansehen."

„Wir müssen hier weg."

Faith konnte nicht erkennen, wer was sagte, aber es spielte auch keine Rolle. Es war egal, in welche Worte sie es kleideten, sie sagten alle dasselbe. „Du hast uns einen Schreck eingejagt! Wir sind froh, dass dir nichts passiert ist!"

Luke kniete sich hin und reichte ihr die Hand, um ihr aufzuhelfen. Dann standen sie beide auf, unterstützt – oder eigentlich eher behindert – von fünf anderen Händepaaren.

Nachdem sie alle, von Dale und Jacob bis hin zu den Sanitätern, davon überzeugt hatten, dass sie keinen medizinischen Notdienst brauchten, verging der restliche Abend wie im Nebel.

David Lee und Mr Park wurden ins Krankenhaus gebracht. Wenn einer von ihnen überleben sollte, würde es Stunden, wenn nicht Tage dauern, bis man ihn verhören konnte.

Faith wartete zusammen mit Luke und den anderen, während die Sprengstoffexperten das Haus durchsuchten. Während sie arbeiteten, rief Faith Hope an, dann ihre Mom und anschließend ihren Dad, um ihnen zu sagen, dass es ihr gut ging, auch wenn es im Fernsehen anders aussah, und dass die Kollegen vom Personenschutz dafür sorgen würden, dass alle morgen wieder nach Hause konnten.

Ein Agent kam auf sie zu. „Agent Malone. Ich soll Ihnen das hier geben."

Faith öffnete die Mappe. Sie enthielt die Übersetzung der Unterhaltung zwischen David Lee und Mr Park. Nach allem, was sie sich zusammenreimen konnten, hatte David Lee geglaubt, Mi Cha hätte sich in Thad verliebt. Er hatte Thad getötet, weil er dachte, nur so könne er sicher sein, dass sie nie wieder in die Staaten zurückkehren würde und dass der Weg frei war, damit sie sich in ihn verlieben konnte, aber er schwor, dass Mi Chas Tod ein Unfall gewesen war. Danach hatte er den Bombenbauer in Seattle und seinen Freund Jesse Thomas umgebracht, vermutlich, weil sie zu viel wussten.

Es war klar, dass Mr Park in dem Glauben gewesen war, die Agenten des Secret Service hätten Mi Chas Leben aufs Spiel gesetzt, indem sie das Mädchen in eine gefährliche Situation hineingezogen hatten. Eine Situation, die sie schließlich das Leben gekostet hatte. Park war in die USA gekommen, um sich an den Agenten zu rächen, die er für besonders schuldig hielt. Er war für den Mord an Jared Smith und Michael Weaver verantwortlich und für die Anschläge auf Gil, Zane und Luke.

Der traurige Teil der Übersetzung war, dass Mr Park schließlich gesagt hatte: „Ich habe sie getötet. Ganz umsonst! Wie konntest du zulassen, dass ich unschuldige Männer töte?"

Das waren die letzten Worte, die er gesprochen hatte.

Sie konnten jetzt alle nach Hause gehen – alle außer Zane, der kein Zuhause hatte. Stattdessen holten sie sich etwas zu essen und fuhren zu Lukes Haus, in dessen geräumigem Wohnzimmer sie sich versammelten. Gil und Zane belegten die Fernsehsessel mit dem verstellbaren Fußteil. Tessa machte es sich in einer Sofaecke bequem und zog die Füße unter sich, während ihr besorgter Blick durch den Raum wanderte, aber am häufigsten an Zane hängen blieb. Luke setzte Faith in einen breiten Sessel und zwängte sich dann neben sie. Sie beschwerte sich nicht.

Sie aßen ihre Burger und sprachen über den Fall und darüber, wie die kommenden Tage und Wochen werden würden, wenn einer oder beide Männer ihre Verletzungen überlebten.

„Können wir das noch mal machen? Ich meine nicht den

Teil, wo auf uns geschossen wird oder wir in die Luft gejagt werden." Gil schloss die Augen. „Ich meine den Teil, wo wir bei Luke zu Abend essen."

„Das können wir sicher bewerkstelligen." Lukes Worte wurden halb von Faiths Haaren verschluckt. „Wenn du das Kochen übernimmst."

„Super." Gil lächelte. „Abgemacht. Freitagabend. Passt das allen?"

Zane und Tessa gaben zustimmende Laute von sich.

„Faith?" Gil grinste, sah sie aber nicht an. „Ich nehme an, du bist auch mit dabei?"

Luke sah sie an und Gils Frage spiegelte sich in seinen Augen.

„Auf jeden Fall."

„Wunderbar. Dann bitte ich Tessa jetzt, mich nach Hause zu fahren, und wir sehen uns morgen." Er stellte die Lehne seines Sessels wieder auf.

„Ich bin es jetzt schon leid, für alle den Chauffeur zu spielen", knurrte Tessa, aber sie sprang auf und streckte eine Hand aus, um Gil beim Aufstehen zu helfen. „Da niemand sonst ein Auto hat, muss ich euch wohl alle morgen früh abholen. Ich erwarte eine Bezahlung in Form von Kaffee."

Zane rappelte sich aus seinem Sessel hoch und sagte ein „Gute Nacht" in die Runde, bevor er die Treppe hinaufschlurfte, wo sich vermutlich Lukes Gästezimmer befand. Gil und Tessa gingen wenige Minuten später, nachdem Tessa Faith den Weg zu ihrem Haus beschrieben hatte. Faith würde bei Tessa übernachten, weil ihr eigenes Haus noch als Tatort versiegelt war.

Luke hatte einen Arm um Faith gelegt, als er sie zu ihrem Wagen begleitete. „Du wirst mir morgen fehlen, so streitlustig und rechthaberisch. Das wird bestimmt langweilig."

„Mich wirst du nicht so leicht los, Special Agent Powell."

Faith lehnte sich an ihn. „Wir werden stundenlang Manöverkritik betreiben, du musst eine offizielle Aussage machen – wer weiß, wie lange das dauert."

Luke schlang beide Arme um sie und drückte die Lippen auf ihre Nasenspitze. „Ich hätte nie gedacht, dass ich das mal sagen würde, aber es wäre mir ganz recht, wenn es ewig dauert."

Sie wusste, dass sie etwas antworten sollte, aber sie konnte keinen zusammenhängenden Gedanken fassen.

„Die Einzelheiten überlasse ich dir. Du wirst das schon machen." Er fuhr mit dem Zeigefinger über ihre Wange und ließ ihn dann zu ihren Lippen wandern. „Mir ist alles egal, solange wir zusammen sind."

Sie vergaß, was sie eigentlich sagen wollte: dass sie ihn auch liebte. Dass sie ihm vertraute. Dass sie sich nie hatte vorstellen können, jemand würde buchstäblich sein Leben für sie opfern, und dass sie ihr Glück nicht fassen konnte, jemanden wie ihn zu haben. Sie wollte ihm sagen, dass sie sich fürchtete und zugleich freute und dass sie bestimmt manchmal Fehler machen würde, aber dass sie niemals aufhören würde, für sie beide zu kämpfen, und dass sein Herz bei ihr in Sicherheit war und sie jeden Moment genießen würde.

Stattdessen griff sie nach seinem Hemd und zog ihn zu sich. „Sei still und küss mich."

Luke Powell war sehr gut darin, Befehle zu befolgen, die ihm gefielen.

Das musste sie sich merken.

Vier Monate später

Es war nicht der längste Montag gewesen, den sie je erlebt hatte, aber sie war nicht böse darüber, dass er vorbei war. Faith öffnete das Garagentor und sah, dass Lukes Wagen neben ihrem stand. Er war wieder da! Am Mittwoch war er abberufen worden, um jemanden in Charlotte zu beschützen, und seitdem hatte sie ihn nicht mehr gesehen.

Ihr Herzschlag beschleunigte sich, als sie parkte, ihre Tasche nahm und ins Haus lief. Sie traf ihn in der Küche an, Pinsel in der Hand und fröhlich vor sich hin summend, während er die neue Farbe auftrug, die sie letzte Woche ausgesucht hatten. Er stand mit dem Rücken zu ihr und sie hielt einen Augenblick inne, um diesen Mann zu bewundern, der ihr Herz so völlig erobert hatte.

Die vergangenen Monate waren nicht leicht gewesen. Es hatte viele Nächte gegeben, in denen sie schweißgebadet aus dem Schlaf aufgeschreckt war, während David Lees Lachen in ihren Ohren widerhallte. Die Tage waren lang gewesen und mit Papierkram und Verhören gefüllt und sie hatten viel Zeit damit verbracht, fehlende Puzzleteile zusammenzufügen.

Aber es war ihnen gelungen, die Bombe, die Thad und Mi Cha getötet hatte, eindeutig mit dem Bombenbauer in Seattle in Verbindung zu bringen, und sie hatten Beweise dafür gefunden, dass Lee sowohl den Mann in Seattle als auch Jesse Thomas ermordet hatte.

Sabrina fand heraus, dass Mi Cha von ihrem Ausflug nach Washington State zurückgeflogen war, während David beschlossen hatte, mit dem Auto zu fahren, was erklärte, wie er die Sprengsätze nach North Carolina gebracht hatte. Sie würden nie genau wissen, was er alles mitgenommen hatte, aber er musste genügend Sprengstoff für mehrere Bomben gehabt haben, denn die chemische Zusammensetzung der Bombe, die Thads Auto in die Luft gesprengt hatte, stimmte mit dem überein, was Mr Park für die Fahrzeuge von Luke und Zane benutzt hatte, und auch mit dem Sprengsatz, der Mrs Lins Haus zerstört hatte. Was seine Gründe betraf, konnten sie nur spekulieren, aber sie nahmen an, dass er die Gelegenheit genutzt hatte, die Bestandteile für die Bomben zu beschaffen, für den Fall, dass er sie später brauchte, und sie dann Mr Park angeboten hatte, der sie gegen die Agenten eingesetzt hatte.

Sabrina hatte außerdem mit David Lees Computer eine wahre Goldgrube aufgetan. Mit dem, was sie sicher wussten, und dem, was ein Profiler des FBI vermutete, lautete die aktuelle Theorie, dass David Lees Besessenheit nicht Mi Cha gegolten hatte, sondern deren Vater. Mr Park war für ihn ein Mentor und eine Vaterfigur gewesen und als er David den Auftrag gegeben hatte, auf Mi Cha aufzupassen, hatte David beschlossen, dass dies seine Chance war, ein Teil der Familie zu werden.

Aber Mi Cha hatte nicht mitgespielt. Sie hatte sich nicht in ihn verliebt, also war er besitzergreifend geworden und hatte sich gewaltsam in ihr Leben eingemischt. Sabrina hatte einen Screenshot gefunden, den David von Mi Chas Smartphone gemacht hatte, wo sie schrieb, wie aufregend es sei, dass sie Thad kennengelernt hatte, und dass sie es kaum erwarten könne, ihn ihrer Familie vorzustellen.

Aus dem Kontext gerissen konnte dieser Text leicht falsch als eine Liebesbekundung missverstanden werden. Thad war zwei Tage später umgekommen. Der Profiler glaubte, dass David Lee ein krankes Gehirn hatte, und Thad zu töten war für ihn ein logischer Schritt, um sein eigenes Glück und seinen Platz in der Park-Familie zu sichern.

Selbst nachdem er Mi Cha getötet hatte, war er entschlossen gewesen, die Rolle des Sohnes zu übernehmen, und deshalb in Raleigh geblieben, um Mr Park bei seinem Rachefeldzug zu helfen.

Janice Estes hatte zugegeben, dass David Lee gedroht hatte, ihre Mutter zu foltern und umzubringen, wenn sie die Ermittlungen nicht schleifen ließ. Janice war in ein FBI-Büro in einem anderen Teil des Landes versetzt worden und Faith konnte ehrlich sagen, dass sie ihr alles Gute wünschte. Sie hätte sich anders entschieden als Janice, aber sie konnte ihre Kollegin verstehen.

Zane war zu Luke gezogen und wartete noch immer darauf, dass er in Phase zwei versetzt wurde. Jacob war zum ständigen Leitenden Agenten ernannt worden und ein neuer Stellvertreter war dem Büro des Secret Service in Raleigh zugewiesen worden. Gil war wieder ganz gesund und hatte die meisten Ermittlungen in Fällen von Cyberkriminalität übernommen.

Faith und Tessa waren gute Freundinnen geworden, aber Tessa hatte noch immer persönliche Probleme, über die sie nicht reden wollte. Faith fragte sich unwillkürlich, ob Tessas angespannte Beziehung zu Zane ein Teil des Problems war, aber sie glaubte nicht, dass das alles war.

Als Luke seine Mutter und seine Schwester mit Faith bekannt machte, sagte er klipp und klar, wenn sie ein Problem damit hätten, dass Faith beim FBI war, müssten sie sich eben an den Gedanken gewöhnen. Bei Lukes Schwester war das einfach gewesen. Und seine Mutter änderte ihre Meinung allmählich auch. Lukes Stiefvater war total lieb und er und Faith verstanden sich auf Anhieb. Faith vermutete, dass er der eigentliche Grund dafür war, dass Lukes Mom sich erweichen ließ.

Luke war mit ihr nach Georgia gefahren, um ihren Dad, Gail und die Jungs zu besuchen. Er hatte neben ihr auf dem Sofa gesessen, bis er sicher war, dass sie nicht ausrasten würde, und dann hatte er Gail und die Jungs dazu überredet, ihm den großen Garten zu zeigen, damit Faith ungestört mit ihrem Vater reden konnte. Faith hatte akzeptiert, dass es nie eine einfache Beziehung sein würde. Manche Verletzungen waren einfach zu tief, um richtig zu verheilen. Aber sie ignorierte die Anrufe ihres Dads nicht mehr. Und ihre Halbbrüder waren gar nicht so schlimm. Selbst Gail war … erträglich.

Natürlich war Hope von Luke völlig begeistert. Er hatte sogar ihre Mom um den Finger gewickelt, die jetzt der Meinung war, dass Luke immer recht hatte.

„Wenn du damit fertig bist, meinen Hintern anzustarren, könntest du dann noch einen Eimer Farbe holen?" Luke hatte sich nicht umgedreht, aber an seiner Stimme konnte Faith hören, dass er sich das Lachen kaum verkneifen konnte.

Sie konnte nicht widerstehen, ihn ein bisschen aufzuziehen. „Gerne, aber das könnte noch eine Weile dauern."

Er balancierte den Pinsel oben auf der Leiter und stieg herunter. Dann stapfte er auf Faith zu.

„Kommt nicht infrage." Sie wich zurück. „Deine Hände sind voller Farbe."

Das hielt Luke nicht auf. Er drängte sie in eine Ecke und ohne sie mit den Händen zu berühren, küsste er sie, bis sie nicht mehr klar denken konnte. „Ich habe dich vermisst."

Man hätte meinen können, dass er zu viel zu tun gehabt hatte, um sie zu vermissen, aber am Freitag hatte er ihr einen Blumenstrauß geschickt und jedes Mal, wenn sie die Blumen ansah, musste sie lächeln – und wenn sie die Nachricht las, die er mitgeschickt hatte, wurde sie jedes Mal rot.

„Ich habe dich auch vermisst. Wann bist du zurückgekommen?"

„Gegen zwei. Ich war erst bei mir und habe mich umgezogen und eine Ladung Wäsche angestellt. Und dann dachte ich, ich könnte dich überraschen."

„Überraschung gelungen." Sie zog ihn näher, um ihn erneut zu küssen, und er wehrte sich nicht. Als er sich von ihr löste, griff sie nach seinem Hemd. „Ich liebe dich."

„Ich liebe dich auch." Er zog einen Lappen aus einer Hosentasche und wischte sich die Hände damit ab. „Zieh dich um. Ich will dir was zeigen."

„Okay. Fünf Minuten." Faith eilte in ihr Zimmer und ihre

Neugier ließ sie eine alte Yogahose und ein T-Shirt überwerfen und in die Küche zurücklaufen.

Als sie im Türrahmen stand, erstarrte sie.

Luke war auf ein Knie gesunken und hielt einen Ring in der Hand. „Faith."

Sie gab ihm keine Chance, mehr zu sagen. „Wenn du versprichst, meinen Namen immer so auszusprechen, sage ich Ja."

Er lächelte sein sukzessives Lächeln, das nur für sie reserviert war, und drückte ihre Hand. „Faith." Er zwinkerte und sagte in gespieltem Flüsterton: „Habe ich es richtig gesagt?"

Als sie nickte, fuhr er fort. „Willst du mich heiraten?"

„Ja!"

Er steckte ihr den Ring an den Finger und küsste sich von dem funkelnden Diamanten ihren Arm hinauf zum Ohrläppchen und dann übers Kinn weiter, bis er endlich ihre Lippen fand.

Sie erwiderte seinen Kuss nur kurz und zog sich dann zurück. „Was hältst du von kurzen Verlobungszeiten?"

Lukes Augen leuchteten auf. „Finde ich ausgesprochen gut."

„Bist du sicher, dass du nicht erst mal zwei Jahre verlobt sein willst, um zu sehen, ob –"

„Nicht." Er klang nicht amüsiert. Seine Lippen waren zusammengepresst und er schüttelte den Kopf. „Ich weiß, was ich wissen muss. Ich weiß, dass ich dich brauche. Ich weiß, dass ich dich liebe. Ich weiß, dass ich niemals für eine andere dasselbe empfinden werde." Er berührte den Ring an ihrer Hand. „Und ich weiß, dass ich nicht eine Sekunde länger warten will als unbedingt nötig, bis ich mich für immer an dich binde."

Vielleicht würde Faith sich irgendwann auch einmal so gut ausdrücken können wie Luke. Im Moment musste sie eine schlichte Antwort geben und hoffen, dass Luke all das verstand, was sie nicht sagen konnte. „Dann machen wir es kurz."

Lukes Kuss nach zu urteilen verstand er es ganz gut.

Dank

Niemand schreibt ein Buch allein. Folgenden Personen werde ich ewig dankbar sein:

Den Experten, die anonym bleiben möchten, ohne die ich aber niemals versucht hätte, diese Geschichte zu schreiben.

Brian, Emma, James und Drew – dafür, dass eure Liebe mich wieder einmal durch einen Roman getragen hat.

Ken und Susie Huggins und Sandra Blackburn – dafür, dass ihr euch oft eure Enkel geschnappt habt, damit ich mich konzentrieren konnte, und dafür, dass ihr an mich geglaubt habt.

Jennifer Huggins, weil du mich nicht für verrückt erklärt hast, als ich dich gefragt habe, wo man einen Menschen am besten mit einem Schuss treffen kann, ohne dass er stirbt, und dafür, dass du meine ständige medizinische Beraterin und die beste Schwester der Welt bist.

Lynette Eason für alle Textnachrichten, E-Mails, Anrufe und abendliche Treffen, um Ideen zu sammeln – oder auch nicht.

Carrie Stuart Parks, Colleen Coble, Robin Caroll, Pam Hillman, Edie Melson, Emme Gannon, Linda Gilden, Alycia Morales, Tammy Karasek, Erynn Newman, Michelle Cox, Molly Jo Realy, Lisa Carter, Alison Hendley, Mindy Song Houng, Holly Dowling, Angie Poole, Ginny Hodel und Dr. Judy Melinek – dafür, dass ihr eure Kreativität und euer Wissen mit mir geteilt habt.

Meinen Schwestern der Light Brigade, weil ihr mich immer wieder ermutigt und endlos für mich betet.

Deborah Clack und Debb Hackett – dafür, dass ihr mit mir geweint habt, bis ich gelacht habe, und mit mir gelacht habt, bis mir die Tränen kamen. #HackersClackersBlackers4ever

Der tollen Marketing- und Presseabteilung bei Revell, die unermüdlich arbeitet, um meine Bücher in der Welt zu verbreiten.

Kelsey Bowen, weil du gesehen hast, was diese Geschichte brauchte, um so gut wie möglich zu werden, und dafür, dass es ein wahres Vergnügen ist, mit dir zusammenzuarbeiten.

Amy Ballor, weil du dafür sorgst, dass jedes Wort am richtigen Platz steht.

Tamela Hancock Murray, weil du die beste Agentin bist, die ich mir nur wünschen kann.

Meinen tollen Leserinnen und Lesern, die ungeduldig auf dieses Buch gewartet haben. eure Begeisterung und eure Freude motivieren und ermutigen mich!

Meinem Heiland, dem großen Erzähler, weil du mir ermöglichst, Geschichten für dich zu schreiben.

HERR, lass dir meine Worte und Gedanken gefallen! Du bist mein schützender Fels, mein starker Erlöser! Psalm 19,15

Neugierig auf das 2. Buch aus der Raleigh-Serie?
Dann gibt's hier exklusiv die ersten Seiten für dich!

Dämmerung der Hoffnung

Das Geldbündel auf seinem Schreibtisch hätte genauso gut von einem Monopoly-Spiel sein können.

Secret Service Special Agent Gil Dixon drehte einen der trügerischen Zwanzig-Dollar-Scheine hin und her und musterte seine Rückseite. Es gab einige Gemeinsamkeiten mit einer echten Banknote, aber bei Weitem nicht genug, um jemanden zu täuschen, der genauer hinsah.

„Ein bisschen Taschengeld?", fragte sein Kollege Zane Thacker, als er an Gils Schreibtisch vorbeiging.

„Nicht genug, um etwas Gescheites damit anzufangen." Gil warf einen weiteren Blick auf den Stapel. 200 Dollar in Zwanziger-Scheinen. Selbst wenn die Person, die das Geld bei der Bank eingezahlt hatte, damit etwas Illegales plante, würde sich kein Staatsanwalt mit der Sache befassen. Das war es einfach nicht wert.

„Wo kommt das her?", fragte Zane, doch sein Ton zeigte, dass er eigentlich nur zum Zeitvertreib nachhakte, nicht, weil es ihn wirklich interessierte.

„Hedera, Inc."

Zanes Kopf erschien über der Wand, die ihre Schreibtische voneinander trennte. „Du machst Witze!"

„Nee."

„Was will Dr. Collins denn mit Falschgeld?"

„Keine Ahnung."

„Wann triffst du sie?"

„Heute Nachmittag. Ich hab gedacht, ich schaue erst mal in ihrem Büro vorbei, weil das Geld von ihr eingezahlt wurde."

„Wieso sollte eine Firma wie Hedera überhaupt irgendwo Bargeld einzahlen?" Genau diese Frage stellte sich auch Gil, seit der Fall auf seinem Schreibtisch gelandet war.

„Versteh ich auch nicht." Das Geld auf den Konten der Firma hätte eigentlich beinahe vollständig digital sein sollen. Aber es waren insgesamt ein bisschen mehr als 2000 Dollar eingezahlt worden, von denen 200 Dollar diese Blüten waren. „Deshalb möchte ich ja mit Dr. Collins sprechen."

Das war *ein* Grund, aber nicht der einzige.

Jeder im Büro wusste, dass Hedera Dr. Ivy Collins gehörte. Aber niemand wusste, dass sie *seine* Ivy war.

Nein. Nicht mehr seine. Schon seit langer Zeit nicht mehr.

Die Ivy aus seinen Erinnerungen war zu einer schlanken Frau mit feurigen Augen herangewachsen, die ihn von der Website der Hedera, Inc. anfunkelten. Sie hatte diese Firma vor vier Jahren gegründet.

Ivy war seine beste Freundin gewesen. Gemeinsam hatten sie ihr ganzes Leben geplant. Schule, College, Heirat. Es war ihnen so einfach vorgekommen. Neben Emily, Gils Zwillingsschwester, war sie für ihn die wichtigste Person der Welt gewesen, deswegen war es ein logischer Schluss gewesen, mit ihr sein ganzes Leben zu verbringen. Keiner von ihnen hätte je gedacht, dass sie etwas auseinanderbringen könnte … bis sie sich eines Tages verabschiedet hatte und in das Auto ihrer Mutter gestiegen war. Er war auf einen Baum geklettert und hatte dem Auto nachgeblickt, bis es außer Sichtweite war. Zurückgeblieben war ein 9-Jähriger mit gebrochenem Herzen.

Als er sie wiedergesehen hatte, war sie 16 gewesen, er ein Jahr älter. In diesem Sommer hatte sie ihm sein Herz gestohlen.

Und dann … war sie fort gewesen.

Oft hatte er darüber nachgedacht, ob er ihr hätte nachgehen sollen, aber es war nie etwas daraus geworden. Was hätte er auch sagen sollen? „Warum hast du mich einfach weggestoßen?", „Was ist nur los mit dir?" oder einfach „Ich vermisse dich"?

15 Jahre waren seit ihrer letzten Begegnung vergangen – niemals hätte er ein Wiedersehen unter solchen Umständen erwartet. Würde sie überrascht sein? Wusste sie überhaupt, dass sie in derselben Stadt wohnten? Dachte sie jemals noch an ihn?

Nichts davon war wichtig. Oder zumindest sollte es das nicht sein.

Aber wem machte er etwas vor? Sie war für ihn die Eine gewesen. Die ganz große Liebe. Diese Frau verfolgte ihn nun schon seit Jahren und er musste ihr Geheimnis endlich lüften.

Es war so weit. Er würde seine Antworten bekommen. Heute noch!

Sechs Stunden später bogen Gil und Zane auf den leeren Parkplatz der Hedera, Inc. ein. Zane deutete auf die verlassenen Parkplätze. „Es ist gerade mal halb fünf. Warum ist niemand mehr hier?"

Gil hielt und wählte die Telefonnummer der Firma. Eine weibliche Tonband-Stimme mit leichtem Südstaatenakzent informierte ihn, dass Hederas Geschäftszeiten zwischen 7:00 Uhr und 16:00 Uhr lagen, und ermutigte dazu, eine Nachricht zu hinterlassen.

„Von 7 bis 4? Da würde ich auch gerne arbeiten!" Zane warf einen Blick auf seine Uhr. „Und was jetzt?"

Gil war nicht bereit, einfach aufzugeben. Noch nicht. „Hast du Zeit, bei ihr zu Hause vorbeizufahren?"

„Klar. Was sollte ich auch sonst tun?" Zane lachte, doch seine Worte klangen ein wenig bitter. Eigentlich war er ein lustiger Typ, aber in den letzten Monaten hatte er oft mitgenommen und verschlossen gewirkt. Wahrscheinlich war dafür das Trauma verantwortlich, das er im letzten Frühling erlebt hatte. Zane war angeschossen worden und hatte dann sein Auto, sein Zuhause und fast seinen ganzen Besitz verloren. Und als wäre das nicht schlimm genug gewesen, hatte sich sein Jobwechsel zum Personenschutz um unbestimmte Zeit verschoben. Genug Gründe, um niedergeschlagen zu sein.

Aber Luke Powell, einer ihrer Kollegen, war davon überzeugt, dass der eigentliche Grund Zanes angespannte Beziehung zu Tessa Reed war, der einzigen Agent*in* im Büro.

Doch jetzt war nicht der Zeitpunkt, um nachzuhaken. „Sie wohnt nur fünf Minuten entfernt. Schauen wir mal nach, ob sie zu Hause ist."

Gil verringerte das Tempo, als sie sich Ivys Haus näherten. Es befand sich in einem älteren Stadtteil von Raleigh, wo die Grundstücke groß und die Grenzen nicht klar zu erkennen waren. Zwei Etagen. Wahrscheinlich noch ein Keller. Dahinter circa ein Hektar bewaldetes Grundstück.

Langsam bog er in ihre Einfahrt ein und parkte bei dem gepflasterten Weg, der zur Veranda führte. Gil und Zane stiegen aus und gingen zur Haustür.

Sollte er Zane über seine Vergangenheit mit Ivy aufklären? Soweit sein Partner wusste, würde das hier nur ein freundlicher Plausch werden. Zögernd blieb er stehen. „Zane …"

Zane griff um ihn herum und drückte die Klingel. „Was?"

Jetzt war es zu spät, um so ein Gespräch anzufangen. „Schon gut."

Sie warteten, aber es waren keine Schritte zu hören. Gil trat vor und klopfte. Die Tür schwang von alleine auf, als seine Knöchel das Holz berührten.

Das war nicht normal.

War es möglich, dass Ivy ihre Haustür einfach offen gelassen hatte? Ganz bestimmt nicht.

Gil zog seine Waffe aus dem Holster und Zane rief bereits Verstärkung. Gut! Vorsicht war besser als Nachsicht.

Gil stieß die Tür ganz auf. Lautlos schwang sie zur Seite. Mit allen Sinnen konzentrierte er sich auf die neue Umgebung. Das Foyer war klein, zu seiner Linken machte er ein sechseckiges Büro aus. Der Raum rechts sah wie ein Esszimmer aus. Beide waren leer. Geradeaus erkannte er ein Wohnzimmer mit Sofas, einem großen Fernseher und gemütlichen Stühlen. Der Raum war ordentlich und nirgendwo war etwas Ungewöhnliches zu erkennen.

Aber zwei signifikante, völlig unterschiedliche Gerüche lagen in der Luft: Zimt und verkohltes Fleisch.

Zane nickte nach rechts. Gil folgte ihm und sie stießen auf zwei Schlafzimmer und ein kleines Bad. Dann übernahm Gil die Führung und sie durchquerten das Wohnzimmer. Eine Tür zu ihrer Rechten führte wahrscheinlich zu einem weiteren Schlafzimmer. Falls das Haus sinnvoll geplant war, musste sich nun am Ende des Ganges auf der rechten Seite die Küche befinden.

Eine Tür öffnete sich am anderen Ende des Hauses und er hörte, wie jemand eine Treppe hinunterpolterte. Aber auch hier, auf der anderen Seite dieser Wand, bewegte sich jemand.

Wurde da ein Schrank geöffnet?

Nach einem kurzen Seitenblick auf Zane schob Gil sich in den nächsten Raum. Zu seiner Linken stand ein Esstisch und eine Tür führte nach draußen, rechts befand sich die Küche.

Auf der anderen Seite der großen Kochinsel stand Ivy Collins.

Seine Ivy.

Es war, als wäre überhaupt keine Zeit vergangen. Keine Jahre des Schweigens. Etwas Starkes und Wahrhaftiges zog ihn zu ihr hin. Sein Körper wollte die Distanz zwischen ihnen überbrücken, aber sein Verstand weigerte sich. Jahre des Trainings zwangen ihn, den Raum mit den Augen abzusuchen.

„Bleib du hier. Ich durchsuche das Bad." Wut ließ Zanes Stimme vibrieren, während seine Schritte sich langsam entfernten.

Blut lief über Ivys rechte Wange und tropfte von ihren vollen Lippen zu Boden. Ihr Pullover war zerrissen und entblößte eine hässliche Brandwunde auf ihrer Schulter. Irgendetwas stimmte mit ihrer rechten Hand nicht, aber Gil konnte sich nicht darauf konzentrieren, da sie in der anderen eine Pistole hielt.

Noch bevor er seine Anwesenheit erklären konnte, drückte sie den Abzug ...

Du willst wissen, wie es weitergeht?

Ab Januar 2023 ist das Buch im Handel erhältlich.